KB262230

제2회

김만중문학상 수상작품집

차례

시 부문

제2회 김만중문학상

시 부문
심사평

시 부문은 심사위원 세 사람이 응모작 전체를 미리 읽고 남해유배문학관에 모여 예심통과 작품들을 토론하는 방식으로 이뤄졌다. 전국 각지에서 남해로 온 원고들이 소포 박스에 담겨 심사위원의 손으로 갔다가 다시 남해로 모인 것이다.

최종심에서 다섯 분의 시를 유심히 읽었다. 「내 이름은 배롱나무」 외 6편은 힘 있는 문장으로 시를 이끌어가는 유장함이 느껴졌으나 불필요한 수식이 지나치게 많았다. 「나의 아틀란티스」 외 6편은 낯설면서도 새로운 감각, 세밀한 시선이 돋보이는 시였다. 독자를 불편하게 할 줄 아는 것도 큰 장점이지만 그 불편함이 좀 더 보편적인 공감을 이끌어내지 못하고 있어서 아쉬웠다.

은상 수상작 「웃음에 관한 고찰」 외 6편은 시조다. 돌연한 이미지들을 불러 모아 뜻밖의 효과를 빚어내는 매력이 있다. 자신만의 수사법을 단련하는 데 만만찮은 공력을 들인 덕분일 터이다. 그러나 때로 이 시인이 구사하는 시어들이 지금보다 더 쫀쫀하고 구체적인 의미와 맥락을 얻어야 할 필요도 있어 보인다. 수상작으로 결정하는 데 시조문학에 대한 배려도 작용했다.

금상 수상작으로 뽑은 「유배 자청」은 10편으로 구성된 연작시다. 남해 구석구석을 점묘하듯이 그리고 있는 이 시는 무엇보다 속박 속에서 자유를 누리는 방법, 그 역설에 관심을 두고 있다. 그것은 괴롭고 고단한 삶에 선뜻 악수를 청하는 행위로도 표상되고, 마음과 정신의 홀연함을 잃지 않으려는 분투로도 나타난다. 시인의 이러한 자유의 모색이 더욱 깊어지기를 응원하면서, 어조의 한결같음이 시의 자유를 가둘 위험이 있지는 않을지 유념해 주실 것을 부탁드리고 싶다.

「서포에서 길을 찾다」에 대상의 영예를 안겨 드리기로 했다. 서사시 형식의 이 시는 '고전'에 기대어 오늘을 이야기하려는 의욕이 넘치는 작품이다. 시인은 삶에서나 글에서나 누군가의 노예이기를 단연코 거절했던 서포의 발자취를 다중적인 시점으로 짚어가면서 뿌리와 뼈대를 상실한 당대의 현실을 인상적으로 돋을새김하고 있다. 다른 누구도 아닌 바로 너 자신이 되라는 서포의 깨우침은 곧 다른 시들과 혼동되기를 거절해야 한다는 시 쓰기의 핵심적 요청을 환기하고 있지 않은가. 직설적인 발언의 유혹을 적절히 승화시킨다면 우리는 이 시인에게서 그만의 독자적인 목소리를 앞으로 꾸준히 들을 수 있을 것 같다.

수상하신 분들께 축하를 보내며, 이름을 올리지 못한 다른 분들께도 감사와 격려의 인사를 드린다.

심사위원 강희근, 안도현, 이승하, 김복근

시 금상

박 후 기

당선소감.

유배문학관이 남해에 들어선 지 며칠 지나지 않아 남해를 찾았고, 시를 읽고 금산에 올랐다. 남해 사람의 다정을 가슴 속에 담았고, 취기 섞인 영감(靈感)을 카메라에 담았다. 11월이었고, 해가 저물기 전 스무 편의 유배 시편들을 가슴에서 꺼내 적었다. 다시 6개월 동안 남해와 유배의 역사를 서늘한 이마에 새기며 탈고(脫稿)했다. 다작(多作) 다량(多量)이 최선은 아닐 터, 다섯 편은 목련이 질 때 불 질러 버렸다. 죽든 살든 너나없이 다녀가는 일이니, 유배나 인생이나 다를 것은 없다. 문학과 생활 이전에 역사를 읽어야 한다. 서포가 가장 큰 인물이라고는 하나, 작으면 작은 대로 열다섯 편의 시는 그대로 남해도 열다섯 곳의 이야기이므로 나름대로 의미가 있다 하겠다. 그 때나 지금이나 세상의 반은 어둠이고, 다만 우리는 나라의 변방에서 누군가 어렵게 마련한 유배문학관의 추녀 아래 모여 시를 짓고 읽으며 또 유배를 자청하느니, 그 모든 인연이 고마울 따름이다.

● 박후기(본명 박홍희)는 1968년 경기도 평택시에서 태어나 서울예술대학 문예창작과를 졸업했다. 2003년 『작가세계』 신인상에 「내 가슴의 무늬」 외 6편의 작품이 당선되어 등단했다. 2006년 신동엽 시인 유가족과 (주)창비에서 주관하는 제24회 신동엽창작상을 수상했다. 시집으로 『종이는 나무의 유전자를 갖고 있다』(실천문학사, 2006년), 『내 귀는 거짓말을 사랑한다』(창비, 2009년) 등이 있다.

유배 자청 自請
– 미조항 멸치잡이

남해 미조항

멸치잡이 뱃사람들

흔들리는 뱃전에 올라

헹가래를 칩니다

그물 후릴 때마다

멸치 떼가 날아오릅니다

잠시 허공에 떠 있던

키 작은 슬픔들

젖은 비늘 반짝이며

나락으로 떨어집니다

찢기고 털려도

기를 쓰고 들러붙어 있는

생이라는 악착,

그물에 들러붙은 멸치도

뱃전에 달라붙은 사람도

서로 악착스럽기가

그지없습니다

뱃사람들

있는 힘 다해

털어내려는 것이

어디 멸치뿐이겠습니까
미조항에서는
가난도 멸시도
멸치와 함께 바다 위로
내동댕이쳐집니다

유배 자청
– 돌담이 무너진 까닭

어제는 갑자기
돌담이 무너져 내렸습니다
돌덩이라고 해서
무너져 내린 까닭이
아주 없진 않을 테지요
돌들은 아마도
경계를 허물고 싶었을 겁니다
마당가 텃밭 푸성귀들에게
하늘 한 귀퉁이 터주어
먼 바다와 작은 섬들을
보여주고 싶었을 테지요
마당 끝을 짓눌렀던 마음은
또 얼마나 무거웠을까요
금산의 바위 또한
저 돌담처럼 와락,
하고 무너져 내려 한 번쯤
바다에 안기고 싶을 겁니다
바위도 그러할진데,
적소에 갇힌
한낱 사람 속이야
오죽했겠습니까

유배 자청

– 벽련포구

비 내리고,

종일토록 방 안에서

별고 없습니다

비 오는 유배지에서는

모든 게 묶인 몸,

작은 배들도

밧줄에 몸이 묶인 채

오는 비 죄다 맞으며

포구에 누워 뒤척입니다

비가 와서

배는 죄를 싣고

떠날 수 없습니다

죄인도 죄도 잠시

쉬어가는 벽련포구,

비 그치기 전

이물* 돌려 서둘러

노도** 에 간다 한들

---

* 뱃머리.

** 김만중이 유배당한 섬.

무슨 소용이 있겠습니까
비는 바다에 떨어져도
죽지 않습니다
죄인이 바다에 빠지면
죄는 죽지 않고
죄인만 죽습니다

유배 자청
– 동백처럼 지다

동지나해를 지난 태풍이

드디어 앵강만에 당도했을 때,

가천 다랑이논의 벼 포기들

힘없이 쓰러졌습니다

쓰러진 벼야 다시

일으켜 세워 서로

허리 맞대 묶어주면 된다지만,

적막한 노도 적소에서

혼자 울다 쓰러진 서포는

다시 일어나지 못했습니다

섣달 정월 멀쩡하던 동백꽃이

사월 지나 서둘러 몸 버리듯,

벽력 같은 어미 부음에

겨우내 붉은 눈 치켜뜨고 섧게 울다

달도 기운 사월 그믐

동백 따라 그도 졌다지요

죽어서 얻은 자유가

무슨 소용이 있겠습니까마는,

동백꽃 환하게 떨어진 탓에

그때까지 보지 못했던

어두침침한 동백나무 그늘 속을

비로소 우리가 볼 수 있는 것

아니겠습니까

유배 자청
― 그늘과 그물

물건리* 사람들에게
그물과 그늘은 서로
다른 말이 아닙니다
이곳 사람들은
그물보다 먼저
방풍림 그늘을 바다에 던집니다
그늘은 물고기를 부르고
사람들은 성긴 그물로
그늘을 건져 올립니다
터진 방조제 안,
길 잘못 든 숭어가
찢긴 그늘 사이로
은비늘을 반짝이며
튀어 오르기도 합니다
그물의 어원은
그늘이 아닐까 생각해봅니다
그물맥이 모여 잎을 이루고
그 잎이 나무가 되고

---

* 남해군 삼동면 물건리.

다시 숲이 되어
물건리 앞바다에
그늘을 펼쳐 던지니 말입니다
나 또한 잎사귀 같은 손 들어올려
그물을 던지듯
그늘 깊은 세상을 향해
악수를 청하곤 합니다

유배 자청
– 보리암

산 속의 암자가
한 개의 섬입니다
내 마음 속에 또 다른
내가 들어앉아 있듯
남해 보리암 또한
섬 속의 섬입니다
석탑이 등대처럼 서 있는
정토淨土의 벼랑 끝,
자맥질하는 파도처럼
사람들
한 치 앞을 향해
고꾸라지듯 절을 합니다
그 뒤편 미조항 너머
점점이 박힌 섬들
풍랑이 멈추자
큰 거울*에 비친 제 모습
물끄러미 바라보다
보리암을 향해 일제히

---

* 화엄경 중 '큰 거울 앞에는 멀고 가까움이 없다'는 구절에서 인용.

엎드려 절을 합니다
섬의 이마가
바다에 닿을 때마다
번뇌가 원을 그리며
어디론가 사라집니다

유배 자청

― 유자 약전藥箋

해바리마을* 유자나무
가지 끝에 달린 둥근 유자는
약방 약봉지 같습니다
쪼글쪼글 껍질에 난 상처들
무슨 약화제처럼 쓰여 있습니다
어떤 유자나무는 이 마을에서만
백 년을 살았습니다
백 년 동안
빗물과 바닷바람과
햇볕을 조제해 차곡차곡
몸속에 쟁여 두었겠지요
인생유전을 앓는 이들에게
봄엔 진한 꽃향기로
엄동에 지친 마음 달래주고
겨울엔 제 살 베어 저민 차로
세파에 지친 가슴
뜨겁게 어루만져주니,
세상에 유자만한 약전도

---

* 남해군 창선면 지족리

드물다 하겠습니다

백 년 전 사람들

자자손손 두고두고 우려먹으라고

해마다 간단한 처방전을 적어

눈에 잘 띄는 울타리마다

노랗게 내어걸게 했습니다

유배 자청

― 질풍, 노도

산 위에 올라
멀어져가는 섬을 향해
나 여기 있노라,
소리 한 번 질러 봅니다
생각해보니
멀어져 가는 것은
섬이 아니었습니다
사람과 사람 사이,
사람과 섬 사이의 거리였습니다
도망치듯 사라졌다 갑자기
등을 치며 나타나는 파도,
바다의 시기마저 말없이 받아주는
섬을 바라보며 관계를 배웁니다
저 섬은
얼마나 오랜 시간 동안
인간의 거만한 외침을 들어주었을까요
섬의 침묵 앞에서 소리치며 부서지는
저 태풍의 증오는 도대체
얼마나 먼 곳에서 생겨나
이곳까지 달려온 것일까요

어지러운 이내 마음은 또
얼마나 먼 곳에서 생겨나
이곳까지 날 따라온 것일까요

유배 자청
– 갈화리 느티나무

나무도 오래 살다보면
돌이 되기도 합니다
온갖 풍상 속에서
한 오백 년 살아남은
남해군 고현면 갈화리의
느티나무가 그렇습니다
큰 바람 지날 때마다
자랑처럼 붙어있던 가지들
느닷없이 뽑혔겠지요
구멍 난 곳 허전해 보였는지
사람들 시멘트 반죽으로
빈자릴 메워주었습니다
차가운 돌로 변해가면서도
그늘 한 번 거둬들인 적 없는
느티나무에게서 고단한
역사力士의 시간을 봅니다
인간이 느티나무처럼
한 오백 년 살 수는 없는 일,
하물며 우리가
닫힌 마음의 적소에 스스로

제 몸을 위리안치*시킨다면
그 얼마나 어리석은 짓이겠습니까
바람처럼 그늘 밑 당신 또한
잠시 머물다 가면 그뿐,
그 무엇도 갈화리 느티나무를
대신할 수는 없습니다

* 죄인이 달아나지 못하도록 집 둘레에 가시 울타리를 치고 그 안에 가두어 두던 일.

유배 자청
– 관음포 당부

죽음을 알리지 말라는 유언
이락사* 돌기둥에
새겨져 있습니다
말씀도 절실하면
화석이 될 수 있다는 것을
비문 앞에 서서 깨닫습니다
관음포에서는
바다가 바닥입니다
꽃잎도 바다에 떨어지고
사람도 바다에 떨어지고
사람의 유언도 사람과 함께
바다에 떨어집니다
떨어진 것들은
바닥에 닿는 순간
바다가 됩니다
관음포에서는
바닥이 바다입니다

---

* 노량해전에서 순국한 이순신의 유해를 잠시 모셨던 곳에 지은 사당.

개펄 바닥도 물때가 되면
그대로 바다가 됩니다
혹시, 관음포 개펄이 자꾸
당신의 발목을 잡거들랑
그것은 죽음을 알리지 말라던
이순신의 마지막 당부이오니,
눈물겨운 그 말씀
부디 잊지 마시기 바랍니다

남해도 전별시첩餞別詩帖
— 서포 김만중을 생각함

다저녁때 벽련포구에 들어

유배인 양 일박하며

모르는 유객과 밤늦도록

잔을 기울입니다

서포, 기사년 당신처럼

섬월 하나 느닷없이

바다에 던져지고,

술잔의 수위는

잔잔한 바다와도 같아

밤새 부어도 마셔도

변함이 없습니다

전별*의 잔을 받지도 못하고

죽어 섬을 떠나신 당신,

먼 훗날

당신의 유배를 찬양하는

시절이 오리라는 것을

미리 알고 계셨겠지요

하긴,

____

* 떠나는 사람을 위하여 잔치를 베풀어 작별함.

속 깊은 남해도 인정에
취해 본 적 있는 사람이라면
어찌 이곳에
마음이 유배당하는 일을
마다하겠습니까

남해도 전별시첩
- 자암 김구를 생각함

지는 목련꽃의 유배지는

제 발밑 그늘이요,

바람에 쫓겨 가는

벚꽃의 적소는

길 옆 물웅덩이가

아니겠습니까

본디

지는 것은 귀천이 따로 없고

천지는 그 이치가

서로 다르지 않습니다

먼 길 내려 와

눈 감고 고향산천 살피셨듯이,

다시 남해 떠나

멀리 가시더라도

지그시 눈만 감으면

노량리 꽃길이 아니겠습니까

화전* 밭귀에

어진 마음씨 심어두셨으니,

---

* 자암 김구가 화전별곡(花田別曲)에서 지칭한 남해도의 별칭.

몸 아주 떠나신다 한들
해마다 절로
그리움 싹트지 않겠습니까

남해도 전별시첩

– 약천 남구만을 생각함

창은
바람벽 한가운데 있기 마련이니,
창이 곧 그 집의
열린 가슴이자
얼굴이지요
지도를 살펴보니
나라 남쪽 해안 정중앙에
남해도가 있습니다
남해도가 남해안의
동창東窓인 셈이지요
재 너머 사래 긴 밭처럼
천년만년 살 것 같지만
봄꽃처럼 머물다 가는 게
인생이란 걸 보여주시듯,
섬에서 지내신 아홉 달 밤낮이
마치 동창에 드는
아침나절 햇살 같기만 합니다
설한雪寒에 멍든 동백꽃일지언정
붉은 낯으로 생환하오시니
그보다 좋은 전별 선물이
어디 있겠습니까

남해도 전별시첩
– 후송 유의양을 생각함

남해도 밤하늘은
구석구석이 별들의 적소입니다
유배당한 별들
먼 바다 바라보며
졸린 눈 끔벅거릴 때,
몰래 적소를 벗어난
노인성* 홀로
수평선 위에서 아슬아슬합니다
봄가을 남해도에 귀양살이 와
바다에 몸 던질 듯 말 듯
사나흘 낮게 머물다 다시
적막한 우주로 돌아가는
노인성을 바라보며
후송, 당신을 떠올립니다

　'귀양이 풀린 것을 듣고 이성삼이 와서 노인성을 보고 가라 하나
노인성이 남해 한 섬만 비추지 않음을 말하면서 거절했다'**는 구

---

　* 남극성(南極星).

　** 유의양의 『남해견문록』 중에서.

절 앞에서 눈이 절로 감깁니다

그것은
당신 마음이 오로지
남해도 한 섬만 향하고 있었기 때문이라는 것을
내가 모르지 않기 때문입니다

남해도 전별시첩

– 소재 이이명을 생각함

봄날 꽃그늘 아래가 어수선하기로서니
소재,
당신 목숨을 강변에 던져버린 나라의
편전 지붕 밑 같기야 하겠습니까

한 가지에서 생겨난 노론과 소론이
서로 번갈아가며 피고 졌듯이,
한 가지에 핀 꽃일지라도
떨어진 자리가
같을 수는 없겠지요

유배를 어찌
꽃 피는 시절이라
말할 수 있겠습니까
아름다운 꽃의 목이
먼저 잘리듯 당신은
생의 절정기와 절명 직전
두 번씩이나 남해도에서
귀양살이를 하셨지요
서포 사후

노도 적소에서 죽어가던 매화나무가
당신의 뜰에 옮겨진 후 되살아나*
뜻이 같은 옹서 간翁壻間**을 오가며
마치 한 사람 앞인 양
두 번을 살았듯이 말입니다

살아 한 번 닿기도 힘든 섬에
재차 꿈결인 듯 다녀가셨으니,
내세에 재삼재사 오실 적에는
봉천사 묘정비처럼 오래도록
머물다 가시길 바랍니다

---

* 이이명의 『소재집』에 실린 매화병부의 내용.

** 장인과 사위를 아울러 이르는 말.

최 헌 명

당선소감.

늦깎이도 한참 더 지나 문단에 나왔습니다. 그래도 하도 기쁜 나머지 어머니께 인사를 올렸더니 대뜸

하시는 말씀이

"야야, 니 병이 아무래도 고질병 겉다."

"그래도 가슴으로 써서 뭇사람 심금을 한 번 울릴라 캅니더."

"쯧쯧. 니 하는 짓이 신들린 여자 대잡는 거 하고 꼭 같은기라."

하고 책망을 놓으셨습니다.

아직도 변함없습니다. 어머니가 가르쳐주신 나의 시론은 내일도 변하지 않을 것입니다.

김만중문학상의 공정하고 열린 공간에 무한한 경의를 표하면서 이름에 값하리라 다짐합니다. 돌아가

신 어머니께도 약속드립니다. 단 한 번 울기 위하여 함부로 울지 않겠노라고.

졸작을 뽑아주신 심사위원님께 감사드리며 남은 인생 끝까지 시를 생명으로 알고 쓰겠습니다.

● 최헌명(본명 최영효)은 1946년 경남 마산시에서 태어나 중앙대학교 국어국문학과를 중퇴했다.

2000년 경남신문 신춘문예에 시 『감자를 캐면서』가 당선되어 등단했다. 시집으로는 『무시로 저문

날에는 슬픔에도 기대어 서라』가 있다.

웃음에 관한 고찰

1.

백무동 첫물이 물안개 뚫고 내리며 무연한 참꽃
마주쳐 곁눈으로 훔치다

헛디딘 발목을 끌고 바위에 미끄러지는 소리

2.

처마 낮은 지붕 아래 다저녁 내릴 무렵 시집 간
첫째 딸이 손자 안고 들어설 때

앉혀 둔 찰옥수수가 솥뚜껑 여는 소리

3.

가을볕 목덜미에 잔광이 빌붙기 전 콩이야 팥이야
하늘 바라 말리는 시간

깻단이 성질 못 참고 제물에 터지는 소리

제8요일*
―가난한 그들에겐 또 하나의 요일이 있어야 했다
―마렉 플라스코

지상엔 없는 날을
마음에 그려보며

가슴 속 붉은 멍도
알뿌리로 묻어둔다

볕뉘도 싸락눈 속에 민들레를 키우듯이

동틀 녘 첫걸음부터
나를 파는 앵벌이꾼

옹이 밑 생살도
망울로 차올라서

물때가 지나고 한참 늦게 피는 진달래처럼

봉되고 호구 잡혀도
야코는 죽지 말자

------

*제8요일:폴란드 작가 마렉 플라스코의 소설명

꽃되이 길들지 않고
들플로 흔들려도

꽃살문 새벽 하늘에 그날이 온다, 오고말고

난을 치다

난초를 그리는데 지초가 되었다
백 번을 고쳐 그어도 그 선에 그 끝이라며
사내면 다 사내더냐고 화선지가 묻는다.

상놈 사타구니에 난 한 점 쳐주고
모주꾼 기개세로 칠흑을 헤쳐가며
흥선군興宣君 붓 끝에 서린 조선 멍울 피고 지던

지초를 그려놓고 난초인 양 물었더니
화폭을 범한 선에 언제 꽃 피겠느냐며
눈으로 그리지 말고 마음으로 보란다.

비상飛翔을 위하여

하늘이 보이잖니, 젖은 깃을 말려라
서녘 비낀 구름 등 떠밀고 솟아올라
둥지를 잊어버려라, 여긴 어미의 집이란다.

단 번엔 날지 못해도 더 멀리 날아야 한다
천한 새는 있어도 낮은 하늘은 없느니
울밑에 깃들이지 말고 네 길을 찾으리

노숙새 실직새 날개 접은 벼랑새들
날아라, 또 노래하라, 너는 본시 자유의 몸
뜬구름 혼자 가는 길에 무지개는 쫓지 마라.

질경이

파지로 명줄 잇던 조복례 할머니가
예순에 여덟부터는 나이도 잃었지만
질긴 게 목숨이라서 밟혀도 일어선다
나이란 먹을수록 서푼 보증도 안 되지만
빚은 또 아무나 주나 늙은 몸 잡힌들
하늘에 죄짓지 말며 이 땅에 빚지지 말자며
엎어야지, 엎어야지, 이놈 생을 엎어야지
천 번을 벼르고도 손자 녀석 눈을 밟아
애간장 평생 이랑을 갈아엎지 못한다
파지 한 수레에 만원 돈 밑돌아도
라면 국물 사발에 병든 아들 속 데우고
한 달을 눕힌 월세도 깃털보다 가볍다
눈뜨면 백리 생도 감으면 꽃길인데
비야 울지 마라, 함박눈 춤추지 마라
관절염 요통도 없는 금수레 내일을 간다

무등산

진실은 가슴에 묻고
원망은 땅에 묻어라

불꽃의 중심에서
몸 사룬 여명의 눈들

휴화산, 그 밑에 숨은 불씨도 다 재워라

사랑도 첫걸음은
무등無等에서 비롯하니

어저께 집나간 사람
제 이름 잊은 풀꽃

글썽한 눈물을 씻고 새봄으로 오너라

자유, 이 수레바퀴에
무엇을 싣고 가나

꽃지면 다시 피는 일

하늘에 맡겨 두고

두 번은 밟히지 않을 평등 평화 가득하여라

말씀

말에도 씨가 있어 말씀이라 하는데요
그 말들 홀씨가 되어 하늘을 떠돌다가
씨알이 굵은 말씀만 옥토를 만난다지요
할 말을 다 뱉으면 씨나락에 귀신이 들고
뱉을 말 오래 참으면 천 년 솔씨 향을 품어
이 세상 낮은 곳에도 볕살이 도타웁지요
사람과 사람이 만나 첫말을 닫아걸면
손과 손 마주잡아도 자꾸만 말을 놓쳐
헤어져 만날 때까지 그리움이 된다지요
따스한 볕살로야 사랑이 제일이지만
당신이 주신 빛발을 결로 빚어 가꾸면
말씀은 뜨거울수록 두 몸을 달군다지요

소설 부문

제2회 김만중문학상

소설 _{부문}

심사평

　제2회 김만중문학상 소설 부문의 심사는 심사위원 세 사람이 응모 작품을 세 등분하여 보름 이상을 미리 읽어 보았다. 본심은 심사위원은 물론 전 분야에 걸쳐 통괄하는 입장에 선 심사위원장 윤정모(소설가)도 참여하여 그동안 가려 뽑은 후보작 수 편을 놓고 마지막 심층 토론에 들어섰다.

　소설 부분의 응모작은 양적으로는 엄청날 정도로 풍요로웠다. 하지만 질적인 측면이 수반되지 못했다고 보는 것이 지배적인 의견이었다. 최종으로 논의의 대상이 된 작품은 장편 「저 은밀한 낙원」, 장편 「화전」, 장편 「저녁의 편도나무」, 중편 「빨간눈이새」 등이었다.

　장편 「저 은밀한 낙원」은 특수한 체험을 앞세우며 미지의 세계로 독자를 이끌고 가는 힘이 넘친다는 점에서 눈길이 가는 작품이었다. 해양소설의 목적성에 부합할 수 있는 좋은 소설이란 것도 사실이다. 그러나 이 소설은 소설적이라기보다 르포적이라고 보는 것이 대체적인 시각이었다. 기본적인 형식 문제에 있어서 단락 나누기와 직접 인용의 대화문이 극도로 인색하여 읽기의 호흡과 리듬감이 결여하다거나, 소설적인 핍진성이 빈곤하다거나 하는 것이 그 예의 일부라고 할 수 있다.

　장편 「화전」은 많은 논란을 불러일으킨 작품이다. 어떤 이는 소설 부문의 제1순위는 물론 대상 후보작으로도 손색이 없다고 주장하는가 하면, 어떤 이는 김만중문학상의 목적성에 부합하는 것이 엄연한 사실이지만 작품성의 질적 수준이 기대하는 바에 미치지 못한다는 문제를 제기하기도 하였다. 어쨌든 오랜 논란 끝에 소설 부문의 제3순위로 결정했다.

　장편 「저녁의 편도나무」는 1980년대를 시간적 배경으로, 한 공단 지대를 공간적 배경으로 삼은 작품. 지금으로부터 한 세대 전의 지식인, 노동자의 삶을 잘 복원해내고 또 오늘날의 한국 사회를 바라보는 문제의식과도 무리 없이 잇대어져 있다. 그럼에도 불구하고 흔히 보는 노동자소설의 소재주의와 주제틀을 온전히 벗어나 있다. 이 작품은 삶에 대한 몽환적인 접근법, 한 남성의 여성 편력 등에 있어서 『구운몽』스럽다고 얘기될 수 있겠으나, 주제 의식의 명료한 초점화와 깊이에 이르는 작가 역량이 부족하고, 서사 구성의 정치한 맛이 부족하다는 점에서 대상大賞으로 밀지 못했다. 이 점은 소설 부문 심사위원을 모두 아쉬워하게 한 부분이었다.

　중편 「빨간눈이새」는 형식적으로 완결되고, 작품성에 있어서 완미한 깔끔한 작품이다. 한의 정조와 샤머니즘 소재를 오랜만에 재현한 이 작품은 한국 소설의 전통적인 느낌과 분위기가 담겨 있다. 한 개인이 살아ㅈ온 가슴 저민 삶의 여정이 우리 현대사의 아픔과 야틈히 결합해 있어 현실을 온전히 벗어난 무중력 소설은 아니다. 작품 속에 삽입된 빨건눈이새 이바구(전설)는 희곡에서 보는 극중극 효과에 해당

될 만큼 주제의식의 초점화을 위해 마련된 일종의 은유적인 장치이
다. 이 장치를 통해 삶의 무상無常 관념, 인간 존재의 심연을 그려내려
고 한 점은 이 작품의 특장이다. 이 작품을 읽을 독자들은 산벚꽃이
피는 봄날에, 꿈을 꾸는 듯한 아련한 눈빛이 어딘가로 향하게 하는 것
처럼 인생의 짙은 여운을 감지할 것이다. 그러나 중편이 지닌 무게감
의 약점이 소설 부문의 첫 번째 자리에는 오르지 못하게 했다.
　소설 부문에 금상과 은상을 각각 받은 두 사람의 입선자들에게 축하
를 보내며, 앞으로도 소설 쓰기에 더욱 정진하기를 빌어 마지않는다.

심사위원　윤정모, 이순원,　강동수,　송희복

소설부문 금상 · 이후경 소설 금상

이 후 경

당선소감.

당선 소식을 들었을 때 나는 타이페이 동물원에 가기 위해 모노레일을 기다리고 있었다. 내가 그 소식을 알린 최초의 포유류는 팬더였다. 이 모든 게 따뜻하고 유머러스했다. 혹독한 시절을 품은 채 오랫동안 집도 없이 떨던 이 글에게 위로가 되었을 것이다. 이제 이 녀석에게 아늑한 지붕 하나 마련해 주었으니 나도 짐을 내려놓았다. 떠날 일만 남았으니 더욱 기쁠 뿐이다.

● 이후경(본명 이경혜)은 1960년 진주에서 태어나 서울에서 자랐다. 한국외국어대학 불어교육과를 졸업했다. 1992년 문화일보 신춘문예에 중편소설 『과거순례』가 당선되어 등단했다. 2004년 한국문화위원회 창작 지원금 대상에 선정되었으며 2006년에는 소설집 『저녁은 어떻게 오는가』(실천문학사)가 우수 문학 도서로 선정되었다.

저녁의 편도나무

나는 편도나무에게 이렇게 말했네
〈누이여, 나에게 신에 대해 말해다오.〉
그러자 편도나무는 꽃을 활짝 피웠네

— 니코스 카잔차키스

〈프롤로그〉

　잠에서 깨어보니 트럭 안이었다.

　차 안의 시계는 푸른 불빛으로 막 새벽 3시를 찍고 있었다. 경부 고속
도로, 이 시간에 달리는 차들은 대부분 화물차들이었다. 간이휴게소에
는 잠시 휴식을 취하는 화물차들만 몇 대 서있을 뿐이었다. 갑자기 졸
음이 덮쳐 차를 이리로 뺀 다음 운전석에 앉은 채로 눈을 붙였던 기억
이 났다.

꿈이었구나, 나부끼는 눈발 속으로 사라지던 은희의 뒷모습이 눈에 선했다. 하지만 처음 그의 곁에 누워 있던 여자는 영애였다. 그는 영애의 손을 잡고 있었다. 잠든 그녀의 얼굴 위로 달빛이 어른거렸다. 그는 눈꺼풀이 내려오는 것을 가까스로 버티고 있었기에 그녀의 편안한 잠이 한없이 부러웠다.

그가 잠들어 있을 때마다 그가 사랑하는 사람들은 그의 곁을 떠났다. 그가 잠들어 있을 때 누이는 불에 타 죽었고, 그가 잠들어 있을 때 은희는 쪽지 한 장을 남기고 사라졌다. 이제 마지막 여자 영애, 그가 잠들면 이 여자도 떠날 것이다. 텅 빈 그녀의 방만 남을 것이다.

그러나 그는 더 이상 버티지 못하고 눈을 감는다. 저절로 감기는 눈꺼풀을 또 하나의 그가 바라보고 있다. 그의 손의 힘이 빠진다. 영애의 손을 놓치고 만다. 이미 그는 체념했다. 이 여자도 가버릴 것이다.

영애가 일어난다. 체념한 그는 잠든 그를 바라볼 뿐이다. 영애는 뒤 한 번 돌아보지 않고, 방문 쪽으로 걸어간다. 이렇게 되어 있었다. 그의 운명은 늘 이랬다.

그때 문득 영애가 알몸이라는 사실이 떠오른다. 밖은 엄동설한, 그런 몸으로 나섰다가는 얼어 죽고 만다. 떠나는 여자라도 그렇게 죽게 할 수는 없었다. 그는 그녀를 불러 세우려고 눈을 뜬다.

그러나 그의 눈에 비친 것은 푸른 원피스를 입은 여자의 뒷모습이다. 소매 없는 여름 원피스, 그가 결코 잊을 수 없는 옷. 그것은 은희의 뒷모습이다. 당황한 그의 눈앞에서 은희는 문을 열고 나간다.

열린 문 밖으로는 하얀 눈발이 나부끼고 있다. 그 얇은 옷을 입은 채 은희는 나부끼는 눈발 속으로 들어가 어느새 보이지 않았다.

1. 발렌타인 제과

고급 초콜릿과 비스킷을 만드는 그 공장의 모습은 어딘가 기묘해 보였다. 공단의 모든 공장들이 길을 향해 얼굴을 내밀고 있는데, 유독 그 공장만은 길을 외면한 채 서있었다. 여느 공장처럼 건물이 한쪽 대지 쪽으로 밀려 있는 게 아니라 공장 대지의 한가운데를 가르며 남북으로 길게 늘어서 있는 탓이었다.

기차처럼 기다란 2층 건물의 좌우로는 거의 같은 비율의 넓은 마당이 놓여 있어서 가운데의 공장 건물은 마당을 갈라놓는 칸막이같이 서 있었다. 상품 운반의 편리만을 위해 고안된 특이한 구조였다. 그래서 그 공장은 안정되게 땅에 박혀 있는 게 아니라 막 어딘가로 떠나려는 배처럼 불안해 보였다. 게다가 그 건물은 회색도 갈색도 아닌 분홍빛 페인트로 온몸을 두르고 있었고, 길을 향한 건물의 좁은 측면에는 '주식회사 발렌타인 제과' 라는 커다란 간판이 세로로 길게 붙어 있었다. 그래서 그 건물은 낮에는 러브호텔처럼 보였고, 밤이 되어 조명이 들어오면 성인용 카바레처럼 보였다.

현장에서 수위실로 가기 위해서는 서쪽 현관으로 나가는 길과 동쪽 현관으로 나가는 길이 있었다. 서쪽 현관 길은 수위실에 가까운 데다 여자 탈의실까지 그쪽에 있어서 언제나 직원들의 왕래가 많았다. 대부분의 직원이 여자들이었으므로 서쪽 마당은 이름도 앞마당이었고, 보안등까지 설치되어 밤에도 훤했다. 그러나 동쪽 현관 길은 이용하는 사람이 없었다. 남자 탈의실이 이쪽에 있긴 했지만 통틀어야 서른 명 남짓한 남자 직원들조차 아가씨들이 들끓는 서쪽 현관을 이용해 수위실로 갔기 때문이다. 카드에 출퇴근 시간을 찍어야 했기 때문에 수위실은 반드시 거쳐야 했다.

늘 그랬듯이 정석은 동쪽 현관으로 나섰다. 수위실까지 걸어가는 짧은 시간조차 사람들과 섞이기가 싫었다. 사람 사이에 있는 일이 그에게는 버거웠다.

공장 마당의 어둠이 짙어졌다. 지난 한 달은 주문이 많지 않아 정석처럼 주간 근무만 하는 경우, 여섯 시면 정확하게 일이 끝났다. 한 달 만에 오늘 모처럼 아홉 시까지 잔업을 했다. 하지만 이제 곧 크리스마스, 연말연시, 발렌타인데이, 고급 초콜릿이 진열대에 화려하게 전시되는 시즌이 된다. 한동안 잔업 없이 끝나는 날은 없을 것이다. 잔업 없이 끝날 때에도 늦가을 해라 어둡기는 했다. 그래도 그 때의 어둠에는 어딘가 빛의 그림자랄까, 보이지 않는 빛의 여운이 남아 있었다. 희미한, 순도純度가 떨어지는 어둠. 하지만 지금의 어둠은 무섭도록 생생해서 단 한 번도 빛이 닿지 않은 짐승의 내장 속 같았다. 이쪽으로는 주로 자재과 창고가 있는 데다 보안등조차 없어 다른 곳보다 더 어두웠다. 옆 공장도 잔업이 없는지 불이 꺼져 있었고, 그 너머로는 제법 넓은 논밭이 이어지고 있었지만 그것들은 이미 어둠에 잠긴 지 오래였다.

밤바다 속으로 걸어 들어가듯 정석은 그 어둠 속으로 발을 디뎠다. 어둠이 몸에 닿는 느낌이 촉감으로 왔다. 낯선 느낌이 아니었다. 등줄기가 시려오고, 그 시린 덩어리가 온몸으로 번져 간다. 뼈의 구멍마다 찬바람이 파고 들어와 그를 진저리치게 한다. 그는 걸음을 멈추고, 눈을 감는다. 그의 둘레에 검은 강이 흐른다. 모든 것을 빨아들여 그에게 닿지 못하게 하는 그것. 다시금 통증이 밀려온다. 언제부터 이런 통증에 시달려 왔는지 그는 기억하지 못했다. 그것은 너무도 익숙하고 오래된 느낌이라 말도 못하던 갓난아기 시절 혼자 잠이 깬 어둠 속에서부터 그것을 만나온 것처럼 느껴지기도 했다. 처음에는 그런 것이 왔다 가는 줄도 몰랐고, 문득문득 깨닫게 되다가 이제는 오래 앓은 지병처럼 점점 깊어져 제 것이 된 통증.

그때였다. 웬 여자의 비아냥거리는 목소리가 정석의 뒤통수에 와 박혔다.

"이봐요, 웬 똥폼이예요?"

정석이 돌아보자 손전등 불빛이 확 덮쳤다. 그가 부신 눈을 가리며 바라보자 거기엔 하얀 니트 모자에 하얀 목도리를 두른 여자가 청바지 주머니에 한 손을 꽂은 채 다른 손으로는 손전등을 휘휘 두르며 날건달 같은 자세로 서있었다. 자세히 보니 제빵부에 근무하는 여자였다. 이름은 몰라도 낯은 익었고, 날씬한 몸매와 투명해 보이는 갈색 눈동자가 제법 괜찮아 보였던 여자였다.

"맨날 이쪽으로만 다니기에 한번 쫓아와 봤어요. 볼 때마다 잔뜩 무게만 잡고 다니더니 이렇게 깜깜한 데서도 혼자 폼을 잡고 있네요!"

정석은 웃었다. 대답할 말도 마땅치 않았기에 그는 다시 몸을 돌렸다. 그러자 그녀가 달려와 그의 앞을 가로막아 서며 말했다.

"야, 이 자식아, 사람 말이 말 같지 않니?"

말은 거칠어도 가까이서 들여다보는 그녀의 성난 눈동자는 불빛 탓인가, 놀랄 만큼 깊고 맑았다.

"똥폼은 그 쪽이 더 심한 것 같은데?"

정석이 그렇게 맞받자 그녀는 웃음을 터뜨리며 말했다.

"미안해요. 나, 정석씨가 좋아서 말 걸어본 거예요. 내 이름은 서은희예요. 얼굴은 알죠?"

정석은 고개를 끄떡였다. 그러자 은희는 당장 그의 옆으로 와 스스럼없이 팔짱을 꼈다. 수위실을 통과할 때도 그녀는 팔짱을 풀지 않았다.

"어머머, 은희야! 언제부터 그런 사이였어? 그래도 너무한다, 애! 회사에서!"

서쪽 현관으로 먼저 나온 은희의 동료들이 그 모습을 보고 놀려댔다.

"우리 이런 사이야. 정석씨 내 거니까 건드릴 생각 마!"

평소에 정석과 친하게 지내던 경비원 김씨도 눈이 둥그레져 그를 바라보았다. 하지만 정석의 마음속에는 아무런 감흥도 일지 않았다. 즐거운 마음도, 설레는 기분도, 창피하다는 생각도 없었다.

그런데 그들이 막 거리로 나섰을 때, 아주 낮고 우울한 음성이 정석의 귓가로 들려왔다.

"어디로 가는 거예요?"

정석은 고개를 돌렸다. 삶을 다 살아버린 노파의 것처럼 삭막한 목소리가 정말로 이 여자의 것인가, 의심스러웠다. 은희는 여전히 팔짱을 끼고 있었지만 그의 눈길에도 무심한 채 앞만 바라보고 있었다. 술집의 네온사인 불빛이 여자의 얼굴 위에서 어룽거렸다. 붉고 푸른 불빛이 번갈아 가며 여자의 얼굴을 핥아댔다. 그럴 때마다 그 투명한 갈색 눈동자는 붉은 눈동자로, 푸른 눈동자로 바뀌었다.

"은희씨가 원하는 대로."

"그럼, 내 방으로 가요."

정석은 고개를 끄떡였다.

정석은 은희를 따라 골목길을 굽이굽이 돌고, 비탈진 언덕을 올라가

꼭대기에 자리 잡은 낡고 허름한 방 앞에 섰다. 그 방은 주인집 옆에 별채처럼 따로 지어져 있었다. 주인집에선 아이들의 떠드는 소리와 텔레비전 소리가 스며 나왔다. 언덕 꼭대기라 그런지 주변에 다른 집은 보이지 않았다. 옆으로는 공터가 펼쳐져 있었고, 공터에는 쓰레기와 낡은 리어카, 자갈 더미가 쌓여 있었다.

은희가 방문을 열 동안 정석은 언덕 아래를 내려다보았다. 그곳에 버섯처럼 다닥다닥 붙어 피어난 집들, 그 집집의 창에선 아늑한 불빛이 흘러나오고 있었다. 누이는 불 켜진 창을 바라보기 좋아했다. 어린 그를 업고, 성냥팔이 소녀처럼 남의 집 창을 보며 오래도록 서 있곤 했다. 석아, 보래이, 참말 이쁘제, 내는 와 그리 저 불빛만 보면 고마 심장이 두근거리고 눈알이 그렁해지는지 모르것다. 니가 얼라였을 때 니를 업고 강둑에 나가 엄마를 기다릴 때가 다 저녁 때 아니겠나, 나도 뭐 니보다 두 살 위 누분께 마카 얼라였제. 얼라가 얼라를 업고 엄마를 기다리는데, 와 그리도 방마다 켜진 불빛에 맴이 짠하던지. 거기다 카텡 달린 창문을 보면 지금도 마 환장한다 아이가, 내가 크면 꼭 옆집 미야 새이처럼 미싱사가 돼갖고 내 손으로 이쁜 카텡을 만들어서 온 방마다 달거래이, 보래이, 니 방에도 달아주꾸마.

누이는 미싱사가 되기 위해 국민학교를 마치자마자 시다로 들어갔다. 그리고 두세 차례 고만고만한 가내공장들을 전전하다가 열다섯에 처음으로 그럴듯한 봉제공장에 들어갔다. 거기서는 시다 중에서 최고로 높다고 했다. 1, 2년만 꾹 참으면 미싱사가 된다고 했다. 하지만 누이는 미싱사는 아니어도 자투리 천을 구해다 '카텡'만은 열심히 만들었다. 방안의 창문으로 모자라 부엌 입구, 선반 위, 찬장, 온갖 곳에다 '카텡'을 달았고, 심지어는 냄새 나는 재래식 화장실 창에도 시늉 같

은 '카텡'을 달아놓았다. 어머니는 무당집 같다고 질색을 했지만 누이
가 하는 대로 내버려 두었다.

"들어가요."

은희가 정석의 손을 잡고 끌었다. 선뜩할 만큼 차가운 손이었다. 그
는 무심결에 그 손을 제 두 손으로 감싸 비볐다.

"이 손은 더 차요."

은희는 남은 한 손도 그 손 사이로 밀어 넣었다. 정석은 정성껏 그 손
들을 비볐다. 손이 따뜻해지자 그는 그녀의 손바닥에 입을 맞추었다.
그의 입술이 닿는 순간 그녀는 몸을 떨었다. 그는 그녀를 잡아 당겨 입
술을 찾았다. 두 혀가 얽혔다. 그러는데 갑자기 그녀가 그를 밀어냈다.

은희는 돌아서더니 담배를 꺼내 불을 붙였다. 그녀는 그에게도 담배
를 내밀며 말했다.

"겨우 못된 놈 하나 만났다고 생각했는데…… 여자들한테 얼음장처
럼 냉정하다는 건 헛소문이었나봐. 또 착한 남자라, 후후."

정석은 길게 담배 연기를 뿜었다. 그러자 아까의 조용한 정념과는 다
른 격렬한 욕정이 솟구쳐 올라왔다. 그는 담배를 내던졌다. 그리고는
은희의 입에 물린 담배도 뽑아 버리며 그녀의 입술을 다시 덮쳤다. 그
녀는 그를 밀어내려 했으나 이번에 그는 물러서지 않았다.

정석은 은희를 덥석 들어 안고 방안으로 들어갔다. 펼쳐져 있는 이부
자리 위에 그녀를 눕히고, 버둥거리는 그녀의 옷을 벗겼다. 어두워서
보이는 것은 없었다. 맨살의 감촉에 흥분한 그가 마구 몸을 더듬거리는
데, 그녀가 그를 밀쳐내며 소리쳤다.

"이 새끼야, 너도 벗어!"

정석은 잠시 동작을 멈추었다. 웃음이 터져 나왔다. 그는 일어나 옷

을 벗었다. 은희는 이제 버둥거리지 않았다.

정석은 알전구의 불을 켰다. 갑자기 환해진 방안에 알몸이 된 은희가 누워 있었다. 언제 더듬어 찾았는지 그녀는 담배를 입에 물고 막 불을 붙이려는 참이었다. 긴 생머리의 늘씬한 여인이 낡은 나일론 이불 위에 벌거벗은 채 누워 담배를 피우고 있었다. 그 모습은 현실의 장면이 아닌 것처럼 낯설었으나 참을 수 없을 만큼 도발적이었다.

정석은 은희의 몸 위로 올라가 그녀의 몸을 핥기 시작했다. 그녀는 조금도 동요되지 않은 채 그를 똑바로 바라보며 여전히 담배를 피우고 있었다. 그는 허겁지겁 그녀의 몸 안으로 자신의 몸을 밀어 넣었으나 그 순간 그녀의 뺨에 흐르는 눈물을 보았다. 담배를 피우면서, 눈물을 흘리면서, 자신을 똑바로 바라보는 그 여자에게 지지 않으려 기를 쓰면서, 그 역시 똑바로 그녀를 바라보며 그 몸 안으로 파고들었다. 하지만 그가 졌다. 가득 차올랐던 그의 몸이 단박에 위축되었다. 그는 그녀의 손에서 담배를 빼앗아 집어던지고, 그녀의 눈물을 혀로 핥기 시작했다.

"미친 새끼, 먹을 게 없어? 왜 남의 눈물은 핥아먹고……"

그러는 은희의 입술을 정석은 다시 덮었다. 담배의 싸한 향기가 그의 혀로 옮아왔다. 죽어버렸던 그의 몸이 다시 부풀었다. 그는 정신없이 그녀의 몸을 파고들었다. 싸늘했던 그녀의 몸도 어느 새 뜨거워졌다. 두 사람은 굶주린 짐승처럼 뒹굴고 뒹굴었다.

그렇게 싸움 같은 정사를 치르고 어둠 속에서 까무룩히 잠이 들 때 정석은 무심코 요 밑으로 발을 집어넣었다. 방은 따뜻했다. 어렸을 때부터 유난히 발이 쉽게 차졌던 그는 자면서 요 밑으로 발을 집어넣는 버릇이 있었다. 그러나 오래 전 습관이었다. 그날 그는 무심코 어린 시절의 습관을 되풀이하고 있었다. 차가운 발에 닿던 따뜻한 방바닥의 기억. 그 따뜻함은 발을 통해 온몸으로 퍼져나갔다. 이 방은 따뜻하구나. 그는 중얼거렸다. 그는 팔을 뻗어 그녀를 품에 안고 그대로 잠이 들었다.

새벽녘이었다.

정석이 아직 잠에 취해 몽롱할 때 무언가 귓전에 흔들리는 소리가 있었다.

"난 말야…… 아이를 못 낳아."

정석은 제대로 알아듣지 못했다. 가까스로 가늘게 눈을 뜨고 고개를 돌려보자 천장을 보고 누워 있는 은희의 옆모습이 들어왔다. 그래, 어젯밤에 나는 이 여자와 잤지. 그녀는 전보문을 불러주듯이 또박또박 되풀이해 말했다.

"아. 이. 를. 못. 낳. 는. 다. 구……"

이번엔 정석도 제대로 알아들었다.

"남자가 있었어. 결혼한 남자였는데, 참 착했어. 착하니까 약했지. 그 남자는 말야. 내가 아이를 가질 때마다 낳으라고 했어. 자기는 곧 이혼을 할 거라고, 빌어먹을, 착한 남자가 이혼을 어떻게 해? 날 보면 마음이 약해지듯이 자기 마누라를 보면 또 마음이 약해지는데. 그래서 매번 결심하고 매번 실패했어. 그 덕에 내 아기는 뱃속에서 속절없이 커가다가……"

은희는 말을 끊더니 머리맡의 티슈를 집어 코를 풀었다. 코 푸는 소리가 팽 하고 나자 그녀는 정석을 보고 배시시 웃었다. 그러고는 몸을 돌려 그의 가슴을 쓰다듬으며 하던 말을 이었다.

"기어코 곪혀져서 나왔지. 그렇게 버린 아이가 셋이야. 하나도 아니고, 둘도 아니고, 셋……”

은희의 목소리가 어느 사이에 노래처럼 경쾌해졌다.

“그러고 나니까 그 남자를 보기만 해도 헛구역질이 나왔어. 아무리 쫓아내도 왔는데, 미친 시늉을 하면서 칼을 들이대니까 새파랗게 질려서 달아나더라. 그 길로 불임수술을 받아버렸지. 나이 스물 둘에 명색이 법률상 처녀니, 그것도 잘 안 해주더라고, 꼬치꼬치 캐묻길래 장사하려면 귀찮아서 그렇다고 했지, 뭐. 나, 이 얘기, 자기한테 첨 하는 거야.”

은희는 여전히 그의 가슴을 쓸어내리며 말했다.

“흐흐흐…… 웃겨. 나이 스물 둘에 죽인 애가 셋이야. 이제 더 죽일 일은 없으니 다행이지.”

침묵이 흘렀다. 정석은 무슨 말인가 해줘야겠다고 생각했지만 말이 나오지 않았다. 그저 은희의 결 좋은 머리카락만을 쓰다듬을 뿐이었다. 그래서인가, 그의 가슴을 쓸어내리던 손길이 멎더니 곧 편안한 숨소리가 들려왔다.

잠든 여자를 품에 안은 채 정석은 희부윰하게 밝아지는 방안의 공기를 바라보았다. 그는 문득 지금 이대로 자리를 박차고 도망가고 싶다는 충동에 사로잡혔다. 거기에는 그로 하여금 뒷걸음질 치게 하는 어떤 것이 있었다. 이 여자는 다르다. 수많은 여자와 밤을 보내고 이렇게 새벽을 맞았다. 하지만 이런 느낌은 처음이었다. 무엇인가가 그에게 지금 도망쳐야 한다고 재촉했다.

그에게는 언제나 다가오는 여자들이 있었다. 이유는 알 수 없었다. 그는 평범한 공장 근로자였고, 잘난 구석도 없었다. 한 가지 다른 것이 있다면 그가 다른 남자들처럼 여자들을 향해 움직이지 않는다는 점뿐이었다. 그는 움직이지 않고 식물처럼 한 자리에 머물렀다. 그래서 여자들이 다가올 수밖에 없었던 것일까. 아니면 이 세상에는 남자의 쓸쓸하고 어두운 분위기에 환장을 하고 달려드는 이상한 취미의 여자들이나 남아도는 모성애를 주체하지 못하는 여자들이 적지 않은 탓일까. 어쨌든 다가오는 것은 늘 여자 쪽이었다. 그 여자들만으로도 충분했기에 그는 자기 쪽에서 여자에게 다가가는 법이 없었다. 지금까지 그렇게 살아왔다. 여자들에게 그는 무심했다. 은희가 말한 대로 여자들은 분명 자신을 얼음장처럼 차가운 남자라고 했을 것이다. 몇 번 육체관계를 맺다가 뒤도 돌아보지 않는 게 그의 대응방식이었다. 때로는 그의 무심함, 냉담함에 질려 여자 쪽에서 먼저 떠나기도 했다. 그의 심장은 방수처리된 비옷처럼 모든 감정을 거부했다. 그런 감정들은 심장의 표면에서 물방울로 맺혀 굴러 떨어졌다. 그는 세상 어떤 일에도, 어떤 존재에게도 관심이 없었다. 지난 10년의 삶이 온통 그랬다. 아무 것에도 관여하지 않고 그저 삶을 덤덤하게 이어가는 것, 그것만이 자신에게 어울리는 삶의 태도라고 믿었다.

그러나 자신은 하나도 내주지 않고 다른 사람의 마음을 얻는다는 것은 생각만큼 달가운 일이 못되었다. 떨쳐낼 때도 힘들었다. 여자들은 자기들이 제 발로 다가와 그의 애정을 요구했음에도 그가 떠나려 하면 빚쟁이처럼 굴었다. 그를 저주하고, 책임을 요구하고, 자신이 얼마나 많은 것을 바쳤는가를 가계부 들이대듯 세목세목 따져댔다. 그래도 그런 관계는 불안하거나 두렵지는 않았다. 그런데 서은희, 이 여자는 달랐다. 그는 자신이 질기고 끈적거리는 어떤 것에 휘감겼다는 느낌이었다. 결코 떨쳐낼 수 없을 것 같은 불길함. 그러나 지금 몸을 빼면 된다. 지금 몸을 빼면 이 여자와 얽히지 않은 채 살아갈 수 있다. 그런데도 그는 꼼짝도 할 수 없었다. 이미 늦었다는 생각만이 머릿속을 맴돌았다. 아니면 이미 늦었다고 생각하고 싶은 것일까.

그때 은희가 갑자기 벌떡 일어났다.

"어머, 몇 시야? 회사 늦겠다."

정석은 그러는 여자를 다시 끌어 눕혔다. 아침 햇살에 그녀의 알몸이 상아처럼 빛났다. 그의 손길에 봉긋이 솟아나는 갈색의 유두에 그는 입술을 댔다. 지극히 섬세한 것을 다루듯 그는 그녀의 유두를 입안에 문다. 그녀의 입에서 신음이 새어나온다. 비온 뒤 쏟아져 내리는 계곡의 폭포처럼 그의 온몸에서 싱싱한 열정이 솟구쳐 올라온다.

이미 늦은 것이다. 수문은 열려버렸다. 이제 정석은 그것을 조절할 힘이 없다. 갈 데까지 가는 수밖에 없다. 왜, 왜 이래, 늦어…… 조금 전에 아이 셋을 죽였다고 냉소적으로 말하던 이 여자가 신음까지 뱉으면서 회사에 늦는 것을 걱정하고 있다.

정석은 이 여자가 한없이 사랑스럽다. 아침과 밤이 이토록 다른 여자, 그는 새로운 여자의 몸을 새로운 남자가 되어 파고든다. 늦, 늦는다니까, 입으로는 신음을 내뱉으면서도 어젯밤보다 더 앙탈을 부리는 이 여자의 귀에 대고 그는 뜨거운 숨을 내뿜으며 말한다. 늦었어, 이미 늦었다구.

결국 두 사람은 무단결근을 한다. 무단결근 하루면 사흘 치 임금이 깎인다. 그 아침, 두 사람 분의 엿새 치 임금이 어김없이 깎여나간다.

2. 새벽 커피

　바지를 내리며 변기에 걸터앉는데, 무엇인가 떨어지는 소리가 난다. 바지 주머니에 넣어두었던 주민등록증이다. 진우는 몸을 구부려 그것을 줍는다. 다행히 물기 없는 곳에 떨어졌지만 그래도 화장지를 뜯어내 몇 번이고 닦아낸다. 어려 보이게 머리를 짧게 자르고, 노란 티셔츠를 입고 찍은 증명사진이 거기 붙어 있다. 분명히 윤진우, 자신의 사진이다. 하지만 김영애, 650511로 나가는 주민등록번호, 경기도 김포군 김포읍의 본적, 거기 적힌 인적사항은 그녀의 것이 아니다.

　65년 생, 86년 현재 만21세, 헤는 나이로 스물두 살. 검정고시로 중졸 자격 따냄, 여덟 형제나 되는 아주 가난한 집안의 맏딸, 부모는 일찍이 여의고, 형제들은 모두 뿔뿔이 흩어져 살고 있음. 진우는 주민등록증을 들여다보며 거기 적혀져 있지 않은 김영애의 운명까지 떠올려본다. 영애는 야학에서 만나 의형제까지 맺은 사이인 만큼 그녀의 신상에 대해서 진우는 막힘이 없었다.

　석고상처럼 말끔한 용모에 깡마르고 눈빛이 날카로웠던 주임이 떠오른다. 입사 면접 때, 그는 진우가 내민 주민등록증을 뚫어지게 바라보았다. 그녀의 남편이며 지도선인 명수가 숙달된 솜씨로 영애의 사진을 벗겨내고, 그녀의 사진을 대신 붙여 위조해준 그 주민등록증은 누가 보기에도 완벽했다. 그런데도 그는 몇 번이고 그것을 뒤집어 보며 꼼꼼히 살폈다. 그녀의 등으로 식은땀이 배어 나왔다.

　여섯 번째 공장이었다. 모든 공장들이 위장취업자에 대해 신경이 곤두서 있었다. 다섯 군데의 공장에서 차인 다음, 진우는 면접을 보러왔던 여자들을 되새겨 보았다. 그러고 보니 허름한 옷을 입거나 맨 얼굴에 온 사람은 하나도 없었다. 어깨 너머로 넘겨다 본 이력서의 글씨들도 또박또박 정성 들인 글씨였다. 그러자 뒤통수를 한 대 맞은 기분이 들었다. 학생 출신들은 하나같이 낡고 허름한 옷에, 화장은커녕 머리도 잘 빗지 않고, 이력서 글씨는 대충 흘림체로 써서 가지고 갔다. 그것이 그들 머리에 박혀있는 노동자의 상이었다. 아직 멀었구나, 그녀는 자신의 한계를 절감했다. 그래서 이번에 그녀는 분홍색 블라우스에 검정 스커트를 입고, 화장도 하고, 서툴지만 정성스럽게 보이는 글씨로 이력서를 써서 이 공장에 온 것이다.

마침내 주임은 진우의 주민등록증을 내어주며 한 마디를 더 물었다.

"어디 김씨예요?"

하마터면 진우는 안도의 한숨을 내쉴 뻔 했다. 비수 같은 질문이 날아 올까봐 긴장하고 있었던 것이다.

"광산 김씨요."

"아, 그래요? 경비원 아저씨가 종씨라고 좋아하겠네. 나가면서 인사해둬요. 출근은 당장 내일부터 하고."

의심 섞인 눈초리를 버리지 않은 채 주임은 그렇게 말했다. 하긴 그 눈길은 지금까지도 가끔씩 그녀의 등 뒤로 날아와 꽂히곤 한다.

"얼른 나오지 않고 뭐혀!"

누가 화장실 문을 마구 두드린다. 놀란 진우는 얼른 옷을 추스르고 문을 연다.

"죄송해요."

바깥에 서있는 사람은 박춘자라는 중년의 기혼 직원이다. 진우의 사과에 대꾸도 없이 그녀는 화장실 속으로 뛰어 들어간다. 곧 이어 요란

한 소리가 들려오더니, 진우가 손을 씻고 있는 등 뒤로 뒤늦은 답변이
흘러나온다.

"죄송허긴 뭐가 죄송혀? 나가 갑재기 설사가 나서 그랬제. 맨날 야
밤에 라면만 먹어쌓니 속이 견뎌내남? 나 땜에 일 덜 보고 나간 건 아
니여?"

닫힌 문 뒤에서 나오는 그 한 박자 늦은 답변에 진우는 웃음을 참고
대답한다.

"아니에요. 늑장 부리고 있었는 걸요. 그럼 천천히 오세요. 먼저 갈
게요."

식당에 가니 박춘자와 한동네 이웃인 고효순이 큰 냄비 두 개에 라면
을 끓이고 있다. 식당이래야 현장 옆의 빈 사무실에 식탁 두 개하고, 가
스레인지랑 싱크대 하나 갖다 놓고 시늉을 낸 곳에 불과하다. 따로 식
당이 없는 이 공장에서는 부서마다 이런 빈 공간에 야식 장소를 마련해
쓰고 있었다. 야식은 새벽 3시에 라면을 끓여 먹는 것이 전부였다.

"얼른 온나, 안 그래도 라면 불까봐 걱정 안 했나."

고효순이 진우를 보며 말한다. 고효순과 박춘자는 둘 다 마흔 다섯
동갑이었지만 하는 짓을 보면 아이와 어른처럼 비교가 되었다. 박춘자
는 주책인데다 눈치가 없어서 사람 좋고, 잘 웃고, 천성이 순진한데도
일할 때면 동료들에게 싸잡아 놀림을 당하곤 했다. 불행인지 다행인지
본인은 자기가 놀림을 받는 것도 모르는 형편이었지만. 그에 반해 고효
순은 사리가 분명하고 경우가 발라 어딘가 위엄이 있었다.

"영애야, 얼른 와."

"오, 안 그래도 미스 김이 빠져서 어디 갔나 했네."

동료들이 한 마디씩 말한다. 부서별로 먹어도 스무 명 되는 인원이

한꺼번에 먹기는 힘들어서 열 명씩 교대로 먹었다. 말이 없고 부끄럼을 많이 타는 미선이 얌전히 그릇들을 꺼내놓는다. 뽕짝이라면 이미자 저리 가라로 부르는 기혼 직원 김말심이 김치를 꺼낸다. 서로 당번을 정하지 않아도 기혼 직원들은 야식 시간이면 번갈아 김치를 싸왔다. 박춘자는 뒤늦게 와서 불어터진 라면을 누구보다도 말끔히 먹어 치웠다.

"라면 때문에 설사병 도졌다며 와 그리 먹어쌓노?"

고효순이 한 마디 한다.

"참, 남이사 똥을 싸지르든, 똥이 맥히든 뭔 참견이람?"

"하여간 하는 짓이 하나부터 열까지 얼라라. 나이 헛먹었제."

"참, 니 웃긴다. 내 나이 먹을 때 니가 한나라도 보태준 게 있나, 와 그리 심통이여? 그리고 내가 얼라면 니는 능구렁이 잡아묵은 칠십 노파다. 이봐라, 안 그러나?"

경실이 입에 라면을 넣은 채로 킥킥거린다. 그 모습을 박춘자가 놓칠 리 없다. 마침 잘 걸린 것이다.

"니 왜 그리 웃어대는 겨? 꼭 하는 짓이라곤 전라도치 같이……"

박춘자의 또 다른 특징은 전라도 사람이라면 이를 악물고 싫어하는 점이었다. 그러자 고효순이 얼른 쐐기를 박는다.

"하여튼 아무데나 전라도 갖다 부치는 데는 학을 띠겄다 아이가. 어디 느그 충청도는 마카 다 좋은 사램이가, 그기 다 사람 나름이다. 내사 보니 느그 충청도나 우리 경생도나 악바리는 악바리고, 미친놈은 미친놈이더라. 전라도 아니라 전라도 할애비래도 순둥이는 내동 순둥이고……"

"어데가 그려? 우리 충청도야 양반만 있구만."

박춘자는 지지 않고 구시렁거린다.

"아줌만 옛날에 전라도 사람한테 되게 당한 적이 있나 봐요. 왜 그렇게 전라도라면 난리예요?"

뜨거운 음식을 잘 못 먹는 경실은 라면을 식혀서 한 가닥씩 입에 말아 넣으며 묻는다.

"중신 서준 할마시가 전라도 댁이었다고 안 저러나?"

고효순이 혀를 차며 말한다.

"어데 그 중신 할멈 하나로 그러남? 그 뒤로도 내내 겪었으니까 그러는 거제."

박춘자의 말에 경실이 다시 말한다.

"중매 서줘서 시집갔으면 고마운 사람인데 왜 그래요? 아저씨한테 시집 온 게 싫으신가 봐."

그러자 박춘자는 이제 자기 이야기를 풀어놓을 마당이 생겨 신이 나는 기색이다.

"그러니께 내 말 들어봐. 내가 꽃다운 열일곱에 중매할멈인가 뭔가 전라도 할마시가 신랑을 데꼬 와서 선을 보는데, 한나도 맴에 안 차는 거여. 내가 그때 좀 고왔남? 길 가던 남자치고 뒤돌아보지 않는 놈이 없었다니께. 지금 이쁘다는 저기 미스 홍이나 미스 박은 저리 가라로 휜했던 거여. 달밤에 핀 박꽃 같았제."

아닌 게 아니라 박춘자는 지금이야 살이 붙고 늙어서 전형적인 중년 여성이지만, 뜯어보면 뽀얀 얼굴에 쌍꺼풀이 진한 눈이며, 높은 콧대와 선명한 입매로 미루어 젊었을 때는 꽤나 고왔을 얼굴이었다. 평소에도 자신의 '인물'에 대한 자부심이 대단해서 여직원이 새로 들어오면 인물부터 따졌고, 인물이 눈에 안 찬다 싶으면 처음부터 눈을 내리깔고 대하는 게 그녀의 버릇이었다.

"그래서 퇴짜를 딱 놓을라고 하는디, 그 여시 겉은 할마시가 내 맘을 알고 야밤에 찾아오더니 하는 말이, 선 본 걸 깨면 돈을 많이 내야 한다고 거짓부렁을 한 거여. 어리디 어린 내가 고걸 알았남? 그때 우리 집이 똥구멍이 찢어지게 가난했는디, 돈을 많이 내야 된데니께 간이 철렁하드라고. 그래 비단 겉은 여린 마음에 부모 생각이 짠해서 밤새 울곤 그냥 시집을 간 게 아닌감?"

"헤, 아줌마도 뻥이 보통이 아니네."

홍섭이 혀를 내밀며 말한다.

"설마! 정말 그렇게 시집을 갔단 말예요? 옛날도 아니고, 요새 세상에!"

경실이 끼어들어 묻는다.

"왜 아녀? 그래서 이날 입때꺼정, 오마나, 몇 년만 있으문 30년이여, 아이구, 징그러, 내 인물로 돈 많은 남자도 얼마든지 잡을 수 있었는디, 그렇게 순진해번져갖고, 하이고, 기가 맥히제."

말은 그렇게 하면서도 박춘자는 뭐가 좋은지 까르르 웃음을 터뜨린다.

"지가 바보 겉은 건 생각 못 허고, 애꿎은 중신 할멈 농담 갖고 전라도라면 이를 갈아대냐?"

"아휴, 그려, 니, 용호 엄마, 아니, 고효순씨, 차암 잘났다! 하도 잘나서 손자 볼 나이에 쪼꼴레트 공장 다니면서 야밤마다 라면 끓여 안 먹나 몰러."

고효순은 그 말에는 대꾸도 안 하고 일어나 설거지를 챙긴다. 나머지 사람들도 그제야 자리에서 일어나면서 뒷정리를 한다. 늘 보는 풍경이었다. 두 사람은 노상 붙어 다니면서도 그렇게 노상 대거리를 했다. 금방 잡아먹을 듯 대들다가도 금세 할 말이 있으면 쪼르르 고효순에게 달려가 귓속말을 하는 박춘자였다. 반면에 고효순은 철없는 박춘자와는 전혀 달랐다. 버들치처럼 옆으로 긴 눈은 살아온 통찰로 가득했고, 뒷말이라고 안 하는 대신 싫은 말도 면전에서 거리낌 없이 했다. 반장이고, 사장이고, 그녀는 박춘자 앞이나 똑같이 할 말을 다 했다. 내사 마 겉다르고 속 다른 말은 못한데이. 쫓아내면 나갈끼고, 놔두면 돈 받고 일하는 거제. 사장 아니라 사장 할애비래도 내를 잡아먹을끼가 어데, 하며 아무 것도 겁내하지 않았다.

경실은 진우가 뒷설거지를 도울 동안 자리를 잡아놓고 있겠다며 현장으로 달려갔다. 다른 팀이 라면을 마저 먹고 올 동안 10분 정도의 시간이 생긴다. 그 때의 단잠이야말로 이 공장에서 생산되는 어떤 초콜릿보다도 달콤한 맛인 것이다. 따뜻한 초콜릿 통에 등을 기대고 쉴 수 있는 그 휴식을 위해선 빨리 달려가야 했다. 늦게 가면 상자나 깔고 새우처럼 옹크렸다 일어날 수밖에 없었다.

현장에는 드럼통만한 거대한 초콜릿 통들이 있었다. 초콜릿이란 게 온도가 높아야 액체 상태가 유지되는 거라 그 통들은 하나같이 따뜻했다. 물론 틀에 넣어 제품을 만들 때는 급속냉각을 시켜야 해서 콘베이어 벨트가 있는 작업 현장에는 냉기를 유지할 수 있도록 따로 유리문이 달려 있었다.

설거지를 마친 진우가 가보니 두 사람쯤은 너끈히 등을 기댈 수 있는 큰 초콜릿 통 앞에 경실이 자리를 잡고 앉아있었다. 그새 꾸벅거리며 졸던 경실은 진우의 기척에 잠에서 깨어 말한다.

"따뜻해서 너무 좋아. 얼른 등 기대봐!"

경실은 진우의 손을 잡아당기며 그 말만을 하더니 마음이 놓였는지

금방 잠에 빠져버린다. 경실의 잡은 손에서 스르르 힘이 빠진다.

진우는 초콜릿 통에 기댄 채로 신기할 만큼 빨리 잠드는 경실의 얼굴을 들여다본다. 경실은 진우가 이 공장에 들어와 처음으로 친해진 친구였다. 실제 나이야 진우가 스물일곱이니 여섯 살이나 위였지만, 여기서의 나이는 한 살 밖에 차이가 나지 않아 너나들이 친구를 하고 있었다.

경실은 셋째 딸이라고 했다…… 넌 첫째니까 좋았겠다. 난 6남매 중간에 껴서 언니 크는 거, 동생 자라는 거 훔쳐보면서 따라서 컸다니까, 하하, 정말이야. 한번은 친척집에 말 안 하고 가서 사흘을 있다 왔는데도 없어졌는지도 모르더라니까. 기가 막혀서. 그러니 중학교 보내준 것만도 감지덕지였지. 하지만 친구들은 거지반 다 진학했으니까 서러워서 며칠이나 울었어. 다른 집들은 학교를 못 보내면 부모들이 미안해서 어쩔 줄을 모르는데, 우리 집은 웃긴다니까. 내가 집에 처박혀 있는 꼴을 못 보는 거야. 다른 집 딸들은 서울 가서 돈만 잘 벌어오는데, 너는 방구석에서 밥이나 축내냐고 어찌나 구박을 해쌓는지…… 할 수 없이 안양으로 올라와서 공장 다니는데, 그 동네에 공민학교란 게 있어서 거길 2년 동안 다녔어. 진짜 좋았어. 거기 다니던 때는 내 인생에서 별처럼 빛나는 시절이었어…….

별처럼 빛나는 시절, 문어체의 그런 표현을 잘 쓰는 경실은 낭만적인 친구였다. 그래도 평소 그녀의 얼굴에는 일찍이 제 손으로 생활을 책임진 사람만이 가질 수 있는 어른스러움이 묻어 있었다. 하지만 이렇게 눈을 감고 자고 있는 모습에는 숨길 수 없는 앳된 기색이 흘러넘친다. 볼록한 뺨에는 아직도 솜털이 보송송하고, 작게 다물어진 입매는 어린아이 같다.

1980년, 그해 진우는 스물 한 살이었다. 광주에서 엄청난 학살이 있었던 그 해, 그녀에게 광주는 어머니의 자줏빛 입술로 먼저 떠올랐다. 어머니는 그 무렵 어느 일간지의 기자였다. 그날 대문을 열어주면서 진우는 어머니의 립스틱 빛깔이 이상하다고 생각했다. 죽은 자줏빛의 입술. 빳빳이 올린 마스카라도, 갈색의 아이세도우도, 실크처럼 잘 퍼진 파운데이션도 모두 신문사로 출근할 때의 어머니 모습 그대로였는데, 붉게 칠하고 나갔던 립스틱만 빛깔이 바뀌어 있었다. 집에서도 언제나 화장을 단정히 하고 있는 어머니였기에 그녀는 그 빛깔이 맨 입술의 빛깔이라곤 생각 못한다. 잘 먹은 화장은 새파랗게 질린 어머니의 표정을 감추어 주었지만, 하루에도 몇 번씩 덧발라야 유지되는 립스틱만은 주인이 그 절차를 잊자 죽은 빛깔의 입술을 그대로 드러내었다. 어머니는 그 죽은 자줏빛 입술로 진우에게 몇 장의 사진을 내밀었다. 외국 기자들이 찍은 사진이었다. 금방 피가 묻어나올 것 같은 생생한 살육의 장면들, 몇 시간이면 갈 수 있는 친구들의 집이 있는 도시에서 벌어진 끔찍한 학살.

어머니는 그 중 한 장의 사진을 가리키며 말했다. 이건 내가 아는 기자가 직접 찍은 거야. 숨어서 찍었는데 무서워서 죽는 줄 알았다더라. 나만 보라고 준 거야. 절대로 내돌리지 말라고. 이 사진 들어가는 날이면 끝장이니까.

망원렌즈로 찍은 데다 떨면서 급히 찍었는지 초점도 어긋난 거친 사진이었다. 공수부대 병사가 방망이로 웅크리고 있는 남자를 강타하고 있었다. 누워 있는 남자는 태아처럼 온몸을 웅크린 채 두 팔로 머리를 감싸고 있었다. 남자가 얼마나 공포에 질려 있는지 사진을 보는 것만으로도 몸이 떨렸다. 그 위를 내리치는 단단한 방망이의 속도감은 거친 입자의 사진 속에서도 생생했다. 카메라의 초점이 우연히 거기에 맞춰

졌는지 공수부대원의 등에 멘 검은 장총만 선명했다. 세상에, 내가 립스틱 지워진 것도 모르고 다녔구나. 아이, 창피해라. 화장실에 다녀온 어머니는 그새 붉은 립스틱을 완벽하게 새로 바르고, 거실의 전축에 레코드판까지 새로 건다. 그런 다음 어머니는 사진을 들고 소파에 가서 앉는다. 그리고 그것들을 다시 한 장씩 찬찬히 들여다본다. 꽃잎처럼 붉게 피어난 입술 때문에 그 모습은 파티의 사진이라도 들여다보는 것처럼 보인다. 그 장면 위로 포레의 '레퀴엠'이 성능 좋은 오디오로 흘러나오고 있었다. 진혼곡, 우연이었을까, 어머니의 선곡은 너무도 아귀가 맞아 오히려 희극적이었다.

때르르르르릉, 고막을 찢을 듯한 요란한 소리가 온 공장에 울려 퍼진다. 초콜릿 통 만큼 커다란 자명종이라도 틀어놓은 것만 같다. 그 사이 언제 잠이 들었던가. 진우는 꿈속에서 이미 기계 앞에 앉아 있다가 벌떡 일어난다. 들어온 지 얼마나 되었다고 벌써 꿈까지 이 공장에 입사를 한 모양이다. 감옥에서 처음으로 감옥 꿈을 꾸던 날, 꿈마저 함께 수감된 것 같아 씁쓰레해했던 기억이 딸려온다. 경실도 진저리를 치며 달디 단 잠에서 깨어난다.

부르르릉, 철컥, 드르르르……

콘베이어 벨트는 벌써 돌아가고 있었다.

"빨리들 안으로 들어가요! 물건 나가요!"

최 반장이 쫓아다니며 소리를 질러댄다. 하지만 그가 소리를 지르지 않아도 사람들은 잽싸게 제자리를 찾아든다. 일감이 그냥 흘러가서 불량이 되게끔 두고 볼 사람은 아무도 없었다. 경실도 잽싸게 제자리에 가 있다. 진우 역시 어느 틈에 면장갑을 손에 끼고, 눈앞으로 흘러가고 있는 몰드 속의 초콜릿 액체에 스틱들을 박아 넣고 있다. 지금 나오는

경실은 자신의 꿈을 말한다. 좋아하는 책을 읽으면서, 가슴 울리는 음악을 들으면서, 경치가 아름다운 곳들을 여행하면서, 사랑하는 사람에게 긴 편지를 쓰면서, 이렇게 새벽 커피를 즐기면서 살고 싶다고. 이곳의 공장 생활은 그녀가 원하는 생활이 아니다. 그녀는 남은 인생을 결코 이렇게 살고 싶지 않다. 자기가 사랑했던 군인 오빠에 대해서도 말한다. 몹시 사랑했는데 알고 보니 그 사람한테 약혼자가 있어서 헤어졌다는 것이다.

"그 오빠, 미치게 보고 싶어. 나, 밤마다 그 오빠에게 긴긴 편지를 울면서 쓰다 잠든다. 웃기지? 보내지 않은 그 편지들이 상자에 가득 쌓였어. 슬픈 음악 틀어놓고 그 편지를 한 장씩 읽으면 가슴이 무지 아픈데도 쬐끔은 달콤한 게 입안에 고이거든. 나, 언젠간 그 오빠 찾아 갈 거야, 살도 쏙 빼고 날씬해져서, 예쁜 옷도 사 입고, 예쁘게 화장을 하고, 오빠의 부대 앞에 있는 다방에 어느 날 앉아 있을 거야. 그럼 무심코 들어왔던 오빠가 날 보고 깜짝 놀라겠지? 그 옆에는 그 약혼녀가 함께 있을지도 몰라. 그 여자는 내 아름다운 모습을 보고 질투를 느끼고, 싸늘한 눈초리로 나를 바라보겠지……"

뜨겁게 탄 커피를 앞에 놓고 경실은 자기만의 공상에 잠겨 있다. 그런 그녀를 바라보던 진우는 경실이 커피에 입도 대지 않는 것을 보고 묻는다.

"근데 왜 커피는 타놓고 안 마셔?"

"난 식혀서 마셔. 원래 뜨거운 거 잘 못 먹잖아?"

"뜨거운 거 잘 못 먹는 줄은 알지만, 그래도 커피까지?"

"응. 웃기지? 넌 진짜 잘도 마신다, 그 뜨거운 걸!"

"이 정도가 뭐가 뜨거워? 그럼 넌 동태찌개도 다 식혀서 맛도 없는 걸 먹겠다!"

"응. 난 뜨거운 게 제일 싫어. 방도 뜨거우면 숨이 막혀서 윗목에서 자. 한겨울에도 창을 꼭 열어야 자고…… 몸에 열이 많은가 봐."

"와, 넌 되게 정열적인가봐. 사랑도 열렬히 하고, 난 몸이 차서 뜨거운 것만 찾아다니는데……"

경실이 갑자기 머뭇거리듯 입을 뗀다.

"근데 영애야!"

"응?"

"나 말야……"

"응……"

"난 니가 좋다!"

"나도 니가 좋아. 하지만 이런 말 쑥스럽다, 애!"

진우의 말에 경실은 미지근해진 커피에 입을 대면서 말한다.

"널 보면 내가 중학교만 나온 게 안 부끄러워."

진우는 어리둥절한 표정으로 경실을 바라본다.

"중학교만 나와도 너처럼 교양 있고 멋있을 수 있으니까. 널 처음 봤을 땐 당연히 고등학교 나온 앤 줄 알았어. 아니, 그 애들하고도 달랐어. 넌 어딘지 모르게 많이 배운 사람 같았다. 그런 니가 중졸이란 걸 알았을 땐 얼마나 좋은지 몰랐어. 나도 너같이 되고 싶어."

"컥컥!"

그만 진우는 삼키던 커피에 사레가 들리고 만다. 경실이 놀라서 그녀의 등을 쳐준다. 진우는 아무 말도 할 수 없다.

"괜찮아? 정말?"

경실은 걱정스러운 눈길로 진우를 들여다본다. 진우는 그 눈을 마주칠 수가 없다.

진우의 손을 꼭 잡고 탈의실로 가면서 경실은 말한다.

"내가 방 치워놓고 한번 부를게. 꼭 와. 이사 간 지 얼마 안 돼서 아직 정리가 안됐거든. 그래도 월부로 오디오도 들여놨다. 이제 집엔 돈 안 부치기로 했거든. 몰라. 나도. 나 살기도 바쁜데, 뭘. 집에서도 이젠 시집갈 돈이나 모으래. 하지만 모으긴 뭘 모으냐. 난 나한테 아무 것도 안 바라고 나만 사랑해주는 사람한테 시집갈 거니까 그런 돈 필요 없어. 그런 사람 없으면 혼자 살지, 뭐."

진우는 가만히 고개만 끄떡인다.

"꼭 와야 돼! 니가 오면 얼마나 좋을까!"

경실은 활짝 웃는다. 진우도 활짝 웃어 주었지만 그 억지웃음의 뒷맛은 씁쓸했다.

3. 황해도집

근무를 끝낸 정석은 여느 날과 다름없이 동쪽 현관을 통해 수위실로 걸어갔다. 경비원 김씨의 둥근 코끝이 벌겠다. 벌써 한 잔 걸친 모양이었다.

"뭐야, 자네, 아침부터 잔소리하는 게 안 좋을 것 같아 내가 출근할 땐 말 안 했는데, 여자한테 푹 빠져 갖고 무단결근을 다 하고! 그렇게 팔짱 끼고 나가서 둘 다 똑같이 결근을 해?"

"그냥…… 그럴 일이 좀 있었어요. 너무 걱정 마세요."

죽은 아버지의 마지막 직업이 경비원이었던 탓에 정석은 김씨한테만은 곁을 주어왔다.

"그리고 아까들 우르르 한 잔 하러 몰려가던데, 자네는 또 빠졌잖아?"

남자 직원들은 서쪽 현관을 통해 벌써 술집으로 몰려간 모양이었다. 정석은 늘 외돌토리로 찍혀 있어서 이제는 직원 전원이 참석하는 회식 자리를 빼고는 그에게 의례적으로 권하는 사람조차 없었다. 그도 그러는 편이 좋았다.

김씨는 여전히 잔소리를 했다.

"그나저나 조신한 처녀들 다 놔두고 하필 미스 서야? 몸이야 잘 빠졌지만 영 사내 겉은데다 까불어나 대는 철딱서닌 걸. 자네야 워낙 얌전하고 순진한 총각이니 그 망나니 아가씨가 눈독을 들였구먼. 에그, 원!"

정석은 웃기만 했다. 사내 같고 까불어나 대는 철딱서니 없는 여자, 얌전하고 순진한 총각, 사람들이 다른 사람들에 대해 알고 있다고 믿는 모습들의 허망함.

"그나저나 한잔 걸치셨나 봐요?"

정석이 말머리를 돌렸다.

"응, 잠깐 나가서 한 잔 하고 왔지. 고향 친구가 올라 와서 말야. 거, 괜찮은 과부집 하나 알아냈는데 눈꼬리가 새침하니 올라간 게 깎아놓은 밤톨겉이 이뻐. 자네랑도 한번 가자구. 아주 사내들 애간장 태우게 생겼다니까."

"아저씨 비번이실 때 한번 같이 가죠."

"그래, 그래, 꼭 한번 가. 자네도 이런 여자, 저런 여자, 자꾸 겪어봐야 여자 보는 눈이 생기는 법이거든. 공부 삼아서……”

잔소리 끝이라 민망했던지 김씨는 주석을 달았다. 은희는 같은 반의 여직원들과 몸단장을 마친 다음에나 나올 것이다. 정석은 카드함에서 카드를 꺼내 타임 체커에 꽂았다. 찰칵, 기분 좋게 딱 떨어지는 소리는 언제 들어도 명쾌했다. 21시 18분, 정확한 시각이 찍혀 나왔다.

그때 정석의 등 뒤로 수위실 문 열리는 소리가 들리더니 낭랑한 여자의 음성이 들려온다.

“안녕하세요, 아저씨?”

“어, 어서 와! 우리 종씨 아가씨 오시네. 어때, 날씨가 많이 추워졌지? 근데, 왜 또 야근조야? 주간할 차례 아냐?”

“친구가 야근조를 하겠다고 해서요. 그냥 같이……”

“그래, 야무지구먼. 몸은 좀 힘들어도 야근이 짭짤하지. 월급봉투 받을 때면 뿌듯하다구.”

정석은 김씨가 누구를 보고 저렇게 살뜰하게 구나 싶어 고개를 돌려 보았다.

“어머, 이정석씨 아네요? 여기 다니셨어요?”

여자 쪽에서 먼저 놀란 목소리가 터져 나왔다. 정석 역시 뜻밖이었다. 그래, 김영애라고 했지, 열흘 전쯤인가 그가 사는 집에 세 들어온 여자였다. 그런데 저 여자가 언제 우리 공장에 들어온 걸까.

“아니, 우리 종씨 아가씨하고 아는 사이야?”

김씨의 둥그런 눈이 당장 호기심에 빛났다. 정석이 얼떨떨한 채 있자 김영애가 웃으며 대신 대답했다.

“옆방에, 아니 옆의 옆방에 사는 분이예요.”

“허허, 그랬다구?”

그때 누가 문을 홱 열어젖히며 들어온다.

"어휴, 좆나게 추운 날씨네. 안녕하세요? 어, 미스 김도 안녕! 야, 정석아, 너, 잔업 했냐?"

야근 조에서 일하는 홍섭이었다. 김씨가 홍섭을 보고 신이 나서 떠든다.

"이봐, 양군, 글쎄, 우리 종씨 아가씨가 저 이군하고 옆방에서 사는 사이라는데?"

"어쭈, 이놈 봐! 미스 김 같은 미인하고 한 지붕 아래 살면서 숨겼단 말야?"

홍섭이 정석의 옆구리를 푹 찌르며 말했다.

"아니, 나도 모르고 있었어."

정석이 대답하는데 영애가 얼른 나선다.

"같은 회사에 다니는 줄 몰랐어요. 입사한 지 꽤 됐는데, 저도 지금 막 알았어요."

"야, 그래도 그렇지. 같은 집 살면서 어디 다니냐고 물어보지도 않았냐? 나 같으면 일단 여자가 나타났다 싶으면 잽싸게 신상파악부터 쫙 하는데, 원래 저놈은 숫뵈기라서요, 하하……"

홍섭의 말에 정석은 피식 웃는다. 홍섭 역시 그를 여자라곤 모르는 순진한 남자로 아는 것이다.

"짜아식, 여자들 속이나 태우더니…… 임자 만났네."

홍섭이 정석을 툭 치며 말했다. 근무가 달라 아직 서은희와의 얘기를 못 들은 모양이었다.

"저 먼저 들어갈게요. 정석씨, 그럼……"

영애가 목례를 하고 들어가자 홍섭이 정석에게 말한다.

"야, 너도 인제 인생이 필 모양이다. 저 아가씨, 아주 괜찮아. 내가 유심히 봐뒀다니까. 내가 찍어놨는데, 너라면 내가 양보하지. 옆방 산다는 데야 내가 승산이 없지."

"그럼 두말하면 잔소리지. 광산 김씨 우리 종씬데 하나 버릴 것 없는 처녀야. 얼굴 이쁘지, 인사성 밝지. 눈꼬리만 좀 올라갔으면 더 바랄 게 없겠지만, 하하……"

은희와 정석이 사귀는 게 못마땅했던 김씨는 홍섭의 말에 장단을 맞춘다. 그러는데 정석이 홍섭에게 물었다.

"저 여자, 몇 살이야?"

뜬금없는 질문인데다 정석의 표정이 너무 진지해서 김씨와 홍섭은 큰 소리로 웃음을 터뜨린다.

"얌전한 강아지가 부뚜막에 먼저 올라간다더니, 딱 너를 두고 하는 말이네. 나이부터 묻다니, 엉큼하긴! 스물 둘이다, 스물 둘! 기똥찬 나이지. 근데 나인 안 많아도 속이 깊은 아가씨야."

정석은 아무 말도 하지 않는다. 흐흐흐…… 웃겨. 나이 스물 둘에 죽인 애가 셋이야. 이제 더 죽일 일은 없으니 다행이지…… 그 텅 빈, 황량한 스물 둘, 그리고 밝고 맑고 낭랑한 스물 둘, 똑같은 스물 둘의 빛깔이 저렇게도 다른가. 어쨌든 저 여잔 나보다 어리구나, 정석은 그 생각에 마음이 놓이는 자신을 보고 스스로도 놀란다. 그러고 보니 처음 영애를 본 순간, 그때 정석은 영애를 자신의 죽은 누이로 착각했던 것이다. 물론 짧은 순간이었지만. 그래, 그랬지, 잊고 있었는데, 다시 영애를 만나니 일부러 각인시켜 둔 것처럼 그날의 기억이 또렷이 떠올랐다.

그날은 월급날이었다. 직원들은 회식에 갔지만 정석은 홍섭이 악착

같이 붙드는데도 소주병 하나 꿰차고 방으로 기어 들어갔다. 얼마 안 되는 월급이었지만 뭉칫돈이 주어질 때면 누이의 생각이 그를 뒤덮었다. 아카시아 이파리 같은 돈 뭉치. 일 나간 어머니를 기다리며 정석과 누이는 버스 정류장 옆길에 앉아 가위 바위 보로 아카시아 이파리를 떼어내는 놀이를 하곤 했다. 아카시아 이파리는 따도 따도 있었다. 이게 돈이면 억수로 안 좋겠나, 누이는 말했다. 그러는 누이의 얼굴에 기미처럼 내려앉던 그늘. 그는 무슨 짓을 해서라도 그 그늘을 지우고 싶었다. 하얀 아카시아, 무더기로 핀 그 꽃처럼, 그 꽃의 향내처럼 환하게 웃게 하고 싶었다. 누부야, 내가 커갖고 이 아카새 이파리만큼 돈을 벌 끼다, 그라면 누부야 다 줄끼다, 이층집도 지어줄끼다, 두고 보래, 그러면 누이는 생글거리며 웃으면서도 핀잔을 주었다. 니가 벌면 그기 다 니 돈이재, 내 꺼가 어데, 니 각시나 실컫 호강시켜줘라 마. 그러면서도 누이는 웃었다. 누이의 웃음은 무더기로 핀 아카시아 꽃무리 같았다. 향기로웠다. 그 월급날은 누이의 기일이기도 했다. 기일이래야 사실 아무것도 할 건 없었다. 누이의 뼈가 묻힌 부산은 너무 멀었고, 혼자 제사 흉내를 낸다는 것도 부질없었다. 그저 소주에 노가리나 들고 들어가 라면이나 끓여놓고 취하면 혼자 중얼거리듯 누이와 이야기를 나누는 게 그의 방식의 제사였다.

"이 총각 보게. 불이 꺼져서 아무도 없나 했잖아. 앞방에도 애기들뿐이고, 쥔아줌만 어디 갔어?"

갑자기 복덕방 영감이 부엌문을 밀어 제쳤다. 마침 방문을 연 채 앉아 있었던 정석은 고스란히 제 모습을 그 노인네 앞에 드러내고 말았다. 그는 짜증이 일어 노인을 사납게 노려보았다. 다른 경우에는 성정이 사나워지는 일이 거의 없었지만 혼자 있는 자신을 방해하거나, 자신의 세계 속으로 예고 없이 들어오는 무례함 앞에서는 언제나 이성을 잃을 만큼 격분하는 그였다. 그런데 영감의 등 뒤로 갸웃이 고개를 내미는 한 여자의 얼굴이 보였다. 앞방의 불빛에 비친 그 얼굴을 보는 순간, 그는 자기도 모르게 벌떡 일어났다. 술탓이었던지 그는 그 여자를 누이가 살아 돌아온 걸로 착각했던 것이다. 그러나 금세 정신을 차리고 보니 처음 보는 여자였다. 누이하고 닮은 얼굴도 아니었다. 어딘가 눈빛이 누이를 떠올리게 하는 점이 없는 것은 아니었지만. 해사한 얼굴이었다. 갸름한 얼굴에 사내아이처럼 짧게 자른 머리, 뒤에서 비치는 불빛 탓인지 머리 빛깔과 눈빛이 유난히 짙게 느껴지는 모습이었다. 그 여자가 먼저 생긋 웃으며 고개를 숙이고 인사를 했다. 치약처럼 싸한 웃음이었다. 그 역시 얼결에 고개를 숙였다.

"아, 참, 서로들 인사하지. 요 옆에 옆방에 새로 들어올 아가씨야. 아가씨가 들어오니까 총각도 좋지? 거 참, 불이나 켜고 술을 마시지, 젊디젊은 사람이 이게 웬 청승이야? 그나저나 이거 낭팰세, 어쩌나?"

복덕방 영감이 너스레를 떠는 동안 그는 어느새 술이 확 깨어버렸다.

"괜찮아요, 이 방하고 똑같이 생겼댔죠? 그럼 됐어요. 아저씨한테 계약금 드리고 갈게요."

"그래그래, 더 볼 것도 없어. 20에 4만 원짜리 방은 눈을 씻고 찾아도 여기뿐이니까. 요새 이런 집이 어디 있나? 겉보기는 이래도 이런 데가 속 편한 거야. 신간 좀 편하자고 어먼 데다 돈 쓰는 것처럼 바보짓도 없다구. 부엌문 닫아걸면 제 혼자 밥을 해먹든 떡을 해먹든 상관하는 사람 없구. 딱 아가씨가 찾던 집이라구. 이런 구옥도 이제 남은 데가 없어. 젊어 고생은 사서도 하는데, 잘 생각했어. 이 아가씨가 보기보다 야물딱스럽네."

복덕방 영감의 목소리가 당장에 밝아졌다. 영감은 정석을 보며 히죽 웃어보이고는 부엌문을 닫았다. 영감의 얼굴과 여자의 얼굴이 동시에 사라졌다.

그녀는 다음 날 이사를 왔다. 마침 담배 사러 나간 길에 정석은 이불 보따리랑 세간살이가 든 라면 박스를 택시에서 내려놓는 그녀와 마주쳤다. 그는 말없이 다가가 짐을 들어주었다. 그녀는 직장을 구하는 중이라면서 김영애라는 자기 이름도 말했다. 방에 들어서며 그녀는 또 고개를 까딱하며 생긋 웃었다. 예의 치약처럼 싸한 웃음. 그 여자를 여기서 또 만났다. 뜻밖인 건 사실이었지만 그렇다고 별달리 반가울 것은 없었다. 단지 그녀를 볼 때마다 자꾸 누이가 연상되는 점이 걸렸을 뿐이다. 홍석에게 대뜸 나이부터 물은 것도 그런 연유였다. 영애는 앳된 모습이었지만, 만에 하나, 나이까지 자기보다 많다면 어쩐지 기묘한 기분이 될 듯싶었다. 홍섭은 단지 젊은 여자를 밝히는 남자의 속성으로 그 질문을 이해했지만, 정석은 굳이 변명하지 않았다.

"내가 지원사격 해줄 테니까 잘해 봐!"

홍섭이 카드를 찍고 막 들어서는데, 마침 은희와 친구들이 우르르 몰려나왔다.

"어머, 멋쟁이 홍섭씨! 안녕하세요?"

정미가 소리치자 저마다 한 마디씩 놀려대기 시작했다.

"그새 눈썹이 더 짙어졌네!"

"애인 있으면 차버리고 나한테 와요!"

"홍섭씨 보고 싶어서 나, 병났는데!"

넉살 좋은 홍섭이었지만 몰려서 떠들어대는 여자들은 감당을 못 하겠던지 얼굴이 붉어졌다. 그때 마침 정석을 발견한 정미가 반가워하며 외쳤다.

"애, 은희야, 너희 낭군님이 눈이 빠지게 기다리고 계시다!"

그 말에 은희가 친구들을 밀치며 앞으로 걸어 나왔다. 몸의 곡선을 그대로 드러내는 검은 원피스를 입은 은희의 늘씬한 모습 앞에 정석은 숨이 막혔다. 청바지에 하얀 모자를 썼던 그 날의 건들거리는 모습과는 전혀 다른 분위기였다. 놀라웠다. 어제야 종일 거의 알몸으로만 방안에서 뒹굴었고, 오늘 아침에는 먼저 가라고 밀어내서 따로 출근을 했다. 정석은 당연히 청바지에 하얀 모자를 썼던 그 건들거리는 은희만 생각하고 있었다. 검은 원피스를 입으니 그 희미한 갈색의 눈동자는 더욱 더 어렴풋하게 보였다. 정석은 자기도 모르게 은희에게 손을 내밀었다. 은희는 얼른 그 손을 받아 제 허리에 감더니, 고개를 돌려 친구들에게 잘 가라는 손짓을 했다. 모두들 두 사람의 분위기에 약간 멍해진 채 그들이 나가는 모습을 넋을 잃고 바라보았다.

"완전히 영화 찍네, 영화 찍어! 내 참, 아니꼬워서 봐줄 수가 없잖아?"

정미가 먼저 정신을 차리고 한 마디 한다.

"허허, 저 총각, 큰일 났네."

김씨도 고개를 흔들며 말한다. 홍섭이야말로 어찌나 놀랐는지 입까지 벌린 채 멍하니 서있다.

"아, 안 들어가고 뭐해? 얌전한 강아지 뭐 어쩐다고, 자네가 안 그랬어?"

김씨가 호통을 치자 그제야 홍섭은 머리를 긁으며 들어갔다. 다부진 중키에 운동으로 딱 벌어진 넓은 어깨를 가진 그의 뒷모습 뒤로 딸깍, 문이 닫혔다.

공단거리는 온통 술집, 나이트 홀의 네온사인으로 번쩍거렸다. 공장마다 교대시간이거나 잔업이 끝날 시간이라 거리는 사람들로 붐볐다. 버스 정류장 앞에는 호떡장수들이 진을 치고 있고 그 앞에는 퇴근길의 여공들이 잔뜩 몰려 있었다.

"우리 호떡 하나씩 먹고 가자."

정석의 팔을 끌며 은희는 벌써 호떡 수레 앞으로 다가갔다.

은희는 옷에 묻을 새라 엉덩이를 뒤로 빼고, 팔을 앞으로 내민 채 조심스레 호떡을 베어 문다. 섹시하고 성숙해 보이는 검은 원피스 차림의 아가씨가 그렇게 우스꽝스러운 자세로 호떡을 먹고 있는 모습이 신기한지 지나가던 사람들이 흘낏흘낏 곁눈질을 했다. 정석 역시 그런 은희의 모습이 신기하기도 하고, 귀엽기도 해서 호떡을 먹으며 슬며시 웃었다. 날이 추워지면 어머니는 그 동안 이고 다니며 팔던 떡 장사를 그만두고 호떡을 팔기 시작했다. 정석이 다니던 국민학교 바로 앞 골목에다 어머니는 호떡 수레를 세워 놓고 팔았다. 그 근방에는 공장도 꽤 몰려 있어서 장사가 제법 잘 되었다. 누이는 일부러 자기 친구들을 데리고 어머니에게로 몰려갔다. 물론 엄마라는 말은 하지 않았다. 그래야 호떡 값을 받기가 좋았다. 하긴 엄마라고 해도 아무도 곧이듣지 않을 정도로 어머니는 폭삭 늙어 있었지만.

그러나 정석은 절대 어머니가 호떡 파는 곳을 기웃거리지 않았다. 기웃거리기는커녕 어머니가 지나가는 그를 보고 소리쳐 불러도 돌아보지도 않고 마구 뛰어 달아났다.

"아이구, 저 자식, 호떡 파는 게 어드러하다구 저러나……"

늙은 어머니는 나란히 늘어선 다른 호떡집 아주머니와 소리 내어 웃으며, 달아나는 그를 바라보았다. 어머니는 그런 사람이었다. 아들이 자신을 부끄러워한다고 해서 괴로워하기에는 세상의 풍파를 너무 겪었다. 어머니에게는 낯선 남쪽 땅에 내려와 뒤늦게 얻은 두 아이를 굶기지 말아야 한다는 생각밖에 없었다. 그것은 아버지도 마찬가지였다. 젊은 시절 북쪽에서 낳았던 자식 셋을 피난길에 모두 잃은 그들이었다. 그들은 모든 것을 바쳐 남은 두 자식을 지켜내려 했다. 그러나 그것조차 그들에게는 너무 큰 희망이었던가. 누이의 죽음은 결국 그의 부모에게서 마지막 남은 삶의 기력마저 앗아가 버렸다.

호떡집에서 나온 정석과 은희는 말없이 걷기 시작했다. 정석은 끊이지 않고 여자를 상대해왔지만 깊이 빠져들지 않도록 늘 거리를 두어왔다. 그는 깊은 인연, 그러니까 서로의 몸만이 아니라, 그게 넋인지, 영혼인지, 무엇인지는 몰라도, 보이지 않는 어떤 파장 같은 것이 겹쳐지고 스미는 것을 두려워했다. 붙었던 몸은 자석 같은 것이었다. 그렇게 한 점 빈틈없이 달라붙었어도 떨어지는 순간이면 그만이었다. 하지만 그 보이지 않는 존재가 서로 달라붙어 스며들면 끝장이었다. 그것을 분리시키려면 끔찍한 고통을 감수해야 했다. 정석은 자신을 그런 상태로 몰아가는 것이 싫었다. 가벼운 인연이면 족했다. 서로 상처주지 않고, 즐겁고 상쾌하고, 때로는 짜릿한 기억으로 서로 남을 수 있으면 더할 나위 없었다. 은희 같은 여자를 만나서는 절대로 안 되었다. 이제는 할 수 없다고 생각하면서도 그의 몸 한 구석에서는 아직도 움츠린 채 저항하고 있는 것이 있었다. 사귀려면 차라리 김씨나 홍섭이 강력하게 추천하는 김영애 같은 여자와 사귀어야 했다. 그녀의 낭랑한 음성과 생긋, 눈부시게 웃는 얼굴, 정석과는 결코 한 종족일 수 없는 여자, 그런 여자라면 결코 매몰될 일이 없을 터였다.

하긴 하마터면 그 여자를 좋아할 뻔하기도 했다. 얼핏 누이로 착각했던 그 순간의 방심에 그만 그녀가 스며들었는지 처음 며칠간 그는 영애의 방을 향해 촉수를 뻗고 지냈다. 나쁘지 않았다. 소년 시절의 추억처럼 조금은 유치한 두근거림, 이상하게도 김영애란 여자를 생각하는 마음은 그랬다. 그러는 자신이 우습기도 했지만 새록새록 즐거운 마음이 들기도 했다. 메말라 버짐이라도 필 것 같은 그의 삶에 윤기가 흐르는 기분이랄까. 그러나 금세 그 마음을 끊어낸 것은 누이에 대한 미안한 마음 때문이었다. 누이로 인해 시작된 감정이었는데도 누이를 배반하는 기분이 들었다. 짐승처럼 죽어간 누이, 누이를 떠올리면 그런 감미로운 감정조차 불경스러웠다. 삶이란 밝고 환하고 아름다운 것이라고 팻말에 큰 글씨로 써서 누이를 향해 들이대는 것만 같았다. 잔인한 일이었다. 헤헤거리고, 간질거리고, 달콤하고, 눈부시고, 그런 게 삶이라면 누이의 죽음은 너무도 억울했다. 삶이란 게 그가 매일 만들고 있는 달콤한 초콜릿 같을 수는 없었다. 그런데 정석이 김영애를 떠올리는 마음의 빛깔은 어딘가 그것과 닮아 있었다. 그는 이제 헤헤거리고, 간질거리고, 달콤하고 눈부신, 그런 삶의 옷을 입고 싶었는지도 몰랐다. 그런 욕망이 제 속에 있다는 것을 더 이상 감출 수 없었다. 하지만 누이의 참혹한 죽음이 그를 방해했다. 김영애란 여자는 비록 첫 순간 누이로 착각하긴 했어도 햇살 같은 여자로 보였다. 밝고 따사롭고 행복하고, 불행이 감히 근접할 수 없을 것 같은, 불행이, 참혹이, 그녀 곁에 가 덮치려 하면 그들을 보고 생긋 웃으며, 누구세요, 할 것만 같은 여자. 그래서 정석은 그 감정을 정리했다. 차마 누이에게 못할 짓이었기에. 그 감정은 또한 그렇게도 쉽게 정리될 만한 하찮은 것이었다. 그러다 은희를 만났다. 은희에 대한 자신의 저항은 전혀 다른 성질이었다. 은희는

영애의 반대편에 서있는 여자였다. 누이에 대한 배반감은 전혀 주지 않
는. 그러나 이번에 정석은 자신의 매몰이 두려웠다.

　구(舊)사거리를 벗어나면 큰 길을 따라 쭉 걷는 길이었다. 공장은 내
내 이어졌지만 상점이나 술집이 없었기 때문에 신(新)사거리 전까지는
어둡고 한적한 길이었다. 정석이 사는 집은 그 사거리를 지나서 있었
다. 회사부터 치면 20분쯤 걸어야 하는 거리였다. 걷다보니 어느 새 신
사거리에 다다랐다. 신호등이 막 붉은 색으로 바뀌었다. 사거리를 지나
면 흰 벽이 쭉 이어지는 안양교도소가 나왔고, 교도소의 담장을 따라가
다 길을 건너고 다시 골목으로 접어들면 허술한 바라크 건물인 그 집,
자신과 김영애가 나란히 세 들어 사는 그 집에 다다를 것이다. 신호등
이 다시 녹색으로 바뀌었다.
　정석이 길을 건너려 발을 내딛는데, 은희가 그를 붙잡았다.
　"어딜 가는 거야?"
　"응? 글쎄, 내 방에 가고 있었나?"
　그러는데 은희는 정석을 잡아끌며 시장 쪽으로 향했다.
　"술이나 한 잔 사줘."
　정석과 은희는 시장통으로 들어섰다.
　"저기 갈까?."
　정석이 '황해도집' 이라는 간판을 가리켰다.
　"웬 황해도?"
　"우리 부모님이 황해도 출신이거든. 두 분 다."
　"부산이 아니고?"
　"부산에서 나고 자랐지, 나는."

"어휴, 뭐가 그렇게 복잡해? 우리 집은 할아버지의 할아버지까지
다 원주 토박인데 황해도라니 너무 이상하다. 난 황해도하면 배우 황해
밖에 안 떠오르는데. 전영록 아버진가 그렇잖아?"

정석은 말없이 은희를 바라보았다. 그녀는 빙글거리며 그의 시선을
받는다. 정석은 도무지 그녀를 알 수 없다고 생각한다. 어느 쪽이 진짜
의 그녀일까, 이럴 때의 그녀는 영락없이 자신의 팔짱을 끼고 친구들에
게 손을 흔들어대던 바로 그 경망스런 은희였다. 흐흐흐…… 웃겨. 나이
스물 둘에 죽인 애가 셋이야. 이제 더 죽일 일은 없으니 다행이지……
그 스산한 은희는 어디 숨어 있는 걸까. 그러나 그는 경망스런 그 은희
가 더 좋았고, 더 편했다. 그런 은희라면 그도 자신을 통제할 수 있었다.

그들이 문을 밀고 들어가자, 뜻밖에 젊은 주모가 그들을 맞았다. 삼
십대 후반쯤 되어 보이는 정갈하고 고운 태가 남아 있는 여자였다. 어
디로 보나 황해도 집이라는 이름과는 어울리지 않는 분위기였다.

"간혹 그런 걸 묻는 분이 있어요. 먼젓 사람 간판을 고쳐달지 못했
을 뿐이예요. 이름을 바꿔야 하는데. 워낙 경황이 없어서……"

말씨조차도 깍듯한 서울말이었다. 그런 깍듯한 답변조차 습관처럼
몸에 밴 기품대로 답변하는 것일 뿐 손님에게 잘 보여야겠다는 생각은
없어 보였다. 머릿수건에 앞치마에 고무줄 몸뻬 바지를 입고 안주를 장
만하고 있었지만 술집과는 어울리지 않는 여자였다. 가게의 분위기도
썰렁했다. 드럼통에 양철 덮개를 씌운 흔한 탁자 서너 개가 의자들을
거느리고 놓여있을 뿐이었다. 가운데 있는 연탄난로는 발갛게 달아 있
고, 난로 위에는 술국이 뜨끈뜨끈하게 끓고 있었지만 손님이라곤 구석
에 앉아 있는 등이 구부러진 중년 남자 하나밖에 없었다. 그의 감색 작
업 점퍼는 낡아 헤어져 궁상맞아 보였다. 정석은 단번에 이 술집이 마

음에 들었다. 은희 역시 그런 모양이었다. 그녀는 주모를 보더니 갑자기 말이 없어졌다.

"삼겹살로 할까? 순대국을 먹을까?"

정석이 의견을 묻는데도 은희는 그를 물끄러미 바라볼 뿐이었다. 그는 더 이상 묻지 않고 삼겹살을 시켰다. 그녀는 주모도 그렇게 물끄러미 바라보았다.

"왜 그렇게 봐요?"

주모가 심상한 얼굴로 묻자 은희는 그녀답지 않게 고개를 숙이며 부끄러워했다. 주모는 지나치다 싶을 만큼 반듯하고 접근하기 어려운 분위기를 풍겼다. 술을 팔면서도 헤픈 웃음 한번 흘리지 않았다. 그건 그녀의 단정한 기품 탓도 있었지만 그보다는 삶에 몹시 지친 탓인 듯했다. 그녀는 장사꾼답지 않게 모든 것에 무심했다. 감색 점퍼가 안주를 가져온 그녀의 손을 잡아당기자 그녀는 손에 붙은 검불이라도 떨어내듯 아무렇지도 않게 그 손을 떨쳐냈다.

"주모란 게 방석처럼 푸근해야 장사가 잘 되는 게야. 그래야 아무나 털퍼덕 편하게 깔고 앉아보지. 이건 원, 부잣집 별당아씨같이 어려우니 인물이 암만 좋아도 사내들이 꼬일 리가 있나, 쯧쯧."

무안해진 감색 점퍼는 정석네가 들으라는 듯이 한참을 구시렁거렸다. 은희는 지나칠 만큼 명랑하게 지껄이며 홀짝홀짝 술잔을 비웠다. 정석은 말없이 그녀의 얘기를 들어주며 술잔을 채워 주었다.

하얗던 은희의 얼굴이 연시처럼 붉어졌다. 그렇게 한참을 마시다 말고 은희가 무슨 생각에선지 벌떡 일어났다. 정석은 화장실에라도 가는가 싶었는데, 그녀는 등을 보이고 앉아 있는 주모에게로 걸어가는 것이었다. 그새 구시렁거리던 감색 점퍼마저 가버린 뒤라 손님이라곤 그들

뿐이었다. 주모는 아까부터 그렇게 등을 보이고 앉은 채 유리문 밖을 바라보고 있었다. 기척을 느낀 주모가 의아한 표정으로 돌아보는데, 그녀는 그대로 다가가더니 주모를 뒤에서 덥석 안아버렸다. 깜짝 놀란 주모가 번개라도 맞은 것처럼 튀어 올랐다. 그러자 그녀는 죄 지은 사람처럼 팔을 내린 채 풀이 죽어 가만히 서있었다.

주모는 그런 은희를 바라보다가 정석에게로 눈길을 돌렸다. 그 역시 영문을 몰라 어리둥절한 표정인 것을 보자 주모는 다시 은희를 보았다.

"언, 언니……"

은희는 밑도 끝도 없이 주모를 언니라고 부르면서 선 채로 울음을 터뜨렸다. 주모는 잠시 머뭇거리더니 다가가 은희를 품에 안아 주었다.

"언니, 언니…… 흑흑……"

주모의 품에 안긴 채 은희는 기어이 통곡을 뱉었다. 정석은 도무지 이해가 가지 않는 그 광경을 멀거니 바라만 보았다. 은희가 겨우 울음을 그치자 주모는 은희를 데리고 정석의 자리로 왔다.

"자, 갑자기 아우도 생겼는데 나도 술 한 잔 줘요."

정석이 술을 따르는데, 이번에는 주모가 정석을 자세히 바라보았다.

"가까이서 보니까 내가 아는 사람을 닮았네요."

정석이 묻지도 않았는데 그녀는 변명을 했다. 그렇게 술자리가 다시 시작되었다. 그녀는 자신을 박순애라고 소개했다. 은희는 실례가 될 정도로 꼬치꼬치 여러 가지를 물었다. 박순애는 어이없다는 표정을 지었지만, 선선히 이야기를 풀어 놓았다. 안 그래도 사연이 많아 보이던 주모 박순애에게는 실제로 고달픈 삶이 매달려 있었다. 남편이 폭력으로 안양 교도소에 수감되어 있어 바로 앞인 이곳에 가게를 얻어 생활도 하고 옥바라지도 하고 있다는 것이었다. 그녀에게는 일곱 살, 다섯 살의 남매가 딸려 있었다.

"손님이 없는 낮에는 저기 저 구석 드럼통에 앉아 둘이서 소꿉놀이를 해요. 그럼 난 그 모습을 가만히 보고 앉아 있지요. 그럴 땐 꼭 남의 아이들을 보고 있는 것 같아요, 왜 그런 생각이 드는지……"

술이 좀 오르자 박순애는 그런 말도 했다.

그때 문이 드르륵 밀리더니 새 손님 하나가 들어온다.

"잘 있었수? 내 보고 싶어서 또 왔어. 오늘은 안 올라고 했는데 우리 순애씨 얼굴이 아른거려서 잠을 잘 수가 있어야지."

이 밤중에 일부러 차려 입었는지 막 다린 듯한 양복에 넥타이까지 맨 비쩍 마른 남자였다. 전작이 있는지 벌건 얼굴로 그 남자는 박순애를 보고 아는 척을 했다. 그녀의 얼굴이 한 순간 구더기라도 삼킨 것처럼 일그러졌다. 그녀는 고개조차 돌리지 않고 자기 앞의 술잔을 비웠다.

"나, 제육볶음 한 접시하고 소주 한 병 줘."

그 남자는 주방 앞쪽으로 앉으면서 박순애를 보고 말했다.

"누구예요?"

은희가 낮은 소리로 물었다.

"길 건너 전기 수리상하는 홀애빈데 꼭 저렇게 야밤에 찾아와서 귀찮게 해요."

박순애 역시 소리를 죽여 말한다.

"이봐, 순애씨, 여기, 제육볶음 달라니까."

그 남자가 소리를 높인다. 박순애는 쳐다보지도 않은 채 일어서더니 부엌으로 가 안주를 마련한다. 무안해진 남자가 다시 한 번 똑같은 내용으로 소리를 지르자 그녀는 벌겋게 양념한 돼지고기 접시를 그의 상 위에 말없이 내려놓는다. 그는 얼른 박순애의 팔목을 잡으며 제 옆 의

자에 끌어 앉힌다.

"좀 앉아봐, 주모라는 사람이 술도 한잔 따르는 맛이 있어야지."

그의 목소리는 이미 꼬부라져 있었다. 박순애는 여전히 입 한번 열지 않고 그의 잔에 술을 따르더니, 동생이 왔어요, 하면서 휙 일어선다. 미처 그가 잡을 틈을 주지 않았다. 그는 술잔에 입을 대며 혀를 쯧쯧 찬다. 박순애는 소주 한 병과 안주접시를 새로 챙겨 정석의 자리로 온다. 정석은 술을 따르려는 박순애의 손에서 술병을 빼앗아 그녀의 잔을 먼저 채워 준다. 그녀는 술잔을 한 번에 들이키더니 정석에게 잔을 넘겨 준다.

"애들은 자요?"

은희가 묻는다.

"응, 저 방에서요."

박순애가 턱 끝으로 안쪽 방을 가리킨다. 창호지 방문이 눈에 들어온다.

"아픈 데는 없이, 탈 없이 잘 커요?"

은희는 마치 오래 알아온 아이들인 양 안부를 묻는다. 그런 은희를 보고 박순애는 피식, 웃더니 대답한다.

"탈날 게 뭐가 있겠어요? 입으로 들이부으면 뒷구멍으로 쏟으면서 걸러지는 대로 크는 거지."

취한 탓일까, 그녀의 입에서도 제법 걸진 말이 나왔다.

"애들 아빤 얼마나 더 살아야 돼요?"

"아직도 1년 남았어요. 교도관이랑 싸웠대나, 성탄절 특사도 어림 없구……"

그때 새 손님이 들어왔다. 이번에는 세 명이나 되는 일행이다. 노가

다 판에서라도 일하는 사람들처럼 얼굴이 구리빛인 젊은이들이다. 그녀는 힘없이 일어선다. 온몸에 피곤이 덕지덕지 묻어 있다. 정석의 가슴으로 찬 소주가 내려가는 것 같다. 그의 기억 속의 누이도 저렇게 늘 피곤해했다. 누이가 지상에서 누린 최후의 나이는 열여섯이었다. 그런데도 박순애의 몸에서 묻어나는 피곤이나 누이의 몸에서 느껴지는 피곤은 흡사했다. 누이가 살아서 박순애처럼 나이를 먹었다면 꼭 저런 피곤을 달고 있었으리라. 그 피곤, 삶의 벅찬 무게 앞에서 휘청거리는 그 모습이 박순애와 누이를 같이 묶어 떠올리게 했다. 누이 생각이 나자 그는 안주도 집지 않은 채 거푸 술을 들이켰다. 식도를 통해 내려가는 찬 소주가 하얗게 보이는 것 같았다. 은희도 무슨 생각에 잠겨 있는지 눈을 내리깐 채 혼자 술잔을 비우고 있다. 그래, 저 여자, 은희, 도망쳐야 돼, 나는…… 저런 여자를 만나서는 안 되지, 암, 안 되고말고…… 정석도 조금씩 취하고 있었다. 취하면 그는 이렇게 머릿속부터 중얼거림이 시작되었다. 그랬다가 그 중얼거림은 입 밖으로 나온다. 끊임없이 중얼중얼…… 그래, 김영애가 나와 같은 공장에 다니고 있단 말씀야…… 밤마다 우리 공장으로 출근하고 있는 것도 몰랐어…… 괜찮은 여자라고? 홍섭이랑 김씨 아저씨랑 뭐라도 받아먹은 사람처럼 죄다 야단이었지. 당신들이 그러지 않아도 이미 내가 점찍어 두었소. 처음 봤을 때부터. 그만하면 괜찮지. 암 괜찮고말고. 뭐 하나 나무랄 데 없는 참한 아가씨지, 그래, 난 그런 여자를 만나야 해. 은희, 저런 년은 안 돼, 저년을 나는 이길 수 없어, 저년한텐 내 심장을 다 파 먹힐 거야, 영애같이, 그렇게 상큼한 년, 그런 년을 먹어야 내가 안 먹히고 살아남지…… 정석은 다시 소주를 목구멍에 털어 넣는다. 밤이 깊었는데도 줄줄이 손님들이 들어왔다. 몇 개 안 되는 자리가 다 찼다.

"가자, 이제. 자리도 모자라."

은희가 먼저 일어서며 정석을 일으켰다.

"참, 오늘따라 웬일인지 모르겠네요."

그들이 나오는 걸 보고 미안한 듯 순애가 말했다.

"5천원만 내요. 뒤에건 내가 낸 거니까."

박순애는 사무적으로 돈을 받았다.

"가 봐요!"

그렇게 고개 돌려 한 마디 하고 박순애는 뒤돌아 일에 매달린다. 그녀의 뒷모습은 여리여리해서 처녀처럼 보였다. 저 꼬라지에 이만큼이라도 손님이 모여 준다면 다행이지. 정석은 혼자 또 풀풀 웃으며 은희가 이끄는 대로 끌려 나갔다. 앉아 있을 때는 취기가 돌아 어룽어룽했는데, 일어나 나오니 그런 대로 걸을 만했다. 기분이 썩 좋았다.

"너, 많이 취했어."

은희가 정석을 붙잡으며 말했다.

"은희, 이년아. 우리 누나가 죽은 지가 벌써 12년이야. 어머니도 따라 죽었으니까 12년, 아버지는 그 다음해 갔으니까, 거기서 하날 빼서 11년……"

정석이 혀 꼬부라진 소리로 웅얼거렸다. 은희는 그 모습을 흘낏 보더니 킥킥 웃었다.

"뭘 웃어, 이 못된 년, 난 온통 귀신들을 바글바글 끌고 다닌다구. 아마 내 뒤엔 귀신들이 일렬종대로 졸졸 따라오고 있을 걸. 어디 뒤돌아볼까, 꺼억……"

정석은 발을 멈추고 뒤로 휙 돌아선다. 불 밝히고 북적거리는 포장마차들만이 줄지어 서있다.

“히히, 귀신들도 술 마시는 시간이야.”

정석은 계속 히죽거리며 길을 걷는다. 술기운이 기분 좋게 퍼지고 있었다. 정석은 끝없이 웅얼웅얼하고 있었다.

“꼭 비 맞은 중 같네, 뭘 그렇게 혼자 끝도 없이 씨부렁거려? 보통 땐 말도 되게 없더니, 참.”

은희가 핀잔을 준다. 술만 취하면 정석은 누가 옆에 있든 혼자 중얼거렸다. 술만 취하면 그는 길가의 풀에게도, 지나가는 떠돌이 개에게도 말을 걸었다. 그것이 그의 술버릇이었다. 은희는 그런 그의 중얼거림을 들으면서 기가 막히다는 듯 몇 번이고 웃음을 터뜨렸다. 횡단보도를 건너고 또 건너자 하얀 망루가 등대처럼 서 있는 안양교도소가 눈에 들어왔다. 불빛에 망루는 흰 옷을 입은 유령처럼 보였다.

“그래, 귀신들은 여기 다 있어. 이 안에 있는 놈들이 죽인 귀신도 우글거릴 거고, 여기서 죽어나간 귀신들도 차마 발 떨어지지 않아 뱅뱅 맴돌고 있을 거구.”

정석이 또 웅얼거렸지만, 이제 은희는 저 혼자 생각에 잠겨 있다. 두 사람은 교도소의 담을 따라 천천히 걸어간다.

“이상한 교도소야, 도둑놈, 살인자가 우글거리는 교도소를 이렇게 제일 번화한 사거리 가운데다 딱 놓다니, 그러다 잘못해서 감옥 문이 열려봐, 큰일 아냐?”

정석은 그저 입에서 나오는 대로 중얼거리며 걷고 있다. 그러다 저 속에 박순애의 남편이 있다는 생각이 불쑥 난다.

“하이고, 여기가 누님 댁인데……”

갑자기 그곳이 박순애의 집 같다. 정석은 그 속에 갇혀 있을 얼굴도 못 본 남자에게 괜한 친밀감을 느낀다.

　"자형, 잘 주무시구려."

　교도소의 흰 망루를 향해 꾸뻑 절을 하는 그를 보고 은희는 다시금 웃음을 터뜨렸다.

　"미쳤어, 정말. 나도 미친년이지만 정석이 너도 참 알고 보니 미친 놈이야. 잘 만났네. 미친년하고 미친놈하고……"

　조금 더 올라가자 다시 횡단보도가 나왔다.

　"씨발, 웬 찻길이 이렇게 많어. 술 처먹고 까딱하단 철길 위에 납작해진 개구락지 신세 되겠구만. 좆겉은 세상."

　술기운이 돌면 정석은 중얼거리기만 하는 게 아니라 입도 걸어졌다. 끝도 없이 자꾸자꾸 욕을 했다.

　길을 건너자 얼핏 지나치면 보이지도 않을 좁은 골목이 하나 쑥 뚫려 있다. 그 골목 끝에 정석이 사는 방이 있었다. 날이 많이 서늘해졌다. 목에 닿는 밤바람이 오싹했다. 정석은 팔을 내밀어 은희의 어깨를 감싸 안았다. 검은 원피스만을 입은 은희는 떨고 있었다. 골목에는 그 흔한 외눈알의 전등 하나 서있지 않았다. 하지만 창마다 불빛들이 새어나와 발을 딛는데 어려움은 없었다. 근방에서 유일하게 구옥이 남아있는 이 골목의 집들은 낡을 대로 낡아 낮에 보면 허름하기 짝이 없었지만, 밤의 불빛 속에서는 그런 대로 정답게 보였다.

　골목의 막다른 곳에 있는 대문도 없는 무허가 슬레이트집이 정석이 사는 집이었다. 집이라고 부르기도 모호한 건물이었다. 방 한 칸을 짓고, 한참 잊고 살다가 또 생각난 듯 한 칸씩 열차 칸처럼 이어 붙인 듯한, 집이라기보다는 그냥 '방들'이라고 말하는 게 더 어울리는 괴상한 건물이었다. 주변의 건물들이 80년대 중반 수도권 위성도시의 위용에 맞게 조금씩 용트림을 하며 바야흐로 겉모습을 바꿔가고 있는 것에는 아랑곳하지 않고, 그, 집도 방도 아닌 건물은 안채에선 난리굿이 벌어지든 말든 골방에서 코를 골며 잠들어 있는 종년처럼 그렇게 우두커니 50년대나 60년대의 향수를 불러일으키는 모습으로 버티고 서있었다.

대문도 없는 입구 앞에 섰을 때 갑자기 은희가 걸음을 멈추었다.

"들어가. 난 안 들어갈래."

정석이 깜짝 놀라서 은희를 붙잡는다.

"같이 들어가. 이 밤중에 어딜 갈려고?"

"걱정 말고 들어가. 나, 순애언니한테 갈 테니까."

"거길로 다시?"

"응."

정석은 몸을 돌린다.

"그럼 내가 데려다 주지."

은희가 다시 소리를 죽여 킥킥거리며 웃는다.

"웃기지 말어. 그럼 내가 또 데려다 줘야 되잖아? 취해 갖고 비틀거리는 주제에. 바로 요 앞인 걸. 혼자 갈래. 얼른 들어가."

정석은 돌아서서 은희를 본다. 아까 저 옷을 입고 나온 모습을 보았을 때 숨이 막혔던 감정이 되살아났다.

"그러지 말고 나랑 자. 너, 보내기가 싫어. 혼자 자기 싫단 말야."

그러면서 정석은 은희를 불쑥 껴안았다. 은희는 순순히 안기면서 그의 입술에 따뜻한 키스를 해준다. 그는 그녀를 더 힘주어 안는다. 온몸이 달아올랐다. 그의 손이 어느 새 그녀의 엉덩이를 주무른다. 그녀의 손도 그의 아랫도리로 온다. 그녀의 손이 닿자 정석은 더욱 미칠 것만 같다.

그런데 갑자기 은희가 정석의 아랫도리를 힘주어 세게 비튼다.

"아얏!"

정석은 불시의 급습에 아랫도리를 움켜쥐며 떨어져 나간다.

"히히, 꼴좋다! 내가 니 맘대론 줄 알아? 난 오늘 순애 언니한테 가고 싶단 말야. 그런데 왜 보채고 야단이야? 그렇게 꼴리면 니 손으로 혼자 풀고 자라구! 병신 같은 게."

은희는 정석의 얼굴에 다시 한 번 소리 나게 입맞춤을 해주고는 홱 돌아 골목길을 나가버린다. 아픈 것도 아픈 것이지만 화도 나고 어이도 없어서 정석은 한참 동안 그렇게 서 있다 집으로 들어섰다.

집으로 들어서자 양 옆으로 나란히 마주보고 있는 방들이 일제히 그를 향해 노란 불빛을 내뿜었다. 자그마치 여덟 세대가 모여 사는 집이었다. 네 칸씩 서로 마주보고 있는 그 집의 방 여덟 칸에는 칸마다 다른 집들이 살고 있었다. 서로 마주 보고 있는 방들 사이론 양쪽의 처마 끝이 만나면서 사람 둘이 겨우 빠져나갈 만큼 좁은 통로를 만들고 있었고, 그 통로의 흙바닥에는 비오는 날에도 신발이 더럽혀지지 않게 네모난 시멘트 블록이 징검다리처럼 한 줄로 늘어서 있었다. 그 징검다리의 끝에는 여덟 세대가 함께 쓰는 공동수도가 있었고, 그 옆께로 장독대도 한 자리 차지하고 있었다. 방마다 한참 텔레비전을 보고 있는지 떠드는 말소리와 깔깔거리는 웃음소리가 먼 나라의 나팔 소리처럼 퍼져 나왔다.

왼쪽 첫 방인 영애의 방과 셋째 방인 그의 방만 어둠 속에 잠겨 있었다. 정석은 영애의 방 앞에 가만히 서 보았다. 자물쇠가 잠긴 어두운 방.

"에이, 씨팔. 니년이나 있으면 데꼬 잘까 했더니 말야. 그래, 니년은 지금 좆빠지게 일하고 있겠네. 아냐, 아냐, 니년은 빠질 좆도 없지, 히히."

그러다 정석의 눈에 영애의 방에 걸린 커다란 자물쇠가 들어온다. 그는 물끄러미 선 채로 그 자물쇠를 만져 본다. 갑자기 술이 깨는 기분이었다. 나무 기둥에 박힌 이런 자물쇠는 하등의 역할도 할 수 없다. 방마다 이런 자물쇠들을 걸어 놓기는 했지만 자기들부터도 열쇠를 잃어버리면 장도리로 경첩을 통째로 따기가 일쑤였다. 그것은 그저 주인이 없다는 것을 알려주는 허울 좋은 장식에 불과했다. 그러나 그것이 아무리 허술해도 안에 있는 사람으로서는 딸 수 없다. 다시금 그의 심장 속으로 예리한 통증이 뚫고 지나갔다. 정석은 힘없이 자물쇠에서 손을 뗀다.

드르륵, 맞은편의 주인 방 부엌문이 열리는 소리에 그는 얼른 고개를 돌렸다.

"아니 거기 서서 뭐하고 있어? 그 아가씨 요새 야근이야."

주인집인 종태 엄마였다.

"아, 아니요. 그저 잠깐…… 참, 이달치 월세 드릴게요. 며칠 늦었죠, 꺼억…… 죄송함다……."

마침 월세 낼 생각이 난 게 다행이었다. 정석은 얼른 지갑을 꺼냈다. 손이 헛놀아서 돈이 잘 세어지지 않았지만 간신히 4만원을 꺼냈다. 종태 엄마는 기가 막힌지 그 돈을 건네받으며 그의 얼굴을 올려다보았다.

"참, 무서워서 말도 못 붙이겠네. 내가 꼭 돈 받으려고 말 붙인 거 같잖아? 지금이 몇 시야? 새벽 2시에 월세 내는 건 또 뭘까? 괜히 그 방 앞에 있는 게 들켜서 그러지? 술 한 잔 해놓고도 숫기 없기는…… 총각이 처녀한테 관심 갖는 게 뭐가 그리도 부끄러우실까? 그러니 꽁생원을 못 벗어나지…… 잘해봐, 난, 사람 많이 겪어봐서 잘 알아. 저 아가씬 드문 아가씨라구. 하긴 안팎이 다르게 만나야 하는데 어찌 보면 둘이 판박이 같은 데가 있어 그것도 걱정이긴 하지만, 후훗."

"아니, 그런 게……"

하다 말고 정석은 고개를 꾸뻑하고는 제 방 앞으로 갔다. 또 김영애 칭찬이군, 오늘은 아주 세상이 작당을 했어, 작당을. 정석의 뒷모습을 바라보던 종태 엄마의 뒤로 방에서 남편이 찾는 소리가 들린다. 물이라도 달라는 모양이었다.

"아휴, 저 버릇, 물 한 접시 제 손으로 안 떠먹으니, 노가다 십장 버릇에 내가 죽어나."

투덜대며 들어가는 종태 엄마의 뒤로 미닫이 부엌문의 마찰음이 기분 좋게 퍼져 나갔다.

제 방 앞에 선 정석은 문득 종태 엄마의 말을 되씹는다. 둘이 판박이 같은 데가 있어 그것도 걱정이긴 하지만…… 우리가 판박이 같은 데가 있다고? 썩은 동태눈깔도 그보다는 잘 보겠다. 그 여자하고 나하고는 종자가 틀려. 전혀 다른 족속이올시다. 생긋, 햇살같이 눈부신 웃음, 치약처럼 싸한 그 웃음에는 한 점의 그늘도 묻어 있지 않았다. 처음 봤을 때 누이로 착각했음에도 그랬다. 하긴 누이도 선량하고 밝은 여자였다. 단지 누이의 삶이 참혹하고 어두웠을 뿐이다. 누이까지 어두워지기 전에 죽음이 누이를 채어가 버린 것뿐. 그러나 살아남은 그는, 아직 죽음이 채가지 않은 그는, 이제 어둠에 뿌리까지 절었다. 영애의 밝음과 자신의 어둠. 밝음과 어둠의 어느 요소가 판박이같이 닮을 수 있을까. 정석은 자물쇠 따윈 걸어놓지 않은 자신의 부엌문을 드르륵 호기롭게 밀고 안으로 들어간다. 귀퉁이에 있는 백열전구의 스위치를 비틀어 불을 켜자 아궁이 곁으로 무언가 스르르 사라졌다. 이 추운 날씨에도 따뜻한 아궁이 곁에서 목숨을 이어가는 벌레가 있었나 보다.

정석은 방문 미닫이를 밀고 작업복 점퍼를 벗어 던진다. 연탄불도 들여다본다. 불은 아슬아슬하게 살아남아 있었다. 조금만 늦었으면 새 탄에 불을 옮길 수 없었을 것이다. 그는 얼른 재가 된 탄을 꺼내고 새 탄을 넣었다. 술에 취했어도 연탄불 구멍은 그림같이 잘 맞추었다. 그는 연탄불 위에서 끓고 있는 양동이의 물을 대야에 받고, 거기다 구석에 놓인 다른 양동이의 찬물을 섞어 얼굴을 씻고 발을 씻고, 양치질을 했다. 아무런 잡념 없이 말끔한 기분으로 잠들고 싶은 생각뿐이었다.

방으로 들어가 스위치를 켜자 형광등이 한참을 망설이다가 켜졌다. 방은 따뜻했다. 정석은 속옷 바람으로 이불 속으로 들어갔다. 아, 좋다, 좋아. 김영애의 검은 눈이 떠올랐다. 유난히 검다는 느낌을 주는 사랑스러운 눈. 자그맣고 가는 몸매, 귀염성스러운 해사한 얼굴. 은희의 눈동자는 갈색이고 투명했다. 의안처럼 자기를 보면서도 늘 먼 곳을 보는 눈. 자신이 그곳에 없는 양 자신을 뚫고 지나가는 그 시선. 그는 누운 채 손사래를 쳤다. 은희가 그곳에 있는 것처럼.

괘씸한 년, 싫어. 넌 저리가. 난 저 여자를 택할 거야. 넌 저리 가라구. 난 니 년이 꼴 뵈기 싫어. 싫단 말야.

확대된 화면처럼 머릿속을 가득 채우고 있던 두 여자의 겹친 눈동자는 서서히 줄어들면서 실오라기 하나 걸치지 않은 알몸의 여체가 그의 뇌리를 덮었다. 그러나 정석은 그 몸이 서은희의 것인지 김영애의 것인지 알 수 없었다. 그것은 그 누구의 것도 아닌 것 같았다. 아니 누구라도 좋았다. 알몸의 여체는 그의 몸을 뜨겁게 만들었고, 그는 불붙은 자신의 몸을 분출시키기 위해 손을 움직였다. 미친 놈, 은희 그년이 시키는 대로 하고 있군, 낄낄. 그러면서도 그는 자신이 아직도 은희에게서 끊임없이 도망치려 하고 있다는 것을 새삼 깨달았다.

4. 깊고 짙은 위로

늦게 온 손님들은 또 그만큼 빨리 빠져나갔다. 술을 다 마시고도 꾸물거리고 있던 마지막 손님들은 문 닫을 시간이라고 등을 떠밀어 내보냈다. 순애는 한숨을 몰아쉬며 문을 안으로 잠근다. 몸이 무겁다. 하지만 뒷설거지를 해놓아야 잘 수 있다. 새벽에는 또 수산 시장에 해물을 사러 가야 했다. 시장에 다녀오면 해는 하늘 한가운데 뜰 것이다. 그 환한 햇볕 속에서 심란한 주방을 보는 일은 자신의 지금 모습을 그대로 보는 것 같아 정나미가 떨어졌다. 아무리 넋 놓고 사는 삶이었지만 그녀는 그것만은 싫었다.

순애는 벽에 걸린 비닐 앞치마를 꺼내 앞에 두른다. 잠시 앉아서 쉬고 싶은 마음이 굴뚝같았지만 그랬다간 정리를 못하게 된다는 걸 잘 알고 있었다. 상에 남아 있는 그릇들을 쟁반에 담아 옮기고, 행주로 닦아냈다. 그런 다음 비를 들고 바닥을 쓸어냈다. 다행히 오늘은 바닥에 토해 놓거나 가래침을 뱉은 손님들이 없었다. 그것만 해도 운이 좋은 날이라 해야 할 것이었다. 개수대에 가득 쌓인 그릇이 한숨부터 나오게 만들었지만 순애는 느릿느릿 걸어 그 앞으로 간다.

오늘은 어떻게 보냈는가, 어떤 손님들이 왔던가, 아무 생각이 없었다. 방 앞의 연탄보일러 위에 올려놓은 물통을 개수대로 들고 온다. 삼겹살이나 제육볶음 그릇은 뜨거운 물이 아니면 지지 않았다. 고무장갑을 끼고 기름 묻은 그릇들에 뜨거운 물을 끼얹었다. 수세미에 세제를 묻혀 기계적으로 그릇을 닦는다. 오늘이 며칠인지, 오늘 매상이 얼마인지, 순애는 아무런 관심도 없다. 쉬고 싶다는 생각만이 머릿속을 채우고 있었지만 그렇다고 그릇을 닦는 손길이 빨라지지는 않았다. 생각해보면 사는 것 전체가 뒷설거지처럼 고된 일이었다. 아니 뒷설거지야말로 사는 일 중에서 가장 수월한 일인지도 몰랐다.

그때였다. 누군가 문을 세게 두드렸다. 순애의 얼굴이 찌푸려진다. 보나마나 머리끝까지 취한 주정뱅이가 술을 내놓으라고 고함을 쳐댈 것이다. 저런 놈은 상대를 안 해주는 것이 상책이란 것을 순애는 잘 알고 있었다. 순애는 말없이 설거지만 계속 했다. 단지 잠든 아이들이 깰까봐 마음이 쓰였다.

"언니, 언니!"

순애는 수도꼭지를 잠근다. 여자 목소리가 들린 것이다.

"언니, 나야, 은희야."

순애는 얼른 문을 열어준다. 문 밖에는 아까 정석과 함께 나간 은희가 혼자 서있었다. 이 아이는 대체 또 왜 온 것일까.

"언니, 나 좀 재워줘요. 정석이랑 자려다가 언니 옆에서 자고 싶어서 도로 왔어요."

순애는 기가 막혔다. 아까는 술 마시고 응석 부린다 싶어 받아 줬지만 이렇게까지 엉기는 건 딱 질색이었다. 하지만 이 밤중에 내쫓을 곳도 없었다.

"들어와요!"

은희는 쭈뼛거리며 안으로 들어온다. 순애는 문을 잠그고 돌아서서 은희를 본다. 도대체 언제 본 사이라고 이렇게 오두방정을 떠는 걸까. 짜증이 울컥 치밀었다.

"난 정리를 해야 되니까 먼저 들어가서 자요. 자리는 펴놨으니까."

냉기가 도는 목소리다.

"아냐, 언니랑 같이 들어갈래요. 여기 앉아 있을게요."

순애는 그 말에는 대꾸하지 않고 하던 설거지를 마저 한다. 그 동안 순애는 한 번도 뒤돌아보지 않는다. 은희 역시 더 이상은 말을 시키지 않는다.

일을 다 마치자 순애는 식당의 불을 끄고 방문을 연다. 은희는 조용히 일어나 따라 들어온다. 순애가 불을 켜자 두 어린 것이 이불을 내친 채 엉켜 잠들어 있는 모습이 드러난다. 은희는 가만히 선 채로 그 아이들을 내려다본다. 한참을 그러고 있더니 무릎을 구부리고 아이들의 얼굴을 살며시 쓰다듬는다. 순애는 서랍을 뒤져 은희에게 편하게 입을 내리닫이 치마 하나를 꺼내준다. 은희는 그 자리에서 스스럼없이 옷을 훌훌 벗어 던지더니 그 옷으로 갈아입는다. 쭉 빠진 아름다운 몸이라고, 순애는 무심코 생각한다. 순애와 은희는 불을 끄고 나란히 누웠다.

"언니, 미안해요."

은희가 조용히 말했다.

"괜찮아요. 얼른 자요. 난 또 새벽에 나가야 되니까."

그렇게 누워 있자니 순애는 은희란 아이가 정말 이상하다는 생각이 들었다. 도대체 내 무엇이 이 아이의 마음을 끈 것일까. 마음의 상처가 깊은 아이인 것만은 분명해 보였다. 아까 가슴에 안겨 통곡을 터뜨렸을 때 순애는 자신의 가슴까지 찢어지는 듯했다. 그래서 평소의 냉정했던 태도를 허물고 그네들과 허물없이 술자리를 같이 했던 것이다. 그러나 그뿐, 그들의 고통이 아무리 깊은 것인들 순애는 상관하고 싶지 않았다. 자신의 삶조차도 의미가 없어 질질 끌려 사는 주제에 남의 삶까지 퍼담을 오지랖은 없었다. 가끔 술집에서 울음을 터뜨리거나 자신에게 하소연을 하는 손님이 없는 것은 아니었다. 상처에서 흐르는 피가 장소를 가릴 리 없었다. 피는 그렇게 아무 곳에서나 흐르는 것이었고, 마침 그 자리에 있던 자신은 그 피를 닦아주기만 하면 되었다. 그랬기에 은 희네가 나간 다음 순애는 그들을 잊었다. 순애에게는 오히려 정석이 한 남자를 생각나게 했다. 무심코 자리에 앉다가 순애는 그를 보고 조금 놀랐다. 그는 순애의 첫 남자를 닮았다. 가슴 속으로 서늘한 것이 지나 갔다. 하지만 감정이란 걸 표현한 지가 워낙 오래된 탓일까. 순애는 조 금도 내색하지 않고 술을 마셨고, 기실 그 사실을 금방 잊었다. 이미 잊 은 일이었다.

그러나 지금 다시 은희가 찾아와 이렇게 한 이불 속에 누워 있으려니 새삼스레 그 남자가 떠올랐다. 부드럽고 자상한 남자였다. 순애를 떨어 지기 쉬운 연한 꽃잎 다루듯 소중히 대해주던 사람, 그녀를 보기만 해 도 저절로 입이 벌어져 환히 웃던 남자, 만나고 있으면 내내 그 웃음을 지우지 못하던 남자, 한 인간이 자신으로 인해 이렇게도 행복해 할 수 있는가, 신기한 생각까지 들게 하던 사람. 그렇게 자상하고 부드러운 남자가 어쩌다 깡패에게 걸려 한 쪽 다리를 못 쓰게 됐다. 순애에게 그 것은 아픔이었지만 두 사람의 관계를 허물어내는 장애가 될 수는 없었 다. 그러나 그 남자는 달랐다. 부드럽고 자상한 사람이 빠지는 함정, 그 는 그녀의 마음을 지나치게 넘겨짚었다. 그리고 그녀의 미래를 지나치 게 걱정했다. 그게 그녀를 위하는 길이라며 그녀를 냉정하게 잘라냈다. 그래, 잘난 당신, 이게 당신이 그렇게 배려한 미래의 내 꼴이야, 순애는 자조적으로 웃는다. 그러나 이렇게 된 게 어찌 그의 탓이겠는가. 자신 을 생각한다며 오히려 자신을 밀어내는 그에 대한 오기로 순애는 바로 그의 한쪽 다리를 잘라내게 만든 그 포악한 남자에게 보란 듯이 몸을 맡겼다. 자신의 행복을 바라는 그 남자 앞에서 충분히 불행해진 자신의 모습을 보이고 싶다는, 그래서 그가 피눈물을 흘리며 후회하는 모습을 보고 싶다는 욕망, 그것은 어느 악마가 불어넣은 아둔하기 짝이 없는 독기였을까. 그렇게 해서 남은 것은 무엇인가. 그 부드럽고 자상한 남자는 순애가 충분히 불행해진 모습을 보이기도 전에 달리는 기차에 몸을 던져 죽어 버렸다. 그것조차도 자신을 행복하게 하려는 배려였을까. 충분히 그러고도 남을 위인이었으니까. 그리고 자기는 지금까지 저 포악한 남자의 손찌검 밑에서 끝없는 노름빚 감당과 옥바라지를 천형처럼 묵묵히 받아내고 있다. 피곤하고 피곤한 삶, 저 포악한 남자가 자기에게 낳게 한 두 마리의 순한 아이들조차 자신을 이 피곤한 삶에 동여매기에는 약했다. 그녀가 지금 이렇게나마 삶을 버티고 있는 건 오로지 청춘의 그 불같은 어리석음에 대한 회한의 힘인지도 몰랐다. 순애의 그런 첫 남자를 정석은 닮았다.

그러다 순애는 설핏 잠이 든다. 잠결에 움직임이 느껴져 눈이 떠졌다. 깨어보니 은희가 소리를 죽인 채 울고 있었다. 어찌나 이를 악물고 울고 있는지 소리는 들리지 않고 몸만 들썩이고 있었다. 그 모습이 하도 안쓰러워 순애는 가만히 은희를 끌어 아까처럼 가슴에 안아 주었다. 은희는 스러지듯 순애의 품에 안겨 흐느꼈다. 은희의 절절한 울음 탓인가. 아니면 모처럼 지난 인생을 돌이켜 본 회한에 가슴이 쓰라렸던 탓일까. 어느 새 순애도 자기 슬픔에 울음을 쏟고 있었다. 그랬다. 울어본 것도 언제인지 몰랐다. 우는 것조차도 열정이 필요한 일이었다. 순애는 자신이 오랫동안 울음마저 잊고 살아왔다는 것을 무섭게 깨닫는다.

어둠 속에서 두 여인은 그렇게 부둥켜안은 채 울었다. 순애의 눈물이 은희의 머리를 적시고, 은희의 눈물이 순애의 목으로 흘렀다. 순애는 은희의 부드러운 머리를 쓰다듬어 주었다. 은희가 피 흘리며 제 품 안에 뛰어 들어온 노루 새끼처럼 여겨졌다. 은희는 젖을 찾는 아이처럼 순애의 가슴 속으로 더 깊이 파고들었다. 순애는 무심코 은희의 입술에 입술을 갖다 댔다. 그러자 은희의 혀가 순애의 입안으로 파고들었다. 순간 순애는 깜짝 놀라 몸을 떨며 은희를 밀어내려 했으나 은희는 그녀를 잡아당기며 더 깊이 파고들었다. 이상했다. 순간 순애는 마음이 편안해졌다. 그 접촉이 너무도 따듯해서 저절로 눈물이 흘렀다. 은희는 순애의 눈물에 뺨을 비비며 순애의 앞가슴을 열고 맨살에 얼굴을 비볐다. 순애는 그러는 은희를 내버려두었다. 은희는 순애의 젖가슴을 만지고 입을 맞추었다. 온몸이 따뜻한 물속에 들어가 있는 것 같았다. 순애 역시 어느 새 그 아름다운 은희의 온몸을 부드럽게 애무하고 있었다.

그 밤, 두 여인은 얽힌 채 피 흘리는 두 마리의 노루처럼 그렇게 서로를 위로했다. 순애는 문득, 철길에 제 몸을 던져 죽은, 노루처럼 순한 그 남자가 피 흘리며 지금 자기에게 온 것인지 모른다고 생각했다. 저 멀리 어디선가 기적 소리가 들려왔다.

은희는 목이 말라 물을 마시려고 일어나 불을 켰다. 이미 순애의 자리는 비어 있었다. 그러자 머리맡에 놓여 있는 자리끼가 보였다. 방금 바깥에서 떠온 것처럼 사발의 물은 차가웠다. 순애가 나가면서 갖다 둔 모양이었다. 찬물이 식도를 타고 내려가자 비로소 정신이 들었다. 역시 순애가 덮어주고 나갔는지 아이들은 목까지 이불을 얌전히 덮은 채 잠들어 있었다.

은희는 잠든 아이들을 가만히 들여다보았다. 일곱 살짜리가 누나고, 다섯 살짜리가 남동생인가 보았다. 두 아이가 다 같은 모형으로 뜬 인형처럼 속눈썹이 길고, 뺨이 볼록했다. 겨울바람에 실컷 놀아서인지 그 볼록한 뺨이 터서 까끌까끌해 보이는 것까지 똑같았다. 순애의 어둡고 차가운 분위기와는 달리 아이들은 제과부에서 갓 구워낸 말랑말랑한 고급 쿠키처럼 부드럽고 따뜻해 보였다. 자기도 모르게 은희는 손을 뻗어 아이의 볼록한 뺨을 살짝 어루만졌다. 잠결에 아이는 코를 찡그리며 머리를 흔들었다. 은희는 얼른 손을 떼어내고 혼자 미소를 지었다.

아이를 좋아한 적은 한 번도 없었다. 그렇게도 깔끔하고 새침하던 언니들이 결혼하고 아이를 낳아 똥 기저귀를 갈고, 포대기에 아이를 질끈 업고, 시장바구니를 든 채로 언제나 똑같이 라면처럼 꼬불거리는 파마를 하고, 우는 아이를 쥐어박고 하는 모습들에 은희는 진저리를 쳤다. 유난히 깔끔하고, 가꾸기를 좋아하는 은희에게 그런 모습은 혐오스럽기만 했다.

처음 어린 나이에 잘못해서 아기를 가졌을 때는 갈등 한번 하지 않고, 산부인과로 갔다. 열아홉 살 때의 일이었다. 제 몸 안에 무언가 살아있는 것이 생겼다는 게 회충이나 촌충이 생긴 것처럼 끔찍했다. 그 일은 30분도 안 걸리는, 아주 간단한 일이라는 말을 때마침 어느 소설 속에선가 읽기도 했다. 그런데 이상했다. 막 입덧으로 자신의 존재를 증명하다 뚝 떨어진 그 아이는 막상 사라진 다음부터 은희에게 사무쳤다. 뱃속에 있을 때는 회충이나 촌충 같이만 생각했는데, 거짓말처럼 구역질이 사라지고, 끊어졌던 생리가 시작되면서 이상하게도 은희는 자신의 몸이 텅 빈 것처럼 느껴졌다. 회충이나 촌충의 자리가 이렇게 공허할 리는 없었다. 그 짧은 시간 동안 아이와 정이 든 것만 같았다. 꿈을 꾸면 나팔꽃 씨앗만한 태아의 새까맣고 작은 눈을 보았다. 꿈속에서 은희는 물고기처럼 뜨고 있는 아기의 눈이 아플 것 같아 감겨주려고 손을 내밀었지만 아기의 눈은 아무리 쓸어내려도 감겨지지 않았다. 겨우 나이 열아홉에 새삼 없던 모성애가 생겼을 리는 없었다. 그것은 그냥 한 존재와 짧게 든 정이었다. 실제로 그 아기를 만났다 헤어진 것처럼 그리웠다. 그것은 죄책감과도 달랐다. 그 첫 아기 때, 은희는 자신이 그 아기를 죽였다는 생각은 들지 않았다.

그 자리가 너무 허해 두 번째 아이가 들어섰던 것일까. 이번에 남자는 진심으로 기뻐했다. 스무 살이 되었으니 애를 낳아도 될 거라고 했다. 자신과 은희 사이에 낳은 아기를 품에 안고 싶다고 말했다. 아내와는 무슨 일이 있어도 이혼할 테니 걱정 말고 몸조리나 잘 하라고 했다. 그는 퇴근하기가 무섭게 날마다 찾아왔고, 그녀가 먹고 싶어 하는 것이면 한밤중이라도 나가서 구해왔다. 신혼의 아내를 위하는 남편의 모습 그 자체였다. 은희는 깜빡깜빡 자신을 신혼의 새댁으로 착각했다. 그때는 일도 쉬고 있을 때라 주변에서도 두 사람을 영락없는 신혼부부로 알았다. 아이가 다섯 달이나 되어, 병원의 청진기를 통해 쿵쿵쿵 뛰는 심장 소리를 듣고 온 날, 그 남자는 폭우 속에 몸을 가누지 못할 정도로 취해 돌아왔다. 그리고 말했다. 이혼은 시간이 걸리겠다고, 이번 아이는 지워야겠다고.

쿵쿵쿵, 심장 소리까지 들은 아이를 죽이러 가는 길은 첫 번째와는 달랐다. 은희는 심장이나 자궁을 떼어내러 가는 것만 같았다. 혼자서라도 낳아 기르고 싶었다. 두렵지는 않았다. 그런데 그 남자의 슬픈 눈빛이 문제였다. 그렇게는 할 수 없다고 했다. 어린 그녀가 그런 가시밭길을 걸어가는 건 볼 수 없다고, 꼭 이혼을 하고, 결혼을 해서 축복 받은 아기를 낳아야 한다고 했다. 그래서 축복 받을 수 없는 그 아기는 그렇게 또 스테인리스 통으로 갈기갈기 찢겨 떨어졌다. 이번 아기는 그립지 않았다. 그립다는 건 그래도 거리감이 있을 때의 얘기였다. 이 아기는 생각만 해도 가슴이 갈기갈기 찢겨, 너덜너덜해진 심장이 몸속에서 흔들리는 것만 같았다. 너무 아팠다. 은희는 그 남자와의 섹스를 거부했다. 아기에게 미안했다.

꿈속에서 은희는 그 남자와 의사와 함께 앉아 자신의 수술 장면을 보고 있었다. 테이프는 거꾸로 돌아가고 있었다. 스테인리스 통에 떨어져 있던 갈기갈기 찢긴 살점들이 다시 그녀의 몸 안으로 빨려 들어갔고, 그 몸들은 재빨리 합쳐졌으며, 마침내 온전한 아이가 되어 그녀의 뱃속에서 작은 토끼처럼 웅크렸다. 쿵쿵쿵 심장 소리가 북소리처럼 울려 퍼졌다. 그런 꿈을 꾸고 난 날이면 은희는 온몸에서 힘이 빠져 자리에서 일어나지도 못한 채 저녁 햇살이 창으로 스며와 얼굴을 쓰다듬을 때까지 꼼짝 않고 누워 있곤 했다.

어느 날 그 착하디착한 남자는 기뻐서 눈물을 흘리며 찾아왔다. 아내가 이혼을 승낙했다는 것이었다. 가진 것 다 줘버리자고, 미안하니까 다 줘버리고, 우리끼리 새로 벌어서 오손도손 살자고 말했다. 이제는 우리 아기를 낳아 정말 행복하게 살자고, 그 동안 정말 미안했다고 했다. 그 말을 꼭 믿었던 건 아니지만 마음이 느슨해진 것은 사실이었다. 그리고 은희는 간절하게 아기를 갖고 싶었다. 이미 죽은 두 아기가 새로운 생명 속에서 함께 살아날 것만 같았다. 아니 그때는 그런 생각도 없었다. 그저 양쪽에 치여 어쩔 줄 모르며 쩔쩔매는 그 남자에 대한 측은한 마음이 더 컸던지도 몰랐다. 거짓말같이 그 밤의 정사는 생명이 되었다. 그 다음날부터 한참 동안 남자가 오지 않았으니 그 생명이 그 밤에 발아되었다는 것은 분명했다. 남자는 두 달 동안 연락을 끊었다. 피가 말랐다. 그가 연락을 하지 않으면 그녀로서는 연락할 길이 없었다. 은희는 혼자서 입덧을 치르며 공장을 다녔다. 아마도 이혼 수속을 깨끗이 밟아놓고 깜짝 놀래주려고 그러는 게지, 생각은 하면서도 입술이 바짝바짝 탔다. 석 달 만에 나타난 남자는 헛구역질을 하는 은희를 보며 새파랗게 질렸다. 은희는 아무것도 묻지 않았다. 그 여자의 마음이 변했을 것이다. 모든 것은 그 여자에게 달려 있었으니까. 그 착한 남자는 제 몸에 붙은 벌레 하나 떼어내 버릴 위인이 못 되었다. 모진 데라곤 한 구석도 없는 남자였다. 결국 제 몸에 붙은 벌레 하나도 가엾어서 못 떼어낼 그 남자를 위해 은희가 제 몸 속에 자라는 생명을 포기해야 했다. 이번에 은희는 재빨리 결단을 내렸다. 남자는 조금만 더 기다려 보라고 했지만 어떻게 될지 알 수 없었다. 혼자서라도 낳아 기르고 싶다는 생각을 안 한 건 아니었지만, 그랬다가 만약 나중에 자신이 없어져 마음이 바뀌면 지난번처럼 심장 소리가 쿵쿵쿵 북소리처럼 들리는 아이를 지우게 될까봐 겁이 났다.

그 세 번째, 마지막 아이를 긁어내면서 은희는 모질게 이를 악물었다. 그토록 어릴 때 만나 깊이 사랑했던 그 남자를 그녀는 버리기로 마음먹었다. 죽은 아이들에 대한 미안한 마음만으로도 그래야 했다. 그리고 다시는 아이를 갖지 않기로 마음먹었다. 이제는 새로운 아기를 낳더라도 죽인 아이들의 얼굴이 어른거려 사랑할 자신이 없었다. 열아홉부터 스물두 살까지 거의 매년 아이를 긁어내다가 초마침내 난관을 묶었다. 그러면서 은희는 청춘이라고 말할 수 있는 핏기가 제 몸에서 사라진 것을 깨달았다. 언제나 제 곁에 죽음이 함께 누워 있는 기분이었다. 그토록 밝고, 명랑하고, 철딱서니 없었던 자신의 모습은 이제 껍데기로만 남았을 뿐이었다.

몸부림을 안 쳤던 것은 아니다. 다른 남자와 사랑에 빠져보려고도 했고, 돈을 열심히 벌어 패션 디자인 공부를 해야겠다는 기특한 생각도 품어 보았다. 친구들이나 남자와 어울릴 때면 여전히 누구보다도 까불고 경망스럽게 굴었고, 예전보다 더 공들여 옷차림을 신경 썼다. 밖에서 보이는 모습은 어쩌면 달라진 게 없는지도 몰랐다. 그 남자를 떨쳐내고 난 다음에 들어온 이 공장에서도 은희는 철저히 예전의 모습대로 살았다. 그런 사실을 운이라도 떼어 말해본 것도 정석이 처음이었다.

하지만 한 가지 달라진 게 있었다. 그건 그렇게 까불고 경망스럽게 굴고, 공들여 옷치장을 하는 자신의 모습을 바로 자신이 바라보게 되었다는 사실이었다. 어린 시절 판박이 그림을 손톱으로 긁어 베낄 때, 종이에 그려진 밑그림과 어긋나게 베끼게 된 것처럼, 수동 카메라의 초점이 안 맞는 파인더를 들여다 볼 때처럼 이전에는 제 몸 속에 딱 맞게 맞춰져 있던 어떤 꺼풀이 홀로 허공에 떠서 자신을 바라보는 느낌이었다. 그 느낌에 사로잡히면 은희는 까불고, 경망스럽고, 공들여 옷치장을 하는 자신이 남처럼 느껴졌다. 안쓰러운 눈길로 그러는 자신을 바라보는 또 하나의 자신, 그 분리감, 그것은 삶이 자신에게 이제는 맞지 않는다는 경고 같았다.

정석에게 다가갔던 것도 그 탓인지 몰랐다. 그런 분리감에서 도망치고 싶은 은희는 아무하고나 어울렸지만, 그에게는 어떤 끌림이 실제로 있었다. 그의 얼굴에 깃들인 그늘이었을 것이다. 어둠이 박쥐를 끌어들이듯, 그녀는 그에게 끌렸다. 사랑은 아니었다. 그녀는 때로 그가 안쓰럽고, 애처로웠다. 자신이 언젠가 그에게 다시는 회복되지 못할 상처를 줄 것을 알았다. 그는 이미 죽은 여자를 사랑하는 것과 같을 터이니.

순애에게 끌린 것도 그 그늘 탓이었을까. 어제의 일은 은희 자신에게도 납득이 되지 않았다. 취해 있었고, 모든 것은 본능에 따라 행해졌다. 아무런 거리낌도 없었지만 그렇다고 어떤 후련함이 있는 것도 아니었다. 아마도 다시는 이런 밤이 없을 것이다. 그 한 밤으로 두 여자는 서로를 온몸을 다해 위로해 주었다. 그것은 서로의 상처를 몸에서 빼내 바꿔 넣어주는 의식과 비슷했다. 이상한 느낌, 은희는 제 몸에 닿아 저를 따듯하게 덥혀 주었던 순애의 혀와 손길을 떠올려 보았다. 그 모든 행위는 엄밀한 성적 행위였음에도, 그리고 그에 따른 나른한 쾌락에 분명 온몸을 맡겼으면서도 이상하게도 그것은 조금도 성적이란 느낌이 들지 않았다. 그것은 아주 깊고 짙은 위로였다. 그런 느낌은 순애도 마찬가지였으리란 걸 은희는 알 수 있었다.

은희는 자리에서 일어나 옷을 갈아입고, 아이들이 깨지 않게 조용히 불을 껐다. 적어도 이 아침에 다시 순애를 볼 용기는 없었다. 며칠 뒤면 아무렇지도 않겠지만 지금은 자신이 없었다. 며칠만 지나면 이 밤이 두 여자에게는 실감나지 않는 꿈처럼 여겨지리라.

은희는 방문을 닫다 말고 순애가 벗어놓고 간 몸뻬 바지가 벽에 걸려 있는 것을 본다. 저토록 젊고 아름다운 여인이 저런 것을 걸치고 있다니, 다음에 올 때는 그녀에게 어울리는 옷을 사와야겠다는 생각이 들었다.

밖은 아직도 어두웠다. 시계를 보니 시간은 충분했다. 집에 들러서 새롭게 단장하고 출근할 수 있을 것이다. 걸어가는 내내 오늘 무엇을 입을지, 그리고 순애에게는 어떤 옷이 어울릴지를 궁리해야 할 터였다.

5. 박쥐

진우와 경실은 오늘도 새벽 커피를 마시고 가장 늦게 카드를 찍었다.

"아니, 일은 둘이서 다 하나? 맨날 둘만 왜 이렇게 늦어?"

김씨가 물었다.

"우리 둘이 일 다 한다니까요. 월급 더 받아야 해요."

경실이 얼른 대꾸한다. 타임 체커에 찍히는 대로 잔업 수당이 나오기 때문에 새벽 커피를 즐기다 나온다는 얘기는 할 수 없었다.

밖으로 나가니 거리는 안개에 잠겨 있었다. 경실은 역시나 감탄을 쏟는다.

"어머, 멋져! 완전히 안개 속으로 사라지는 긴 머리 여인이겠지? 이거 관객이 많아야 하는데!"

"내가 잘 보고 소문 퍼뜨릴게. 얼른 가. 내내 졸았잖아?"

"그래, 너도!"

경실이 손을 흔들며 그 안개 속으로 뛰어간다. 허리까지 내려오는 긴 머리가 통통하고 탐스러운 경실의 몸 위에서 찰랑거린다. 진우가 가는 쪽으로는 공장과 유흥가와 시장과 집들이 이어지는데, 경실이 뛰어간 쪽으로는 나무들이 두 팔을 뻗치고 서있고, 널따란 벌판이 펼쳐져 있다. 안개 속에 벌판의 모습은 보이지 않았지만 이런 아침이면 하얗게 서리가 내려 있을 것이다.

기혼 직원들은 대부분 그쪽에 있는 시골집에서 살았다. 진우도 방을 구하러 다닐 때 그쪽 집들을 다녀 보았다. 그곳 사람들은 모두 오랫동안 한 터에서 살아온 터라 온 동네가 한 집 같았다. 개인의 사생활이란 보장될 수가 없어서 그녀처럼 위험한 활동을 하는 사람으로선 발도 디딜 수 없는 곳이었다.

집을 보러 다니느라 저 길로 버스를 타고 갔을 때 진우는 어느 정류장에선가 화장을 짙게 한 젊은 여자들이 우르르 타는 장면과 마주친 적이 있었다. 이상해서 고개를 돌려보니 거기가 바로 골프장 앞이었다. 그 동네의 처녀나 젊은 새댁들은 거기서 캐디로 일하는 경우가 많다고 했다. 고효순은 그 일이 제일 못해먹을 일이고, 젊은 여자들 바람 들기 딱 좋은 일이라고 말했다. 동네 사람들이 한꺼번에 몰려가 하기 때문에 특별히 정분이 난다거나 추잡한 일은 좀체 일어나지 않았지만, 매일 상대하는 게 돈 많고 잘 노는 남자들이다 보니까 자기 사는 꼴이 허무해진다는 거였다. 그런 게 바람 드는 거제, 꼭 딴 남자랑 붙어먹어야 일 나는 게 아이다, 여자하고 무시하곤 바람 들면 못 써묵는데이. 그런 꼴 보다 집에 와서 10원, 20원 아끼는 살림을 우예 하노? 고효순은 강력하게 그 일을 부정했지만 박춘자는 자기가 늙어 그 일을 못 하는 게 유감인 기색이 역력했다.

안개 속으로 경실의 모습이 잠기고 난 다음에야 진우는 발을 떼었다. 신사거리를 지날 때까지도 안개는 사방에 가득했다. 횡단보도 앞에 서 있는데도 안개에 가려 교도소가 보이지 않았다. 길을 건너고 나서야 비로소 하얀 건물이 눈앞에 다가왔다.

진우는 발걸음을 멈추고 망루를 올려다보았다. 복덕방 할아버지를 따라 이 길을 올라가면서 그녀는, 하필 안양교도소 앞이라니, 하고 혀를 찼다. 그 교도소에는 선배와 동기가 각각 국가보안법 위반과 집시법 위반으로 들어가 있었다. 공장 활동을 시작하기 전에 두어 차례 그들에게 면회를 간 적도 있었다. 시골의 작은 역사驛舍처럼 조촐한 교도소였

다. 감옥 속이야 그렇지 않겠지만, 오래된 교도소라 겉모습은 다른 교
도소보다 정취가 있었다.

진우는 교도소 앞길을 건너고, 골목을 걸어 들어가 집안으로 들어갔
다. 부엌문에 걸어놓은 자물쇠를 열다가 그녀는 정석의 방을 돌아보았
다. 저 사람이랑 같은 회사에 다니고 있었구나, 이제 출근 준비를 하고
있겠지, 좋은 청년인 것 같은데. 그녀는 부엌문을 밀었다. 방으로 들어
서기 전에 아궁이부터 들여다보았다. 다행히 연탄이 꺼지지 않았다. 그
녀는 얼른 불을 갈았다. 방에 들어가 옷을 벗고, 씻으려고 부엌으로 나
가보니 부뚜막에 올려놓은 물은 밤새 끓어 너무 뜨거웠다. 찬물을 받아
와야 했다. 부엌엔 배수구는 있지만 수도시설은 없었다. 부엌문을 열고
나가니 바깥은 그새 분주한 아침으로 바뀌어 있었다. 닫고 있던 문으로
막혀졌던 생생한 소리와 싱그러운 아침 공기가 확 밀려왔다.

수돗가에는 인주네와 종태 엄마가 쪼그리고 앉아 설거지를 하고 있었
다.

"안녕하세요?"

진우가 인사를 건네자 인주네가 먼저 반색을 한다.

"어머, 야근인가 봐, 우리 애들 때문에 시끄러워서 어쩌지? 낮에 푹
자얄 텐데."

"괜찮아요. 한번 잠들면 업어 가도 몰라요."

진우의 대꾸에 종태 엄마가 답한다.

"오죽 고단하겠어. 밤새는 게 보통 일인가, 어디?"

"그래도 열 두 시간이 아니라 여덟 시간 교댄걸요. 참, 오늘은 왜 안
나가셨어요? 야간이세요?"

인주네는 발렌타인제과 바로 옆에 있는 삼일라면 공장에 다니고 있었

다.

"야간 하면 좋게? 돈 벌고? 난 애들 땜에 주간밖에 못해. 설거지만 해놓고 후딱 나가야지. 아줌마들이 이래서 매일 종칠 때나 들어간다니까."

인주네가 거품을 하얗게 내서 그릇을 비비며 밝은 목소리로 말한다. 저 사람은 어떤 일 앞에서도 자기기만이나 연출 없이 명랑할 사람 같아, 슬픔조차도 거품처럼 명랑하게 풀어내겠지, 그냥 확 울고 끝나 버리는, 채 울음이 끝나기도 전에 배시시 웃음꼬리를 다는 천진한 아이들처럼, 진우는 속으로 생각했다.

"먹고 사는 일이 뭔지……"

그러나 종태 엄마의 입에서 탄식이 섞여 나오자 그 밝은 분위기는 착 가라앉는다. 운동권을 다룰 때 흑백화면과 천연색 화면을 번갈아 보여주는 영화관의 대한뉴스 같다. 늘 밝고 까불까불한 인주네는 아이 둘의 엄마이긴 해도 스물 너덧 살이 넘지 않았을 것이다. 찢어지게 가난한 집에서 고생고생하며 살다가 어린 나이에 결혼했으리라. 인주네는 모든 것이 작고 단단해 보이는 여자였다. 눈도 코도 입도, 몸피도 작았지만 어느 한 구석 가냘파 보이지는 않았다. 암팡진 눈은 야무진 생활력을 보여 주었고, 웃을 때면 없어지는 작은 눈은 그녀의 천진한 성정을 보여주었다. 여러 가구가 어울려 사는 중에도 언제나 인주네의 종달새같이 높고 발랄한 목소리는 다른 여자들의 삶에 찌든 목소리와 구별되어 들리곤 했다. 반면에 주인아줌마인 종태 엄마는 얼핏 보면 젊어 보여, 어린 나이에도 아줌마의 주책이 따닥따닥 붙어 있는 인주네나 몇 살 차이 안 나 보였지만 그 어두운 눈빛이며, 어떠한 경우에도 당황하지 않을 것 같은 침착한 태도를 보면 산전수전 다 겪고, 나이도 꽤 먹었음이 분명했다.

물이 거의 차 올라올 즈음, 인주네가 다시 진우에게 말을 걸었다.

"아가씬 시집 안 가? 참하고 얌전해서 사내들 땡기게 생겼는데, 고럴 때 잽싸게 물어야지, 때 놓치면 말짱 황이야. 아가씬 맨날 일만 하는 것 같애. 멋도 안 부리고……"

인주네는 진우에게 언제나 큰 언니처럼 살뜰히 굴었다.

"애인 있어요. 군대 가 있는 걸요."

"아휴, 이제 군대 갔어? 동갑내긴가봐?"

얼결에 진우는 고개를 끄떡였다. 대학을 안 가면 일찍 군대에 간다는 걸 셈에 넣지 못했다.

"군대 갔으면 끝이지, 언제 기다려? 나도 첫사랑은 군대 갈 때 빠이빠이 한 사람이야. 그러지 말고…… 내가 좋은 사람 소개해 줄까?"

인주네는 진우에게 눈까지 찡긋한다. 그녀의 한 쪽 볼에만 패는 보조개가 귀여워서 진우는 미소를 짓는다.

그때 정석이 부엌문을 열고 나왔다. 출근하는 모양이었다. 인주네가 다 씻은 그릇을 들고 일어서며 소리쳤다.

"얌전이 총각, 지금 출근해? 같이 가. 이것만 두고 나오면 돼. 잠깐만!"

"아, 네."

정석이 얼떨떨해하며 대답을 한다. 인주네는 얼른 겉옷을 걸치고 나와 정석의 팔짱을 낀다.

"오늘 모처럼 버스비 벌었다. 거기다 얌전이 총각 팔짱도 끼고 가고."

"님도 보고 뽕도 따고, 누군 좋겠네."

종태 엄마가 놀린다. 출근길은 같았지만 인주네는 늘 준비가 늦어 버스를 타고 갔기 때문에 같이 가는 일은 드물다고 종태 엄마가 설명해준다.

"저 총각은 언제나 울적해 보여."

두 사람의 뒷모습이 사라지는 걸 보다가 종태 엄마가 슬쩍 진우를 보며 말한다.

"어제 출근하다 부딪쳤어요. 같은 공장에 다니는 걸 몰랐네요……"

진우가 말하자 종태 엄마는 놀란 눈으로 진우를 쳐다본다.

"그래? 그랬구나. 저 총각이 좋아했겠네?"

종태 엄마의 눈길이 의미심장해지는 것 같아 진우는 일부러 가볍게 말했다.

"제가 반가웠죠. 처음 들어간 공장인데, 한 집 사람이 있으니까 든든하더라고요."

그때 갑자기 등 뒤에서 포항댁의 걸지고 꺼칠꺼칠한 목소리가 들려왔다.

"아따, 다들 꼬시랑 거리느라고 봉창에서 배춧잎이 삐져나온 것도 모르나베."

그 말에 종태 엄마는 얼른 바지주머니를 내려다본다. 만 원 짜리 한 장이 반쯤 주머니 바깥으로 나와 있다. 그녀는 얼른 돈을 쑥 밀어 넣는다.

"돈도 따닷하게 들고 다니지 않음 감기 든다. 만 원짜리 감기 들면 만원 주고 병원 가야 한데이."

그러면서 포항댁은 설거지 거리를 함지박 하나 가득 들고 나와 털퍼덕 내려놓는다. 진우가 인사를 했지만 포항댁은 받는 둥 마는 둥이다.

"두 식구 살림에 웬 설거지가 그렇게 많아?"

종태 엄마가 퉁기듯 말한다.

"집에서 살림하는 사람하고 내가 같나? 새벽부터 한밤중까지 새빠지게 일해보래. 하루 밀린 살림이 남의 집 열 식구 먹고 난 자리 같데이."

포항댁의 말에도 잔가시가 묻어 있다. 포항댁은 병원에서 간병부 일을 하고 있었다. 하루 꼬박 일하고, 다음 날은 쉬는 격일제 근무였다. 포항댁은 허우적거리며 설거지를 한다. 비눗물이 깨끗이 닦아놓은 종태 엄마의 그릇에 튀어도 포항댁은 눈 하나 깜짝하지 않았다.

"아이 참, 좀 살살 해. 기껏 다 해놓으니까. 왜 이렇게 퍼덕거려?"

종태 엄마가 짜증이 묻은 목소리로 말했다. 그러나 그만 말에 다소곳해질 포항댁이 아니었다.

"보래, 니가 지금 주인이라고 유세하나. 내가 뭣을 우째 한다고?"

"유세는 무슨 유셀해? 좀 살살하라구. 비눗물 튀잖아?"

진우는 가운데서 입장이 난처해 차오르는 물만 바라보고 있었다.

"하이고, 내 방귀는 뽕하고, 남 방귀는 푸지직 한대더니, 지는 얼마나 얌전하게 한다꼬?"

"어휴, 포항댁 상대하단 내가 흰머리만 늘지, 흰머리만 늘어."

종태 엄마는 재빨리 그릇을 헹구고 일어선다.

"마, 잘 생각했다. 퍼뜩 들어가래. 신랑 있는 여자야 좀 좋나. 비눗물 먹어도 괘안타. 신랑 껴안고 절구질만 쿵덕쿵덕 잘 하면 땀으로 다 나간다. 흰머리도 좀 생기면 어떻노. 신랑이랑 드러누워 너 하나 나 하나 번갈아 뽑아주면 재미만 좋제. 그저 불쌍한 건 나 겉은 과부뿐이여."

물통의 물이 마침 다 차올랐다. 진우도 자리 뜰 구실이 생겨 얼른 물통을 든다.

"먼저 들어갈게요."

"온냐, 후딱 들어가 자야제. 밤일 하느라꼬 쌔가 안 빠지나?"

밤일이라는 말의 어감에 진우는 혼자 웃었다. 부엌으로 들어온 그녀는 불 위에 있던 뜨거운 물에 찬물을 섞어 몸을 씻었다. 작업복도 빨았다. 하얀 작업복엔 스넥 가루와 초콜릿이 잔뜩 묻어 있어서 더운 물로 빨아야만 했다. 먹다 둔 밥그릇도 꺼내와 쪼그리고 앉아 설거지를 한다. 구석에 팽개쳐 놓았던 걸레도 깨끗이 빤다. 꼭 짠 걸레에서 모락모락 김이 오르는 게 보기만 해도 기분이 좋았다.

진우는 방에 들어가 들창을 닫고 창 위에 말려 올려져 있는 얇은 군용담요를 커튼처럼 내렸다. 방이 동굴처럼 어두워졌다. 아침의 햇살도 침입할 수 없는 아늑한 방. 그녀는 편안한 옷으로 갈아입고 이불 밑으로 들어가 눕는다.

모두들 출근한 뒤라 주위는 비교적 조용했다. 눈을 감으니, 인주하고 종태가 떠드는 소리가 텔레비전 소리에 간간이 섞여 밀려온다. 바로 옆방이 인주네였다. 인주네가 나가고 나면 종태는 인주네 방에 와서 살다시피 했다. 종태가 네 살, 인주가 다섯 살, 인주 동생 인호는 네 살이다. 다들 민혁이 또래였다. 민혁이, 우리 민혁이…… 나는 지금 무엇을 하고 있는 걸까. 널 보면 내가 중학교만 나온 게 안 부끄러워, 중학교만 나와도 너처럼 교양 있고 멋있을 수 있으니까, 나는 또 이 친구들에게 상처나 주는 걸까, 그러자 다시 어머니가 떠올랐다. 어머니의 빈정거리던 입매.

진우가 학생운동에 빠져들고, 사회주의자가 되었어도, 감옥에 가고,

그 감옥 안에서 아이를 낳았을 때도 어머니는 진우의 삶에 대해 간섭하지 않았다. 자기 삶은 자기의 삶이고, 딸의 삶은 딸의 삶이라는 게 그녀의 원칙이었다. 니 아버지 일찍 가시길 잘 했지, 딸이라면 껌뻑 죽는 그 양반이 지금 네 꼴을 봤으면 아마 심장이 터져 버렸을 거다, 그런 말로 딸에 대한 불만을 대신하는 게 고작이었다.

그리고 그 날, 어머니가 광주의 사진을 들고 온 날에서 6년이 흐른 후의 그 날, 어머니는 거실의 소파에 앉아서 타임지를 들추고 있었다. 사전 하나 없이 그것을 줄줄 읽어내는 어머니, 젊은 시절 미국 유학을 다녀오고, 신문 기자로 일했던 그녀는 그 무렵엔 여성잡지사의 편집장 일을 하고 있었다.

"나, 공장 들어가려고 해. 엄마."

진우는 어머니에게 다가가 기습이라도 하듯 불쑥 말했다. 어머니의 손끝이 잠시 멈칫했던가, 그러나 모처럼 친정 나들이를 온 딸의 터무니없는 말을 듣고도 그녀는, 조금도 동요되지 않은 채 읽던 페이지를 찬찬히 마저 다 읽고서야 진우를 올려보았다. 그녀는 쉰 살이 넘은 여자로는 믿어지지 않을 정도로 우아했다. 그녀가 내뱉는 말투 역시 나직하고 침착했다.

"어떻게 용케 조용히 살고 있나 싶었다. 너같이 정의감이 넘치는 애가."

명백한 비아냥거림이었다. 언제부터 우린 이런 모녀가 되었을까, 진우의 혀 밑으로 쓴 물이 고였다. 어머니를 멋있게 생각하고, 어머니처럼 멋진 기자가 되고 싶다고 생각했던 시절도 분명 있었다. 볼펜을 든 어머니의 손가락은 길고 아름다웠다. 손끝에는 붉은 매니큐어가 꽃잎처럼 곱게 칠해져 있었다.

"나야 뭐, 내 이익에 눈먼 부르주아니까. 네 깊은 속을 알겠니? 워낙 잘난 딸이니까 알아서 내린 결정이겠지. 내가 니 고집에 이긴 적도 없구. 그런데 민혁이는 누가 키우니? 내가 집에 있는 여자도 아니구."

그러면서 어머니는 어깨 위에 걸친 카키색의 가디건을 새로 추슬렀다. 그녀의 말투는, 오늘 저녁엔 뭘 해먹을까, 하고 묻는 것처럼 심상했다. 진우는 목구멍이 콱 막혔지만 간신히 입을 열었다.

"엄마가…… 엄마가 어떻게 해줘. 엄마 돈으로 사람을 두든가……"

진우의 이마 위로 식은땀이 맺혔다. 어머니의 얼굴에 희미한 웃음이 떠올랐다. 경멸의 웃음. 순간 진우의 얼굴이 수치감으로 붉어졌다.

"니 신념하고는 안 맞는 행동 같은데? 내 돈으로 사람을 둬서 아이를 기르게 하고, 너는 공장 들어가서 노동자를 위해 일하겠다고? 그거 모순 아니니? 그 사람의 노동을 착취해서 니 양심이나 만족시키는…… 아이 맡겨놓고 수영장 다니는 유한마담하고 다를 게 있어?"

어머니는 빙글거리며 진우를 바라보았다. 그 말은 진우의 가슴을 회칼로 도려내는 말이었다. 스스로 고민하고, 갈등하고, 찢어졌던 바로 그 핵심의 문제에 어머니가 아무런 망설임 없이 정면으로 비수를 들이댄 것이다.

한참 동안 고개를 숙이고 있던 진우는 어느 순간, 고개를 치켜들고 어머니를 바라보았다. 할 말이 없기 때문이었다. 너무 부끄러워 고개를 들 수도 없었기 때문에 오히려 꼿꼿이 고개를 쳐들 수 있었다. 독 오른 코브라처럼 꼿꼿이 세운 그녀의 고개는 기실 궁지에 몰린 쥐가 몸을 돌려 고양이에게 대드는 마지막 오기에 불과했다. 그런 딸의 모습을 어머니는 눈을 가느스름하게 뜨고 바라보았다. 여전히 빙글거리는 미소를 띤 채. 어머니의 긴 속눈썹이 마스카라로 아름답게 치솟아 있었다. 그 속눈썹 아래에 있는 검은 눈동자는 바로 진우의 것이었다. 같은 눈동자를 가진 두 여자가 같은 눈동자로 서로를 바라보고 있었다.

먼저 입을 연 것은 어머니였다.

"확실히 내 딸은 내 딸이구나. 좋아, 알아서 하렴. 니가 세상을 바꾸는 게 나한테 좋을지 어떨지 모르겠지만…… 어느 단계까지는 내게도 도움이 될 걸. 언론 자유라곤 없는 나라니까. 거기서 더 나가면 나부터 위험해질 테지. 하지만 내가 아무리 머리를 굴려 봐도 그렇게까지 갈 리는 만무하니 내가 위험할 일은 없을 것 같구나. 그래, 내가 투자하지. 나는 이익에 따라 움직이는 부르주아니까. 하지만 민혁이가 가엾구나. 어린 게 팔자도 모질지."

어머니는 말을 끊더니 한 마디도 보태지 않고 다시 타임지를 읽었다. 거실에는 6년 전의 그 날처럼 포레의 '레퀴엠'이 성능 좋은 오디오로 흘러나오고 있었다. 어머니는 진혼곡들을 좋아했다. 모차르트도, 브람스도, 브루크너도 좋아했다. 대낮인데도 거실은 어두웠다. 고음의 여자 목소리, 여성 독창 부분. 인간의 목소리로 여겨지지 않는 그 청아하고 높은 목소리, 하늘을 떠도는 영혼에게 말을 거는 것 같은.

지금쯤 무얼 하고 있을까, 깨어 있을까, 아직 단잠에 빠져 있을까. 아이가 보고 싶은 마음에 진우는 가슴이 얼얼했다. 가엾은 것, 하지만 내가 지금 이 일을 피하면 그건 언젠가는 고스란히 네 몫으로 가게 될 거야. 일그러진 세상의 모난 모서리는 그 속에 담긴 모든 것을 찔러대니까, 엄마는 그 일그러진 걸 바로 펴놓고 싶은 거야. 네가 그 모서리에 다치지 않게. 아이는 그저 환하게 웃으며 고개를 끄떡이리라. 그 애는 그랬다. 아무 말도 할 줄 모르는 아기 때에도 진우가 어른에게 하듯 무언가를 하소연하면 의젓한 눈길로 엄마를 바라보며 고개를 끄떡이곤 했다. 무엇이든 다 이해하겠다는 듯이. 그러면 그녀는 고해성사라도 끝낸 사람처럼 마음의 위로를 받곤 했다. 민혁이는 드물게 의젓한 아이였다. 뱃속에서부터 너무 많은 고통을 겪어서 아이가 저렇게 된 건 아닌가 하는 가책감이 들 정도로.

지금도 그랬다. 마음으로라도 아이에게 그런 단순 논리의 변명을 하고 나니 오히려 자신이 위로 받는 기분이 들었다. 그러나 그것도 잠시, 다시 어머니의 빙글거리는 입매가 맴돌았고, 널 보면 내가 중학교만 나온 게 안 부끄러워, 중학교만 나와도 너처럼 교양 있고 멋있을 수 있으니까, 경실의 애틋한 고백이 진우를 괴롭혔다. 난 꼭 박쥐 같구나.

하지만 누운 등 밑으로 온기가 퍼져나가자 걷잡을 수 없이 졸음이 몰려왔다. 창 밖에는 아침햇살이 넘칠 듯 흐르며 연신 그 어두운 방을 기웃거리고 있었지만 국방색 군용담요는 제 온몸으로 햇살의 침범을 막아내고 있었다. 동굴처럼 어둡고 아늑한 그 방에서 진우는 한 마리 박쥐처럼 정신없이 잠에 빠져들었다.

눈을 떠보니 시계는 저녁 6시를 가리키고 있었다. 밥 챙겨먹고 출근하기도 빠듯했지만 진우는 선뜻 일어나지지가 않았다. 이맘때의 바깥 풍경을 누운 채 즐기고 싶었기 때문이다. 이맘때면 부엌문끼리 쪼르르 마주보고 있는 통로는 찌개 냄새와 아이들이 배고프다고 칭얼거리는 소리, 엄마들이 부엌에서 저녁을 준비하면서 목청만 돋워 앞 부엌, 옆 부엌 엄마들과 떠드는 소리들로 생기를 띠었다. 진우는 눈을 감은 채 그 소리들을, 냄새들을 즐겼다. 보지 않아도 눈앞에 떠오르는 따듯한 풍경, 이 삽화 속에다 내 아이도 끼워놓고 싶다는 갈망.

그녀의 친정은 고층 맨션 아파트였다. 들어설 때마다 무언가 고여 있는 느낌을 주는, 그 점잖은 곳에서 아이는 갇힌 채 자라고 있었다. 그곳엔 또래의 아이조차 없어서 민혁이는 그저 소파에 앉아 텔레비전이나 보고 있을 터였다. 혼자서 저렇게 잘 노는 앤 처음 봤다, 네 살짜리 같지가 않아. 어떤 때 날 물끄러미 보고 있을 땐 꼭 어른 눈길 같아서 깜짝 놀란다니까, 어머니는 아이가 아이답지 않게 크는 걸 걱정했다. 너야 니 멋대로 사는 애 아니니, 자라는 내내 한 번도 속 안 썩이다가 그거 한꺼번에 갚듯이 다른 애미들 평생 속 끓일 짓 모아서 하는 년이니. 그래도 저걸 보면 마음이 아파. 세상에 무슨 팔자가 저렇게 기구하니, 예수는 마구간에서나 태어났지. 저 녀석은 감옥에서 난 애가 아니냐. 그것도 모자라서 저러고 있고. 하여튼 요상한 에미 애비를 만나서 새끼가 고생이야, 어머니의 말이 아니더라도 그녀의 가슴은 충분히 쓰라렸다. 여기서 이렇게 아이를 데리고 함께 살 수만 있다면, 불가능한 그 생각이 되풀이 떠올랐다. 위장취업이란 사실 하나만으로도 구속되는 시대였다. 구속은 둘째 치고, 어떤 고문을 당할지, 그로 인해 자기만이 아닌 다른 사람들 모두에게 피해를 입힐지도 몰랐다. 세상을 떠들썩하게 했던 권인숙 성고문 사건도 그 와중에서 생긴 일이 아니던가. 남편과 같이 사는 것조차 만약의 경우 두 사람의 몰살을 의미했기에 따로 떨어져 사는 그들이었다. 이 조그만 공장에 입사하는 데에도 제출하는 서류가 열두 가지가 넘었다.

진우는 머릿속의 생각을 끊으며 자리에서 일어났다. 야간근무는 잠이 쏟아지는 것만 빼면 주간 근무보다 좋았다. 관리자라곤 반장뿐이니 일하기가 편했다. 반장이야 동료나 마찬가지라 위에서 채근하는 사람이 있을 때는 그도 다른 관리자 못지않게 사람들을 들볶았지만 일단 그들이 사라진 뒤면 거의 비슷한 처지가 되었다. 잔소리하는 사람이 없다는 것만 해도 훨씬 일할 만했다. 세상 사람들이 모두 잠든 시간에 자기네들끼리만 밤에 깨서 일한다는 상황도 서로를 더 밀접하게 해주었다. 게다가 잠을 깨기 위해서라도 이야기를 해야만 했다. 서로의 속내 이야기가 쏟아지는 시간이었다.

진우는 쌀을 들고 수돗가로 나갔다. 뜻밖에도 정석이 쪼그리고 앉은 채 청바지를 빨고 있었다.

"아니, 어떻게 벌써?"

"기계가 고장이 나서 잔업이 취소됐어요."

"아, 예."

자신은 이제야 일어났는데, 벌써 근무를 끝내고 돌아온 사람을 보는 게 낯설었다. 진우도 쪼그리고 앉아 쌀을 씻기 시작했다. 방을 보러 왔을 때, 어두운 방구석에 혼자 앉아 소주병을 불고 있던 그의 모습이 떠올랐다. 눈빛이 ○어두웠던 청년.

"야근, 힘들지 않아요?"

진우가 자기 생각에 너무 골똘히 잠겨 있었던가. 정석이 불쑥 말을 건넸다.

"할 만 해요. 잠을 못 자고 들어갈 때 빼면……"

"절대로 그러면 안돼요. 까딱하다간 사고 나요."

정석이 청바지를 빨던 손까지 멈추고 정색을 하고 말하는 바람에 진우는 조금 당황했다.

"우리 회사야 특별히 사고 날 게 없지 않나요?"

"안 그래요. 공장은 다 위험해요. 기계란 건 곧이 곧대로잖아요? 얼마 전에도 졸다가 포장기에서 손가락 마디가 잘리는 사고가 있었어요.

2년 전에는 컨베이어에 목걸이가 끌려 들어가 얼굴이 벗겨진 사고도 있었고…… 모두 야근 때 일어난 일이에요…… 아, 괜한 얘길 했군요.”

정석은 얼굴을 찡그리며 말을 끊었다. 진우는 고개를 끄떡거리며 그를 바라보았다. 오늘 그는 그답지 않게 말을 많이 한다.

그때 인주네가 저녁거리를 씻으러 수돗가로 다가왔다. 마침 수돗가에 둘만 앉아 있는 걸 입빠른 인주네가 놓칠 리 없었다.

“야, 그림 좋네, 처녀 총각이 그러고 있으니 몸살 나게 좋다!”

그러자 당장에 통로 양쪽으로 고개들이 길게 빠져 나오더니 한마디씩 보탰다.

“저 얌전이 총각이 바람나겠네!”

“내 몸이 다 후끈거리네, 어쩌나? 총각, 책임져 줄래?”

“자네 몸이 왜 달아올라? 오늘 밤에 큰일 났네, 안 그래도 자네네 방 합궁 소리에 밤마다 잠을 설치는데……”

“아유, 사돈 남 말하네. 어젯밤 저 방 소리 들었지? 왜 한밤중에 흐느껴? 흐느끼긴? 으흥 으흐응……”

“이보래, 과부 속 뒤집을 일이 있나? 와 그리 난리들이고?”

통로가 걸쭉한 음담과 폭소로 와자했다. 아이들까지 영문도 모른 채 좋다고 웃어댔다. 진우는 고개를 숙인 채 이미 충분히 씻은 쌀만 계속 문지르고 있었다. 저 사이를 뚫고 들어갈 자신이 없었다. 옆 눈으로 보니 정석 역시 얼굴이 굳어져 있었다.

그때 정석이 갑자기 벌떡 일어나더니 빨랫줄에 청바지를 철퍼덕 팽개치듯 널었다. 그 서슬에 놀란 탓인지, 아니면 얹어 놓은 찌개냄비들이 넘치기라도 했는지 통로에 내밀어졌던 고개들이 순식간에 사라졌다. 인주네도 무안한지 입을 다물었다.

정석이 진우를 보더니 말했다.

"먼저 들어가겠습니다. 그럼 조심해서 근무하세요."

"아, 예. 들어가세요."

정석의 뒷모습을 보면서 인주네가 진우를 보고 속삭였다.

"저 총각이 맨날 방구석에서 소주만 나발로 불었거든. 빈 병이 문 앞에 산더미처럼 쌓여 있었다니까. 근데 아가씨가 온 다음부터 달라졌어. 아가씨가 좋은가 봐, 딴 총각한테 소개할랬더니 안되겠네, 호호."

"아니에요. 그냥…… 우연이에요."

진우는 어색한 이야기라 얼른 일어나 부엌으로 돌아갔다. 부엌문을 여는데 맞은편 부엌에서 종태 엄마의 얼굴이 쑥 나왔다.

"아가씨, 이것 좀 가져가."

그녀는 작은 냄비에 든 된장찌개를 내밀었다.

"어머, 이런 걸……"

"밥 지어먹으니ㄷ까 이뻐서 주는 거야. 어떻게든 끼니 잘 챙겨먹어. 나도 아가씨처럼 혼자 살 때 속 다 버렸거든. 챙겨먹기 귀찮아서……"

"감사합니다. 잘 먹을게요."

진우는 찌개 냄비를 들고 부엌으로 들어갔다. 된장찌개 냄새를 맡자 밥 생각이라곤 없던 속이 회가 동하는 것처럼 난리를 쳤다. 전기밥솥에 밥을 안쳐놓고 그녀는 문지방에 앉아 한 숟갈 두 숟갈 된장찌개부터 떠먹었다. 그제야 명수 형은 오늘 저녁 무얼 해먹었을까, 하는 생각이 떠올랐다. 이런 찌개 한 그릇 놓고 도란도란 밥상을 마주해 본 일이 아득하기만 했다. 남편을 본 지도 한 달이 다 되어간다. 이번 주말에는 약속이 되어 있었다. 그녀는 문득 그 동안 자기가 남편 생각을 거의 하지 않았다는 사실을 깨달았다. 아이 생각이 하도 넘쳐서 그러리라.

진우는 남편을 사랑했다. 사랑하지 않을 수 없는 사람이었다. 그는 너무나 훌륭한 사람이었다. 그렇게 밖에 말할 수 없도록, 게다가 그녀의 인생은 그에게 얼마나 많은 빚을 지고 있는가. 미혼의 몸으로 5공의 시퍼런 법조문 아래 냉방에 처박힌 채 점점 배가 불러오던 자신의 모습이 바로 엊그제의 일처럼 떠올랐다. 데모란 당시만 해도 처절한 선택이었다. 80년 초, 5분이면 끌려가는 그 행위가 도대체 저 무딘 가슴들에 무엇을 남길 수 있을 것인가, 그런데도 그들은 누군가 그 일을 해야만 한다고 생각했다. 4학년이 되어 드디어 진우에게도 차례가 왔다. 원래 진우와 함께 데모를 하게 된 파트너는 용식이 아니었다. 원래 하기로 했던 친구의 아버지가 갑자기 쓰러지는 바람에 용식이 나서서 자기가 대신 뛰겠다고 자원했다. 강용식, 그와 진우는 결코 연인 사이가 아니었다. 그들은 함께 데모를 주동하고 같이 감옥에 끌려갈 동지일 뿐이었다. 게다가 진우는 용식을 같은 길을 가는 동지로서도 좋아하지 못했다. 이유도 없이 그를 볼 때마다 어떤 거부감이 구토를 불러일으키곤 했다.

디데이 전날, 그들은 마지막으로 만났다. 점검할 것들을 다 점검한 다음, 비장한 절망감과 내일을 기약할 수 없는 불안 속에서 그들은 함께 술을 마셨다. 용식은 격하고 용감한 아이였지만 자기만 믿고 있는 가난한 홀어머니에게 그런 고통을 주는 데 태연할 수만은 없었다. 그 점에서 진우는 상대적으로 홀가분했다. 그녀의 어머니에게도 그 일은 충격이겠지만, 어머니는 잘 받아낼 터였다. 괴로워하는 용식 앞에서 그녀는 미안함을 느꼈다. 자신의 홀가분한 처지가 특권처럼 죄의식을 부추겼다. 그때까지 용식을 까닭 없이 미워해 온 자신의 감정에도 회한이 일었다. 왜 그렇게 나는 이 애를 싫어했을까, 그러나 그런 생각을 하는 그 순간에도 그녀는 자신의 목구멍을 타고 올라오는 구역질을 느꼈고, 그 구역질을 억지로 참으면서 다시 그 구역질에 죄책감을 느꼈다. 자신의 감정이라는 것이 얼마나 비합리적이고, 용식의 입장에서 본다면 억울한 일인가 하는 참괴감도 몰려왔다. 구역질을 억누르기 위해 그녀는 그 참괴감을 부풀렸다.

언젠가 선배인 명수가 세미나를 하다가 용식을 비판한 적이 있었다. 넌 너무 독선적이고 과격해. 진정한 혁명정신은 애정이야, 그건 이해의 정신이야, 다른 계급에 대한 이해, 독선은 교조와 통하는 거야. 그것처럼 위험한 건 없어. 그러자 용식은 눈에 파랗게 불을 켜고 달려들었다. 형 같은 자유주의자, 똑똑히 알아둬요, 형이야말로 그 미적지근한 태도, 소시민적 성실성, 썩어빠진 부르주아, 회색의 기회주의자…… 그때도 진우는, 저 애는 그저 앵무새처럼 남의 말을 빌어다 자기가 싫어하는 사람을 공격할 때 교활한 무기로만 쓰는구나, 하고 속으로 중얼거렸다.

그러나 그때 난 정당했을까, 그 말들은 용식의 피 속에서 나온 말들인지도 모르는데, 난 그걸 아무 근거도 없이 매도했다. 나야말로 용식을 이유도 없이 짓밟아 온 건지도 몰랐다. 게다가 난 그때 용식은 구역질나게 싫어하고, 명수 형은 터무니없이 존경하고 있었다, 그런 감정이 내 판단을 좌우했을지도 모른다. 나야말로 정말 엉터리였는지 몰라. 그래도 구역질은 끊임없이 솟아올랐기 때문에 그녀는 기를 쓰고 용식의 편이 되려고 자신을 몰아세웠다. 어쨌든 다음 날이면 두 사람은 감옥에 가야 할 처지였다. 그리고 그 일은 그녀에게보다 그에게 훨씬 힘든 결단이었다.

헤어질 시간이 되었을 때, 진우는 벌써 녹초가 되어 있었다. 구역질을 억누르기 위해 참괴감을 부풀리고, 무조건 용식을 긍정하는 일은 그

만큼 힘이 들었다. 그녀는 얼른 그 자리에서 벗어나 쉬고 싶은 생각밖엔 없었다. 다음 날의 거사에 대한 불안조차 들어설 여지가 없었다. 악수를 하기 위해 그녀가 내민 손을 그는 오랫동안 잡고 있었다. 그의 눈가에 눈물이 맺혔다. 그 눈빛에서 그녀는 숨길 수 없는 갈망과 참혹한 절망을 읽었다. 그녀는 그만 힘이 빠졌다.

진우의 입에서는 그 순간 자기도 모르게 엉뚱한 말이 새어나왔다.

"어디 가서 나랑 자고, 아침에 같이 가자."

그 말에 용식보다 더 놀란 것은 진우 자신이었다. 하지만 이상하게도 별다른 느낌이 들지 않았다. 그 싸구려 여인숙, 너덜너덜하고 때가 찌들은 베개와 이불, 음란한 낙서투성이의 그 방에서 그녀는 역시 별다른 느낌 없이 그가 하는 대로 몸을 맡겼다. 구역질조차 나오지 않았다. 난 지금 산부인과에 와있어, 치료를 받고 있는 거야. 그녀의 마음이 변할 새라 허겁지겁 올라탄 그의 몸 밑에서 그녀는 그렇게 엉뚱한 생각을 하고 있었다. 그리고 견딜 수 없이 고통스러운 순간이 왔고, 그것은 병원이라는 상상에 매우 잘 어울렸다.

어느 정도 징역에 익숙해질 무렵, 문득 있어야 할 것이 없다는 걸 깨닫고, 이상한 토악질을 해대기 시작하고, 급기야는 배가 불러왔다. 진우는 하도 어이가 없어서 불러오는 배를 그저 남의 일처럼 바라보았다. 같은 방에 간통죄로 들어온 중년 여자가 있었는데, 그녀는 그 죄명이 주는 혐오감과는 달리 그 방의 누구보다도 정이 많고, 정결해서, 진우가 가장 따르고 속내 얘기를 털어놓는 상대였다. 그 여자가 진우를 보고 물었다.

"만약 애 아빠가 발뺌하면 혼자 키울 각오가 서 있어?"

아, 혼자 키운다, 그럴 수도 있구나. 진우는 그 사실을 깨달은 게 기

뺐다. 그녀는 버림받을 게 두려운 게 아니라 그 일로 용식과 맺어질까 봐 두려웠던 것이다. 그녀는 어쩌다 충동적으로 아이의 육신의 아버지로 그를 받아들였지만, 그 아이의 정신과 운명의 아버지로 그를 택할 수는 없었다. 그래, 혼자 키우리라. 그녀는 그 결정으로 마음이 편안해졌다.

"대체 누구야? 빨리 말하지 못 하겠니? 이 에미 고꾸라지는 꼴을 안 보려면!"

배가 점점 더 불러와 평펑한 바지저고리의 넓은 자락으로도 숨길 수 없게 되었을 때, 까무라칠 정도로 놀란 진우의 어머니는 평소의 그 우아함과 침착함을 다 잃고 철창을 붙들고 다그쳤다.

진우는 끝까지 입을 다물고 있을 수가 없었다. 그러나 그때 그녀의 입에서는 또다시 엉뚱한 말이 흘러나왔다.

"명수 형을 오라고 해줘."

그 상황에서 그 말이 갖는 의미가 어떠한 것인지를 깨달은 것은 철창을 붙든 어머니의 손이 떨어져 나가며 그 얼굴에 안도의 빛이 떠오르는 것을 본 순간이었다. 명수 형이 애아버지가 아니라는 사실을 말해야만 했다. 단지 그를 지금 보고 싶다는 것뿐이라는 것을. 그러나 진우는 어머니의 안도의 표정을 차마 깨뜨릴 수 없었다. 아니, 무엇보다도 명수 형, 그가 간절히 그리웠다. 그리고 명수, 그가 어머니와 함께 면회를 왔다.

구멍이 뚫린 면회 창을 사이에 두고, 입덧으로 훌쭉 여윈 진우의 얼굴과 볼록하게 튀어나온 보기 흉한 배를 앞에 두고 명수는 들어서자마자 울었다. 진우야, 언제고 네가 나를 절실히 필요로 할 때 나를 불러라. 너의 힘이 되어 주고 싶은 게 내 소망이구나. 감옥에서 그 편지를 받았을 때, 이 남자는 왜 이제야 고백하는가, 진우는 아득했지만 그를 부르고 싶은 갈망을 누를 길이 없었다. 그녀는 그가 보고 싶었다. 어떤 오해를 받더라도 그때 그가 꼭 보고 싶었다.

명수가 눈물을 닦았다. 진우는 백치처럼 가만히 그를 바라보다가 생긋, 웃었다. 그를 만나니까 좋았다. 그도 숨을 한 번 크게 쉬더니 빙긋이 웃었다.

"임마, 이래도 내 청혼을 거절할 거야? 나, 혼인 신고한다!"

그게 명수의 첫 마디였다. 진우는 그를 빤히 바라보았다. 처음엔 그 말뜻을 이해조차 할 수 없었다. 청혼이라니, 그와는 따로 데이트도 해 본 적도 없는 사이였다. 멍하니 서있던 그녀는 마침내 그의 의도를 알아냈다. 그럴 수는 없는 일이었다.

"형, 억지 쓰지 마. 그래서 부른 게 아냐." 진우는 달래듯 부드럽게 말했다. "그냥……그냥…… 형이 보고 싶었어. 그것뿐이야."

그러나 명수의 눈빛을 보자 진우는 더 이상 어떤 말도 할 수 없었다. 그의 눈빛은 안타깝게 말하고 있었다. 그냥 입 다물고 있어, 그냥 내가 하는 대로 해. 내가 널 구해 줄게. 그리고 그는 소리 내어 말했다.

"네가 거절해도 난 혼인신고 할 거야. 어머님 허락도 받았어. 넌 이제…… 내 신부가 되는 거야."

명수의 눈빛은 간절했다. 진우는 아무 말도 할 수 없었다. 그러나 그 장면에서 아무 말도 안 하는 게 무엇을 의미하는지 그녀는 너무도 잘 알고 있었다.

명수는 혼인신고를 하고, 탄원서를 냈다. 그러나 항소심에서 집행유예로 나올 때까지 진우는 내내 감옥에 있어야 했다. 그 사이 경찰병원에서 아이를 낳고 감방으로 돌아가, 결국 그녀의 아들 민혁이 두 달을 채울 때까지 그 안에서 아이를 길러야 했다. 그녀의 진실을 아는 건 그 '간통'

아줌마뿐이었다. 자기를 낳은 어머니조차 까맣게 모르고 있는 진실이었다.

"민혁이 엄마, 죽을 때까지 그 신랑 잘 섬겨야 돼. 자긴 진짜 행복하다, 부러워 죽겠어. 얼마나 사랑하면 그럴 수 있을까. 나 같음 죽어도 원이 없겠어."

진우도 그 말이 옳다고 생각했다. 명수 형의 사랑에 대해서는 고마운 마음뿐이었다. 그러나 스스로에 대한 혐오감이 치솟을 때면 그만큼 견디기가 힘들었다. 이제라도 물러야 하는 게 아닌가, 이건 거짓인데, 난 미혼모로 얼마든지 아이를 키울 수 있다고 마음먹지 않았던가. 그런데 왜 명수 형이라는 밧줄을 이렇게 덥석 붙잡은 건가.

그런 갈등은 진우가 출소하여 명수와 결혼식을 올린 뒤에도 가셔지지 않았다. 그들의 결혼은 행복했다. 그렇지만 그 행복을 유지하기 위해선 그녀의 마음속에서 불쑥불쑥 솟아오르는 그 혐오감과 끊임없이 싸워야만 했다.

용식은 엉뚱하게도 그 형기 동안 고시 공부를 시작했다. 그것도 자기는 반드시 공안검사가 되겠다고 공언했다. 그러한 자신의 변화는 모두 진우의 배반 탓이라고 했다. 언제는 그가 자기 때문에 운동을 시작했던가, 진우는 그 이해할 수 없는 논리를 비웃었다. 용식은 내내 그들을 괴롭혔다. 그는 감옥 안에서, 그리고 출소 후에도 줄기차게, 진우와 명수에게, 그리고 다른 친구들에게 끊임없이 편지를 띄웠다. 그 여자는 내 거야, 그 아들놈도 내 아들이야.

그 썩어빠진 문구에 진우는 진저리를 쳤다. 그녀는 출소하자마자 명수에게 모든 사실을 말했다. 그는 그녀의 고백을 아무 말 없이 들었다. 그는 벌써 모든 사실을 나름대로 추리해서 이미 그 고통을 벗어나 있었다.

“그럴 거라고 생각했어. 넌 좀 위태위태한 데가 있는 애거든.”

“피……”

명수의 애정에 힘입어서 진우는 토라지는 시늉까지 할 여유를 보였다.

“내 말은 경망스럽다는 게 아니야. 하지만 넌 하여튼 엉뚱한 데가 있어. 옛날부터.”

“그 말이 그 말이지, 뭐.”

명수는 진우를 품에 안으며 말했다.

“진우야, 난…… 네가 정말 좋아.” 그가 잠시 말을 멈추었다. “민혁이도 밉지가 않아, 이상하지.”

진우는 고개를 들어 명수를 바라보았다.

“진우, 네 아이라는 생각뿐이야, 용식……” 하는데 진우는 자신의 입술로 명수의 입술을 막았다. 듣고 싶지 않은 말이었다. 그들의 입맞춤은 길고 따뜻했다. 그녀의 마음은 차분히 가라앉았다.

“키스하는 기술을 보니까 형도 베테랑이네. 어디 숨겨 논 자식이 있는지도 모르겠는 걸.”

명수가 어이없어 하며 웃었다.

“이 녀석아, 참, 기가 막혀서…… 네 처지에선 그런 농담을 하면 안 되는 거야, 임마.”

명수가 진우의 볼을 잡아 당겼다. 그러면서 그는 그녀를 다시 힘주어 안았다.

“나 말야, 형 애기 갖고 싶어. 형 닮은 애, 나 닮은 민혁이는 있으니까.”

진우는 명수의 품 안에서 말했다. 그녀는 확실히 응석을 부리고 있었다. 그들을 누르는 그 비극적이고 음습한 불행의 중압감을 떨쳐 버리고 싶었다. 그가 그녀의 얼굴을 빤히 바라다보았다. 그녀는 눈을 돌리지 않았다. 그가 결국 먼저 웃었다.

"임마, 참, 나니까 너 데리고 살지, 넌 어떻게 하는 말마다 그렇게 정면대결이냐?"

그제야 진우도 웃었다. 그녀는 바로 그런 말이 듣고 싶었던 것이다.

전기밥솥의 스위치가 보온으로 넘어갔다. 막상 밥이 되자 이미 다 먹어치운 찌개 그릇을 보며 진우는 혼자 씁쓸히 웃었다. 순간적인 극적 감동, 그건 삶의 일탈이었다. 그러나 삶이란 극적인 것으론 유지되지 않는다. 삶이란 엄연한 일상이었다. 그것은 팽팽한 극적 감동을 유지시킬 수 없는 법이다. 그런데도 우린 그걸 유지하고 있다, 그건 진짜일까, 그걸 유지하기 위해 피 흘리는 일상은 없는 것일까.

너무도 훌륭한 사람, 명수 형의 존재는 그 너무도 훌륭함으로 인해 가끔 진우의 숨통을 조였다. 마치 빚쟁이, 그러나 빚을 전혀 독촉하지 않고, 아니 깨끗이 탕감해준 빚쟁이와 사는 기분을 그녀는 가끔 느꼈다. 아무리 빚 독촉을 받지 않아도 빚을 진 사람은 그것을 갚아내기 전엔 언제나 채무자인 것이다. 자신에 대한 혐오감에다 다시 도저히 갚을 길 없는 채무감, 이게 극적 감동을 유지하는 대가로 우리가 지불하는 피 흘리는 일상일까. 그 생각까지 가다가 그녀는 혼자 화들짝 놀란다. 참 못된 년이구나, 너는, 복에 겨워서 그딴 생각까지 하다니, 그녀는 숟가락으로 죄 없는 찌개그릇을 두드렸다. 아이들이 인형놀이를 하면서 인형한테 야단을 치는 것처럼. 그러자 다시 삶은 가볍게 느껴졌다. 그냥 행복하면 된 거야, 우린 행복하잖아, 그게 겸손한 태도야.

진우는 방으로 들어가 이불을 개고, 들창의 담요를 걷어 올렸다. 창

밖으로는 짧은 겨울해가 저물고 있었다. 창밖이래야 왼쪽으로는 악취가 나는 재래식 화장실에 오른쪽으로는 연탄 광이 두 개 있는 게 모든 풍경의 전부였지만 블록 벽돌로 쌓은 담 너머로 저물어 가는 하늘빛까지 가리지는 못했다.

잠시 먹물처럼 짙어 가는 하늘을 바라보고 서있던 진우는 얼른 출근 준비를 서둘렀다. 망연히 서 있는 시간은 없애야 하였다. 지금의 삶은 내 시간이 아니야, 그렇게 생각하고 살아야만 해, 양 끝에서 타들어 가는 초처럼, 팽팽하고 철저하게, 긴장을 잃지 말고, 헌신적으로, 분산될 정력은 없어, 감상에 젖을 시간 따윈 없단 말이야, 감상은 또 언제나 감상을 불러오는 법이구.

자기 전에 빨아놓았던 작업 가운은 부뚜막 위의 따뜻한 공기로 보송보송하게 말라 있었다. 깨끗한 면장갑도 챙겨 넣고 진우는 꽃분홍색 니트 스웨터로 갈아입었다. 언제나 무채색이나 갈색의 옷만을 즐겨 입던 그녀였지만 이제는 조금이라도 어리게 보이기 위하여 밝은 색 옷만 입었다.

부엌문을 잠그고 집을 나섰다. 시간 여유가 있었기에 그녀는 버스를 타지 않고 걷기 시작했다.

6. 기분 좋은 잠

어둠 속에서 손을 더듬어 전구를 찾는다. 매끈하고 차가운 알전구의 감촉이 손끝에 전해져 온다. 순간 명수는 아내의 몸의 감촉을 떠올렸다. 아내의 몸은 매끄럽고 차가웠다. 그녀의 몸이 뜨겁게 달아오르는 경우란 거의 없었다. 절정의 순간에서조차 그녀는 매끄럽고 차가웠다. 털 없는 짐승, 알몸의 뱀처럼 차가운 몸. 그래서 그는 그녀가 손아귀에서 빠져나갈 것만 같은 불안을 느끼곤 했다. 그러나 매끄럽고 차가운 그녀의 몸은 언제나 섬세하게 반응했다. 그 섬세한 반응에 그의 몸 또한 언제나 뜨거워졌다. 매끄럽고 차가운 몸과 그 섬세한 반응은 그로서는 참으로 이해하기 힘든 공존이었다. 그러나 체온만 그럴 뿐 그녀의 다른 모든 생리적 기능들은 그 섬세한 반응이 연기가 아니라는 것을 보여주곤 했다. 차갑고 매끄러운 살갗 위에 맺히는 땀방울들, 그것은 윤진우라는 여자의 두 가지 특성이 육체에도 고스란히 반영된 상징 같았다. 명수는 피식, 웃으며 소켓을 찾아 불을 켰다. 아내를 만난 지 오래된 탓이리라. 내가 이렇게 엉뚱한 상념에 젖는 것은.

불을 켜자 허름하지만 정갈하게 정돈된 자취방이 드러났다. 명수는 예리한 눈길로 그것들을 살펴보았다. 조금이라도 남의 손이 닿은 흔적이 있는가를. 창은 안으로 잠겨있고, 문틈에 끼워둔 머리카락도 그대로 있으니 걱정할 것은 없었다. 오랫동안 몸에 밴 습관일 뿐이었다. 구석에 놓인 비닐 옷장, 나란히 쳐진 못 위에 걸려있는 옷 나부랭이들, 전기밥솥과 커피포트, 작은 트랜지스터라디오, 모든 것이 깔끔하게, 조금도 손 탄 흔적 없이 침묵을 지키고 있었다. 구석에 놓인 작은 밥상 위에도 단정하게 펼쳐진 육법전서와 아무 거나 마구 갈겨쓴 연습장 노트와 볼펜이 그가 해놓은 그대로 놓여 있었다. 연출을 워낙 잘했는지, 그 모습은 자신의 눈에도 방금 전까지 누군가 법률 공부를 하고 있다 나간 것처럼 느껴졌다. 불규칙하게 드나드는, 직장도 없어 보이는 30대 남자라는 수상한 자신의 모습을 최대한 희석시키기 위해 그는 이곳에서 고시 공부를 하는 노총각으로 행세하고 있었다. 그 육법전서는 이를테면 전시용이었다. 누구든 불쑥 문을 열 때를 대비해 언제나 같은 페이지가 펼쳐져 있는 책.

공장에 다닐 때는 렌즈를 꼈는데, 여간 손이 많이 가는 게 아니었다. 해고되자마자 명수는 안경을 도로 찾아 썼다. 주변의 충고대로 원래 쓰던 검은 뿔테 안경 대신 금테안경을 썼지만, 그래도 끝이 뾰족한 그의 높은 콧대며 가늘고 예리한 눈빛은 누구의 눈에도 지나치게 지적으로 보였다. 이제 올해만 지나면 서른하나가 되는데도 운동권의 대부분 사람들이 그렇듯 그는 나이까지 어려 보여 아무리 허름하게 입어도 대학생으로 여겨지곤 했다. 그래서 아예 그런 특징을 살려 팔자에 없는 고시생 노릇을 하는 중이었다.

처음 그 생각을 얘기했을 때 진우는, 하필 고시생이야, 하며 눈살을 찌푸렸다. 용식을 떠올린 게 분명했다. 그때 명수는 무언가 농담을 한마디 할까 하다가 그만 두어 버렸다. 바로 그날, 살던 집에 전세보증금을 돌려받으러 갔다가 용식에게서 날아온 편지를 또 받아온 탓이었다. 그 편지는 그녀에게 보여주지 않을 생각을 하고 있던 참이라 용식에 대한 얘기를 하는 게 마음에 꺼려졌다. 처음으로 수신인을 장명수로 적은 편지였다. 그때까지 용식은 편지의 내용이 두 사람 모두에게 해당될지라도 겉봉에는 언제나 윤진우란 이름만을 적었다. 명수는 그 편지를 읽기를 미루고 있다가 진우가 간 다음에야 겉봉을 뜯었다. 불쾌한 내용일 게 뻔한 편지, 마음 같아서는 그대로 연탄불 위에 올려놓고 싶었지만 차마 그러지 못해 뜯었을 뿐이었다.

그 동안 용식이 그들 부부에게 보내온 편지는 야비하기 짝이 없었다. 거의 공갈 협박범 수준이군, 공안검사보다는 강력계 쪽에 가면 형님,

아우 하면서 잘 놀겠는데, 진우는 냉기가 뚝뚝 흐르는 어조로 그렇게 평을 하곤 했다. 지난번에 받았던 편지에는 진우와 밤을 보낸 날의 정황이 세밀화처럼 상세히 적혀 있었다.

…명수형, 진우의 몸에서 나온 붉은 피를 보고 느낀 희열만은 죽었다 깨도 형이 갖지 못할 몫이지. 나는 그 애의 첫 남자였어. 그러리라고 기대도 안 했는데, 그날 진우가 얼마나 어여뻤는지 나는 그 밤의 한 순간도 망각하지 않고 있어. 돌에 새긴 조각처럼 영원히 그럴 거야……

용식의 편지는 둘 중 누가 받아도 함께 뜯어서 읽는 게 불문율이 되어 있어서 두 사람은 그런 사연조차 같이 읽어 내려가고 있었다. 명수는 진우의 얼굴이 하얗게 질리는 것을 보았다. 그만 읽자, 읽을 필요도 없어, 편지를 낚아채려는 명수를 그녀는 노기 어린 눈으로 바라보았다. 그 눈 속에 일던 파란 불꽃을 그는 잊을 수 없었다. 그 눈은 그가 편지를 끝까지 읽기를 원했다. 끝까지 그런 내용이었다.

편지를 다 읽자 진우는 말없이 일어나 화장실로 가더니 잠시 후 돌아왔다. 명수는 그새 편지를 재떨이에 놓고 태워버렸다. 그는 그녀가 울고 왔나 싶어 유심히 들여다보았다. 그녀는 그런 그를 보고 희미하게 웃으며 말했다.

"토했어."

그러더니 그녀는 경쾌한 어조로 덧붙였다.

"내용 때문이 아니고, 문장이 하도 유치해서, 돌에 새긴 조각처럼, 어쩌구라구, 가히 압권이야. 그런 문장 갖곤 백 번을 시험 쳐도 떨어질 거야. 아무리 사법고시라도 논술력은 볼 거 아냐."

진우는 한참 동안 그렇게 딴 소리를 했다. 용식의 편지쯤은 늘 콧방귀를 뀌던 그녀였지만 아무래도 그 편지만은 충격이 컸던 모양이었다.

명수 역시 언제나 불쾌했던 편지 중에서도 그 편지는 가장 불쾌했다. 그 역시 속이 울렁울렁했지만, 담배를 뽑아 피웠을 뿐이었다.

그러나 그 편지를 끝으로 몇 달간 편지가 오지 않았다. 진우가 한번은 장난스럽게, 그 미친놈, 혹시 고시된 거 아냐, 편지가 안 오네, 했다. 왜 기다려져, 명수 역시 농치듯 말을 받자, 그녀는 아예 한술을 더 떴다. 피 얘기까지 썼는데, 이제 저도 쓸 게 없겠지, 마치 남의 일을 얘기하듯 그렇게 말하더니 그를 보고 생긋, 웃기까지 했다. 그 웃음에는 한편으론 편지가 이제 안 올지 모른다는 안도감과 더불어 지난 번 편지에서 받은 생생한 충격이 함께 묻어 있었다.

명수가 아는 진우는 언제나 그랬다. 가장 힘든 것, 가장 고통스러운 것 앞에서 그녀는 돌아가는 법이 없었다. 언제나 정면대결이었다. 그것도 노골적으로. 그의 생각에 정면대결이란 가장 순수한 사람이 택하는 방식이라기보다는 가장 어리석은 사람이 택하는 방식이었다. 그럴 때의 그녀는 어리석다 못해 아둔해 보였다. 그것은 총명하고 지혜로운 그녀의 본질을 갉아먹는 모습이었다. 굳이 그렇게 하지 않아도 될 일을, 슬쩍 넘어가도 될 일을, 입 밖에 내놓아서 하등 좋을 게 없는 일을 그녀는 꼭 그렇게 일부러 가 몸을 부딪히고, 일부러 입 속에서 씹어 밖으로 뱉어냈다. 그런 생각에 그가 자기도 모르게 인상을 찌푸렸던가. 그녀의 입가에 조롱기가 밴 웃음이 맴돌았다. 그럴 때의 그녀는 제 어머니의 모습을 그대로 빼다 박았다.

"피를 그렇게 좋아하니 그 녀석은 평생 살인자나 상대하는 게 맞다니까."

다시 한 번 그 말을 강조하면서 진우는 눈 한번 깜빡이지 않고 명수를 바라보았다. 결국 자리에서 일어나고 만 것은 명수였다.

　그 뒤로 두 사람은 용식의 편지에 대해서는 농담으로도 말을 꺼내지 않았다. 다행히 편지는 더 이상 오지 않았고, 진우가 공장에 가게 되어 함께 살던 방도 빼게 되었던 것이다. 그런 상황이었기 때문에 명수는 그 편지를 꺼내 다시 그녀를 괴롭히고 싶지 않았다. 그는 진우의 모든 것을 사랑한다고 믿었지만, 그녀가 어쩌다 보이는, 그 입가에 뱅글뱅글 조롱기를 띠는 모습만은 정이 떨어졌다. 다시는 보고 싶지 않은 모습이었다. 그는 내키지 않는 마음으로 편지를 뜯었다. 언제나 날림의 천박한 글씨체로 문방구에서 파는 양면괘지에 써 보내던 그가 이번에는 얇은 타이프 용지에 깨끗하게 타자로 친 편지를 보냈다. 제법 두툼했다. 그는 접힌 종이를 펼쳐 보았다.

　…명수형, 이번 편지는 명수형에게만 보냅니다. 혼자 읽어주기 바래요. 말까지도 깍듯한 경어체였다. 명수형, 어떻게 말을 시작해야 할지. 우선은 그간의 내 행동에 대한 나의 사과를 받아주기 바랍니다. 빈 말이 아닙니다. 사실 그 동안 나는 무엇엔가 씌인 사람 같았습니다. 내 정신이 아니었습니다. 미친 듯이, 형과 진우에게 복수하고 싶다는 생각밖에 없었어요. 그 복수를 위해서라면 내가 평생을 걸었던 신념을 배반하든, 나를 지탱해주는 자존심을 진창에 처박든 상관없다고 생각했습니다.

　4년 전, 나는 그때 스물 세 살이었습니다. 아무 것도 눈에 보이는 게 없었어요. 이 미친놈의 세상, 확 뒤집어버리고 싶다는 생각밖에는. 나는 세상 전체에 대해 이를 갈았습니다. 도대체 세상은 내 편이 아니었으니까요. 그때 진우를 알았지요. 그 애에 대한 내 감정은 묘한 것이었습니다. 이제 와 생각하니 그것이 사랑이었다고는 말할 수가 없습니다.

아니, 사랑이란 게 원래 그렇게 잡감정이 섞여서 이루어진 거라면 또 그렇다고도 말할 수 있겠지요. 어쨌든 나는 그 애를 탐냈으니까요.

그러나 기묘한 것은 탐내면서도 짓밟고 싶었다는 것입니다. 그 애는 나와는 다른 세상의 사람이었습니다. 불공평했지요. 그 애는 모든 것을 다 갖고 있는데다 똑똑하고 착했고, 거기다 뭐랄까, 이해할 수 없이 매혹적인 데가 있었어요. 그러니까 나 같은 사람한텐 절대로 손 뻗쳐서는 안 될 대상 같은 느낌을 주었단 말입니다. 그거, 아주 더러운 느낌이었습니다. 실제로 그 애의 태도도 그랬습니다. 나한테 더할 나위 없이 정중하게 대하는데도, 그러니까 다른 남자애들을 대하는 태도와 조금도 다르지 않은데도(왜 형도 알지 않습니까? 걔가 얼마나 표정관리를 잘하는지) 나는 진우가 나를 얼마나 싫어하고 경멸하는지, 마치 더러운 병에 걸린 짐승처럼 여기는지 너무도 생생하게 느끼고 있었습니다.

그런 취급, 아니죠, 행동으로는 한 번도 보여주지 않은, 그 애의 지나칠 정도의 정중함 속의 싸늘함은 나를 미치게 했습니다. 그래서 그 애가 따르는 형에게 사사건건 더 시비를 걸고, 형까지 미워하게 되었는지도 모릅니다. 하긴 두 사람은 다 고상했으니까요. 종류를 가른다면 고상한 두 사람은 인품이 넘쳐흘렀고, 야비한 내게서는 오물더미의 악취가 났겠지요. 나는 두 사람이 다 미웠어요, 원래부터. 그 고상한 인품들을 확 긁어주고 싶다는 충동으로 내 몸이 얼마나 떨렸던지.

하지만 그러면서도 애타게 진우를 갖고 싶었습니다. 한창때 아니었습니까? 그 애의 옆에만 가도 몸이 뜨거워졌어요. 그래요. 쓰다 보니 그 애는 나를 두려워한 건 아니었나 싶기도 합니다. 내게는 감출 수 없는 살기가 흘렀을 테니까요. 그 애가 특별히 미모가 뛰어난 것도, 그 애가 특별히 성적인 매력이 있었던 것도 아니었지요. 그런데도 나는 왜 그렇게 그 애에게 혹해 있었던지.

그러다 같이 데모를 하게 된 거였지요. 나는 동을 뜨고, 그 애는 야사.

원래 하기로 돼있던 승호가 못 하게 되었을 때, 나는 진우가 그 디엠의 야사라는 이유 하나로 뒷생각 하나 없이 그 일에 나섰던 겁니다. 맹세하지만 그때 그 애에게 어떤 흑심을 품고 그렇게 한 건 아니었습니다. 우리는 자연스럽게 술을 마시게 됐지만 결코 많이 마시지는 않았습니다. 다음 날 동을 떠야 하는데, 그럴 수가 있습니까? 그냥 입가심 정도의 술이었습니다. 나 역시 전혀 취하지 않았습니다. 알지 않습니까? 개가 언제 취했다고 흐트러진 적이 한번이라도 있습니까?

그날도 그랬습니다. 나는 그날 기분이 엉망이었지요. 우리 어머니, 형도 알다시피 청상과부 홀어머니로 우리 형제 키워냈습니다. 내가 공부를 좀 한다는 이유 하나로 형까지 자기 인생을 나한테 걸었습니다. 고등학교도 중간에 때려치우고 공장 들어간 우리 형입니다. 거기서 어머니와 함께 내 학비를 모은 겁니다. 그리고 형은 그 공장에서 프레스에 손이 나가 버렸어요.

형 손 얘기는 나도 처음 합니다. 학교 때 했다면 모두들 나를 우러러 봤겠지요. 혁명정신이 투철할 수밖에 없는 투사로 말입니다. 하지만 형이 공장 다니는 얘기는 자랑스럽게 할 수 있었지만 손이 잘린 얘기는 차마 입이 떨어지지 않았습니다. 그냥 생각할 때마다 목이 메이기도 했고, 어쩐지 형의 손을 팔아먹는 것 같아 그럴 수가 없었습니다. 이제서야 이런 얘기를 하니 기분이 묘합니다. 그것도 이런 편지에서.

아마도 얼마 전 착한 여자 만나 형이 결혼을 하게 된 게 내게 이런 말도 하게 하나 봅니다. 하여튼 그때 동 뜰 때 상황이 그랬단 말입니다.

내가 도무지 동을 떠서는 안 되는 상황이었습니다. 어머니와 형을 생각하니 미칠 것 같았지요. 언젠가 갈 길이긴 했지만 버틸 수 있는 데까지 버티고 싶었는데 말입니다. 아마도 그런 내 감정이 내 얼굴에 드러났는지 모릅니다. 진우가 나더러 여관에 가서 같이 자자고 합디다. 먼저 말을 꺼낸 게 진우란 말입니다.

아, 이런 말을 해도 되는 건지……

새삼 내가 이런 고려를 한다는 것도 같잖지만 내 생각에 진우 같은 애가 절대로 그런 면에서 거짓말을 했을 것 같지 않으니까 그대로 말하겠습니다. 같이 자자곤 해도, 집에 들어갔다 나오기가 어려우니까 그냥 같이 자자는 건가 했습니다. 우리야 사실 그때 얼마나 도덕적이었습니까? 한방에서 남자 여자 둘이 추워서 껴안고 그냥 잤다고 해도, 정말 추워서 껴안고 그냥 잤나보다고 믿을 수 있는 풍토가 아니었습니까?

그냥 곁에서만 자도 어딘가 싶었지요. 그래서 여관방에 들어갔는데, 내가 미친 척하고 덤비니까 가만히 있는 겁니다. 정신이 없었지요. 일은 그렇게 저질러진 겁니다. 하지만…… 하지만 명수형, 진우를 범하고 난 느낌은 내가 편지에 노상 썼듯이 황홀한 기분은 결코 아니었습니다. 그렇게 참담하고 비참한 느낌은 태어나서 처음이었습니다. 진우가 처녀였다는 걸 알자 이상하게도 그 감정은 더 끔찍했습니다. 진우란 애가 얼마나 냉정하고 무서운 애인지 나는 처음 안 느낌이었습니다. 애는 도대체 뭘로 만들어진 인간인가, 나는 그 애가 두려웠습니다. 그 애는 무언가 나와는 다른 재료로 만들어진 인간 같았어요. 칼로 베면 붉은 피가 아니라 청록색 피가 나올 것만 같았어요. 사람이 사람을 이렇게 짓밟는 방법도 있구나, 그때 내 솔직한 느낌이 그랬습니다. 그 여자라면 다시는 길 가다가도 만나기가 싫을 지경이었어요.

그랬는데도 감옥에서 진우하고 형하고 결혼을 했다는 소식, 그리고 아들을 낳았다는 소식을 들으니까 눈이 뒤집히더란 말입니다. 도무지 사람 속이란 게 자기도 모르는 법인가 봅니다. 거기다 어떻게 따져 봐도 그 애는 내 아들이란 게 분명했으니까요. 형하고는 잠을 잘 기회가 없지 않았습니까? 그날 밤 진우는 분명히 남자의 몸을 처음 받아들인 거였고.

하지만 내가 그 젊은 나이에 무슨 자식 욕심이 있었겠습니까? 진우에 대해서도 여전히 무서운 여자라는 생각만 가득했습니다. 그런데도 열이 받는 건, 형과 진우가 또 그렇게 너무도 고상하게 결합한다는 사실이었습니다. 세상에 그런 인품이 또 어디 있겠습니까? 형은 고매한 인격자였습니다. 그거야 둘이 비슷한 타입이니 잘 만났고, 어울리는 짓거리다 싶었지만, 내 못된 소가지가 일단은 훼방을 높고 싶어진 거지요.

그러나 그보다 훨씬 더 기분이 나빴던 건 내가 버러지보다 못한 취급을 받았다는 느낌이었습니다. 도대체 나는 뭐였습니까? 적어도 한 여자의 첫 남자였는데, 그리고 아이까지 배게 했는데, 두 사람의 결합 속에는 내 흔적이라곤 하나도 없이 모든 게 너무도 말끔하고 고상했단 말씀입니다. 내가 진짜 열이 받은 건 그 때문이었습니다. 나도 꿈틀하는 인간이다, 그런 걸 보여주고 싶었겠지요. 그 다음에 내가 한 짓거리에 대해선 형이 잘 알 테니까 적지 않겠습니다. 나는 내 상한 자존심, 아니 그건 자존심이라고 말할 수 있는 정도가 아니지요. 그야말로 내 존재가 깡그리 무시된 데 대한 분노로 그런 미친 짓들을 해왔습니다. 진우를 차지하고 싶다거나 그 애를 내 아이로 삼겠다든가 그런 생각은 티끌만치도 없었습니다. 그냥 훼방을 놓고 싶었습니다. 괴롭히고 싶었던 것입니다.

　명수형, 그런데 왜 갑자기 내가 이런 편지를 쓰는지 궁금할 것입니다. 여태까지 그렇게 야비하게 굴다 말입니다. 사실은 나도 명확히는 말할 수 없습니다. 이젠 지쳤는지도 모르고, 그만하면 충분히 괴롭혔다는 생각이 드는지도 모릅니다. 벌써 4년 째, 나는 미친 짓을 해오고 있었으니까요. 진작 그만두고 싶은 생각도 있었지만, 어쩌다 광기처럼 그 분노가 되살아나면 나는 또 미친놈이 되어버리곤 했습니다. 고시도 계속 떨어지고……

　떨어지는 게 당연하지요. 그런 과시욕과 복수심으로 하는 연극 같은 공부가 무슨 공부가 되겠습니까. 나는 그냥 그렇게 핑계를 대서 운동에서 도망치고 싶었던 생각이 더 컸을 겁니다. 어머니와 형을 위해 살고 싶었습니다. 지난 번 편지는 고시에서 다시 낙방을 하고, 거의 발악적으로 쓴 편지입니다. 발악, 그렇습니다. 발악이었어요. 이렇게까지 긁어대도 너희들이 그렇게 말끔한 얼굴로 살아내겠어, 그런 마음이었습니다.

　그런데, 형, 그 편지를 보내고 나니 난 갑자기 내 자신이 싫어졌습니다. 이 세상에서 가장 어리석고 병신 같은 놈이 나라는 깨달음이 들더군요. 이 사람들은 내가 아무리 긁어대도 긁힐 인간들이 아니다, 너만 혼자 허송세월 보낸 거다, 그런 절망감도 들었습니다. 그 길로 나는 고시도 때려치웠습니다. 그냥 학원 강사로 나갑니다. 고시학원, 속 편해요. 삼 년 고시 공부한 게 그래도 헛된 게 아니게 되었지요. 돈도 적당히 법니다. 어머니도 이제야 기뻐하시고, 형도 좋아합니다. 무엇보다도, 아까도 썼지만 형이 결혼한 게, 그것도 아주 좋은 형수를 얻은 게 너무도 기쁩니다. 저렇게 좋은 형수를 일찍 얻을 걸, 그 동안 내 나쁜 마음씀이 그들의 만남을 막았다는 가책도 들었습니다.

이제는 돈을 모아 지금 코딱지만 한 형의 구멍가게를 깨끗한 슈퍼로 바꿔주는 게 내 꿈의 전부입니다. 사과가 됐는지 어쨌는지……. 그냥 형에게, 남자 대 남자로 속을 털어놓고 싶었습니다. 그게 내 방식의 사과입니다. 나도 이제야 감옥에서 해방된 기분입니다. 그렇군요. 나는 그날의 감옥에 아직도 갇혀 있었습니다.

명수 형, 내가 이런 말 할 필요도 없이 잘 산다고 들었지만, 잘 사십시오. 그리고 이 편지는 태워버리십시오. 왜냐하면 나는 그 모든 악몽 같은 기억들을 모두 잊을 작정이니까요. 진우와의 그날 밤부터 오늘까지는 내 인생에서 이제 지워집니다. 없었던 일입니다. 내가 떠벌리고 다녔던 친구들이나 후배들에게도, 내 상사병이 지독해서 그런 환상에 사로잡힌 정도로 처리하겠습니다. 하긴 굳이 그러지 않아도 아무도 내 말은 믿어주지 않았고, 나는 이미 미친놈으로 취급받고 있지만요. 정말 속이 후련합니다. 이젠 형이나 진우, 누구도 밉지 않습니다. 진우에게도 내가 개과천선했다고, 그 동안 미안했다고, 다시는 안 그러겠다고만 전해주기 바랍니다.

이 편지는 보이지 않는 쪽이 진우에게도 좋을 것입니다. 빨리 태워버리십시오. 읽는 대로. 보안용 문건 태우듯이 말입니다. 갑자기 어딘가 구석에 있다가 어느 날 아이 손에 들어갈까 겁이 나는군요. 잘 사십시오. 다시 한 번 내 결심을 약속드리면서, 용서는 바라지 않겠습니다. 86년 10월 25일, 용식.

아무런 느낌도 들지 않았다. 이상한 일이었다. 이런 날이 오리라고 예상했던 것처럼. 불쾌하지도, 그렇다고 안도의 기분도 들지 않았다. 그냥 명수는 피곤했고, 생각을 하고 싶지 않았다. 그는 용식의 말대로

그 편지를 태워버렸다. 그러나 진우에게 전하라는 용식의 말은 아직도
전하지 않고 있었다.

　명수는 외투를 벗어 못 위에 걸고 전기장판의 코드를 꽂았다. 연탄가
스가 새서 죽을 뻔한 뒤로는 아예 이것 한 장에 의존해 살고 있었다. 드
나드는 시간이 불규칙한 그로서는 속이야 편했지만 하룻밤에도 몇 번
씩이나 잠이 깨곤 하였다. 두꺼운 이불을 덮고 있어도 차가운 윗바람
때문에 장판 쪽이 아닌 부분은 금방 싸늘해졌다. 엎드려 자면 등판이
시렸고, 바로 누우면 얼굴과 가슴이 추웠다. 그럴 때마다 자세를 바꾸
어 몇 번이나 엎드렸다 바로 누웠다를 되풀이하면서 자야했다. 엉덩이
밑으로 미지근한 열기가 전해오기 시작했다. 이제 전기가 흐르기 시작
했으니 곧 따뜻해질 것이다. 그는 깔고 앉은 장판 밑에 손을 집어넣어
얇은 공책 한 권을 꺼냈다. 그리고는 공책 사이에 끼워 놓은 사진을 꺼
내 가만히 들여다보았다.

　진우가 공장 들어가기 직전에 가족이 함께 놀러가 찍은 사진이었다.
관악산, 이제 막 물들기 시작하는 단풍이 배경색을 아름답게 하고 있었
다. 진우는 그 나무 앞에서 웃고 있었다. 그러나 그 웃음은 슬퍼 보였
다. 이제 네 살이 된 민혁이를 떼어놓고 시작해야 하는 생활 앞에 아무
리 의지가 강한 그녀였지만 여러 가지 감회가 드는 걸 막을 수는 없었
으리라. 이 얼굴의 그늘 속에 나와 헤어지는 데 대한 쓸쓸함도 섞여 있
을까. 명수는 순간적인 생각이었지만 자신의 유치한 생각 앞에 고개를
흔들었다. 영락없는 의붓애비군, 민혁이를 받아들이는 데 추호의 갈등
도 없었던 자신이었다. 그리고 지금까지 그 결정을 후회한 적도 결코
없었다. 그 아이는 자신의 입으로 말한 대로 진우의 아이로만 여겨졌
다. 그러나 때때로 그는 그 작은 아이에 대해 찌르는 듯한 통증 같은 걸

느낄 때가 있었다. 알았다, 자신은, 그것이 어떤 심정인지를.

그것은 추잡하게도 질투라는 감정이었다. 그 작은 아이는 객관적으로 용식은 전혀 닮지 않았다. 신기할 정도로 제 에미인 진우만을 닮고 있었다. 게다가 진우가 용식을 어떤 인간으로 취급하고 있는지는 진우 자신보다 자기가 더 잘 알고 있었다. 자신에 대한 아내의 애정과 신망도 잘 알고 있었다. 하지만 어떤 때 그는 오히려 민혁이, 용식 따위가 아닌, 아내가 사랑했던 남자의 자식이었으면 좋겠다는 생각을 하곤 했다. 차라리 그렇다면 자신의 질투는 그 연적戀敵에 대한, 아이의 얼굴에서 읽어내는 성인인 다른 남성에 대한 질투가 될 것이 아닌가. 그러면 자신은 적어도 어른을 상대로 질투를 하는 것이 되고, 그것은 누구에게나 납득이 가는 일일 것이다. 무엇보다도 자기 자신을 납득시킬 수 있을 것이다. 그런데 아니었다. 그는 죽었다 깨도 자신이 용식에 대해 질투를 느낄 수는 없으리란 것을 알고 있었다. 민혁을 낳게 한 용식과 아내의 현실적인 결합의 장면이 떠오르지 않는 건 아니었지만(그걸 용식은 그토록 생생하고 리얼하게 그려 보내주지 않았던가. 그 감정은 거짓이었더라도.) 그는 아내가 그 정사에 조금도 자신을 내주지 않았다는 것을 너무도 잘 알고 있었다. 용식의 참괴감은 이해가 가고도 남았다. 어쩌면 용식이야말로 가장 큰 피해자인지도 몰랐다. 어쨌든 용식은 결코 자신과 대등해질 수 있는 상대가 아니었다.

그러나 아이는 달랐다. 진우가 아이에 대해 갖는 집착은 남달랐다. 어렵게 낳았고, 고통 속에 길렀기 때문인가. 그녀와 아이의 결합에는 자신이 끼어들 수 없는 어떤 결속력이 있었고 명수는 그것에 대해 질투하는 치졸한 자신의 모습 앞에 진저리를 쳐야만 했다. 내가 질투하는 것은 차라리 용식이다, 하고 자신을 달래보고 아이의 얼굴에서 일부러 용식과 닮은 구석을 찾아보는 그였지만 그는 알고 있었다. 자신이 질투를 느끼는 것은 그 작은 아이, 민혁이라는 것을.

그 사실이 명수를 숨쉬기가 괴로울 만큼 곤혹스럽게 만들곤 했다. 그는 사진을 다시 공책 속에 넣고 장판 밑에 밀어 넣었다. 민혁이의 사진은 진우의 사진 뒷장에 있었지만 그는 들춰 보지 않았다. 이런 심정으로 아이의 사진을 볼 수는 없다고 생각했다. 그러나 사진은 이미 그의 머릿속에 박혀 있었다. 같은 날 찍은 사진이었다. 천진하게 웃고 있는 네 살 박이 사내아이였다. 엄마는 일을 해야 하기 때문에 너랑 잠시 떨어져 있어야 해. 하지만 자주 놀러가고 편지도 쓸 거야, 민혁아, 우리 씩씩하게 잘 견디면서 함께 살 날을 기다리자, 외할머니랑 이모 말씀 잘 들어야 해, 진우의 차근차근한 설득에 그 어린 것은 무조건 고개를 끄떡였고, 다음 날이면 엄마랑 헤어질 것도 잊고 즐겁게만 놀았다. 총명하고 의젓한 아이였다. 민혁이는.

총명하고 의젓한 아이, 명수의 가슴에 예의 찌르는 듯한 통증이 지나간다. 진우의 아이임에도 그는 아이가 단순하고 평범하기를 바라는 자신의 속마음을 본다. 내 자식이라면 그럴 것인가, 생각은 자꾸만 갈래를 쳤다.

명수는 자신의 그런 생각들이 짜증스러워 담배를 피워 물었다. 좁은 방은 금방 담배연기로 자욱해졌다. 마약을 들이키듯이 그는 한참동안 창을 열지 않고 연기만 피워냈다. 담배연기로 자신을 정화시키기라도 할 듯. 한참을 그런 뒤에야 그는 마음을 잡을 수 있었다. 그는 자리에서 일어났다. 시간이 별로 없었다. 두 시간 뒤면 정세 토론을 위해 사람들이 모일 것이다. 어젯밤 대충 팜플렛은 읽어 두었지만 다시 꼼꼼히 보면서 토론 요점을 잡아야 했다.

창을 열었다. 찬 공기가 뺨에 닿자 비로소 정신이 맑아지는 느낌이었다. 진우도 올 것이다. 주간 근무에서 야간 근무로 바뀌는 주말이 시간이 가장 많았다. 토요일 저녁에 주간근무의 일이 끝나면 월요일 밤에나 야간 근무로 들어가면 되었다. 진우는 여기서 밤을 보내고 내일은 민혁이를 보러 갈 것이다. 그는 일이 많아서 함께 갈 수 없었다. 오늘은 밤을 새워야 할 것이고, 사람들이 새벽에 가고 나면 몇 시간 정도 아내와 둘이 있을 수 있을 것이다. 다시금 알전구의 매끄럽고 차가운 감촉이 떠올랐다. 언제나 체온이 오르지 않지만 부드럽고 섬세한 아내의 육체.

창밖으로는 검은 어둠 속에 불빛들이 멀리 뻗쳐 있었고, 네온으로 밝힌 붉은 십자가들이 셀 수 없이 솟아 있었다. 저렇게 십자가가 많았던가, 낮에 볼 때는 잘 몰랐는데, 밤에 보니 도시는 흡사 공동묘지처럼 여겨졌다. 맑은 공기를 좀 더 마시고 싶었지만, 그는 그 붉은 십자가들이 흉측스럽게 느껴져 소리 나게 창을 닫아버렸다.

명수는 잠결에도 코끝이 시려 눈을 떴다. 밤새도록 피워댄 담배연기를 뽑아내느라 새벽녘에 창을 열어둔 채로 잔 탓에 아침 공기가 선뜩했다. 바깥 창이 파랗게 빛나는 걸 보니 7시가 넘은 모양이었다. 진우는 그의 팔을 베고 곤히 잠들어 있었다. 가만히 뺨을 쓰다듬어보니 뺨이 찼다. 그녀는 그의 손길에 잠결에 코를 찡그렸지만 깨지는 않았다. 그는 조심스레 아내가 베고 있는 팔을 뺐다. 정세토론을 마치고, 술자리까지 벌리고 사람들이 간 것은 새벽 5시쯤이었다. 한 두어 시간 업어가도 모르게 깊은 잠이 들었나 보았다.

명수는 일어나 창가로 갔다. 방은 2층에 있었기 때문에 아래쪽 시장이 내려다 보였다. 배추거리를 실어오는 리어카, 한 구석에서 불을 때고 앉아있는 청소원들, 들여놓았던 생선상자들을 내오는 사람, 시장은 벌써 활기로 가득 차 있었다.

"응, 왜 깼어?"

등 뒤에서 졸음기가 잔뜩 묻어있는 진우의 목소리가 들려왔다. 명수는 문을 닫으며 돌아보았다.

"창문이 열려서 닫으려구. 어서 더 자. 나도 잘 거야."

그러면서 명수는 아내의 곁에 누웠다.

"아휴, 추워. 싸늘해, 윗 공기가."

진우가 중얼거리며 명수에게 파고들었다. 비누냄새인지, 로션냄새인지 아내의 독특하고 익숙한 내음이 콧속으로 파고들었다. 그의 몸은 이미 팽팽해져 있었다. 그는 자기도 모르게 아내의 가슴에 손을 얹었다.

"…나중에… 지금은 너무 졸려… 더 자고 싶어… 나중에……"

거의 잠꼬대처럼 말하던 아내는 그대로 그의 품안에서 잠이 들었다. 그는 그녀가 깨지 않게 부드럽게 그녀의 가슴을 어루만지며 자신의 몸을 달래느라고 애썼다. 피곤한 아내를 더 자게 해주고 싶다는 생각 한편으론 그대로 깨워서 자신의 정열로 그녀를 불붙게 하고 싶다는 욕망이 싸웠다. 아내의 가슴돌기는 잠결에도 그의 손길로 일어나 있었다.

"휴우……"

명수는 한숨을 쉬며 아내의 몸에서 손을 떼고 담배를 피워 물었다. 천장 위로 연기가 똑바로 올라갔다. 참는 게 올바를 것이다. 아내를 사랑한다면. 아내의 말대로 한숨 잔 뒤에 서로 느긋하게 즐기는 것도 좋으리라. 그는 담배를 끄고 자기도 눈을 붙여보았다. 그러나 한번 깬 잠은 쉽사리 다시 찾아올 것 같지 않았다. 한판의 정사를 치르고 그 기분 좋은 아늑함 속에서 따뜻한 물에 잠기듯 잠이 드는 기분이 그리웠다. 아내의 피곤을 이해 못하는 것은 아니었지만, 마음 한 구석엔 아내가 서운하기도 했다. 자신의 열정에 함께 반응하지 않는 열정이란, 그게 단순히 시간의 불일치라 할지라도 좋은 기분은 아니었다. 아무래도 잠이 들 성 싶지 않았다. 그새 진우는 다시 잠들어 새근새근 아늑한 숨소리까지 내고 있었다. 차라리 부엌에라도 나가 먹을 걸 준비해두는 게 낫겠다 싶었다. 그러면 함께 있는 시간을 조금이라도 벌 수 있었다. 아내는 또 아이한테 빨리 가고 싶어 안달을 할 터였다. 겉으로 표 내지 않으려고 기를 쓰면서. 더 보기 싫은 모습이었다.

명수는 조용히 일어나 부엌으로 나갔다. 밥은 남아 있었다. 석유풍로에 불을 붙였다. 하지만 찌개거리가 눈에 띄지 않았다. 그는 풍로 위에 보리차를 얹어놓고 얼른 밖으로 나가 동태 한 마리와 무를 사왔다. 얼큰한 동태찌개가 먹고 싶었다. 진우도 어제 술을 많이 마셨으니 이런 게 먹고 싶을 것이다.

잠시 바깥바람을 쐬고 온 게 좋았다. 명수는 찌개냄비를 올리고 펄펄 끓는 보리차 물에 커피를 타서 마셨다. 따끈한 커피 한 잔이 겨울 아침에 그렇게 좋을 수가 없었다. 동태 냄새를 맡았나, 부엌 구석 쥐구멍에서 생쥐 한 마리가 고개를 내밀었다가 쏙 들어가 버렸다. 찌개냄비가 끓으면서 구수한 냄새를 풍길 때쯤 진우가 문을 열고 나왔다.

"냄새 죽이네. 동태야?"

"응. 더 자지. 되게 피곤해 보이던데."

명수가 불을 줄이면서 진우를 보고 말했다.

"아니, 개운해. 잘 잤어. 근데 형은 언제 일어났어? 시장에도 갔다 왔나본데."

"아까 깼을 때 그냥 일어났어. 잠도 잘 안 오고 해서."

"언제 깼었어? 난 한 번도 안 깨고 잤네."

명수가 진우를 돌아보았다.

"안 깨긴? 아까 깼잖아? 내가 할려고 폼 잡았더니 졸리다고 칭얼거려서 다시 재웠잖아?"

진우는 금시초문이란 표정이었다.

"내가 깼었다구? 정말? 난 아무 생각도 안 나네."

고개를 갸우뚱하던 진우는 갑자기 장난기 있는 목소리로 말했다. "근데 뭘 할려고 폼 잡았는데?"

"매타작 좀 할려고 했다. 현장 들어간 지 한 달이 다 되어 가는데, 활동 성과라곤 하나도 없잖아!"

명수가 장난스럽게 말했는데도, 진우는 당장 풀이 죽는다.

"글쎄말야. 난 아무래도 무능한가 봐. 내가 공들여 놓으면 시골로 내려가 버리고, 아니면 시집가서 공장 그만두고…… 잘 안 돼. 나한테 비밀은 잘 털어 놓는데."

"비밀? 웬 비밀?"

"그냥 내가 편한가봐. 연애 얘기도 해주고, 집안 고민도 얘기하고, 자기 몸의 비밀 같은 것도……"

"어떤 얘긴데? 어젠 얘기 안 했잖아? 한번 말해봐."

"싫어!"

"좋아, 하기 싫으면 말아. 하지만 그거 다 담고 있을려면 니가 힘들겠다."

"응, 힘들어. 걔네들 비밀을 담고 있는 게 힘든 게 아니라 내 비밀을 말하지 못하는 게…… 나 혼자 옷 다 갖춰 입고, 아이들은 발가벗고 있는 걸 보는 느낌이야."

"괜한 감상에 젖지 마. 그러다 또 너 감정이 격해져서 다 불어버리는 거 아냐? 아주 물가에 내 논 애기 같다니까."

명수가 짓궂게 말하자 진우는 눈을 흘기면서 발끝으로 그를 툭 쳤다.

"날 뭘로 보는 거야?"

"부지깽이 시집 보내논 것 같다니까. 내가 아주 마음이 조마조마해."

"어, 형, 정말 이러기야?"

"하도 감동을 잘 하니까 그러지. 조심해야 돼. 넌 프락치한테도 감동 받는 애잖아?"

진우는 그 말에 대꾸도 못하고 입을 다물어 버렸다. 예전에 야학을 할 때, 야학 학생으로 들어온 아이 중에 경찰에서 집어넣은 프락치가 있었다. 여러 가지 수상한 점이 발견되면서, 그 아이를 족치기 위해 진우를 보낸 적이 있었는데, 그녀는 그 애를 족치기는커녕 그 애의 애기에 흠뻑 넘어가 뭘 알아내기는커녕 같이 펑펑 울다 돌아온 적이 있었다. 그녀는 다른 강학들한테 심한 비판을 받아야 했다. 명수 역시 날카롭게 그녀를 추궁했지만, 그는 그녀 자신이 이미 스스로에 대해 말할 수 없는 혐오감과 열패감을 느끼고 있다는 걸 알 수 있어서 시체에 칼질을 하는 느낌이었다.

그러나 진우는 약간의 당혹스러운 표정만을 내비쳤을 뿐 태연한 태도로 자신의 행동을 반성했다. 어떻게 보면 뻔뻔스러울 만큼 그녀의 겉모습은 침착했다. 아이 참, 난 왜 이 모양인지 몰라. 한심하다니까! 그녀는 장난스럽게 웃기까지 했다. 그런데도 명수에게는 그녀의 속마음이 겪는 그 참괴감이 자기 일같이 전해져 왔다. 왜 그랬을까. 그때 이미 그녀를 사랑하고 있었기 때문일까. 애기 도중에 그녀는 배가 아프다며 나갔는데, 그때 아주 잠시 그녀의 얼굴이 일그러졌다. 그러나 찰나에 불과했고, 다른 사람들은 그런 표정을 봤더라도 복통 때문이려니 짐작했을 그런 종류의 표정이었다. 그러나 그녀가 그런 표정이라도 흘릴 정도라면 그 고통이 어떤 정도인지 그는 짐작할 수 있었다.

자신의 개인적 감정에 대해선 믿어지지 않을 만큼 자제력이 뛰어난 진우였다. 언젠가 명수는 진우에게 그런 말까지 한 적이 있었다. 넌 애인 장례식에 다녀온 길이래도 다른 사람 만나면 웃어줄 아이야, 생긴 거랑 다르게 무서운 데가 있어, 그때 그녀는 그를 뚫어져라 바라보았다. 내가 그래요? 하고 되묻는 눈길이었다. 자신이 그런 사람이란 걸 그 자리에서 비로소 알게 된 사람처럼. 그러다 그녀는 말했다. 어릴 때부터 난 이기주의자가 될까봐 겁이 났어요, 이기주의자가 안 되는 게 내 삶의 목표였어요, 그가 비웃듯이 퉁기며 물었다. 그게 무슨 상관이야, 내 말이랑? 그녀는 다시 물끄러미 그의 눈을 들여다보았다. 말을 못 알아듣는 사람에 대한 안타까움이 섞인 눈빛. 그러니까 내 감정은 내 몫이라는 거예요. 그걸 남에게 강요하는 게 내겐 이기주의로 느껴져요.

그때부터였던가, 저 여자를 사랑하게 된 게, 명수에게 진우는 그 순간 한없이 안타깝게 느껴졌다. 스스로 감옥을 지어놓고 그 속에서 외롭게 앉아있는 아이처럼. 그런 그녀가 사람들 앞에서 저만큼이라도 자신을 허문다는 것은 그런 독한 자제력으로도 통제가 되지 않을 만큼 아프다는 얘기였다. 아마도 변소라도 가서 혼자 울고 있을 것이다. 그래놓고는 저 혼자 눈물을 다 닦고 생긋거리면서, 똥 누고 와서 시원해진 듯한 표정을 짓고 돌아올 것이다. 그의 예상대로 그녀는 생긋거리며 돌아왔다. 그러나 그와는 절대로 눈길을 맞추지 않았다. 그가 자신의 가면을 뚫어보는 사람이란 것을 알고 기분 나빴던 것이다. 자신을 드러내길 싫어하고, 가면 뒤로 숨고 싶어 하는 그녀의 의도를 방해하는 것이었으니까.

하지만 명수로서 이해가 안 가는 것은 그런 진우가 남의 일에 대해서는 거의 백치 수준으로 감동해버린다는 점이었다. 그럴 때의 그녀는 자기 자신이란 존재를 완전히 망각하고 아예 상대방이 되어버렸다. 모든 비판의식을 잃고 그대로 상대에게 빨려 들어가 버렸다. 명수처럼 합리적이고 어떤 경우에도 명철함을 잃지 않는 사람으로선 이해가 안 될 뿐더러 짜증스럽기까지 한 모습이었다. 자신에게 저렇게 철저하게 통제력이 강한 사람이 동시에 타인의 감정에 대해선 어떻게 그렇게 헤퍼질 수 있는 것인지 불가사의한 노릇이었다. 그러나 개인의 명수가 그런 진우의 이상한 모습을 사랑하는 여자의 모습으로 싸안을 수 있다고 해서 그것을 그냥 둘 수는 없었다. 그것은 혁명운동에 있어서 지극히 위험한 기질이었다. 하루아침에 모든 것을 무화시켜 버릴 수 있는. 그래서 아플 줄 알면서도 그는 그렇게 경고하지 않을 수 없었다. 그가 언제나 진우에 대해 위태위태하게 여기고 있는 점은 결코 노파심이 아니었다. 무너지랴, 정성껏 돌을 하나씩 숨죽여 같이 쌓아나가다가 어느 순간 무심하게 손끝 하나로 그 돌탑을 무너뜨려 버릴 위험을 품고 있는 사람이 바로 진우였다. 그런 기질이 그녀에게는 농후했다. 용식과의 일이야말로 그 증거가 아니던가. 경계하고 경계하고 늘 주의하게 하지 않으면 안 되었다.

그러나 역시 진우다웠다. 그녀는 풀죽은 얼굴을 얼른 숨기고 생긋, 웃으며 은근한 어조로 물었다.

"근데 정말 나 때리려고 했어?"

진우는 명수 앞에서 늘 어리광을 부렸다. 결혼 전에 그녀는 그러지 않았다. 그녀는 늘 그에게 빚진 느낌을 갖고 사는 것이다. 그는 그게 싫었다. 그 부담을 그녀에게서 걷어내 주고 싶었지만 말한다고 될 일이 아니었다.

"때리려고 했지. 요 맹추야!"

명수는 일어나서 진우에게로 다가가 이마에 입을 맞추어 주었다.

"나, 목욕하고 올까?"

진우가 눈을 빛내며 말했다.

"허 참, 속보인다, 속보여."

그러면서도 명수는 웃었다. 이 녀석이 아직도 많이 아프구나. 안 하던 짓을 하는 걸 보니, 그런 생각도 들었지만 그래도 웃음이 나왔다. 목욕한 직후의 진우의 몸을 그는 몹시 좋아했다. 그녀는 가끔, 나 목욕 갔다 왔는데, 그러면서 그를 유혹하기도 했다. 목욕이란 말은 그들만의 은어였다. 그녀는 그새 수건과 비누를 챙겨 벌써 신발을 꿰차고 있었다.

"밥 먹어야지. 어딜 가? 찌개도 다 끓었는데."

"이따가 뎁혀 먹지, 뭐. 난 지금 갔다 와야겠어. 하고 싶어 죽겠는걸. 금방 갔다 올께. 샤워만 후다닥 하구."

명수가 붙잡을 새도 없이 진우는 벌써 계단을 내려갔다. 바로 맞은편 건물이 목욕탕이었다. 이 방에 처음 왔을 때도 그녀는, 목욕탕 가까워서 좋네, 하고 만세를 불렀다. 다른 친구들은 속도 모르고, 혼자 깨끗한 척 하네, 난 장가가기 전날에나 목욕할 건데, 소크라테스처럼, 어쩌구 하면서 떠들었다. 그들 위로 두 사람만이 눈길을 나누며 웃었던 기억이 상큼했다. 명수도 그러는 아내가 싫지 않았다. 새벽참에 속상했던 마음이 풀리기도 했다. 그는 자신도 몸을 씻어야겠다는 생각이 들어 찌개를 내리고 풍로 위에 양동이를 올렸다. 물이 미지근해지기만 하면 부엌문을 닫고, 한번 뒤집어쓰면 될 일이었다.

하지만 막상 물을 뒤집어쓰자 공기가 너무 찼다. 수건을 걸치고 방으로 뛰어 들어갔지만 연신 재채기가 쏟아졌다. 방이라고 다를 것도 없었다. 에라 모르겠다 싶어 명수는 벗은 채로 장판 위에 누워 이불을 푹 덮어썼다. 이미 그의 몸은 아내를 받아들일 준비가 되어 있었다. 얼른 아내가 왔으면 좋겠다. 오랜만에 정말 흐벅지게, 뜨겁게 살을 나누고 싶은 욕망이 끓었다. 그러나 등판이 뜨뜻하니 새벽에 못 채운 졸음이 슬며시 몰려왔다.

명수는 어느 새 잠이 들고 말았다. 꿈속에서 그는 욕조 속에 있었다. 얼마나 기분이 나른한지 몸이 녹아내릴 것만 같았다. 욕조 속에는 물고기들이 있었다. 그것들이 헤엄을 치며 지느러미로 그의 몸을 스칠 때마다 그는 참을 수 없는 관능의 느낌에 몸을 떨었다. 그때, 아, 아내를 기다려야지, 하면서 그는 잠이 깼다. 눈을 떠보니 속치마만 입은 진우가 옆에 누워 그의 가슴을 어루만지고 있었다.

"아, 언제 왔어?"

명수는 너무 반가워 진우를 자신의 몸 위로 끌어올렸다. 그녀는 아무 말도 하지 않고 그를 내려다보더니 그의 이마와 눈과 코에 입을 맞추었다. 가늠할 수 없는 쾌락의 느낌이 온몸으로 퍼져나갔다. 아직도 꿈속의 욕조에 있는 것만 같았고, 그녀의 손길이 그 아름다운 물고기들의 지느러미처럼 느껴졌다. 그녀는 그의 목과 귀에 입맞춤을 했다. 그가 입술을 내밀었지만, 그녀는 살짝 대기만 할 뿐 금세 떼었다. 그의 혀가 허공에서 헛놀았다. 그는 그녀가 지금 즐기고 있다는 걸 알았다. 그녀는 지금 기운을 회복했다. 그리고 오랜만에 나누는 이 정사를 오래 즐기고 싶어 했다. 그렇게 감질나게 입술을 지나간 그녀는 그의 가슴 한복판의 골을 따라 내려가고 있었다. 그러나 불끈 솟아오른 그의 물건에는 입술을 스치듯 감질나게 스쳤을 뿐이었다. 그러나 이젠 그녀도 달아오를 대로 달아올랐는지, 자신의 입술을 그의 입술에 포갰다. 이번에는 뜨거운 입술이었다. 그들의 혀는 다정하게 엉켰다. 그는 열정적인 입맞춤을 하며 그녀를 아래로 눕혔다. 장판의 따뜻한 바닥에 그녀의 등을 대주고 싶었다. 그녀의 속치마를 벗겨 내리자 아무 것도 입지 않은 그녀의 알몸이 그대로 쏟아지듯 나타났다. 그는 그녀의 가슴을 입 안 가득 집어넣었다. 이제 그에게 희롱하고 놀 여유는 없었다. 희롱은 그녀에게 당한 것으로 충분했다. 그녀 역시 이제는 속도를 요구했다. 그녀의 입이 가쁜 숨을 뱉어내고 있었다. 그는 손을 뻗어 옆에 놓인 라디오의 버튼을 눌렀다. 라디오에서는 주부들이 보낸 편지가 읽혀지고 있었다.

　…김창선, 하은정씨, 제 말 좀 들어보세요. 글쎄, 어제는 우리 부부의 결혼기념일이었거든요. 3주년 되는 날이었는데, 그이는 그날 아침까지도 모르는 것만 같았어요. 그래도 설마 했지요. 저러다 날 놀래킬려고 그러겠지, 작년에도 그랬으니까요. 저는 종일 집을 치우고, 꽃을 꽂고, 술도 사다놓고, 고기도 볶고, 화장도 예쁘게 했어요. 칭얼거리는 아이도 일찍 재웠구요. 그이의 퇴근시간에 맞춰 화장대 위에 촛대를 놓고 촛불도 켜놓았지요. 왜 화장대 위에다 했냐구요? 그야 우리 살림이 아직 단칸방이라 식탁이 없기 때문이지요. 전 우리 집만 사게 되면 제일 먼저 식탁을 사고 싶어요. 식탁 위에 촛불을 놓게요. 어쨌든 촛불도 켜놓고, 그이하고 연애할 때 잘 다니던 다방에서 매일 흘러나오던 ʼ필

링'이란 노래도 다 준비해 놓았어요. 바깥에서 부르는 소리만 나면 탁 틀게요…… 진우는 자신의 입을 손으로 막고 있었다. 틀어막은 입 사이로 신음소리가 흘러나왔다. 알전구처럼 매끄럽고 차가운 그녀의 살갗에 땀이 맺혔다. …그리고 나는 소리를 죽인 채 텔레비를 틀어놓고 보고 있었어요. 남편의 목소리를 못 들으면 안 되니까요. 텔레비젼 속에서는 예쁘고 잘 생긴 탈렌트들이 모두 붕어처럼 입을 뻐끔뻐끔해서 아주 우스웠어요. 그런 대로 잠깐은 볼 만했지만, 이상하게도 시간은 자꾸 가는데 그는 오지 않았어요. 그렇게 기다리다 언제 잠이 들었는지, 아침 일찍 주인 아주머니가 방문을 두드렸어요. 새댁, 새댁, 전화 받아. 애기 아빠 전화야, 그 소리에 깨어보니 나는 쓰러져 맨 바닥에 잠들어 있고, 텔레비는 혼자 지직거리고, 촛불은 다 타서 저절로 꺼져 있었어요. 눈물이 왈칵 치밀었지만, 그냥 전화를 받으러 갔지요. 미안해, 안 무서웠어? 남편의 첫 마디에 그래도 마음이 좀 녹았는데, 하는 말이 어제 친구 아이 돌이었는데, 깜빡 잊고 얘길 못하고 나왔다는 거였어요. 원래는 잠깐 들렀다가 올려고 전화도 안 하고 있끼다가 자리가 늦어져서 나중엔 주인집에 미안해서 전화를 못했다구, 끝까지 그이는 어제가 우리 결혼기념일이란 걸 잊고 있었어요. 나는 아무 말도 안하고 방에 돌아와 혼자서 볶아놓은 고기를 다 먹었어요. 물론 사놓은 술도요. 엉엉 울면서요……

광주에서 그렇게 피비린내가 났어도, 지금도 사람들이 감옥에 갇혀 고문을 당하고 죽음을 당하고 있어도 세상은 저렇게 작은 일에 연연하면서 돌아가고 있구나. 명수는 문득 라디오 속의 세상이 전혀 다른 세상처럼 여겨졌다. 진우가 그의 허리를 꽉 잡아당긴다. 참고 참은 신음소리가 새어나왔다. 라디오에서 떠들어줘서 정말 다행이었다. 편지를 다 읽은 남녀 진행자가 서로 촌평을 나누었다. 깔깔깔, 행복한 얘기예요, 그래도 얼마나 서운했을까, 남자들은 그런 거 원래 못 챙겨요, 하하…… 무지하고 징그러운 소시민의 삶. 아니다. 벌써 6년의 세월, 세상은 조금이라도 나아지고 있는가.

명수는 진우의 몸 안으로 들어갔다. 이 여자를 죽이고 싶다, 그 순간 한 줄의 섬광 같은 생각이 그의 뇌리를 스쳤다. 왜 그런 생각이 났는지 그도 몰랐다. 그는 찰나였지만 자신의 생각 속에 묻은 증오심에 몸을 떨었다. 놀랍고 두려운 생각이었지만 그는 그녀의 몸 안에서 움직이며 그 충동을 즐겼다. 그 순간만은 아무것도 부정하거나 비판하거나 분석하고 싶지 않았다. 이 여자를 죽여 버리고 싶다. 그 생각으로 그의 몸은 힘이 넘쳤다. 진우가 몸을 비트는 순간, 그 역시 참았던 힘을 모아 자신을 분출했다. 다른 어느 때보다도 커다란 쾌감이 그의 몸을 타고 흘렀다. 그녀 역시 손으로 자신의 입을 막은 채 울음 끝처럼 그쳐지지 않는 숨소릴 잦히고 있었다. …달콤했었지 그 수많았던 추억 속에서 흠뻑 젖은 두 마음은 우리 어떻게 잊을까 아— 다시 올 거야 너는 외로움을 견딜 수 없어 아— 나의 곁으로 다시 돌아올 거야 그러나 그 시절에…… 라디오에선 부드럽고 관능적인 목소리로 나미가 '슬픈 인연'을 부르고 있었다. 이 집은 방음을 많이 고려해 얻은 방이었지만, 그래도 소리는 잘 들렸다. 두 사람의 몸에서 동시에 힘이 풀렸다.

진우가 눈을 떴다. 명수를 올려다보고 웃었다. 그 모습이 어여뻤다. 그는 그녀의 몸에서 나오고 싶지 않아 그대로 그 위에 엎드렸다. 내가 이 애를 죽이고 싶어 했다, 한 순간일지라도, 왜 그랬던가. 그는 애틋한 마음에 그녀의 눈 위에 입을 맞추었다. 그녀의 헐떡이는 가슴이 느껴졌다. 행위가 끝나면 지금까지 느껴지지 않던 무게가 느껴지리라. 그는 그녀의 몸 위에서 내려와 옆에 누워 그녀를 안고 머리를 쓰다듬었다. 그녀가 그의 겨드랑이에 부드럽게 입을 맞추었다. 등으로부터 온기가 스며 올라왔다. 땀에 젖어 더웠지만 그는 이불을 코까지 끌어올렸다. 땀이 식으면 추울 것이다. 이제 그는 아침 내 원하던 그 기분 좋은 잠이 자신을 덮칠 것을 알았다. 어느 방에선가 뻐꾹 시계 우는 소리가 뻐꾹, 뻐꾹, 하고 울려나오고, 라디오에서는 어느새 아침 뉴스가 흘러나오고 있었다. 전두환 대통령은 오늘 아침……

7. 푸른 보랏빛

저녁이 내리 깔리고 있었다. 서서히 푸른 보랏빛의 하늘이 퍼져 나갔다. 서울로 가는 버스 속이었다. 파란빛이라고 말할 수도 없고, 보랏빛이라고도 말할 수 없는, 두 가지가 섞인 듯한 빛깔이 수채화 물감을 풀어놓은 것처럼 번져갔다.

민혁이가 얼마나 기다리고 있을까, 달리는 차창에 머리를 기댄 채 진우는 자신을 나무랐다. 명수와 기분 좋은 정사를 나누고 다시 잠들었다 깨어 보니 이미 오후 햇살이 기울고 있었다. 진우는 자신이 정말 야속한 엄마라는 생각이 들었고, 괜히 명수까지 원망스러웠다. 하지만 그가 더 당황해하며 허겁지겁 밥상을 차려오는 모습을 보고는 또 그에게 미안한 마음이 들어 오히려 늑장을 부렸다. 일부러 천천히 밥을 먹었고, 설거지는 자기가 하겠다고 떼를 썼다. 명수 앞에서는 아이에게 가겠다고 안달하기가 미안했다. 그는 표 내지 않아도 그런 그녀의 마음을 너무 잘 알아 늘 앞서 배려해 줬는데, 그녀는 그러는 그가 고맙다기보다는 오히려 버거웠다. 두 사람의 지나치게 서로를 위한 행동은 그녀로 하여금 민혁이 명수의 아이가 아니라는 사실을 새삼 떠올리게 했다.

버스정류장에서 명수는 진우의 손을 쥐며 말했다. 난 니가 안쓰러워. 그녀는 아무 말도 할 수 없었다. 어린 시절, 다친 상처가 견딜 만하다가 누군가 아프겠다고 한 마디 하면 갑자기 눈물이 핑 돌듯이. 하지만 그녀는 자기들의 분위기가 그렇게 되는 걸 원하지 않았다. 안쓰럽긴. 난 재미만 좋은데. 우리 꼭 불륜에 빠진 연인 같다, 그치? 그녀는 그러면서 그의 손을 잡아다 손바닥에 입을 맞추었다. 그가 픽 웃었다. 그러자 그녀는 생글생글 웃으며 한마디 더 덧붙였다. 형, 나니까 너 데리고 살지, 그 말 한 번 더 해볼래, 응? 그는 어이없어 하며 그녀를 보고 웃었다. 그래. 정말 나니까 너 데리고 살지. 누가 너 같은 앨 감당하겠니? 그녀는 그의 손을 꼭 잡았다. 형은 모를 거야, 그 말이 나한테 얼마나 따뜻하게 들리는지, 그 말은 속으로만 중얼거렸다. 그가 손을 뻗어 그녀의 어깨를 안아주었다.

버스가 왔다. 혼자가 되었을 때 진우는 자기도 모르게 숨을 몰아쉬었다. 비로소 편안한 기분이 들었다. 무엇 때문일까. 자신이 그렇게 명수를 좋아하고, 존경하고, 그에 대해 무한한 감사까지 바치고 있는데도 그와 헤어져서 그를 생각하는 쪽이 함께 있는 것보다 편한 이유는. 그녀는 자신이 그와 있을 때면 지나치게 긴장한다는 걸 알고 있었다. 거의 연기처럼 그녀는 명랑을 가장하고, 어리광의 가면을 썼다. 무엇인가가 그녀를 자꾸 그렇게 몰아갔다. 그러지 않으면 견딜 수가 없었다. 두 사람의 관계는 시작부터 대등한 것이 아니었다. 그래서 내가 그와의 정사에 몰입하는 걸까.

명수 형…… 진우는 속으로 그 이름을 불러보았다. 힘들었다. 그 이름을 부를 때면 커다랗고 무거운 배 한 척이 서서히 심연으로 가라앉는 느낌이 들었다. 그의 이름을 부르는 것보다 그와 몸을 섞는 일이 훨씬 편했다. 그와 정사를 나눌 때면 그녀는 언제나 행복했다. 그때에만 그녀는 그와 대등하게 만났다. 아무런 부채감 없이, 모든 것을 잊고, 그와 그녀는 어린 짐승들처럼 티 없이 놀 수 있었다.

진우의 옆자리에 앉은 중년 남자가 자꾸만 졸면서 머리를 기대왔다. 작은 키에 깡마른 그 남자는 초라한 행색이었다. 그녀가 굳이 몸을 비틀지 않아도 그녀의 어깨에 닿을 때마다 제풀에 놀라 깜짝 깼다가는 또 다시 조느라 어깨에 기대오곤 했다. 그녀는 신경 쓰지 않기로 했다. 그 피곤한 남자의 짧은 잠을 방해하고 싶지 않았다. 몇 정류장 안 가 그 남자는 차가 멈췄을 때 깜짝 놀라 밖을 보더니 벌떡 일어나 달려 나가 내렸다. 과천 지나서 있는 시골마을이었다. 어둠 사이로 희미한 불빛이 내비치고 있었다. 그는 그 어둠 속의 길로 재빨리 사라졌다.

진우는 어깨 위로 피곤을 느꼈다. 그 남자가 내리면서 자신의 피곤을 그녀에게 넘기고 간 것처럼. 자신의 무능함이 유리칼로 긋듯 가슴을 아프게 갈라왔다. 어제, 활동 보고에서 다른 친구들의 성과는 눈부셨다. 벌써 독서회를 조직한 친구도 있었고, 노조 설립 준비에 들어선 후배도 있었다. 자기만이 아무것도 내세울 만한 성과를 얻지 못했다. 부드럽게 말했지만, 명수의 질책하는 마음도 고스란히 전해져 왔다. 나는 무엇을 하고 있는 건가. 사람들이 자기를 좋아한다는 것만은 알 수 있었다. 평판이 좋다는 것도, 좋은 처녀란 말을 듣고 있다는 것도. 무엇이든 열심히 했고, 누구에게든 잘 대하려 했으니 그것은 당연한 일이었다. 그러나 그것이 무슨 소용이 있겠는가. 아이들에겐 고민이 많았다. 좋아하는 남자, 집안 문제, 돈 문제, 건강, 친구 사이의 갈등…… 그런 것들에 대해 속살속살 얘기하다 보면 현장에 대한 불만이나 이 사회 구조의 문제에 대해선 얘기를 꺼낼 수가 없었다. 꺼낼 수 없는 게 아니라, 꺼내기가 미안했다, 그러니까 그녀는 언제나 얘기를 이끌어 가는 게 아니라 상대방의 이야기에 끌려가 버렸다. 그녀는 자신이 꼭 텔레비전을 보면서 그 속으로 빨려 들어가 엉엉 울고 있는 한심한 아줌마처럼 여겨졌다. 그녀는 그 자리에서 그대로 그 애의 심정이 되어 버려서 다른 생각을 할 여지가 없었다. 자신이 그들을 속이고 있다는 가책 또한 그녀를 자유롭지 못하게 했다. 나는 무능하다, 그냥 공장생활을 잘 하는 게 무슨 소용이 있단 말인가. 공장생활이야 정말 잘했다. 이제는 일도 능숙해졌고, 무엇보다도 사람들에게 반해버렸다. 한 사람 한 사람이 그렇게도 살갑고 예뻤다. 하나같이 매혹적이었다. 선하면 선한 대로, 악하면 악한 대로 그들에게선 사람 냄새가 났다. 가식과 위선, 냉소와 조롱의 세계에 찌들어온 그녀에겐, 아니 자기 자신부터 그런 것들로 방벽을 두른 그녀에겐 그 자체만으로도 매혹적이었다. 깡통에 담긴 공기만 마시다가 진짜 신선한 공기를 들이킨 것처럼. 하지만 그 뿐이다. 아무것도 성과는 없었다. 아이까지 떼어놓고, 남편하고도 떨어져가며 하는 일이란 게 고작 공장 잘 다니고, 친구들 잘 사귀는 것인가. 아이 맡겨놓고 수영장 가는 유한마담하고 뭐가 다르니, 어머니의 그 비수 같던 말이 다시 날아와 그녀를 찔렀다. 그것도 모자라 남편하고 노느라고 아이에게 갈 시간까지 축내다니.

꼴좋다, 윤진우, 니꼬라지, 개꼬라지, 잘코사니다…… 하다 말고 그녀는 몸을 부르르 떨었다. 무심코 뱉은 그 말에 하나의 기억이 딸려온 것이다. 벌써 명치끝이 얼얼했다.

어느 저녁, 진우가 명수와 살기 시작한 지 그렇게 많은 시간이 흐르지 않았을 때. 이해 받고 사랑 받는다는 느낌에 온몸으로 스며들 것같이 행복한 정사를 마치고 누운 자리에서 그녀는 말했다. 늘 그랬듯이, 어리광처럼.

"형, 나 형 닮은 아이 낳고 싶어. 나 닮은 민혁인 있으니까."

그러자 명수는 말없이 진우의 눈을 바라보더니, 한참 뒤에야 고개를 돌린 채 말했다.

"나, 정관수술 했어."

너무도 놀란 진우는 얼결에 벌떡 일어나 소리쳤다.

"뭐라구?"

소리를 치긴 했지만 어이가 없을 뿐이었다. 거짓말이지, 하고 묻고 싶었지만 명수의 얼굴을 들여다본 진우는 그것이 사실이란 걸 알 수 있었다.

명수가 말했다.

"아무래도…… 자신이 없었어. 난 민혁이를 진심으로 사랑해. 하지만 내 자식을 낳아도 그럴 수 있을까, 난 정말 자신이 없다, 진우야. 난 그냥 아무 갈등 없이 너와 민혁이를 사랑하고 싶어. 민혁이는 정말로 내 자식……."

"집어치워!"

진우는 소리를 질렀다. 그녀는 벗은 몸 그대로 일어나 방문을 열고 나갔다. 문을 열면 부엌이었고, 부엌은 한데였다. 봄이라곤 해도 알몸에는 추운 날씨였다. 진우는 부엌 아궁이 앞에 쪼그리고 앉았다. 눈물이 줄줄 흘러내렸다. 아직은 연탄을 때고 있어 아궁이에서는 훈기가 스며 나왔다. 머릿속이 하얗게 비워졌다. 아무 생각도 나지 않았다. 선반 위에 놓아둔 담배 생각이 났다. 기관지가 나빠 학생운동을 할 때에도 피우지 못한 담배를 그녀는 명수와 살게 되면서 가끔 피우게 되었다. 행복했는데도 온몸이 담배를 원할 때가 있었다. 가슴팍은 따뜻했지만, 등이 시렸다.

담배에 불을 붙인 채 진우는 일어나 부엌문을 잠갔다. 주인아주머니라도 불쑥 들이닥칠지 몰랐다. 방문도 밖에서 자물쇠로 잠가버렸다. 명수가 나올지 몰랐다. 그가 보기 싫었다. 항아리처럼 옹크린 채 한 손으론 무릎을 껴안고, 그녀는 담배를 빼어 물었다. 그제야 하나 둘 생각이 떠올랐다. 그래, 예비군 훈련, 분명히 그 훈련 때 수술을 받았을 것이다. 그녀가 받은 쪽지엔 기간이 일주일로 되어 있었는데, 그는 몸이 아파 그냥 왔다며 첫날부터 일찍 돌아왔고, 내처 나가지 않았다. 몸이 아파 다음번에 받아야겠다고 했다. 약간 미열도 있는 것 같아 그녀는 아무런 생각도 하지 않고 생강차니, 파국이니 하는 것만 끓여주었다. 남편은 병원에서 약도 받아왔다고 했다. 생전 병원이라곤 가지 않던 사람이라, 어지간히 힘들었던 모양이라고만 생각했다. 그랬는데 그는 그때 정관수술을 받고 돌아온 것이다. 한마디 말도 없이!

그러나 그게 서운한 게 아니었다. 그 점은 충분히 이해가 갔다. 진우가 펄펄 뛰며 말릴 거야 불을 보듯 뻔했으니까. 그녀가 화가 난 것은 명수가 그런 이상한 박애정신 같은 걸로 자기 자신의 아이를 포기한 점이었다. 정말 미치도록 화가 났다. 담뱃불이 뱃속에서 지글지글 타들어 가는 것만 같았다. 민혁이를 사랑하기 위해서라구. 그랬다. 그 말처럼 그가 민혁이의 아버지가 아니라는 사실을 명확하게 드러내주는 말도 없었다. 제 자식까지 희생시켜서 민혁이를 사랑하려는 그의 위대한 결심 앞에 감동을 해야 하는가. 그래야 하리라. 그래야 할지도 몰랐다.

그러나 그녀는 그럴 수 없었다. 감동은커녕 토악질이 나왔다. 그 토악질을 막기 위해 자기는 지금 담배연기를 꾸역꾸역 밀어 넣고 있다. 아니다. 분노가 아닌지도 몰랐다. 그것은 슬픔이었다. 슬프고 슬펐다. 자꾸만 눈물이 비질비질 흘렀다. 왜 이래야 하나. 왜 이래야 하는 거야, 왜? 왜 우리의 사랑은 이 모양인가. 왜 이렇게 서로에게 고통을 강요하는가. 서로에게가 아니었다. 그에게. 그에게 그녀는 왜 이런 고통을 주는 존재가 되어야 하는가. 나쁜 놈, 장명수, 나쁜 놈, 개 같은 놈, 그래, 너 혼자 성인군자 다 해쳐먹어라, 난 세상에서 제일 나쁜 년이고 너는 세상 최고의 성인군자다. 예수도 그런 일은 못했겠다. 차라리 날 그냥 놔두지, 왜 받아들였니, 왜 받아들여서 이렇게 나쁜 년으로 만드니, 니 자식이 성인군자 되는데 왜 날 이용하는 거니, 그녀는 그가 원망스럽고 너무 슬퍼서 그렇게 말도 안 되는 원망을 씹으며 흐느꼈다.

왜 몰랐겠는가. 그녀는 자기가 생각은 그렇게 하지만 조금만큼도 장명수라는 인간을 욕할 수 없다는 걸 알았다. 자기의 생각이 얼마나 억지인지 다 알았다. 그가 얼마나 진실한 인간인지, 조금도 잘난 척하지 않고, 관대하고 아름다운 인간인지 그녀는 너무도 잘 알았다. 살면 살수록 깨달았다. 그의 진실과 그의 관대함에는 작위성이 없었고, 위선도 없었다. 그는 맑고 진실하고 아름다운 사람이었다. 그는 진심으로 고민했을 것이다. 그녀를 사랑하기 때문에, 민혁이를 사랑하기 때문에, 그의 지나치게 발달한 예지는 미래에 발생할 수 있는 상황까지 들여다보지 않을 수 없었을 것이다. 그래서 그는 결심했을 것이다.

사실 아이 하나도 운동을 하기에는 많았다. 모든 걸 포기하고 다 바쳐서 일해야 할 사람한테 가정이란 최고의 방해물이었다. 그래도 너무 외로우니 결혼은 하더라도 아이는 안 낳는 게 운동권의 도덕이라면 도덕이었다. 제 자식을 위해 살 여유는 없었다. 그런데도 누구보다도 가장 철저했던 명수는 진우와 민혁이를 받아들였다. 모든 것을 숨긴 채. 그것만도 그에게는 큰 부담이었다. 모두들 놀랬다. 무언의 비난도 있었다. 그러나 그는 그깟 일엔 신경도 쓰지 않았다. 그는 다른 사람의 비난 따위에 연연하는 사람이 아니었다. 하지만 벌써 많은 곤란이 다가오고 있었다. 그는 어떻게 공장 활동을 시작했지만, 아이가 낀 가정의 생활비를 벌 수는 없었다. 한 사람의 중요한 일꾼이었던 진우조차 평범한 가정주부로 눌러앉아 잡다한 일로 생활비를 보태느라 쩔쩔맬 뿐이었다. 그런 데다 또 아이를 낳는다면 어떻게 될 것인가. 다른 사람은 하나도 낳지 않는데, 둘씩이나 낳아서 어떻게 할 것인가. 언제 끌려가 고문당하다 죽을지, 언제 최루탄에 맞아 병신이 될지, 언제 잡혀가 몇 년의 징역을 살아야 할지 모르는 상황에서. 충분히 이해할 수 있었다. 민혁의 일이 그렇게 꼬여서 생긴 게 아니었다면, 그녀와 그가 자연스럽게 동지로서 결혼을 하게 되었다면, 아마 입장이 바뀌었을 것이다. 아이 하나만 낳자는 그를 그녀가 펄펄뛰며 비난했을지도 몰랐다. 아이를 또 낳으면 자기는 어떻게 일을 하냐구, 우리는 모든 것을 바쳐서 이 독재정권과 싸워야 한다구, 아무것도 제 것을 챙기지 못하고 죽어간 젊은 사람들이 얼마나 많냐구, 우리가 어떻게 그런 제 행복만 챙기며 살겠느냐구, 길길이 날뛰었을 것이다.

비로소 진우는 명수가 그런 명분을 이유로 대지 않은 데 감사함을 느꼈다. 그가 그런 그럴듯한, 그녀의 입을 콱 막을 수 있는 거창한 대의명분을 대지 않고, 솔직히, 위선자의 오명을 쓸 수도 있는 사실을 솔직히 말해준 데 대해 그녀는 고마움을 느꼈다. 그래, 그것만도 어디니. 어느새 남아있던 담뱃갑 속의 담배도 다 피웠다. 안에서는 여전히 기척이 없다. 그는 나와 보지 않았고, 민혁이도 깨지 않고 잘 자고 있는 모양이다. 자물쇠 따위는 걸지 않아도 되었다. 눈물로 젖어있는 팔뚝이 추웠다. 온몸에 소름이 돋아 있었다.

문득 그녀는 낄낄거리며 혼자 웃었다. 제 꼴을 보자니 웃음이 나왔다. 발가벗고 아궁이 앞에 쪼그리고 앉아 담배는 꼬나물고, 질질 짜고 있는 모습, 주인아주머니라도 벌컥 문을 제껴 열었다면 얼마나 기가 막혀했을 것인가. 웬 미친년인가 했겠지.

진우는 몸을 일으켰다. 오래 쪼그리고 앉아 있었던 탓에 오른쪽 다리가 저렸다. 잠시 그대로 서있었다. 아궁이 앞을 떠나니 그나마 가슴팍 따뜻한 것도 사라져서 온몸이 떨렸다. 칫솔꽂이에 달린 거울을 들여다보았다. 눈물에 얼룩이 져서 얼굴이 가관이었다. 물을 틀어 얼굴을 씻었다. 찬물이 오싹했다. 앉은 채 오줌까지 누었다. 한밤중에 마당에 있는 변소에 가기 싫을 때면 가끔 그런 짓을 하기도 했지만 방안에 있는 명수에게 창피했다. 그럴 때면 물 마시러 나온 척 물그릇 딸그락거리는 소리도 냈고, 물그릇이라도 부시는 양 수도를 세게 틀어놓기도 했다. 하지만 오늘은 아무렇지도 않았다. 히히, 꼴좋다, 윤진우, 니 꼬라지, 개꼬라지, 잘코사니다. 찬물에 아랫도리까지 씻고 일어서니 몸은 떨려도 상쾌했다. 수건으로 몸을 닦고, 그녀는 자물쇠를 따고 방문을 열고 들어갔다.

진우는 등 뒤로 문을 닫으며 그대로 서있었다. 아침햇살이 스며들고 있었다. 민혁이는 아랫목에서 잘 자고 있었고, 명수는 누운 채 진우를 올려다보고 있었다. 부부로 살아왔지만 그의 앞에서 알몸으로 서본 것은 처음이었다. 그녀의 얼굴이 붉게 물들었다. 처음엔 눈을 맞추지 못해 괜히 사방을 두리번거렸지만 한번 심호흡을 하고는 그의 눈을 똑바로 내려다보았다. 그녀가 먼저 웃었다. 그러자 명수의 굳었던 얼굴이 허물어졌다. 그가 나직히 말했다.

"너, 참 예쁘다……"

진우가 말했다.

"예쁘면 와서 데리고 가."

명수는 기다렸다는 듯이 이불을 젖히고 벌떡 일어났다. 그의 알몸도 고스란히 드러났다. 그녀는 당황스러웠지만 고개를 세운 채 자기에게 다가오는 그를 똑바로 바라보았다. 휘익, 일부러 휘파람도 불었다. 그가 웃었다. 그는 다가와 그녀를 안고 그녀의 귓볼에 입김을 불었다. 그의 뜨거운 몸이 차가운 그녀의 몸에 닿으니 따뜻하고 좋았다. 그는 그녀를 안아 올렸다. 그녀는 그의 목에 팔을 감고 매달렸다. 그는 이부자리 위에 그녀를 눕혔다.

"너무 예쁜 신부야. 골치 덩어리인데다……"

그러면서 명수는 찬찬히 진우의 몸을 살피며 어루만졌다. 그녀는 눈을 감았다가 그의 시선을 도무지 감당할 수가 없어 그의 목을 끌어당겼다. 그러고는 그의 귀에 대고 속삭였다.

"질문이 있는데……"

명수가 거친 숨결 사이로 뱉듯이 말했다.

"말해봐."

"두 박스나 사놓은 콘돔은 어쩌지? 약국에 가져가면 환불해줄까?"

명수는 말없이, 아무런 애무조차 없이 그대로 진우의 몸 안으로 자신의 몸을 집어넣었다. 그녀가 정신을 잃을 때쯤 그는 그녀의 귀에 대고 아주 점잖게 말했다.

"그걸 전부 동네 개들한테 씌우면 어떨까? 걔네들도 산아제한을 해야지.”

　진우는 정신이 아득한 중에도 키들키들 웃었다. 세상에 웃지 못할 일이 어디 있으랴. 모든 것이 우스웠다. 세상은 우습기 짝이 없었다.

　그랬다. 그 일은 그렇게 키들키들 웃어넘긴 일이었다. 하지만 그 일을 떠올릴 때면 언제나 그날 그 말을 처음 듣던 순간의 노여움에 명치끝이 얼얼해오고, 몸이 떨리곤 했다. 그리고 그날 아궁이 앞에 쪼그리고 앉아 그 감정을 삭히고, 그를 이해하게 되는 절차를 그대로 다시 밟곤 했다. 한번 걸러내고 정리한 감정인데도 언제나 똑같이 그 감정의 경로를 되풀이 겪었다. 뱃속의 태아가 이미 진화를 끝마쳐서 인간으로 태어나면서도 물고기로부터 시작하는 그 긴 진화의 과정을 매번 후르르 훑는 것처럼. 결국 납득하고 이해하고 심지어는 미안해하고 감동하게 될 것을 알면서도 언제나 그 기억의 시작은 분노로부터 출발하였다. 숨이 막히고 답답했다.

　윤진우, 니 꼬라지, 개꼬라지, 잘코사니다……

　때로 진우는 자기들의 삶이 폭탄이 장착된 삶 같다고 생각했다. 자기들의 운명이 뇌관을 향해 달려가는 도화선의 불꽃처럼 여겨졌다. 우린 너무 훌륭해, 너무 훌륭해서 터질 것 같단 말야. 그러나 그녀는 그런 불만이야말로 얼마나 사치스러운 것인가를 알았다. 어떻게 이런 불만을 가진단 말인가. 그녀의 머릿속의 검열관이 그 부분의 생각을 가위로 싹뚝 잘라낸다. 아니, 험악한 인상으로 겁을 줘서 그녀로 하여금 알아서 그 생각을 잘라내도록 했다.

　진우는 다시 차창에 머리를 기댔다. 차는 어느새 들판을 지나 서울로 들어서고 있었다.

8. 놀이, 기이하고 유치한

이번 주에 정석은 근무가 바뀌어 김영애와 같은 조로 묶이었다. 남자들의 일은 제품 운반처럼 힘을 요하는 일이라 일 자체의 내용은 변동이 거의 없었지만 근무 부서는 일손의 필요에 따라 바뀌는 경우가 종종 있었다. 반면 콘베이어 라인에서 하는 여자들의 일은 어느 것이나 별다른 숙련을 필요로 하는 게 아니어서 그 날의 생산량 계획에 따라 이리저리 불려 다니는 일이 많았다.

영애는 주로 초콜릿과의 일을 했지만, 일손이 모자라면 스넥부에도 불려 다녔다. 초콜릿 몰드에 스틱을 박거나, 하나씩 밀려오는 하트 모양의 초콜릿에 금박종이를 씌우기도 했고, 튀겨져 나오는 스넥을 계량봉으로 휘저어 봉지마다 넣으면서 찌그러진 불량 스넥을 골라내는 일을 하기도 했다. 일의 종류는 많았지만 어느 것이나 간단한 작업이었다. 그런데도 그녀는 일이 바뀔 때마다 그 일을 익히느라 매번 고생했다. 어느 공장이나 일의 내용을 자세히 설명해주는 경우는 드물었다. 그런 단순 노동의 경우에는 설명을 요구하는 경우도 없었다. 그저 어깨 너머로 익힐 뿐이었고, 어느 아가씨든 쉽게 익혔다. 그런데 그녀는 그런 과정을 납득하지 못했다. 명쾌한 설명 없이 그냥 눈썰미로 일을 배워야 하는 상황 자체를 받아들이지 못해서 꼬치꼬치 캐물었는데, 그런 풍경은 흔하지 않은 것이었다. 겨우 납득을 해도 그녀의 손은 서툴렀다. 옆 자리 동료에게서 넘어오는 제품을 따라잡지 못해 허둥대는 모습까지 볼 수 있었다. 별로 일을 한 경험이 없는 여자가 분명했다. 이런 곳에 들어온 걸 보면 유복한 환경이라고는 볼 수 없어도 비교적 평탄하게 살아온 사람인 듯싶은데, 홍섭의 말에 따르면 그녀는 몹시 어려운 집안의 맏딸이라고 했다.

오늘 영애는 과자봉지에 파란 도장으로 날짜를 찍어서 박스에 챙겨 넣는 완성 라인 일을 맡았다. 정석도 그 라인에 배치를 받았다. 그녀가 채워놓은 박스에 테이프를 붙여 창고에 나르는 일이 그의 일이었다. 그 라인은 달리 사람이 더 필요치 않아 그들 둘만이 있게 되었다. 그녀로선 처음 해보는 일이었다. 그는 먼저 일의 요령을 설명해주었다. 요령이랄 것도 없었다. 콘베이어를 타고 오는 과자봉지들에 스탬프 잉크를 묻혀 날짜 도장을 찍고 박스에 담기만 하면 되었다. 콘베이어 속도를 급하게 올리지 않는 한 현장에서 가장 쉬운 일이었다. 간혹 뚫어진 봉투가 있거나, 유별나게 가벼운 봉투가 있을 때 불량품으로 골라놓는 일 외에는 신경 쓸 게 없었다.

"아, 알겠어요."

영애는 자리를 잡고 앉았다. 하얗게 동여맨 머리 수건 뒤로 짧게 커트한 뒷덜미가 보였다. 언뜻 하얀 가운 어깨 위에 머리카락 하나가 붙어 있는 게 눈에 띄었다. 정석은 무심코 손을 뻗어 머리카락을 떼어냈다. 그녀는 흠칫 몸을 떨었다. 예민한 목덜미 근처였던 탓인가.

"머리카락이……"

당황해서 말하는 정석에게 영애는 웃으며 말했다.

"고마워요."

영애는 금세 자신을 회복했다. 조금 전의 그 작은 접촉에 정석을 당황하게 할 만큼 예민하게 반응했던 그녀는 사라지고 없었다. 오히려 그의 붉어진 얼굴이 얼른 식지 않았다. 그러나 그녀는 모든 것을 짐작하는 손위 누이처럼 그의 얼굴엔 눈길도 주지 않았다. 잠시 어색한 침묵이 흘렀지만 곧 기계가 움직이기 시작했다. 그녀는 침착하게 일의 요령을 익혔다. 콘베이어 속도가 조금씩 빨라짐에 따라 그녀의 손놀림도 빨라졌다. 다른 라인에서 고전을 면치 못했던 그녀는 손끝에 착착 달라붙어 재빠르게 돌아가는 자신의 손놀림에 도취된 것처럼 보였다. 기계의 속도는 자꾸 올라갔지만 그녀의 손놀림은 그 속도를 능가했다.

힐끗 영애를 쳐다본 정석의 얼굴에 미소가 떠올랐다. 그녀의 얼굴이 대단한 일이라도 정복한 것처럼 몰아지경에 빠져 있었던 것이다. 얼굴 전체가 일에 집중해 생생하게 빛났고, 눈빛은 자랑스러움과 기쁨으로 가득 차 보였다. 나중에는 과자봉투들이 밀려 쌓이도록 일부러 손을 놓고 있다가 재빨리 몰아서 해치우는 장난까지 쳤다. 득의만만한 표정이었다.

"하하……"

자기도 모르게 정석이 소리 내어 웃고 말았다. 영애는 무안한 얼굴로 그를 돌아보더니 자기도 웃었다. 웃으면서도 그는 그녀의 그간의 열등감이 생각보다 깊었던 모양이라고 짐작했다.

"정석씨, 고향이 어디예요?"

이제 일감을 가지고 내놓고 장난을 치면서 영애가 물었다.

"부산입니다."

"전혀 사투리를 안 쓰시는데요?"

"안양 온 지 오래 됐어요."

"그래도 경상도 사투리는 잘 안 고쳐지던데……"

"부모님은 이북 사람들인데도 우린 어릴 때 부산 말을 썼지요. 부산에서 왔지만 지금 서울말을 쓰는 것처럼. 일부러 그런 게 아니라 그냥…… 소속감이 별로 없나봅니다."

그리고 또 잠시 말이 끊어졌다. 한참 밀린 일을 영애는 재빨리 따라 잡았다. 어찌나 열중해 있는지 그녀는 옆에 있는 사람 따위는 잊어버린 것처럼 보였다. 기분이 얼마나 좋은지 살짝 휘파람까지 불었다. 제법 능숙한 휘파람이었다.

"손이 많이 빨라졌어요."

정석이 말했다. 영애가 그를 쳐다보며 생긋, 웃는데 얼굴까지 발그레 했다. 그깟 일을 잘 하게 되었다는 게 저렇게도 좋은 모양이구나, 그는 혼자 생각했다.

"이 회사 다닌 지 오래됐어요?"

일부러 손을 놓고 쉬면서 영애는 정석에게 말을 시켰다. 눈은 일감에 서 떼지 않은 채.

"예."

"얼마나요?"

"고등학교 때 왔어요. 올해로 딱 10년이군요."

"부모님은 그냥 부산 계세요?"

"돌아가셨습니다. 두 분 다."

"어머! 미안해요!"

당황한 영애가 정석에게 고개를 돌렸지만 콘베이어 속도가 갑자기 빨 라진 데다 일부러 밀려놓은 것까지 겹쳐 그녀는 더 이상 말을 잇지 못 하고 일에 몰두했다.

"괜찮습니다. 오래된 일인 걸요."

정석은 일을 따라잡느라 정신없는 영애의 옆모습을 보며 말했다. 그 녀는 일에 빠져 그의 말을 듣지 못했다. 그녀 역시 고아라고 홍섭이 알 려준 적이 있었다. 고아라, 정석은 열네 살 무렵 부모를 잃었기 때문에 자기가 고아라는 의식이 없어서 그 말이 낯설었다. 고아라 군대를 가지 않게 되었을 때, 내가 고아구나 하는 생각을 한 번 하긴 했다. 영애는 학교는 국민학교만 나왔지만 검정고시로 중학졸업 자격을 얻었다고 했다. 그 역시 홍섭이 물어다준 정보였다. 하지만 그녀에게선 아무리 뜯어봐도 그렇게 거칠고 힘들게 자란 흔적이 엿보이지 않았다. 언제나 밝은 표정이라 그런지도 몰랐다. 천성이겠지, 그는 혼자 고개를 끄떡였다.

다시 일을 따라잡았을 때, 이번에는 정석이 질문을 던졌다. 박스를 포장하면서, 영애 쪽으론 눈길도 주지 않은 채 무심한 목소리로 물었다.

"애인 있어요?"

말이 없는 정석이 기껏 한 질문이 그런 거라 뜻밖이었는지 영애는 일손까지 멈추고 그를 돌아보았다. 그러나 그녀는 곧 환하게 웃으며 대답했다.

"그럼요, 아주 심각한 사이에요."

굳이 '심각한'이란 말을 붙여 강조하는 저의가 느껴져서 정석은 웃었다. 그러니까 자신에게 헛된 기대를 품지 말라는 뜻일 터였다. 잠시 딴전을 피운 덕에 과자 봉지들이 다시 밀렸다. 정상 속도로 따라잡기 위해 바쁘게 손을 놀리는 그녀의 뒤통수에 대고 그는 질문했을 때와 마찬가지로 무심하게 중얼거렸다.

"그러리라고 생각했어요."

영애는 밀린 일을 따라잡느라 그의 말을 듣지 못했다. 정석은 영애가 확실히 누이를 떠올리는 데가 있다고 생각했다. 그러면서도 가끔은, 누군가를 전혀 의식하지 않고 있을 때의 영애의 분위기에는 어딘가 은희

같은 곳도 있다고 느꼈다. 그렇다. 심지어는 정석, 자기 자신과 판박이 같다는 말도 듣지 않았던가. 하지만 그럼에도 김영애는 전혀 다른 존재였다. 자기들이 음화라면 양화 같은 여자, 자기들이 겨울이라면 여름 같은 여자, 자기들이 그늘이라면 양지 같은 여자. 정석은 김영애가 그런 여자라고 생각했다.

일에 몰두해 있는 영애를 보다 정석은 담배나 한 대 피울 생각으로 마당으로 나섰다. 공장 안보다 바깥 날씨가 더 따뜻하게 여겨졌다. 담배에 불을 붙였다. 햇빛 속에서 성냥의 불빛은 애잔했다. 그 애잔한 불빛이 영애를 연상시켰다. 어둠 속에선 그토록 강하고 힘찬 불빛이 햇빛 아래에선 오히려 애잔해 보인다. 그녀는 너무 밝아 오히려 안쓰러움을 불러일으켰다. 너무 밝으면 때론 애잔할 수도 있다는 느낌을 이즈음 정석은 영애에게서 처음으로 느꼈다. 정석은 폐 속 깊이까지 연기를 빨아들였다가 뱉는다. 담배연기가 폐 속을 훑고 나가자 그런 잡념 따위도 깨끗이 청소된 것만 같다. 문득 은희는 지금쯤 무얼 할까 하는 생각이 들었다. 밤 근무니까 깊은 잠에 빠져 있을까. 어쩌면 벌써부터 일어나 오늘 저녁 출근할 준비를 하고 있을지도 몰랐다. 이런 날, 은희는 어떤 차림일까, 짙은 회색의 바바리코트에 장밋빛 스카프를 가슴 위에 대각선으로 메고 나타날까? 아니면 녹을 듯이 부드러운 낙엽 무늬의 갈색 실크 원피스를 입을까? 수많은 여자를 만났어도 그 여자들의 옷차림의 변화에 한 번도 마음 써 본 적이 없는 그였다. 그의 관심의 대상은 오직 그 껍질을 벗겨낸 몸뚱이에만 있었고, 그 몸뚱이를 싸고 있는 것은 무엇이든 상관이 없었다. 그런데 은희 때문에 새로운 관심이 생기게 되었다. 은희는 타고난 멋쟁이였다. 워낙 아름다운 것을 좋아했고, 자신을 표현하길 좋아했고, 거기다 뛰어난 몸매를 지니고 있었다. 그녀는 미모가 뛰어난 축은 아니었다. 그래서 공장에서 가운을 입고 있을 때면 전혀 눈에 띄지 않았다. 그러나 일단 사복을 입고 나서면 어디서나 돋보였다. 그녀가 그 남자, 그 약하고 착한 그 남자의 눈에 띈 것도 우연은 아니었다. 여상을 다닌 그녀가 실습 나간 회사, 실습 기간 내내 단발머리에 감색 교복에 싸인 은희를 그 남자 역시 알아보지 못했지만 마지막 회식 날, 집에 가서 옷을 갈아입고 나온 은희는 단박에 그날의 주인공이 되었다고 했다. 그랬으리라. 그 착하고 약한 남자는 그날로 은희에게 빠져들었으리라.

은희가 옷차림에 신경을 쓰는 데에는 어찌 보면 병적이다 싶게 느껴지는 구석까지 있었다. 날마다 무엇을 어떻게 입는가가 그녀의 큰 과제였다. 그녀의 방에서 보냈던 처음 얼마간 정석은 매일 아침 놀랍게 변신하는 그녀를 보고 경탄을 금치 못했다. 그녀의 방 모습부터가 그 특별한 습벽을 나타내고 있었다. 그 허름한 방구석의 한쪽 벽은 전체가 커튼으로 가려져 있었다. 그곳이 그녀의 간이 탈의실이었다. 그 뒤 벽에 그녀의 옷들이 걸려 있었고, 전신용의 긴 거울이 세워져 있었다. 방문 옆에는 세탁소처럼 나무로 만들어진 입식 다리미판과 제법 품질이 좋아 보이는 수입품 다리미가 놓여 있었다. 그날 입을 옷이 결정되면 그녀는 그 앞에 서서 정성껏 제 옷을 다렸다. 무슨 작품이라도 만들고 있는 사람 같았다. 그것 말고는 개어놓은 이불 한 채, 전기밥솥 하나가 다였다. 그 흔한 라디오 하나 없는 방이었다.

서양의 꼬마 아이들이 어른들처럼 양복과 양장을 차려입고 나란히 앉아 서로 옆의 아이에게 뽀뽀를 하고 있는, 길거리에서 흔히 파는 판넬 한 장이 그 방에 걸려 있는 유일한 장식이었다. 부엌에도 석유풍로 하나 빼곤 냄비 두 개, 밥공기 두 개, 수저 두 벌 밖에 없었다. 그런 홑살림에 그 거창한 다리미대는 참으로 어울리지 않았다. 그 방은 철저히 은희의 옷을 위한 방이었다. 그녀는 방에서 고기도 구워먹지 못하게 했고, 그 좋아하는 담배도 못 피우게 했다. 옷에 냄새가 밴다는 이유였다. 옷에 습기 찰까봐, 옷에 냄새가 밸까봐, 그 방의 작은 창이 열리는 이유는 그런 이유들뿐이었다.

옷이 많은 것은 결코 아니었다. 그러나 은희는 한 벌의 옷을 살 때도 결혼 상대라도 고르는 양 심사숙고했다. 한번 동행한 뒤로 정석은 나가떨어졌다. 서점에 가서 의상 잡지를 뒤지고, 백화점을 돌고, 시장을 돌고, 그런 다음에도 반드시 입어보고, 바느질이며 재봉선이며 꼼꼼히 들여다보고 나서야 옷을 샀다. 하긴 그녀에게도 그런 일은 일 년에 두세 번 정도밖에 없는 나름의 축제였다. 그 대신 마음에 꼭 드는 옷은 값이 아무리 비싸도 기어코 사고 말았다. 몇 달치 월급을 붓는 한이 있어도 계약금 걸어놓고 사는 식이었다. 라면만 먹고 쫄쫄 굶어도 그녀는 좋은 옷을 샀다. 그러나 그 몇 벌의 옷들은 수 십 벌의 옷처럼 여겨졌다. 날마다 그녀는 그 기본적인 옷들에 티셔츠나, 값싼 스웨터, 스카프, 목걸이 같은 것들을 바꿔서 전혀 다른 옷처럼 느끼게 했다.

정석에게 은희는 단순히 옷을 바꿔 입는 게 아니라 날마다 새로운 분위기를 만들어내는 마술사처럼 여겨졌다. 그날 그에게 처음 말을 걸던 그녀가 하얀 토끼처럼 보였다면, 검은 원피스를 입은 그녀는 성적 매력이 물씬 풍기는 여배우 같았고, 비오는 날의 그녀는 성숙한 미망인처럼 보였고, 또 어떤 날의 그녀는 지적인 여대생처럼 보였다. 그것은 결코 남자들에게 잘 보이기 위한 것이 아니었다. 옷을 챙겨 입은 자신의 모습은 어디까지나 서은희 자신의 시선을 위한 것이었다. 정석의 눈길조차 그녀는 조금도 의식하지 않았다. 어쩌면 그것이 그녀를 하루하루 버텨주는 힘일까. 자신의 시선이 자꾸만 끌려가는 제 속의 참혹한 덩어리에서 어떻게든 눈 돌리고자 하는 안간힘일까. 그 기이한 행동이야말로 은희의 철없던 시절의 남은 흔적이었다. 그리고 그것은 이 스산한 날들의 최저한의 위안일 것이다. 은희에게 자신은 그 옷들이 주는 위안조차 주고 있지 못하다는 것을 정석은 알고 있었다. 그런 생각을 하면 마음속 깊이 또다시 찬바람이 불었다. 은희라는 깊이를 알 수 없는 늪. 정석은 의식적으로 다시금 영애에게 눈길을 던지고 있는 자기 자신을 느낀다. 은희라는 늪에서 도망치고 싶어 하는 본능적인 노력이었다. 조그만 지푸라기라도 잡는 심정. 정석은 몇 모금 더 깊이 담배를 빨아들이고 꽁초를 힘주어 발로 비벼 껐다.

아마도 정석은 이즈음 그 도망을 전략적으로 준비하고 있는지도 몰랐다. 그만큼 은희에 대한 불안감이 깊어졌다. 어차피 은희에게서 도망치지 못한다면 그 늪에 완전히 머리가 잠기는 순간이라도 늦추고 싶었다. 그러기 위해 잠시라도 붙잡을 수 있는 기슭의 가지로 선택한 것이 영애였다. 그것은 참 기이한 전략이었고, 유치한 놀이였다. 정석은 김영애라는 존재에 대해 일부러 자신의 모든 촉수를 내뻗었다. 그는 의식적으로 그 짓을 했다. 마침 은희와는 근무가 달라지고 영애와 근무 주기가 겹치기도 했다. 은희는 근무가 다를 때는 잘 만나주지도 않았다.

영애가 머무는 공간은 그의 촉수가 닿기에 너무도 이상적인 위치에 있었다. 눈을 뜨는 순간부터, 라디오의 주파수를 고정하듯 그녀에게 자신의 의식을 고정시켰다. 한 칸 건너 방에서 들리는 숟가락 달그락거리는 소리, 문 여닫는 소리, 발자국 소리, 연탄불 가는 소리, 물소리, 시계 소리에 자신의 의식을 집중했다. 바로 옆방은 살림 사는 집이라 애들 장난 소리에 정신이 없는데도 정석은 그 범벅된 소리 속에서 영애의 소리를 용케도 구별해내었다. 으음, 이거, 내 귀가 제법 순정파군, 그는 그런 것들에 즐거이 귀 기울였다. 뜨뜻한 방바닥에 누운 채, 낡은 이불 밑에 온몸을 묻은 채, 그는 눈조차 뜨지 않고 그녀를 음미했다. 그녀가 제 낡은 이불 속에 함께 누워 있는 느낌. 그것은 하도 아련한 느낌이라 때론 현실의 정사情事가 가져다 줄 수 있는 감미로움을 능가했다. 그럴 때면 그는 무언가 은희에게서 조금이라도 벗어난 듯한 안도감을 느꼈다. 웃기군, 하지만 좋아. 그런 자신을 스스로 가소롭게 느끼면서도 그는 제가 판 함정에 스스로 들어가는 사람처럼 그 감정에 더 깊이 몸을 담갔다.

정석의 겨울 아침은 이제 그렇게 시작되었다. 출퇴근을 할 때에도 그는 일부러 영애가 먼저 가기를 기다려 저 멀리서 뒤따라갔다. 처음으로 같은 부서에서 일하게 된 날, 일을 마쳤을 때 그에게 같이 가겠냐고 말을 붙인 건 오히려 영애였다. 그러나 그는 고개를 저었다. 그녀 역시 예의상 한 말이었는지 전혀 개의치 않은 채 인사를 하고는 쪼르르 달려 나갔다. 그러나 지금 정석은 영애가 나가고 나면 조금 시간을 둔 뒤에 그녀를 따라나선다. 회사에서 집까지의 길은 일단 큰 길로 나오기만 하면 사거리를 두 번 지나치며 쭉 이어진 한길을 걷는 거라 아무리 떨어져 있어도 앞에 가는 사람을 바라보는 데 지장이 없었다. 저녁근무를 마치고 나오면 사람이 꽤 많았지만 그 대신 불빛이 환했다. 가끔 동행이 있어도 그들은 버스 정류장쯤 가면 다 떨어져 나갔다. 대개의 직원들은 그 근처에서 살았고, 그렇지 않은 경우는 차를 타고 가야 할 만큼 먼 거리에서 살았다.

야간근무를 끝내고 나오면 거리는 비어 있었다. 멀리 지나가는 고양이까지 구별할 수 있을 정도이니 영애를 놓칠 일은 전혀 없었다. 조금씩 동이 터 오는 새벽하늘 아래 그녀를 쫓아 바람만바람만 걸어가는 귀가 길은 색다른 즐거움이었다. 자신이 일부러 고안해서 하는 놀이란 걸 빤히 알면서도, 때론 감정마저 놀이에 맞게 스스로 조작하고 있다는 걸 알면서도 그 놀이는 즐거웠다. 놀이 속에서 정석은 사춘기의 소년으로 돌아간 것 같았다. 그에게는 없었던 사춘기, 설레임이라곤 없이 박제되어 버렸던 사춘기, 그 놀이에 굳이 제목을 붙인다면 그것은 삶을 연습하는 놀이였다. 갓난아기처럼, 오랜 병상에서 다시 살아난 환자처럼.

새벽 거리의 어둠은 날마다 그 빛깔과 농도가 달랐다. 어둠이 걷히는 속도도 매일매일 달라졌다. 물 속으로 파란 물감이 번져가듯이 새벽이 스며오는 거리는 그것만으로도 아름다웠다. 그런데 그 아름다움에 때론 겨울바람이, 때론 씁쓰름한 내음을 품은 겨울 안개가, 때론 자디잔 새소리들이, 때론 빈 거리를 내지르는 자동차의 굉음이 더해졌다. 그 아름다움은 가끔은 너무 아찔해서 폐활량 이상의 공기를 마신 것처럼 정석을 숨 가쁘게 할 때도 있었다. 때론 그 느낌에 자신이 중독되어 가는 듯한 아슬아슬함을 감지할 때도 있었다. 일부러 시작한 심심풀이 놀이에 인생을 다 바치게 되는 아편쟁이나 노름쟁이처럼 때론 놀이도 위험했다. 영애는 그가 자기의 뒤를 쫓아오고 있다는 것을 눈치 채지 못했다. 눈치 채기에는 그가 만들어놓은 거리가 너무 멀었다. 그는 자신의 시야에서 그녀를 잡아둘 수 있는 정도의 거리만을 유지했다. 그것이 진심으로 그가 원하는 거리였다. 그는 결코 그녀와 얽히기를 원하지 않았다. 그저 이 정도의 거리를 두고 즐겨 바라보기만을 원할 뿐이었다. 그리고 그는 시력이 좋았다.

교도소 앞을 지날 때면 영애는 우두커니 서서 그 망루를 올려보곤 했다. 그저 걷다가 심심해서 바라보는 것일까. 망루 외에 보이는 것은 아무 것도 없었다. 긴 담벼락이 어둠 속에서도 하얗게 빛나고 있을 뿐. 그럴 때면 정석도 멈춰 서서 망루를 쳐다보는 그녀를 바라보았다. 그럴 때 그녀는 푸르스름한 새벽 공기 속에서 어찌나 어슴푸레하게 여겨지는지 연기 같기도 하고 혼백 같기도 했다. 그럴 때면 그녀가 평소에 풍기는 그 밝고 따뜻한 분위기는 흔적도 없이 사라졌다. 이 놀이의 끝은 무엇일까. 정석은 영애의 아득한 뒷모습을 바라보며 그런 생각에 잠기기도 했다. 담배를 줄이기 위해 은단을 입안에 굴리는 사람이 담배 대신 은단의 맛에 중독될 수도 있는 걸까. 이러한 유희도 사라지면 견딜 수 없는 공허가 닥칠 것인가. 하지만 그는 그 놀이를 중단하지 않았다. 그것만이 그가 서은희라는 늪에 함몰되는 것을 막아줄 수 있을 것 같았다. 벗어나게 할 수는 없더라도.

　때로 정석은 일부러 골목길에서 기다렸다가 영애보다 한참 늦게 집 안으로 들어가기도 했다. 대문이 없는 그 집은 어느 때고 바람처럼 드나들 수 있었다. 방들은 나란히 두 줄로 자리 잡고 있었지만 출입구는 모두 가운데 좁은 통로로 나있어서 변소가 있는 뒤란으로 돌아들면 왼쪽 방들의 뒤창들을 볼 수 있었다. 벽 가운데 시늉처럼 내놓은 구멍에다 잘 맞지도 않는 나뭇살로 창살을 만들어 창호지로 대충 붙여놓은 여닫이창은 요새 세상에 보기 드문 창이었다. 그러나 그는 창호지로 발라놓은 그 허술한 창이 좋았다. 영애가 연기 같고 혼백 같고 그렇게 아득하게만 여겨질 때 그는 그 방 창에 귀를 갖다 댔다. 그러면 딸그락거리며 새벽참을 준비하는 소리가 들려오기도 하고, 몸을 씻는 물소리가 들려오기도 했고, 때로는 그녀의 잠든 숨소리가 들려오기도 했다. 창호지 문은 귀에 닿는 감촉도 부드러웠고, 방안의 동정도 잘 전달해 주었다. 간혹 연탄이 꺼진 날이면 창호지의 감촉도 냉랭했다. 그러면 그는 얼른 자기 방으로 들어가 기다려야 했다. 불이 꺼지면 그녀가 밑불을 빌리러 오기 때문이었다. 이제는 제법 친해진 덕택에 불이 꺼지면 서로 밑불을 빌리는 정도는 스스럼없이 하게 되었다. 그도 연탄이 꺼지면 그녀에게 갔다. 방에 누워 그녀가 자기 방 앞으로 다가오는 발자국 소리를 가늠하다 부엌문을 두드리는 소리가 들리면, 그는 시치미를 떼고 문을 연다…… 어쩌죠? 구멍을 막는다고 막았는데도 다 타버렸어요. 미안해요…… 그녀는 어쩔 줄 몰라 하며 말을 꺼내고, 그는 밑불을 꺼내 들고 가 그녀의 부엌 아궁이에 넣어준다. 눈물겨운 순정이야, 새 연탄을 밑불 위에 올려놓고 불구멍을 맞추면서 그는 혼자 클클, 웃기도 했다. 밤새 불이 잘 피어올라 방이 따뜻하면 창호지의 감촉도 따뜻했다. 그럴 때면 그는 한참을 더 느긋하게 그러고 있다가 자기 방으로 돌아갔다. 살아만 있으면 되지, 어쩌다 자기도 모르게 그런 말이 입안에서 맴돌아 그는 흠칫 놀라기도 했다. 누구에게 한 말이었을까. 영애에게? 아니면 은희에게? 정석은 아무리 생각해도 제 마음을 알 수 없었다.

동쪽하늘로 희끄무레한 파아란 빛이 번져나간다. 새벽이 아침으로 접어들고 있었다. 야근이 한 시간 더 늦게 끝난 탓이었다. 첫 번째 네거리를 지나는데 벌써 어둠이 걷혀가고 있었다. 환한 길에서 김영애를 쫓아간 경험은 없었다. 주간근무는 어두워진 다음에 끝났고, 야간 근무는 어둠이 가시기 전에 끝나 언제나 어둠 속에서 그녀의 뒤를 쫓아갔기 때문이었다. 교도소 앞에 이르러야 겨우 어둠 속에 희끄무레한 파란 빛이 스미곤 했다. 아직도 거리에는 사람들이 없었다. 영애가 혹시라도 뒤를 돌아본다면 저 멀리서 자신을 바라보며 따라오고 있는 정석의 시선과 딱 부딪힐 터였다. 집이 같으니 이상하게 여기지 않을 수도 있었지만 정석은 자신의 이 놀이를 들키고 싶지 않았다. 몰래 그녀를 바라보며 걸어가는 이 은밀한 시간의 비밀이 깨지는 것이 싫었다. 그는 얼른 사람들이 나와 그와 그녀의 사이를 가려주길 바랬다.

하지만 영애는 오늘따라 거의 뛰다시피 종종걸음으로 가고 있었다. 제 앞의 무엇을 쫓아가는 듯 잰걸음으로 가는 그녀가 한가롭게 뒤를 돌아볼 것 같지는 않았다. 정석도 그만큼 걸음 속도를 더했다. 오늘 아침엔 새소리조차 들리지 않았다. 엊그제부터 도로를 뒤집어 놓은 공사 탓일까, 아니면 갑작스런 기온 하강 때문일까. 오늘 아침 날씨는 올 겨울 들어 가장 추운 날씨가 될 거라는 기상예보가 있었다. 살갗에 닿는 서늘한 촉감이 상쾌했다. 긴장을 풀기 위해 숨을 몰아쉬자 입김이 하얗게 뿜어져 나왔다. 주위의 어둠이 가시자 초록색 점퍼를 걸친 그녀의 뒷모습이 아침 거리 속에서 싱싱하게 솟아올랐다. 여름의 나뭇잎 같은 그 빛깔은 이런 날씨에 추워 보였다. 그녀는 예상대로 한 번도 뒤돌아보지 않았다. 갈수록 점점 걸음이 빨라지더니, 집 가까이 가서는 아예 뛰어갔다. 언제나 걸음이 느려지던 교도소 앞에서도 눈길 한번 주지 않았다. 추운 걸까, 정석은 골목으로 사라지는 그녀를 보곤 천천히 길을 건너 골목 입구에 서서 담배에 불을 붙였다. 낙엽 태우는 냄새가 스민 겨울 아침, 그 공기와 섞인 담배의 첫 모금은 몹시 만족스러웠다.

등교하는 학생들의 무리가 나타나기 시작했다. 길 건너 정류장엔 하나둘씩 기다리는 사람들이 늘었다. 골목에서 나오던 고등학생 하나가 그를 보고 꾸뻑 인사를 했다. 포항댁의 아들이었다.

"학교 가니?"

"네."

"그래, 얼른 가봐라."

그 말을 기다렸다는 듯 그 아이는 마침 차가 뜸해진 길을 잽싸게 달려서 건넜다. 건너편 정류장에 버스가 막 도착하고 있었다. 교복 자율화가 되어 사복을 입은 그의 모습은 초라하여 학생 같지 않고 음식점의 배달원같이 보였다.

정석은 천천히 걸어 집으로 들어갔다. 영애의 방 앞을 지나는데, 불빛이 어슴푸레하게 배어 나왔다. 씻고 잘 준비를 하겠지, 어쩌면 밥을 먹을지도 몰랐다.

정석은 제 방으로 들어갔다. 매일 하던 대로, 옷을 벗고, 부엌으로 나가 연탄을 갈고, 몸을 씻었다. 변소에도 다녀와야 했다. 트레이닝복으로 갈아입은 그는 부엌문을 밀고 나와 주인 방 귀퉁이에 걸려있는 열쇠를 집었다. 이 시간이면 까딱하면 줄을 서야 하는데, 지금은 비어있는 모양이었다. 변소는 뒤뜰로 돌아들어, 영애의 방 옆에서 조금 떨어진 곳에 있었다. 볼일을 보고 나오던 정석은 힐끗 그녀의 방 뒤창을 돌아보았다. 여닫이 창문이 활짝 열려있었다. 무슨 객기가 일었는지, 그는 자신도 모르게 끌리듯이 그 열린 창 앞으로 다가갔다. 그쪽은 길이 없는 뒤뜰이었다. 눈길이라도 부딪힌다면 할 말이 없었다. 그는 발걸음을 멈추었다. 차마 열린 창을 들여다보지는 못하고 벽에 붙어 가만히 귀를 기울여 보았다. 하지만 아무런 기척이 없었다. 잠시 멈칫거렸지만 그는 용기를 내어 불쑥 안을 들여다보았다.

영애는 앉은 채로 잠들어 있었다. 그 초록색 점퍼를 입은 채로 벽에 등을 기댄 채, 무릎 위에는 밥과 김치가 놓인 쟁반까지 얹혀져 있다. 고개는 푹 수그러져 있고, 손 역시 힘없이 방바닥에 떨어져 있다. 숟가락도 그 옆에 뒹굴고 있었다. 정석이 그와 똑같은 자세로 밥을 먹다가 자본 경험이 없었다면 그녀가 밥 먹다 숨이 끊어진 줄 알았을 것이다. 정석은 그 순간, 그 때까지 제 가슴 속에 매달려 있던 무언가가 그만 줄이 끊어지면서 쿵, 하고 떨어지는 소리를 들었다. 잠시 몸에 힘을 뺀 순간 급소에 적의 치명타를 입은 기분이었다. 그는 돌아서서 벽에 등을 기댄 채 눈을 감았다. 자신의 전열을 수습할 필요가 있었다. 애처로운 감정, 그깟 감상적 기분에 왜 자신은 기습이라도 당한 듯 가슴이 내려앉은 것일까.

김영애는 어제 새벽, 야간근무를 끝낸 뒤에 집으로 가지 않고 버스에 올랐다. 정석은 종일 자다 깨다 할 때마다 그녀의 기척에 귀를 기울였지만 그녀는 돌아오지 않았다. 회사에 출근해보니 그녀가 와있었다. 남들 다하기 싫어하는 무거운 박스 나르기를 맡겠다고 자청했을 때, 그녀가 한숨도 못 자고 왔다는 것을 알 수 있었다. 그 일은 남자들에게도 힘든 일이었다. 주로 남자들이 돌아가면서 했고 간혹 가다 정 졸린 사람들이 스스로 나서서 하는 일이었다. 계속해서 긴장하고 몸을 움직이기 때문에 가만히 서있거나 앉아서 콘베이어에 오는 물건들을 처리하는 단조로운 일보다는 졸음을 쫓기에 좋았다. 그러나 영애는 박스를 나르면서도 졸다시피 했다.

"미스 김, 눈 좀 뜨고 다녀!"

"영애야! 이불 갖다 줄까?"

동료들이 자기 옆을 지나는 영애를 일부러 큰소리로 놀려대며 잠을 깨워주려고 애썼다. 그 검은 눈동자가 내려앉은 눈꺼풀로 덮이다시피 했다. 그렇게 게슴츠레 눈을 뜬 채 무거운 박스를 겨우 들고 다니는 그녀의 모습은 안쓰럽기보다 우스웠다. 새벽 3시, 야식 시간에 라면 먹으러 식당에 갈 때도 그녀는 아무것도 먹지 않고 따뜻한 기계 사이에 몸을 파묻고 쪼그리고 앉아 30분 내내 잤다.

정석은 바지 주머니에서 담배를 꺼내 불을 붙였다. 폐의 구석구석까지 스미는 연기가 진정제처럼 마음을 가라앉혀 주었다. 그가 서있는 옆 창은 꼭 닫혀있는데도 아이들의 떠드는 소리와 텔레비전 소리로 소란스러웠다. 연탄 광 옆으로 늘어서 있는 뒷담 너머론 아직 일꾼들이 찾아오지 않은 빈 공장건물이 을씨년스럽게 서있었다. 그 위로 벌써 환한 햇살이 그 치맛자락을 펼치고 있었다. 이 여자를 사랑하게 될지도 모른다. 처음으로, 영애를 알게 된 후 처음으로 그런 분명한 한 줄의 생각이 그의 머릿속으로 파고들었다. 그는 담배연기를 가능한 오랫동안 폐 속에 넣고 있었다. 참을 수 없게 되어서야 그 연기를 뿜어내면서, 힘들여 서서히 그 연기를 뿜어내면서, 그는 그 담배연기가 빠져나갈 동안만 그 감정에 제동을 걸지 않기로 마음먹었다. 그러나 연기가 남김없이 그의 폐를 빠져나가자 그는 자신과의 약속대로 본래의 자신을 되찾았다. 이 것은 가벼운 놀이에 불과했다. 은희에게서 도망치고 싶은 그 위험을 다른 곳에서 다시 만날 생각은 없었다.

정석은 고개를 돌려 다시 방안을 들여다보았다. 영애는 여전히 그렇게 죽은 듯이 잠들어 있었다. 창을 넘어 들어가 저 여자를 편하게 눕혀주고 싶다는 생각이 간절히 들었다. 쟁반도 치워주고 점퍼도 벗겨주고 베게도 베어주고 싶다. 불도 꺼주고 창도 닫아주고 감은 눈 위에 입맞춤도 해주고 싶다. 오그리고 있는 몸도 펴주고…… 오그리고 있는 몸도 펴주고……

누이의 시신은 차마 눈뜨고 볼 수가 없다고 사람들이 그랬다. 그것은 깜빡 정신을 놓았다 새까맣게 탄 석쇠 위의 생선 같기도 하고, 복날이면 동네 뒷산에 올라가 어른들이 때려잡아 그슬려 놓은 개고기 같기도 했다. 그는 사람들을 따라 울었지만 그것이 누이의 몸이라고는 믿지 않았다. 늘 늦되었던 그는 열네 살이나 되었는데도 누이의 시신을 누이의 것으로 인정할 수 없었다. 그것은 처참하게 타서 오그라든 짐승의 시신일 뿐이었다. 그러나 세월이 흐를수록 그는 그 짐승의 시신이 바로 누이의 몸이었다는 사실을 점점 더 실감할 수밖에 없었다. 그는 그 몸을 펴주고 싶었다. 누이가 죽은 그때 그렇게 못해준 게 내내 가슴에 맺혔다. 이제라도 그는 누이의 팔도 펴주고 다리도 펴주고 목도 펴주고 그 몸에 새까맣게 붙어있는 그을음도 다 벗겨내 주고 싶었다. 몸도 다 씻겨주고 정결한 몸에 어울리는 흰 수의를 깨끗이 입혀 부슬부슬 흘러내리는 흙이 아니라 긁어내도 뭉쳐 떨어지는 찰진 흙 속에 묻어주고 싶었다.

가끔 그는 꿈을 꾸었다. 꿈속에서 그는 언덕을 올라간다. 언덕 위에는 사람들이 모여서 개를 때려잡아 불에 그슬리고 있다. 그들이 그를 오라고 손짓한다. 그는 가기 싫었지만 어쩔 수 없이 그리로 간다. 다가가 보면 그것은 개가 아니라 누이의 시신이었다. 검게 오그라든 잿덩이가 되어 나무에 거꾸로 매달려 있던 누이는 그를 보자 눈을 반짝 뜬다. 순간적으로 흠칫 놀랐던 그는 그 놀랐던 마음이 미안해 누이에게로 다가간다. 사람들이 달려들어 그를 막지만 그는 그들을 다 떨쳐낸다. 그리고 누이를 묶은 밧줄을 풀어준다. 그러나 오그라들어 구부러진 그 몸뚱이는 아무리 기를 써도 펴지지 않는다. 팔도 다리도 구부러진 목도 모든 것을 편하게 펴주고 싶었지만 아무리 애를 써도 그것들은 꿈쩍도 하지 않는다. 꿈속에서도 비지땀을 흘리고 있는 자신의 모습이 보였다. 그런 꿈에서 깬 날이면 그는 누이는 혼백조차도 오그리고 있으리라는 느낌이 들어 온몸이 오싹해지곤 했다.

어떤 때는 꿈속의 꿈을 꾸기도 했다. 그는 누이의 팔도 펴주고 다리

도 펴주고 목도 펴주고 그 몸에 새까맣게 붙어있는 그을음도 다 벗겨내
준다. 몸도 다 씻겨주고 그 정결한 몸에 어울리는 흰 수의를 깨끗이 입
혀 부슬부슬 흘러내리는 흙이 아니라 긁어내도 뭉쳐 떨어지는 찰진 흙
속에 묻어준다. 꿈속에서도 그는 너무나 행복해서 이제는 마음 편히 살
겠구나, 생각하는데 잠을 깬다. '꿈이었구나' 하는데 다시 거기서도
잠이 깨는 그런 꿈. 그는 자신이 지금 그녀에게 해주고 싶은 갈망들이
누이에게 해주고 싶었던 갈망들과 흡사하다는 걸 깨닫는다.

　아침 공기가 찼다. 정석은 영애가 깨지 않게 창문을 살며시 닫아준
다. 그가 그녀에게 해줄 수 있는 건 그게 전부였다. 그저 연민만으론 매
몰되지 않아. 저 여자에겐 공허도 격정도 없으니까. 내가 두려워하는
그 수렁들만 없다면 괜찮아. 내가 익사할 일은 없을 테니까.

　영애는 조금 있으면 깨어나, 어, 밥 먹다가도 잠을 자다니, 하고 혼자
놀라워하며 배시시 웃을 것이다.

9. 또 다른 놀이, 역시 기이하고 유치한

　은희는 방에 들어서자마자 무겁게 들고 온 옷 봉투들을 끌러 본다.

　일요일인데도 늦잠조차 자지 않고 새벽부터 남대문 시장을 뒤지고 돌
아다녀서, 내내 마음에 품고 있던 순애의 옷과 정석의 옷을 한 보따리
샀다. 오늘 저녁에 정석과 만나서 황해도집에 가기로 했으니, 한꺼번에
다 선물할 수 있을 것이다.

　은희는 며칠 전 예전 남자가 부어주던 적금을 깼다. 헤어지고도 그는

꾸준히 그 돈을 집어넣고 있었다. 그 돈으로 이것들을 장만한 것이다. 그 남자, 그의 이름은 한상민이었지만 한 번도 그를 상민씨라고 불러본 적은 없었다.

열아홉 살의 은희를 만났을 때 그는 서른 세 살이었다. 그녀보다 열네 살 위의 어른이었고, 회사의 상관이었다. 처음엔 그를 부장님이라고 불렀고, 어느 때부턴가는 그를 부르지 않게 되었다. 한상민, 그는 보통 남자들보다 훨씬 더 여리고 섬세하고 순하고 착했다. 그녀는 처음부터 그를 흠모했다. 까불거리고 선머슴애 같았던 그녀는 묘하게 여성적인 그에게 이끌렸다. 아버지가 너무 강하고 거친 남자였던 탓일까. 어머니는 언제나 그런 아버지 밑에서 숨죽여 살았다. 폭력을 휘두르고, 제멋대로 굴던 아버지, 은희는 남자는 다 아버지 같은 줄 알았고, 그래서 남자를 싫어했다.

막연한 흠모가 구체적인 한 남자에 대한 사랑으로 바뀐 것은 한 잔의 커피 때문이었다. 커피 심부름을 하던 은희가 잘못해서 그의 옷에 커피를 엎지르고 말았다. 유난히 하얗고 잘 다려진 그의 와이셔츠가 순식간에 갈색으로 얼룩졌다. 당황한 은희가 어쩔 줄 모르고 멍하니 서있을 때, 그는 아무렇지도 않은 듯 서둘지도 않은 채 천천히 화장실로 들어갔다 나왔다. 그 안에서 얼룩 부분을 빨고 나왔는지, 커피 얼룩은 말끔히 졌지만 와이셔츠는 앞이 몽땅 젖어 있었다. 하지만 그는 아무렇지도 않아 보였다. 지금도 생생히 기억하고 있는 그 장면. 은희는 망연히 그대로 서있을 뿐이었다. 그렇게 서있는 은희의 등을 그가 자상하게 두드렸다.

"왜 이러고 있어? 됐어. 금방 말라. 내가 원래 커피 마시다가 잘 엎지르거든. 이러고 들어가면 우리 와이프가, 이 덜렁이, 또 엎질렀구나,

그러는걸.”

그렇게 말하면서 그가 싱긋 웃어주었을 때였을까. 은희의 마음이 커피가 쏟아지듯 그의 마음 위로 온통 쏟아진 것은. 그의 입에서 정답게 발음되던 와이프란 말, 또 그 와이프가 했다는 덜렁이란 말, 그 말들은 그녀의 가슴에 하얀 레이스 커버를 덮은 식탁을 연상시켰다. 그 식탁 위에 꽂혀 있는 핑크 빛 튤립 세 송이까지 차례로 떠올랐다. 크지도 작지도 않은 키, 날렵하고 가는 편인 체격, 좁은 어깨, 하얗고 갸름한 얼굴, 말소리도 조용조용했던 그.

은희는 그길로 당장 돈을 빌려 깨끗한 와이셔츠 한 벌과 넥타이를 사서는 퇴근하는 한상민에게 내밀었다.

“이걸로 갈아입고 가세요. 아직 젖어 있잖아요.”

“아니, 이럴 필요……”

그가 안 받을까봐 두려워 그대로 돌아 나와 도망쳤던 은희였다. 다음날 그는 은희가 사준 와이셔츠를 입고 나왔다. 파란 바탕에 은빛 사선이 그어진 넥타이와 그 와이셔츠는 그의 모습을 이십대 청년처럼 상큼하게 보이게 했다. 그는 출근해서 은희를 만나자마자 그녀를 툭 치면서 농담을 했다.

“글쎄, 와이프가 은희 안목이 보통이 아니라고 칭찬하던데? 사이즈도 딱 맞고, 나한테 너무 잘 어울린대. 이담에 누군지 은희 데려갈 남자는 멋쟁이 소리 들을 거라고 전해 달래.”

상민은 그렇게 예의 ‘와이프’의 얘기만을 전해줬지만, 자신이 골라준 옷을 입은 그 남자의 모습을 본 순간, 은희는 그것만으로도 황홀했다. 너무도 잘 어울렸던 것이다. 그날 사원들은 모두 그를 부러워했다. 그녀가 커피를 나를 때마다 나한테도 좀 엎질러 봐, 하고 농담을 하기도 했다. 나이 어린데 참 염치 있고, 예의바르다는 칭찬도 들었던가. 하지만 그때 이미 그녀는 그를 마음에 품었던 것이다. 당장 그를 가슴에 품고 어루만지고 싶었던 마음을 자신은 그 옷으로 대체했을 뿐이었다. 그 옷의 천이 그의 피부를 감싸고 있다는 생각만으로도 그녀의 온몸은 감전이라도 된 것처럼 아찔했다. 단발머리에 감색 교복을 입고 있는 그녀는 지극히 평범한 여상 학생일 따름이었다. 그 누구도 그녀의 은밀한 마음을 눈치 채지 못했다. 그렇게 얼마를 혼자 마음 졸이며 지냈던가. 마침내 창사 기념 회식이 있던 날, 은희는 공들인 차림으로 나타났고, 단연코 시선을 집중시켰다. 문을 열고 들어선 그녀를 보는 순간, 그의 얼굴에 이는 홍조를 그녀는 놓치지 않았다.

은희는 풀던 옷 보따리를 팽개둔 채 담배를 찾는다. 그가 보고 싶었다. 혼이라도 되어 찾아가고 싶을 만큼 그가 그리웠다. 그녀는 일어서서 작은 들창을 열고 담배를 깊이 빨았다. 그를 기다리고 기다렸던 많은 날들, 그와 사랑을 나누던 행복했던 순간들, 그의 따듯한 눈동자와 자상한 입맞춤과 섬세한 손길과…… 그 모든 것이 다 그리웠다. 하지만 그 대가는 너무도 가혹했다. 헤어져 있으면 이렇게 그리워 할 수 있어도, 그를 보는 순간이면 온 혈관이 곤두섰다.

천천히 담배 한 대를 피우고, 연기를 완전히 몰아낸 다음에야 은희는 다시 옷 보따리를 잡아 당겼다. 순애를 위해서 산 자줏빛 터틀넥 스웨터와 회색 플레어스커트, 정석을 위해서 산 카키색 반코트와 검정 모직 바지가 나왔다. 자신을 위해서 그녀는 갈색 스웨이드 부츠를 샀다. 오랫동안 인조 가죽이 아닌 진짜 가죽으로 만든 고급 부츠를 신고 싶었다. 하지만 그녀의 마음에 들 정도면 몇 달을 굶어야 할 돈이었다. 마음에 쏙 드는 제품이 아니라면 차라리 인조 가죽의 싼 부츠 중에서 고르는 게 나았다. 상민에게 말하면 당장 사주었겠지만, 그녀는 입덧할 때 먹을 것을 사달라고 한 것을 빼고는 그에게 어떤 물건도, 돈도 요구한 적이 없었다. 이렇게 처음으로 그의 돈으로 원하는 것을 샀다. 새로운 애인의 옷까지, 흐흐.

은희는 옷들을 잘 펴서 옷걸이에 걸어 놓는다. 그리고 다시 주저앉아 조심스레 봉투 속의 것을 꺼낸다. 볼이 발그레한 아기 인형이 나왔다. 긴 속눈썹이 달린 눈깜빡이 인형이었지만 몸체는 부드러운 헝겊으로 되어 있었다. 입에 뚫린 구멍에 우윳병을 넣었다 뺐다 할 수 있게 만들어진 인형이었다. 옷을 사러 돌아다니다 문득 마주친 진열창의 인형이었다. 유모차에 앉혀져 있던 인형은 그녀를 보고 미소를 짓는 것만 같았다. 끌리듯이 아기용품점인 그 가게로 들어갔다. 주인은 파는 인형이 아니라고 했다. 외국에서 사온 인형이라 구할 수가 없는 데다 아기 옷을 입혀 전시하는 인형이라 팔 수 없다고 했다. 그런데도 은희는 간절하게 졸랐다. 주인은 난색을 표했다. 마침내 그녀는 거짓말을 했다.

"우리 아기가 얼마 전에 죽었거든요. 딱 저만 한데다 얼굴까지 닮았어요. 그래서 그래요."

주인의 얼굴이 하얗게 질렸다. 연민보다는 공포에 질린 표정이었다. 주인은 아무 말 않고 그 인형을 싸주었다. 그냥 선물하겠다고, 돈도 받지 않았다. 은희는 쫓겨나듯이 그 집에서 밀려 나왔다. 그녀는 가만히 인형을 들여다보았다. 여전히 환하게 웃고 있는 천진스런 얼굴이었다. 입에 뚫린 작은 구멍에 우윳병을 넣고, 우유를 먹이듯이 품에 안아 보았다. 폭신한 몸뚱이가 품에 쏙 들어왔다.

은희는 인형의 뺨에 뺨을 비볐다. 벽에 걸린 판넬의 사진이 눈에 들어왔다. 저것도 그런 식의 충동으로 산 것이었다. 남자 아이 둘과 여자

아이 하나가 앉아 있는 사진. 내 아이들은 남자 아이였을까, 여자 아이
였을까, 저 사진의 아이들에게 시선이 붙들린 채 그런 생각을 했고, 방
에 걸면 예뻐요, 하는 판넬 장사의 권유에 그냥 사들고 왔던 사진. 그
아이들 하나 하나에게 영이, 원이, 희야라고 이름도 붙여 주었다. '영
원히'에서 따온 말이었다. 가끔씩 그 앞에 서서 영이야, 원이야, 희야
야, 하고 불러보기까지 했다. 물론 오래 전의 일이었지만 그런 밥맛없
는 자신의 모습이 스스로가 보기에도 가증스러웠다. 쇼하고 있네, 놀고
있어, 정육점 도마 위에서 썰리고 있는 시뻘건 고깃덩이를 떠올리는 게
백 번 낫지, 흐흐, 쓰디쓴 웃음이 피를 뱉듯이 흘러나왔다. 그런데도 또
이런 짓을 저질렀다.

　그녀는 인형을 들어올린다. 내동댕이치고 싶다. 뭐 하는 짓이야, 웃
기고 있지, 내가, 내가 왜 이러는 거야, 네가 새끼를 낳아보기를 했어,
아직도 넌 처녀야, 스물 둘밖에 안됐어, 이런 일 흔한 일이야, 제발 이
러지 마, 은희야, 제발 이러지 마, 그 애들은 어디선가 좋은 부모 만나
서 새로 태어났을 거야, 네가 이러고 있는 게 더 안 좋아, 풀어 줘, 그
애들을, 풀어주라고!. 언제부터 니가 이렇게 모성애가 있었단 말이야,
철부지 스물 두 살짜리가, 언제부터 그렇게 도덕적이었다고 죄의식에
시달리는 거야, 이러지 마, 이러지 마…… 그녀의 귀에는 그런 음성이
쟁쟁하게 울렸다. 그녀는 들어 올린 인형의 얼굴을 다시 본다. 한없이
천진하고 사랑스러운 얼굴이 여전히 미소를 짓고 있다. 그녀의 마음이
가라앉는다. 그래, 쇼라도 좋아, 쇼라도 하고 싶어, 내가 하고 싶은 걸,
이 애에게 옷을 지어주고 싶어, 내 손으로, 그래, 그러자.

　은희는 인형을 내려놓고, 벌떡 일어나 커튼 뒤로 들어간다. 거기서
그녀는 반짓고리를 들고 나왔다. 뚜껑을 여니 여러 가지 자투리 천들이

나왔다. 그녀는 아이보리 빛깔의 벨로아 천을 꺼냈다. 그리고 인형의 몸을 줄자로 재어가며 재단을 했다. 어린 시절부터 눈썰미가 좋아 동생의 옷도 얼추 그럴듯하게 지어내던 그녀였다. 가위로 천을 잘라내고, 바늘에 실을 꿰어 꿰매기 시작했다. 그제야 그녀의 눈빛이 고요해졌다. 그 옆에 눕혀져 있는 인형은 이미 잠든 것처럼 눈을 감고 있었다.

10. 룸펜프롤레타리아

"어느 썩을 년놈이 또 수도를 잠궜어-어-?"

포항댁의 악쓰는 소리에 정석은 잠에서 깼다. 그의 방은 바로 수돗가 옆이라 거기서 나는 소리들이 속속들이 잘 들렸다. 더군다나 포항댁의 커다란 고함 소리는 고막에다 대고 직접 소리를 쏟아 붓는 것만 같았다. 누가 또 깜빡 잊고 수돗물을 잠근 모양이었다. 여덟 식구가 한꺼번에 쓰는 그 공동 수도는 종태 엄마가 종태 어릴 때 쓰던 포대기와 비닐로 정성껏 꽁꽁 싸매 놓았지만 틀어놓지 않으면 얼어버렸다. 그래서 날이 추워졌다 싶으면 사람들은 시키지 않아도 알아서 수도꼭지를 조금씩 틀어놓았다. 밤새 졸졸 흘러내린 물이 작은 빙산처럼 솟아있는 게 보이면 또다시 겨울이 온 것이었다.

하지만 사람의 습관이란 게 무서운 건지 누군가 꼭 무심결에 수도를 잠그는 사람이 생겨나 언 수도꼭지를 붙들고 악다구니를 쓰는 아침이 사흘들이로 벌어지곤 했다. 그러면 사람들은 저마다 자기의 결백을 증명하기 위해, 대체 누구야, 이젠 밤마다 보초를 세워야지, 이거 살겠어,

라든가, 안 그래도 내가 12시에 나와서 물이 잘 틀어져 있나 한 번 더 확인을 하고 잤는데, 이게 또 웬일이야, 라는 둥 더 큰 목소리로 보이지 않는 범인을 성토하고, 자신의 알리바이를 떠들어댔다. 그 또한 이 집 안의 매년 되풀이되는 낯익은 겨울 풍경이었다.

하지만 오늘은 좀 이른 소동인 듯했다. 사방이 아직도 깜깜했다. 머리맡의 라이터를 켜서 시계를 들여다보니 바늘은 다섯 시 정각을 가리키고 있었다. 정석은 다시 잠을 청했다. 수도가 어는 일은 골치 아픈 일이었다. 모두들 뜨거운 물을 쏟아 부으며 한바탕 난리를 치를 터였다. 하지만 지금 그는 더 자고 싶었다. 주간 근무지만 일곱 시까지는 잘 수 있었다. 게다가 자신의 부엌에는 세수하고 양치질할 물 정도는 늘 구비되어 있었다. 그는 다시 이불을 코까지 끌어당기고 눈을 감았다. 그때였다.

"내 방 연탄 빼간 육시럴 놈이 누구랑께? 가뜩이나 홀애비가 긴긴 동짓달 밤에 방구들이 등짝이 구워지게 뜨끈거려도 잠을 못 이룰 판인디, 시상에, 살다 살다 생연탄 훔쳐가는 놈은 봐도 이런 미친놈은 첨 본당께, 첨 봐. 아, 글씨, 척하니 잘 붙은 불을 빼가고 다 탄 연탄재 위에 생연탄만 얹어놨으니, 그기 뭔 짓거리여? 가져 갈라면 제대로 불이나 갈아놓고 가져가든가, 내 이 도둑놈을 어데서 찾아? 내 손에 잡히기만 해봐라. 눈알을 후벼파 버릴 거니께."

이번에는 주인 방 옆에 사는 홀아비 박씨의 구성진 목소리였다. 홀아비 박씨의 방은 이 집의 방 중에서도 가장 작은 방이었고, 부엌도 딸려 있지 않은 달랑 방 한 칸이라 문 앞에 신발이 놓여있는 유일한 방이었고, 아궁이도 그대로 바깥에 드러나 있었다. 원래 홀아비는 아니었고, 여름까지도 처와 어린 아들을 데리고 같이 살았는데, 어느 날 여자가 아이를 데리고 도망가 버린 뒤로부터 졸지에 홀아비로 불리게 된 것이다. 하지만 그런 비극을 겪었어도 그의 악다구니는 청승맞은 가락이 있어서 오히려 그렇게 욕할 기회를 얻어 신이 난 사람처럼 보였다.

"아저씨 방 불도 빼갔어요? 그저껜 내 방 불을 빼가서 냉방에서 자는 바람에 벽돌 나르다 등골이 쑤셔서 죽을 뻔했는디…… 우리 집에 도둑놈인지 년인지 있기는 있는 게 확실한 게벼."

굵직하고 느릿한 음성, 장단을 맞추는 총각은 박씨의 옆방에 사는 노가다 총각이었다. 이 집 식구들은 정석은 얌전이 총각이라 부르고 막노동을 하는 그는 노가다 총각이라 불렀다.

"왜 이렇게 꼭두새벽부터 시끄러워?"

드르륵, 문 열리는 소리와 함께 종태 아빠의 약간 쉰 듯한 걸걸한 목소리도 덧붙었다. 그 역시 공사 현장에서 십장 노릇으로 뼈가 굵은 사람이었다. 하관이 빠른 얼굴이 검객처럼 날카롭게 생긴 데다 눈빛까지 살기가 돌 만큼 예리해 웬만한 사람들은 한번만 쳐다봐도 주눅이 들 지경이었다. 보통 땐 잘 지냈지만, 종태 엄마랑 어쩌다 부부싸움을 할 때면 실제로 시퍼런 부엌칼을 들고 설쳐댔고, 종태 엄마 역시 절대로 지는 법이 없이 달려들어 두 사람의 싸움은 여느 집 부부싸움하고는 차원이 달랐다. 술집에 있는 년을 빼왔더니 은혜도 모르고…… 그가 싸울 때면 하도 큰 소리로 그런 말을 떠들어대서 이 집 사람들은 어느새 종태 엄마가 술집 출신인 것을 다 알게 되었다. 누가 빼 달랬어, 빼다가 이렇게 죽도록 고생만 시키면서, 내가 미쳤지, 그때 눈이 뒤집혀서 너 겉은 놈한테 붙어오다니, 이제라도 갈라서. 그럼 끝이야. 아직 신고도 안 했는데, 너나 나나 둘 다 처녀 총각이라구…… 종태 엄마의 악다구니 속에서 그들이 무슨 사정인지는 몰라도 아직 혼인신고를 안 하고 있다는 것까지도 사람들은 다 알게 되었다. 그러나 그런 일만 없다면 그 부부는 다른 누구보다도 경우 바르고 정 많은 사람들이었다. 주인이라고 텃세를 부리거나 싫은 말 하는 법도 없었다. 하긴 주인 방이 이 집에서 홀아비 박씨 방 다음으로 가장 작은 방이기도 했다.

"뭐야? 수도 녹인 지 며칠 됐다구 또 잠궈 놨어? 아유, 내가 미쳐!"

허겁지겁 나왔는지 종태 엄마의 목소리까지 섞여 들렸다. 새벽 출근자들이 총출동을 했군, 총출동을 했어. 정석은 시끄러워 잠이 들지 못해 투덜거리며 몸을 뒤척였다. 하지만 노가다 총각의 얘기를 듣다보니 그 역시 며칠 전에 자다가 불이 꺼져 새벽참에 깬 생각이 났다. 그냥 뭐가 잘못돼서 꺼졌나, 없던 일이라 이상하게 생각됐지만 그대로 내처 자고 저녁에 돌아와 불을 피웠다. 그런데 아궁이를 열어보니 분명 저녁에 불을 갈 때 밑불이 좋았는데, 덜렁 하나도 타지 않은 새 탄이 놓여져 있었다. 그때도 이상하다, 하고 고개를 갸우뚱했는데 오늘 소동을 들으니 뭔가 짚이는 데가 있었다. 누군가 연탄불을 갈 줄도 모르는 사람이 자기 딴에는 새 연탄을 가져다주고 불붙은 연탄을 바꿔간 모양이었다. 그런데 거의 다 타버린 재 위에 덜렁 생연탄만 올려놨으니, 불이 그대로 꺼지고 말 수밖에. 바깥사람들의 말하는 품도 자기들끼리 떠든다기보다는 마음에 짚이는 데를 두고 들으라고 함께 떠들어대는 것이었다.

아닌 게 아니라 옆방에서 소곤대는 소리가 들려왔다. 어찌나 작게 소곤거리는지 내용을 알 수는 없었지만 당황해서 의논을 하는 소리임엔 분명했다. 그냥 모른 척해야지, 어떻게 해, 어휴, 니가 불을 잘못 갈아서 그래, 그런 말들이 간간이 섞여 들렸다. 그 전에 살던 노점상 아저씨네 식구가 나가고 옆방의 세 사람이 새로 이사 온 지는 일주일도 안 되었지만 그들은 이 집에 사는 모든 사람들의 호기심을 불러일으키는데 부족함이 없었다. 그들은 젊은 남자 하나와 젊은 여자 둘이었는데, 우선 그 관계가 참 묘했다. 자기들이 얘기하기론 두 남녀는 남매이고, 한 여자는 그 여동생의 친구라는데 전혀 그런 분위기가 아니었다. 사람들은 앞에서는 믿어주는 척 고개를 끄떡였지만, 아무도 그 말을 믿지 않았다. 남매 좋아하네, 언젠가 그 방을 가리키며 인주네는 정석에게도 입을 삐쭉거렸다. 그렇지만 달리 납득이 가는 관계도 없었다. 다 큰 남녀가 남남인데 그런 식으로 살 수는 없었고, 그렇다고 두 남녀가 애인이나 부부 사이라면 다른 여자의 관계는 도무지 아리송했다. 어쩔 수 없는 형편에 그리 살 수도 있겠는데, 그렇다면 굳이 숨길 리가 없었다. 어쨌든 그들의 분위기는 전혀 남매 같지 않아 보였다.

그들은 모든 데서 이상했다. 얼굴은 세 사람이 모두 생전 구정물 근처에도 안 가본 사람인 양 희멀갰고, 나이도 모두 어려 보였다. 게다가 한 여자만 빼고 두 남녀는 안경까지 쓰고 있었다. 무엇보다도 이상한 점은 그들이 종일 방에서 뒹군다는 점이었다. 그것도 남자 하나와 여자 둘이서 하루 종일 문 밖 출입을 안 했다. 어쩌다 가끔 나갔다 오는 일도 있었지만 아주 드문 일이었고, 그 외에는 수돗가에 나와 물을 뜨거나 빨래하는 일밖에 없었다. 그리고 그들은 다 큰 어른이 그렇게 하루 종일 방구들만 지고 있으면 사람들 눈에 이상하게 여겨진다는 사실 자체를 모르고 있는 듯했다.

며칠 전에 수돗가에서 종태 엄마가, 뭘 해먹고 살아, 그 방구들에서 돈이라도 나오나, 하고, 마침 쌀을 씻으러 나온 여자한테 말을 건넨 적이 있었다. 그러자 그녀는 얼굴이 새빨개지며, 월세만 밀리지 않으면 되지 않아요, 하고 몹시 화가 난 목소리로 톡 쏘아대고는 씻던 쌀도 다

씻지 않고 팽하니 들어가 버렸다. 어느 집 종잔지 싸가지는 쥐뿔도 없네, 종태 엄마는 그 뒷모습에 대고 들으라는 듯이 큰소리로 말했다. 하지만 그 여자는 돌아보지 않고 얼른 부엌문을 열고 들어가 버렸다. 그 모양이니 그 방 식구들과 이 집의 원래 구성원 사이에는 어느 새 보이지 않는 팽팽한 전선이 형성되고 말았다. 정석만은 별로 그런 생각이 없는데도, 아주머니들은 그를 볼 때마다 적의 동정이라도 알려주듯이 하나씩 흉볼 거리를 찾아 속삭여주곤 했다. 하여튼 모든 게 이상한 이방인들이어서 졸지에 이 집 식구들은 토박이로서의 텃세를 부리게 된 것이었다.

"하이고, 연탄가스 마실까봐 부엌문도 열어놓고 잤는데 이젠 그 짓도 못하겠네. 문둥이 콧속에 마늘을 빼묵제, 그래, 자고 있는 사람 연탄을 빼가?"

"포항댁, 내 보아허니 연탄 빼간 그 년인지 놈인지가 분명 그 수도꼭지도 고러크름 야무지게 잠궜을 끼요, 아, 하나를 보면 열을 알지, 안 그러오?"

포항댁과 박씨, 그러고 보니 과부와 홀아비 한 쌍이 서로 대거리를 하는 그 말들은 누가 들어도 옆방 사람들 들으라고 하는 말이었다. 옆방에서 또 무언가 소곤소곤하는 소리가 들려왔다. 그러다 날카로운 여자 목소리 하나가 그 소곤거림을 깼다. 그 소리는 정석의 귀에까지 똑똑히 들려왔다. 빌어먹을 룸펜 프롤레타리아, 여자의 목소리처럼 생급스럽고 똑똑 부러지는 말이었다. 룸. 펜. 프. 롤. 레. 타 .리. 아…… 정석은 그 말을 입 속으로 한 음절씩 따라 해보았다. 알듯 말듯 한 말이었다. 룸펜이라면 그가 알기로 직업도 없이 빈둥거리는 사람을 뜻했다. 우리말로 놈팽이였다. 프롤레타리아라면 학교 때 반공도덕이나 국민 윤리에서 많이 들은 말이었다. 공산주의에서 사람을 그렇게 가른다고 했다. 그의 생각에 부르주아는 돈 많은 사람, 프롤레타리아는 가난뱅이였다. 그렇다면 룸펜 프롤레타리아란 무슨 말일까, 가난한 놈팽인가, 가난한 놈팽이라면 저렇게 새벽부터 일하러 나가는 포항댁이나 박씨한테는 맞는 말이 아니었다. 그들은 가난하긴 해도 놈팽이일 수는 없었다. 그러고 보니 옆방에서 뒹굴고 있는 저 사람들이야말로 그 말에 딱 맞았다. 그런데 누가 누구를 욕하는가.

그러나 그런 의미의 분석보다는 어떤 경우에도 종이 위의 글자로나 써있을 것만 같은 그런 말이 사람의 입에서, 그것도 '빌어먹을' 이라는 낯익은 말과 함께 아주 자연스럽게, 흔히 쓰는 말처럼 흘러나왔다는 사실이 그에게는 묘하게 느껴졌다. 룸펜 프롤레타리아, 그는 한 번 더 그 말을 입 속에서 뇌어 보았다. 그 말은 계장이 즐겨 쓰는 인스피레이션이니, 아이덴티티 같은 말처럼 허공에서 겉돌았다. 뜻을 알아도 무언가 녹아들지 않는 느낌, 꼭 외래어라서 그런 것은 아니었다. 도대체 저 사람들은 뭐 하는 사람들일까, 아무리 생각해도 알 수 없는 이상한 사람들이었다.

바깥에서 한참들 떠들던 소리도 어느새 사라졌다. 저들에게 무엇보다도 다급한 일은 밥벌이였다. 잘못하면 늦을 판이었다. 정석은 다시 눈을 붙였다. 잠은 쉽게 들지 않고, 룸펜 프롤레타리아, 룸펜 프롤레타리아란 말만 입 속에서 계속 굴렀다.

"정석씨, 출근 안 해요?"

정석은 깜짝 놀라 잠에서 깼다. 영애가 밖에서 문을 두드리고 있었다. 시계를 보니 7시 반이 넘었다. 새벽에 깼다 잠드는 바람에 깊이 잠들었던 모양이다. 그는 뛰쳐나가 부엌문을 열었다. 출근 준비를 끝낸 그녀가 문 앞에 서있었다.

"피곤해서 못 깨는 것 같아서요. 자명종은 아까 울렸는데 계속 기척이 없잖아요……"

그랬다. 얼결에 시계를 눌러 끄고 내처 잔 것이다.

"고마워요."

정석은 머리를 긁적이며 멋쩍게 웃었다.

"얼른 준비하세요. 그럼 먼저 나갈게요."

정석은 부리나케 준비를 서둘렀다. 나갈 때 보니 종태 엄마가 수돗가에서 연신 뜨거운 물을 퍼붓고 있었다. 아직도 녹여내질 못한 모양이었다. 옆방은 깊이 잠들었는지 기척도 없었다.

"또 얼었나 봐요."

정석은 막상 종태 엄마를 보니 미안한 생각이 들어 괜히 빈말을 던졌다. 종태 엄마가 옆방을 향해 고개를 돌리며 소리 없이 종주먹질을 했다. 그는 그냥 웃을 수밖에 없었다.

"못 도와드리고 나가야겠네요."

그러자 종태 엄마는 손사래를 치며 말했다.

"아휴, 무슨 말이야, 출근하는 사람이야 나가야지. 방구석에 있으면서도 코빼기도 안 내미는 사람들도 있는데. 제 발이 저려서 그런 건지, 내 참. 똥 싼 사람 따로 있고, 치우는 사람 따로 있고."

정석은 말없이 고개만 까딱이고 집을 나섰다. 골목에는 허연 연탄재가 뿌려져 있었다. 아침 내 그 집안에서 울려 퍼지던 진득한 욕설들이 부서져 쌓인 듯한 그 허연 연탄재는 그 집 입구부터 골목 끝까지 발 디디기 좋게 잘 뿌려져 있었다. 포장 안 된 그 진흙길은 비가 오거나 눈이 온 뒤면 꽁꽁 얼어붙어 걸음을 떼기가 어려웠기 때문이다. 이를테면 그 골목길은 지금 연탄재로 포장이 되어 있는 셈이었다. 그가 그 연탄재 길을 종종걸음으로 걸어 막 골목을 벗어나는데, 뜻밖에도 영애가 거기서 그를 기다리고 있었다.

"기다려도 안 나와서 막 가려던 참이었어요. 할 얘기도 있고 해서 같이 가려고 기다렸거든요. 근데 혹시 나랑 소문날까봐 무서워서 일부러 피하는 건 아녜요?"

영애의 웃음기 묻은 말에 정석도 그냥 말없이 웃었다. 겨울바람이 찼다. 매일 그녀의 뒤를 멀찌감치 떨어져 따라가는 데 익숙해진 탓인가. 그는 그녀와 나란히 걸어가는 일이 어색했다.

"진작 얘기하려고 했는데, 계속 정석씨랑 근무가 달라서요. 다른 게 아니고, 애들이 오늘 내 방에 놀러오기로 했거든요. 오늘은 잔업 안 한다고 했잖아요. 그냥 집들이 겸 크리스마스 파티 겸……"

"크리스마스요? 벌써?"

"다음 준데요, 뭐. 하지만 그땐 우리 회사 제일 바쁠 때잖아요? 내일부턴 휴일도 없이 내내 연장근무 한다던데요, 구정까지? 오늘이 놀 수 있는 마지막 날이래요."

그랬다. 지금은 발렌타인 제과가 일 년 중 가장 바쁜 때였다. 그렇게 돌리기 위해 오늘 마지막으로 잔업을 빼준다고 한 것이다.

"남자들은 안 불렀지만, 정석씨는 한 집 사니까. 이따 저녁이나 같이 먹어요. 홍섭씨나 연락되면 야간 들어가기 전에 들렀다 가라고 하던가요."

정석은 약간 당황스러웠다. 그런 자리는 늘 피해왔던 것이다. 그가 대답이 없자 영애는 부드럽게 덧붙여 말했다.

"뭐, 그냥 떡볶이나 잔뜩 할 거예요. 국이나 끓이고…… 부르러 갈 테니까 다른 데만 가지 마세요."

"내가 끼면 어색하지 않을까요? 방도 좁을 텐데……"

정석이 마지못해 입을 열었다.

"아녜요. 애들이 정석씨는 꼭 부르래요. 한집 사는데…… 부담이 되면 그냥 잠깐, 저녁만이라도 같이 먹어요."

정석은 고개를 끄떡였다. 한 집에 있으면서 같은 공장 사람들이 놀러 왔는데 모르는 척하기도 힘들 것이다. 그는 홍섭을 불러야겠다고 생각했다.

"저…… 사실은……"

영애는 무언가 아주 힘든 얘기를 꺼낼 듯이 뜸을 들였다. 정석은 고개를 돌려 그녀를 바라보았다. 그녀는 고개를 숙인 채 눈을 내리깔고 있었다. 언제나 상대방의 눈을 똑바로 바라보고 얘기하는 그녀의 모습에 익숙해 있던 정석은 무슨 말을 하려고 저렇게 힘들어 하나 싶어 의아했다. 찬바람에 텄는지 그녀의 뺨이 갈라져 있는 게 보였다. 어느 순간 갑자기 그녀가 고개를 쳐들었다. 그녀의 눈길이 그의 시선과 딱 부딪혔다. 둘은 엉겁결에 서로 고개를 돌렸다. 하지만 영애는 금세 보통 때의 모습으로 돌아와 다시 그를 바라보더니 결심한 듯 줄줄 얘기를 쏟았다.

"애들이랑 모임을 하나 만들기로 했는데요. 우리 사는 게 사실 책 한 줄 읽을 여유가 없잖아요? 그래서 같이 모여 책도 읽고 느낌도 얘기하고 그러다 쫄면도 같이 먹으러 가고, 뭐 그런 모임이에요. 근데 홍섭씨 말 들으니까 정석씨도 책을 좋아한다고 그래서요. 같이 해볼 생각 없으세요?"

영애는 암기 숙제를 선생님 앞에서 외우는 학생처럼 숨도 쉬지 않고 그 말을 쭉 뱉더니 그제야 다시 그를 보고 생긋, 웃었다. 다 외웠죠, 하고 묻는 것 같은 천진한 웃음.

그 말이 그렇게 힘들었던가, 정석은 긴장했던 자신이 우스웠다. 이즈음 영애는 집에 곧장 가는 법이 없었다. 친구들과 늘 어울려 다녔다. 떡볶이집 앞이나, 다방 앞에서 그녀를 좇는 일을 멈춰야 할 때가 많았다. 친구네도 많이 놀러 가는지, 다른 방향으로 가는 날도 있었다. 그러더니 아예 그런 모임을 만들기로 한 모양이었다. 정석은 자신을 그런 모임에 끼울 생각을 한 게 우스워, 허허, 웃었다.

"나더러 거기 끼라구요?"

"끼면 안 되나요, 뭐? "

영애는 이제 편안해진듯 경쾌하게 말했다. 애초에 기대를 안 했던 게 분명했다. 그냥 해본 말이었나 보았다.

"에이, 다 큰 남자가 무슨……"

정석도 장난스럽게 말했다.

"참, 정석씨가 나이를 먹었으면 얼마나 먹었다구, 겨우 스물여섯이면서……"

하지만 영애 역시 혼자 쿡쿡, 웃었다. 정석이 꿔다 놓은 보릿자루같이 자기들 모임에 끼여 있는 게 상상이 된 모양이다. 더 이상은 그녀도 그 일에 대해 말을 꺼내지 않았다.

"그런데 어딜 그렇게 자주 가요? 잠도 안 자고……"

이제는 긴장이 풀린 정석이 넌지시 물음을 던졌다. 영애는 외출이 잦아서 제대로 자지도 못한 채 출근하는 날이 많았고, 주말에도 자고 들어오는 일이 흔했다. 이즈음에는 주말이면 거의 언제나 방을 비웠다.

그녀는 그를 한번 바라보더니 다시 고개를 돌리면서 말했다.

"언니네 가요, 조카 보러…… 회사 친구들이랑 놀러가기도 하구요."

"언니가 있어요? 홍섭이가 맏딸이라던데."

"아, 사촌 언니요."

주인 방에 대고, 아주머니, 언니네 가서 자고 올게요, 하고 외치는 영애의 목소리를 정석은 주말마다 듣곤 했다. 외박을 할 때마다 꼬박꼬박 종태 엄마에게 보고를 하고 가는 모습도 신기했다. 누가 뭐라나, 하지만 그녀는 언제나 주변사람들의 시선을 의식했다. 집안에서도, 공장에서도 언제나 깍듯하고, 무엇이든 몸을 아끼지 않고 했다. 공장 사람들이나 집안사람들이 그녀라면 입에 거품을 물고, 요즘 처녀 같잖아, 하고 칭찬을 하는 건 당연했다.

그러나 정석에게는 그 모습이 무언가 주변에 모범을 보여야 한다는 강박관념에 빠져있는 사람처럼 여겨져서 안타까웠다. 잠시 말이 끊어졌다. 두 사람은 앞만 바라보고 걸었다. 길 건너 하얀 망루 옆에는 키 큰 은사시 나무들이 나란히 줄지어 서있었다. 그것들은 손이라도 잡고 서있는 것처럼 옆옆이 서있었지만 어쩐지 한 그루씩 따로 서있는 것처럼 보였다. 이파리가 다 떨어진 벗은 나무인 탓일까, 하얀 줄기가 추워 보인 탓일까. 그 나무들은 외로워 보였다. 그렇게 영애가 주말에 긴 시간 집을 비울 경우 그 방의 연탄은 반드시 꺼졌다. 그녀는 일하느라고 꺼뜨린 연탄에 대해서는 당당하게 밑불을 빌리러 왔지만, 놀러갔다 꺼뜨린 연탄에 대해서는 책임감을 느끼는지 매번 번개탄으로 힘들여 불을 붙이곤 했다. 그가 말없이 연탄을 빼서 들고 가면 그녀는 어쩔 줄 몰라 했다. 방을 비울 때면 자기가 불을 갈아주겠다고 그가 먼저 제안을 했다. 그녀는 몹시 당황스러워했다. 내가 비울 땐 영애씨가 갈아주면 되죠, 말은 그렇게 했지만 이즈음 그는 집을 비우는 일이 거의 없었다. 은희와 근무가 같을 때도 그녀가 만나자고 하지 않는 이상 정석은 먼저 그녀를 찾아가지 않으려고 애썼다. 그는 노력하고 있었다. 일부러 그러시진 말고, 그냥 집에 계실 때면…… 영애는 말끝을 얼버무렸다. 그 다음부터 영애는 긴 외출을 할 때면 방에만 자물쇠를 걸고 부엌의 자물쇠는 치웠다. 그러다 언제부턴가 아예 회사에 갈 때에도 그렇게 하기 시작했다. 그렇게 하는 쪽이 사람이 있는 것처럼 보여서 훨씬 낫기도 했다. 사실 부엌에야 가져갈 것도 없었다. 연탄 도둑도 낮에는 사람 눈이 무서워 못할 터였다.

"그 '심각한 사이' 인 애인한테도 가겠지요?"

전혀 그 생각을 하고 있었던 게 아니었는데, 정석의 입에서는 불쑥 그런 말이 나왔다. 장난기가 묻어있는 말이었다.

"물론이죠."

영애 역시 산뜻하게 대답하면서 정석을 보고 웃었다. 그도 그녀를 보며 웃었다. 그의 웃음을 바라보던 그녀가 잠시 멈칫하더니, 조용히 말을 덧붙였다.

"난 비밀이 많은 사람이에요."

그 말을 들은 순간 정석은 왜 그런 생각이 들었을까. 어쩌면 그녀가 한 번 결혼했던 여자일지도 모른다는 생각이 번쩍하고 스쳐 지나갔다. 비밀이라는, 은밀한 단어 탓이었을까. 때로 그녀는 스물 둘이라는 나이에 비해 지나치게 침착해 보일 때가 있었다. 처음 정석은 그녀를 밝고 철모르는 처녀로만 보았다. 그리고 그녀에겐 그런 분위기가 확실히 있었다. 하지만 어떤 순간, 그녀가 또래의 다른 아가씨들과는 전혀 다른 분위기를 풍길 때가 있었다. 의식할 수 없을 정도로 짧은 순간이었지만 지워버릴 수 없는 모습이었다. 사연이나 상처 같은 걸 많이 지닌 듯한.

비밀이 많다는 건 그런 뜻인가. 스물 둘은 얼마든지 사연과 상처를 지닐 수 있는 나이였다. 하긴 상관없는 일이었다. 한 번 결혼했던 여자든, 지금 남자랑 심각한 관계든 그와는 하등 상관없는 일이었다. 그는 아무 것도 더는 묻지 않았다. 잠시 두 사람은 어색한 침묵 속에 걸었다.

"정석씨, 형제는 어떻게 돼요?"

영애의 그 질문은 어색한 침묵을 깨려는 억지 질문 같았다.

"지금은 혼자예요. 누나가 있었는데 죽었어요."

정석은 심상하게 대답했다.

"왜요?"

영애 역시 다른 질문과 똑같이 아무렇지도 않게 물었다.

"봉제공장 시다였는데 공장에 불이 났어요."

영애가 걸음을 멈추고 정석을 바라보았다.

"밖에 자물쇠를 걸어놓는 바람에…… 안에 있던 사람은 다 죽었어요. 네 사람이 있었는데……"

정석은 아주 이상하게 누이 얘기를 한다는 생각이 들었다. 누구에게도 하지 않은 얘기였다. 은희에게조차 그저 누이가 어려서 죽은 걸로만 얘기했지 어떻게 죽었는지에 대해서는 말하지 않았다. 은희야 제 상처만으로도 너무 무거워 보여 그런 얘기까지 할 마음이 나지 않기도 했다. 세상엔 젊어 죽는 사람이 하도 많으니, 그녀는 궁금해 하지도 않았다. 죽을 일이야 널려 있었다. 물에 빠질 수도 있고, 차에 치일 수도 있고, 병들어 죽을 수도 있었다. 죽는다는 일은 흔한 일이었고, 나이 어려 죽는다는 것도 그리 드문 일은 아니었다.

영애가 물었다.

"사람이 안에 있는 줄 모르고 그랬군요."

너무도 굳은 신뢰, 확신이 가득한 영애의 눈을 보자 정석은 왠지 반발이 일었다.

"모르긴요. 그 네 사람은 다 거기서 먹고 자던 시다였어요. 누나가 열여섯 살이었는데, 제일 나이가 많았죠. 시다들 중에서는. 나머지는 열다섯 살이 두 사람이었고, 열네 살짜리도 있었지요."

정석은 멈춰 선 채 그녀를 똑바로 바라보고 말했다.

"근데 왜 자물쇠를?"

영애의 눈동자는 이제 풀리지 않는 의혹으로 가득 찼다. 정석은 다시 앞을 보고 발걸음을 떼었다.

"점퍼 만드는 공장인데, 물건 훔쳐갈까봐서 그랬지요. 사장이 그렇게 밤마다 잠가놓고 집에 갔어요. 그 날만 그런 게 아니고…… 네 사람 모두 문 앞에 엉켜서 타죽었어요."

영애는 한 발짝 뒤쳐져 그를 따라왔다. 더 이상 그녀는 아무 말도 하지 않았다. 정석은 혼자 앞서 걸어가다가 문득 뒤를 돌아보았다. 그녀는 당황해하며 고개를 숙였다. 그러나 뜻밖에도 그 얼굴은 온통 눈물범벅이었다. 참, 어떻게 소리도 안내고 저렇게 울 수가 있나, 정석은 혀를 찼다. 그는 내처 말없이 걸음을 빨리 했다. 그녀도 눈물을 닦고 그의 걸음을 따라잡았다. 괜히 얘기를 꺼냈구나, 후회가 몰려왔다. 생각할수록 영애의 눈물이 불쾌했다. 그녀는 아무 상관이 없는 사람이 아닌가. 자기가 뭐라고 눈물을 저렇게 쉽게 흘린단 말인가. 괜히 얘기했다.

어릴 때 만화방에서 읽었던 만화의 한 장면이 까닭 없이 떠올랐다. 앞뒤 줄거리는 전혀 생각나지 않았다. 어떤 부잣집 딸이 있었다. 그리

고 가난한 남자가 있었다. 사연이 어떻게 됐는지는 모르겠는데, 어쨌
든 그는 어느 날 그 부잣집의 자가용을 몰고 그 여자를 태우고 빈민가
를 지나게 되었다. 그 여자는 처음으로 그렇게 비참하게 사는 사람들을
본 것이다. 그 여자는 차를 세우게 한다. 그러더니 내려서 멀리 있는 그
들을 보며 눈물을 주르르 흘린다. 그러자 그 남자가 그 여자에게 다가
가 뺨을 후려갈긴다. 여자는 놀라서 뺨을 붙잡고 소리친다. 왜 때리느
냐고, 그러자 남자는 말없이 운전석에 올라타 그곳을 빠져나가 버린다.
왜 갑자기 얼토당토않게 그 만화가 떠오른 걸까.

그걸 처음 읽었던 어린 시절, 정석은 이상하게도 그 장면이 며칠 내
내 머리에서 떠나지 않았다. 그 남자의 행동이 몹시 후련했던 것이다.
그 우는 여자를 어린 정석 역시 그 순간 증오했으니까. 하지만 잊고 있
었다. 원래 제목이고, 줄거리고 다 잊어버리고, 그 장면만 기억하고 있
기도 했지만. 왜 갑자기 그 생각이 난 것일까. 동정 받았다는 느낌에서
오는 불쾌감은 절대로 아니었다. 가벼운 동정 따윈 그 사람의 자유이
다. 어린 시절 그 만화의 장면에서 느낀 감정도 그랬다. 그때로선 그렇
게 분명하게 생각을 정리할 수는 없었지만 그것은 일종의 무례함에 대
한 분노였다. 그 여자가 운 것은 월권행위였다. 혼자 웅크리고 있는 방
문을 노크도 없이 확 열어 제친 사람에 대한 불쾌감, 그런 것이었다.

생각할수록 정석은 화가 났다. 제가 말하긴 했지만 일부러 건조하게
말하지 않았던가. 그것부터가 영애의 접근을 차단하는 철문이었다. 그
랬는데, 저 여자는 자신의 철문을 소리도 없이 훌쩍 뛰어넘어 왔다. 아
주 더러운 기분이었다. 그들은 둘 다 아무 말도 하지 않고 걸었다. 아무
도 그 어색한 침묵을 깨려고 하지 않았다. 찻길을 두 번이나 건넜다. 그
러고도 한참이나 되는 길을 그들은 묵묵히 각자의 생각에 잠겨 걸었다.

저 멀리 발렌타인 제과의 분홍빛 건물이 눈에 들어왔다. 오늘따라 그 공장의 진분홍빛 페인트색은 더욱 묘하게 보였다. 그렇게도 선명히 눈앞에 보이는 진분홍빛 공장 건물을 보면서 그는 거기까지 이르는 길이 한없이 멀다고 느꼈다.

그 날은 근무하는 내내 하루 종일 누이의 생각이 정석을 둘러쌌다. 그는 입 속으로 새벽녘에 들었던 그 단어, 룸펜프롤레타리아, 라는 말을 계속 웅얼거려 보았다. 그 말이 뇌리에서 사라지질 않았다. 룸펜프롤레타리아, 룸펜프롤레타리아, 룸펜프롤레타리아, 룸펜프롤레타리아, 룸펜 프롤레타리아……

그러자 그 말은 음악처럼 울렸다. 뜻도 모르고 따라 부르는 팝송의 가사 같았다. 그는 그 단어를 '도레미파솔라시도'에 맞춰 한번은 올라가는 음계로, 그리고 다음번엔 '도시라솔파미레도'에 붙여 한번은 내려오는 음계로 불러보았다. 그랬다가 그것조차 허물고 아무렇게나 가락을 붙여 그 아름다운 이국의 단어를 노래처럼 불러보았다. 그 짓도 한참을 되풀이하니 지쳤다. 그는 오늘 제빵부 포장 일을 했다. 독감으로 결근한 여공이 세 명이나 되어 그도 라인 작업을 해야 했다. 빵이 담긴 비닐봉지가 한 면만 입을 벌린 채 콘베이어에 누워서 다가온다. 그러면 그는 그걸 압착기에 갖다 대면 되었다. 그 벌린 입은 그 순간적 압력과 열로 단단히 봉해졌다. 하지만 그의 머릿속의 기억은 그렇게 봉해지지 않았다. 그는 열심히 그 벌려진 입들을 다물렸다. 눈앞에 오는 대로 그것들은 하나씩 입이 봉해졌다.

누이가 봉제 공장에서 시다로 일하다 타죽었을 때, 정석의 나이는 열네 살이었다. 그들은 유난스레 의가 좋은 오누이였다. 그들 오누이의 부모는 젊어서 얻은 세 자식을 피난길에 몽땅 잃었고, 옛날 같으면 손자를 봐도 좋을 나이에 다시 그들을 얻었다. 그들 오누이는 일가붙이 하나 없는 이 남쪽 땅에서 그들의 유일한 혈육이고 삶의 희망이었다. 그러나 어머니나 아버지나 그 나이까지도 그들 남매를 키우기 위해 종일을 저자거리에서 보내야 했고, 막상 자식들과 만날 수 있는 시간은 거의 없다시피 했다.

할아버지 할머니 같이 늙은 부모 밑에서 하늘 아래 딱 둘만 있는 그들 오누이가 의가 좋았던 것은 당연한 일이었다. 어린 시절에 그들은 도랑에 종이배를 띄워 놓고, 잠자리를 좇느라 맨발로 뛰어 다니고, 풀각시를 엮어서 엄마 아빠 놀이도 하던 단짝이었다. 겨우 두 살 차이였는데도 정석의 누이는 그보다 훨씬 어른스러워서 꼭 엄마 같았고, 그는 또 늘 늦되어서 온 세상의 일들을 누이의 설명을 통해서만 하나씩 배워나갔다. 엄마가 밥을 씹어 갓난쟁이 입에 넣어주듯 누이는 그의 하늘이었다.

정석이 더 조그말 때에 누이는, 겨우 이태 먼저 태어난 죄로, 일 나간 부모가 돌아올 때까지 그를 업고 먹이고 재우기까지 했다. 그의 누이는 노래를 잘했다. 누이 등에 업혀 누이가 자기를 재우느라 불러주는 노래를 듣고 있노라면 그는 늘 누이가 자기를 두고 어디론가 가 버릴까봐 마음이 조마조마했다. 누이는 그렇게 구슬픈 노래만 불렀다. 커서 봉제공장 시다가 된 누이는 낡고 지저분한 그 공장에서 아예 살았다. 공장이래야 은행과 중국집이 있는 건물의 3층을 쓰고 있는 것일 뿐이었다. 그곳에는 미싱 16대가 빽빽하게 들어서 있었고 귀퉁이에는 합판으로 가리개만 해놓고 얼추 방 모양새만 갖추어놓은 기숙방ㅡ누이는 그곳을 그렇게 불렀다. 빈말로라도 기숙사라곤 차마 부를 수 없는 몰골이었으니까-이 있었다. 누이는 거기서 먹고 자며 차비와 식비를 아껴 정석의 중학교 학비를 대주었다. 화재가 나던 날, 그 기숙방에 자고 있던 여공은 네 명이었다. 혹시 여공들이 물건이라도 빼서 달아날까 사장은 일이 끝나 집으로 돌아갈 때면 늘 문밖에서 자물쇠를 잠갔다. 그 날도 그랬다. 물론 명분이야 그럴 듯했다. 그들을 불량배들로부터 보호한다는.

누이가 한 번은, 그럼 안에서 우리가 잠굴랍니더, 했다가 사장으로부터 2시간이나 설교를 지겹게 들었다고 얘기한 적이 있었다. 니년들부터 바람이 날지 모르는데 그따위 말을 한다는 거였다. 악마의 유혹이란 간교해서 어리고 무지한 영혼들이 감당할 수 없다, 그러니 내가 보호해야 한다고 했다던가. 그는 바로 옆 건물 1층에 있는 교회의 충실한 장로였다. 그 자물쇠가 그녀들을 불량배가 아니라 삶으로부터 차단시켰다. 그의 누이와 누이의 동료들은 바로 그 문을 쥐어뜯는 자세로 숯덩이로 변했다. 죽은 사람 중에는 그때 정석의 나이와 동갑인 열 네 살짜리도 있었다. 화인은 담뱃불로 밝혀졌다. 그 공장에 남자라곤 사장 하나였다. 그가 분명 문을 닫으며 꺼진 줄 알고 다 피운 담배를 던졌으리라. 그녀들은 그날따라 11시까지의 작업에 지쳐 씻지도 않고 잤을 거라고 사장보다 먼저 빠져나간 동료들이 증언했다.

그러나 사장은 용의주도하게 들어둔 보험으로 별로 손해를 보지 않았고, 며칠간 조사를 받았을 뿐 어떻게 손을 썼는지 구속도 되지 않았다. 다행이라고 정석은 생각했다. 그 역시 일부러 그런 건 아니었을 테니. 비록 피해보상을 받더라도 그가 그때까지 쌓아놓은 것들은 어쨌든 잿더미로 변해버렸다. 그 역시 잃은 것이다. 사장은 죽은 여공들의 부모를 보고 눈물을 흘렸다. 자기에게도 중학교 다니는 딸이 있다고 했다. 자기 딸처럼 걱정이 되어서 그렇게 한 게 비극을 불러왔다고 사죄했다.

그는 상종 못할 나쁜 사람은 아닌 것처럼 보였다. 그는 일요일 특근을 시킬 때마다 열렬하게 예배를 진행하던 충실한 장로답게 자비로운 낯으로 부슬부슬 흙이 그대로 흘러내리는 시립공원 싸구려 묘지까지 선뜻 제공했고, 보상금이랍시고 지폐를 한 다발씩 건네주기도 했다. 그리고 그 돈의 위력으로 그는 장례를 기독교식으로 치를 것을 주장했고, 그 주장은 당연히 받아들여졌다. 보다 정확히 말하자면 죽은 사람들의 가족 중 그 누구도 감히 그것을 거부하지 못했다.

누이를 묻던 그 봄날 아침은 공기의 입자 하나하나, 슬프게 뜨문뜨문 울어대던 뻐꾸기 소리의 횟수까지도 기억해낼 만큼 정석의 뇌리 속에 선명하게 살아있다. 죽은 네 여공의 합동 장례식.

근엄한 목사가 앞에 서서 열정적으로 장례 예배를 진행하고 있었지만, 무덤 앞에 앉은 부모들 중에는 묵직한 염주 알을 굴리며 뜻도 모를 긴 불경을 외우는 사람까지 있었다. 열 네 살짜리 여공의 부모는, 연신, 우리 막내, 우리 막내, 불쌍해서 우짤꼬, 하고 외쳐 대서 목사의 기도를 방해했다. 이 푸른 초장에 이들의 육신을 눕히시고 거둬 가시는 우리들의 주 예수 그리스도여, 하던 목사의 장례 기도는 그 기묘한 발음의 '그리스도' – '기리시도 같기도 하고 그리씨도' 같기도 한– 때문에 그의 기억에 새겨졌다. 그는 그 뒤 며칠간을 누이 때문에 목이 메일 때마다 그 발음을 흉내 내곤 했다. 이 푸른 초장에 이들의 육신을 눕히시고 거둬 가시는 우리들의 주 예수 기리시도여, 우리들의 주 예수 그리씨도여, 하다보면 갑자기 그 모든 것이 한바탕의 웃음거리처럼 생각되어 누이의 죽음을 실감나지 않게 하곤 했다. 그건 어린 그의 최저한의 자기방어였다. 그는 그때 술을 마시고 취하거나 엉엉 통곡하고 울 만큼도 자라있지 못했으니까. 그러나 다시는 누이를 볼 수 없다는 생각이,

그의 머리에 덧씌워지기 시작하면, 그 불길 앞에서 그 텅 빈 건물 속에서 문을 부수려고 몸부림쳤을 누이의 마지막 공포를 떠올리게 되면 더이상 '기리시도'도 '그리씨도'도 무력해지곤 했다. 그러면 그는 그만 악몽을 꾸다 가위 눌릴 때처럼 모든 것이 콱 막히고 답답해져서 숨을 쉴 수 없는 지경이 되고 말았다.

누부야, 그는 죽은 누이를 조용히 불러 보았다. 벌써 10년이 넘은 일인데도 그 슬픔은 앙금이 되어 가라앉아 있을 뿐, 그가 조금만 휘청이면 그 슬픔의 조각조각들이 그의 온 몸을 깨진 사금파리같이 사정없이 찔러대곤 하였다.

누이를 잃었을 때 아버지의 나이는 예순 셋, 어머니의 나이는 쉰셋이었다. 그 나이에 또다시 자식을 앞세운 것만도 견디기 힘든 일인데, 누이는 죽음의 복조차도 타고나지 못했다. 그녀의 죽음은 너무도 참혹하고 한스러웠다. 그때 식당에서 일을 하던 어머니는 누이 또래의 처녀만 보면 달려가 붙잡고, 정희야, 정희야, 하고 누이의 이름을 부르며 헤매고 다니다 누이가 죽던 그 해를 못 넘기고 뺑소니차에 치여 목숨이 끊겼고, 작은 공장에서 수위 노릇을 하던 아버지는 연이은 불행에 직장도 팽개지고 날마다 술만 퍼마시다 그 이듬해에 잠든 채 세상을 떠났다. 두 사람의 죽음에는 보상금을 주는 사람도, 부슬부슬 흙이 떨어져 나오는 시립공원 싸구려 묘지 한 평 주는 사람도 없었다. 그 시신들은 같이 피난 온 이웃사람들의 손에 차례로 불태워졌다. 그들이 만약 제 정신으로 유언을 하고 갈 수 있었더라도 화장을 원했으리라고 정석은 생각했다. 누이가 타죽은 고통을 죽은 몸으로나마 나누고 싶었을 것이다. 그도 그랬으니까. 그는, 죽으면 꼭 화장을 시켜달라는 유언을 써놓았다. 누이는 무덤 속에 눕혀졌지만 이미 살았을 때 불탄 몸이었다.

누이의 죽음으로 얻은 보상금과 누이가 그간 푼푼이 모아놓은 돈과 방을 줄인 돈으로 그는 중학교를 마칠 수 있었다. 그리고 닥치는 대로 일을 하며 야간 공고를 간신히 끝냈다. 하지만 학교에서도 정석은 늘 외톨이였다. 그는 늘 구석 자리에 앉아, 있는 듯 없는 듯 보이지 않는 존재였다. 삶은 그에게 너무 참혹해서 그는 그것을 정면에서 들여다보고 싶지 않았다. 그는 누이와의 추억을 몇 번이고 들춰내어 들여다보면서 기쁨이라는 감정이 저한테도 있었다는 걸 확인했고, 누이의 참혹한 죽음을 짓씹으면서 슬픔이라는 감정에 몸을 떨곤 했다. 그 외에 그는 식물 같았다. 남들 하는 것을 조용히 다 따라했지만 그 역시 무심한 탓이었다. 그는 다른 모든 것에 감각을 쓰지 않았다. 더듬이를 잘려버린 곤충처럼.

누이는 생전에 늘 그에게, 나는 니한테 바라는 거 하나 없데이. 그저 니가 포한 안 지게 공부해서 남한테 빌붙지 않고만 살 수 있으면 좋은 기라, 하고 염불처럼 외워댔다. 그 말 덕분에 그나마 그는 그만큼의 공부라도 할 수 있었다. 그는 고등학교 때 이 도시로 올라와 학교를 마치고는 곧장 이 공장에 들어와 벌써 10년째이지만 역시 하루하루를 무심히 남의 일 보듯 지내왔을 뿐이었다. 서은희, 그 여자에게만 잠시 흔들리고 있지만 그조차 삶의 의욕하고는 상관없는 일이었다. 그는 그저 살아지고 있었다. 그는 가끔 자리에 누워 자기의 시신이 불길에 활활 타는 것을 상상해보곤 했다. 언제 죽어도 아무런 회한도 없었다. 일부러 제 목숨을 끊을 의욕조차 그에게는 없었다. 그런 사람들은 그래도 삶에 대해 어떤 기대가 있었던 게 아닐까. 그는 기대할 게 없으니까 실망할 것도 없었다. 때로 재가 된 자신을 생각하면, 온몸이 따뜻해지기도 했다. 불에 탔으니 온기가 남아 있을 것이다. 차가운 시체로 땅속에 묻혀서 오래오래 썩어가고 싶진 않았다. 자신의 몸을 태울 불이 그에게는 뜨거운 게 아니라 따뜻하게 여겨졌다. 하긴 그가 설사 관에 담겨 땅 밑에 묻히고 싶어한들 그래 줄 사람도 그럴 돈도 없을 것이다. 굳이 유언을 남겨놓지 않더라도 행려병자로나 처리 안 되면 다행이리라. 그는 누이의 죽음 이후 내내 그렇게 살아왔다. 이즈음에야 겨우 희미하게나마 따뜻한 삶에 대한 그리움이 조금씩 피어오를 때가 있었다. 전 같으면 당장에 잘라냈을 그 그리움이 이제는 반갑기도 했다. 아니다. 다 한때의 감상일 뿐. 그는 빵 봉지를 밀착시키면서 제 마음도 그렇게 출구를, 혹은 입구를 막아버리고 싶었다.

룸펜프롤레타리아, 룸펜프롤레타리아……

다시금 그 야릇하고도 아름다운 단어를 그는 웅얼거리기 시작했다.

11. 길고도 조용한 우리의 만찬

"야, 이게 니 방이야? 꼭 옛날 시골집 같다."

진우의 방에 들어서자마자 경실이 소리쳤다. 창호지를 바른 창문 때문에 그런 인상이 든 모양이었다.

"니 방이나 내 방이나 삐까삐까지."

부뚜막에 올려놓은 풍로에 불을 붙이면서 진우는, 새로 산 오디오만이 방 한가운데를 다 차지하고 있던 경실의 방을 떠올렸다. 경실은 음악을 좋아했다. 가요를 좋아했지만 감미롭고 낭만적인 영화음악이나 경음악도 좋아했다. 경실의 방은 산꼭대기에 있었는데, 그렇게 높고 외진 데 있는 탓에 월세에 비해 방과 부엌이 깨끗했다.

"저 옆에 있는 게 변소야?"

창을 열고 고개를 내밀어 둘러보던 경실이 물었다.

"응. 별로 안 써. 꾹 참았다가 회사 가서 볼일 봐, 후후."

진우는 부엌문을 열어 놓은 채 경실과 얘기를 하면서 풍로 위에 놓인 프라이팬에 떡볶이 재료를 풀어놓고 있었다. 방에는 포항댁에게서 빌려온 큰 상이 놓여 있었다.

"근데 여름엔 여기 못 살겠다. 이 방, 냄새가 엄청나겠다, 얘. 파리랑, 으이, 끔찍해."

경실이 어찌나 실감나게 말했는지 진우는 파리떼가 지금 막 달려든 것처럼 저도 모르게 진저리를 쳤다.

"여덟 집이 저걸 다 쓸 거 아냐?"

"그래. 아, 넌 그 변소 혼자 쓰지?"

경실의 변소 역시 진우네 변소와 별다를 게 없었다. 단지 그녀의 변소는 대문 밖에 따로 세워져 있었다.

"응. 주인네 변소는 마당에 따로 있어. 수세식은 아니래도 타일 바르고, 사기 변기 붙여놓아서 좋아. 주인네 없을 때면 내가 슬쩍 실례하지. 나갈 때 그것까지 잠그지는 않더라구."

"그 더러운 변소 없애고 같이 쓰게 하지. 그 사람들도, 참."

"아냐, 차라리 속 편해. 혼자 쓰니까 자주 안 쳐도 되잖아? 자기들이 다 싸놓고도 자꾸 똥 치는 값 내라 그럴 때면 속상했거든. 우리야 한 푼이 아까운데."

떡볶이 재료에 고추장을 풀면서 진우는 고개를 끄떡거렸다. 여덟 집이 한꺼번에 쓰니 이 집 변소는 걸핏하면 넘쳤다. 돈 내라는 것보다 빨리빨리 쳐내면 좋겠는데, 종태 엄마는 변소가 넘치기 직전에야 사람을 불렀다. 저러다 넘치지. 좀 미리미리 불러요. 우리도 치기가 나쁘네. 똥을 치러 온 사람들이 오히려 불평을 했다. 하지만 예전과는 달리 똥지게로 져내는 게 아니라 커다란 진공 호스로 빨아내는 그 일은 이제 양에 상관없이 차 한번 부르면 같은 값을 치러야 했다. 조금만 기분 나쁜 걸 참으면 허투루 돈을 낭비하는 게 안 되는데, 그걸 못 참을 사람들이 아니었다. 그래서 겨울이면 그 변소의 분비물은 다 차기도 전에 얼어서 위로 솟아올랐다. 사람들은 제대로 쭈그리지도 못하고, 엉거주춤한 채 일을 봐야 했다. 게다가 그 안에 들어가면 방금 누고 나간 사람의 내용물이 너무도 노골적으로 김을 내고 있어서 아주 급하기 전에는 뒤에 사람이 없을 때에만 살짝 들어가 일들을 치렀다.

하긴 세상에는 인주네 같은 사람도 있다. 어느 날이던가, 진우는 수돗가에서 그녀와 종태 엄마가 나누던 말을 들었다…… 진짜 생거짓말 같더라구요, 변소가 우리 집 부엌보다도 깨끗한 게, 하얀 타이루가 쫙 박혀있고, 사기로 된 변기에다 제 것만 딱 누고 줄을 땡기니까 물이 콸콸 나와서 싹 씻어내더라구, 텔레비에서야 그런 걸 봤어도 그거야 텔레비에나 나오는 걸로 알았지…… 처음 공장에 가서 수세식 변소를 써보았을 때의 심정을 얘기한 것이었다. 아이구, 이런 덜 떨어진 여자가 어딨어, 아니 그래, 수세식 변소를 첨 봤어? 하다못해 어디 유원지라도 놀러 가면 그런 거 다 있는데, 그래 그걸 첨 봤단 말야, 종태 엄마가 어이가 없어 놀리자 인주네는, 몰라, 우리넨 그런 거 없었어. 그냥 사기변기 씌워놓은 덴 봐도 물로 그렇게 감쪽같이 씻어내는 건 첨 봤다니까, 하고 부끄러워하면서도 깔깔 웃었다. 으이구, 병신, 어디 가서 그런 말 하지 마, 원 남세스럽지, 늙은 할망구도 아니구 새파랗게 젊은 사람이,

내 참, 어디 산골서 화전 파먹다 왔나, 종태 엄마는 제 일처럼 화를 내
며 면박을 주었다. 그러나 그때 인주네 말에 정말로 놀란 건 진우였다.
너무 놀라서 종태 엄마처럼 놀라는 표시도 할 수 없었다.

"안 도와줘도 되는 거야, 부엌일은?"

경실이 부엌으로 고개를 내밀며 물었다.

"응, 하는 게 뭐 있어야지. 밥은 주인집 전기밥솥에 해놨으니까 이
따 가져오면 되고, 국도 잘 끓고 있고, 이것만 마저 볶으면 끝이야."

"그럼, 난 방을 꾸밀 테니까, 문 잠깐 닫는다!"

그러면서 경실은 방문을 닫았다. 그녀가 부엌문을 닫자 갑자기 바깥
소리가 잘 들려왔다. 홀애비 박씨와 노가다 총각의 목소리였다. 홀애비
박씨의 방에는 부엌이 딸려 있지 않아서 그는 언제나 통로에 쪼그리고
앉아 요리를 했다. 밥 냄새가 구수한 걸 보니 저녁을 짓는 모양이었다.
노가다 총각한테 무언가 떠벌이고 있는지 그의 목소리만이 높게 들렸
다.

"자네 경양식 집에 들어가 봤나? 그 레스또랑인가 하는데 말야."

"아니요. 한 번도 못 들어가 봤어요."

"여잘 꼬시려면 그런 델 자꼬 데꼬 가야 한당께. 뭐던지 투자를 해
야 건지제. 아까워말고 투자를 해야 평생 데꼬 부려먹으면서 밑천을 뽑
지라."

"아저씬 많이 가보셨나 보네요?"

"많이 가보긴, 내가 돈이 어딨어? 그러니까 내 꼬락서니가 요 모양
요 꼴이제. 우리 여편네야 호떡이나 멕여서 꼬셨응께 조러코롬 홀라당
내삐부리지 않어?"

"아저씨도 못 가봤나 보네요, 뭐."

"허허, 그런 소리 말어. 가보기야 했제. 내가 지금 이래도 한창 잘 나가던 때가 있었는디, 그때 내가 모시던 성님이, 요런 데도 알아야 사람 꼬라지를 한다고 데꼬 가셨당께. 그래서 내 평생에 딱 한번 가봤는디, 와따, 요상시럽기는. 말이야 바른 말이제, 그기야 음식이라고 할 수야 없제. 우리야 고양이헌티도 그리는 안 주겄다. 국이라고 납딱한 접시에다 핥아먹을 맨큼 딱 한 국자 떠다주고, 그것도 요상스런 밀가루 국이여. 그리고 밥도 딱 고렇게 개밥맨키로 접시에다 납짝 얇게 퍼발라서 던져 주는디, 참말로 만정이 떨어지더라고. 고기는 덩어리를 통째로 튀겨다 주는디, 거기다 서양고추장인가 뻘건 걸 발라다 먹는디, 상한 것맨키로 시큼헌 기 참말 비위 상해 못 먹겠더라고. 그 형님은 맛있게 잘만 드시드만 난 그 성님이 사람 겉이 안 보이더랑께."

"그렇게 못 먹을 음식이에요?"

"하문. 목까지 내려가는데 벌써 미식거려서 다 토해버렸제."

"히히……"

"웃지 말더라고. 내야 베린 인생이니께 고렇제만 자네야 고런 걸 맛나게 쩝쩝 잘 먹어야 아가씰 꼬셔서 잘 데꼬 살제. 참, 고것이 이름이 돈까시여, 돈까시, 잘 기억해뒀다가 갑자게 여자랑 가게 되면 고걸 시키라고. 돈까시, 외우기도 쉽제?"

"돈까시요? 히히……"

진우는 문득 맥이 풀려서 떡볶이를 볶던 나무주걱을 내려놓았다. 돈까시…… 지금은 1986년이 저물려는 시점이다. 2년 뒤면 올림픽이 열린다고 날마다 떠들어대고 있다. 그런데 이들은 죽어라고 일하면서도 저렇게 다른 혹성의 사람처럼 살고 있다. 그것도 서울 옆에 바짝 붙어 있는 이 도시에서.

밖에서는 여전히, 돈까시니, 레스토랑이니 하는 말이 들려왔다. 아직도 그 화제가 끝나지 않았나 보다. 그러나 진우의 귀에는 더 이상 그 얘기가 들어오지 않았다. 떡볶이 국물이 졸아들려고 했다. 그녀는 얼른 나무주걱을 쥐고 볶기 시작했다.

잠시 후 경실이 방문을 살며시 열며 수줍은 듯 말했다.

"다 했으면 들어와 볼래?"

"벌써 끝냈어? 금방 들어갈게."

진우는 풍로 불을 끄고 방으로 들어갔다. 그새 경실은 방을 딴 방처럼 바꿔놓았다.

"어머, 근사하다!"

진우가 자기도 모르게 감탄사를 내뱉자 경실은 얼른 불을 껐다. 그러자 상 위에 켜놓은 두 개의 초와 구석에 있던 스탠드의 불빛만이 방안을 떠돌았다. 그 불빛이 벽에 붙여놓은 반짝이 별들과 구슬들을 비추자 그 낡은 방은 한없이 아늑하고 아름다운 방으로 변했다. 크리스마스, 그 말이 줄 수 있는 모든 아름답고 따뜻한 것들이 순식간에 그 방으로 다 모여들었다. 경실은 제 가방에서 테이프를 꺼내더니 카셋트 플레이어에 꽂았다. 첫 월급을 타서 진우가 유일하게 마련한 5만원짜리 금성 제품이었다. 스위치를 누르자, 아임 드리밍 오브 어 화이트크리스마스…… 하는 감미로운 캐럴 음성이 흐르기 시작했다. 진우는 아무 말도 할 수 없었다. 경실의 따뜻한 마음과 그 아름답고 낭만적인 성격에 코끝이 시큰해왔다. 그 방에만 크리스마스가 일주일 먼저 와있었다. 진우는 진심으로 예수가 이 세상에 온 것에 감사했다. 그가 오지 않았다면 우리에게 이런 순간은 없었을 테니까, 잘 왔어요, 예수 아저씨, 진우는 무언가 더 감탄을 표하고 싶었지만, 입 밖에 낸 어떤 말도 오히려 그 감동을 제한시킬 것만 같아 입을 다물었다.

"어때? 괜찮지?"

경실이 진우를 보며 물었다. 이미 그녀는 진우의 감동을 눈치 채고 있기 때문에 그 말에는 자신감이 묻어 있었다. 진우는 말없이 고개만 끄떡였다. 경실은 그런 진우의 표정을 보고 활짝 웃더니 갑자기 서두르기 시작했다.

"얼른 차려놓자. 사람들 올 때 다 됐어."

경실이 먼저 설치며 부엌으로 나갔다.

"야, 영애야, 떡볶이 장사해도 되겠다. 진짜 맛있다!"

부엌에서 경실이 소리를 쳤다. 두 사람은 부지런히 수저를 놓고, 음식을 차려놓았다. 테이프가 막 '루돌프 사슴코'로 넘어가고 있을 때 사람들이 들이닥쳤다. 루돌프 사슴코는 매우 반짝이는 코코코 만일 누가 봤다면 불붙는다 했겠지……

"와!"

모두들 감탄사를 연발했다. 진우는 살며시 정석을 살펴보았다. 그의 눈에도 놀라움과 들뜬 기운이 모처럼 스며 나왔다. 홍섭도 왔고, 미선과 재경, 그리고 민자도 왔다. 좁은 방에 남자 둘과 여자 다섯 사람이 앉자 방은 꽉 차버려서 꼼짝도 할 수 없게 되었다.

밥을 다 먹고 나자 경실이 사다놓은 포도주를 한 잔씩 돌렸다. 종이컵에 따라진 붉은 포도주의 빛깔이 불빛에 일렁였다. 모두들 아늑하고 행복해 보였다.

상을 치우고 과자와 과일들을 앞에 놓고 술잔을 돌리면서 얘기는 자연스럽게 무르익었다. 진우는 정석을 걱정했지만 그는 조금도 어색해 하지 않았다.

"에이, 제껴 버릴까, 이렇게 이쁜 아가씨들을 정석이한테만 맡겨놓고 갈라니까 배알이 뒤틀려서, 일이 손에 잡히겠나."

한참 분위기가 무르익어 갈 무렵, 홍섭이 근무 때문에 일어서면서 투덜댔다. 그의 표정에 아쉬움이 가득했다.

그때 말없이 앉아 있던 미선이 무언가를 부스럭거리며 꺼냈다.

"홍섭씨, 이거 하나 먹고 가요."

"그게 뭐야?"

모두들 떠들어대며 들여다보더니 환성을 질렀다.

"아니, 우리 회사 초콜렛이잖아? 이 비싼 걸 왜 샀어?"

주먹 힘이 유난히 세서 별명이 오함마―아주 커다란 망치를 뜻했다―인 재경이 상자의 뚜껑을 열면서 소리를 질렀다. 자기들이 만드는 물건이었지만 초콜릿 한 통 값이 쇠고기 몇 근에 해당되는 그 사치품을 그들은 결코 사지 않았다.

"우리가 만든 건데…… 한 번 사고 싶었어. 회사에서 사서 좀 싸게 샀어."

미선은 수줍게 웃으며 작게 말했다. 언제나 그림자처럼 희미하지만 조용하고 착한 미선은 스무 살이었다. 촛불과 스탠드 불빛 아래 반짝이는 금빛 종이로 하나하나 정성스럽게 싼 그 초콜릿들은 보석처럼 보였다. 초콜릿마다 가운데에 가느다란 띠가 둘러져 있고, 거기에는 각기 다른 종류의 술 이름들이 적혀 있었다. 위스키, 브랜디, 진, 와인, 샴페인, 꼬냑…… 열 두 개의 초콜릿 속에 저마다 다른 술이 들어있었다. 가끔 초콜릿 포장 일을 하다가 불량이 난 것을 한 두 개 몰래 먹어본 경험들은 있지만 이렇게 제 돈으로 완제품을 사먹어 보기는 다들 처음이었다. 워낙 단가가 세게 치는 제품이라 불량제품도 먹다가 들키면 창피를 당해야 했다.

"이야, 이거야말로 오늘 같은 날 먹는 거다. 가만있어. 난 위스키를 먹어야겠다!"

경실이 얼른 가느다란 금띠에 위스키라고 써진 초콜릿을 들었다.

"난, 브랜디!"

눈도 크고 입도 크고, 손도 공장에서 제일 빨라 일을 귀신같이 하는 민자도 하나 집었다.

"홍섭씨도 먹고 가세요."

미선이 한 번 더 권했다. 그러자 홍섭은 어울리지 않게 낯을 붉혔다. 진우는 그런 그의 모습에 놀랐지만 모르는 척했다. 슬쩍 보니 미선의 하얀 얼굴에도 홍조가 스몄다. 혹시 저 초콜릿은 홍섭에게 주려고 샀던 건 아닐까, 진우는 불쑥 그런 생각이 들었다. 초콜릿은 특히 여자가 남자에게 보내는 마음의 고백이라고 했다. 발렌타인 제과가 초콜릿을 팔아먹을 수 있는 근거가 되는 그 서양의 풍습, 미선은 힘들여 큰 맘 먹고 저걸 샀을지 몰랐다. 단지 용기가 안 나서, 차마 주지 못하고, 그럴 바엔 그에게 하나라도 먹이고 싶어서 이제야 그걸 꺼냈는지도 몰랐다. 진우의 가슴 속으로 따뜻한 물줄기가 흘렀다.

"그래요. 얼른 먹고 가요. 뭘로 드릴까?"

이미 일어서 있는 홍섭에게 오함마 재경이 물었다.

"아니, 내가 먹을게요."

홍섭은 다시 자리에 앉아 잠시 고르더니 그 중에서 분홍빛 띠가 둘러진 마티니를 집었다.

"정석씨도 골라요."

재경이 정석을 그 센 주먹으로 툭 치며 말했다.

"아, 아파요."

정석이 맞은 데를 문지르며 엄살을 떨었다. 모두들 웃었다. 그는 보드카를 집었다.

"미선이도 골라. 지가 사와 놓고는……"

진우가 말하자 미선은 눈을 내리깐 채 진을 집었다. 거기에도 분홍빛 띠가 둘러져 있었다. 진우는 꼬냑을 집어 종이를 벗기고 입에 넣었다. 작은 양이었지만 초콜릿이 파삭 부서지면서 나오는 꼬냑의 탁 쏘는 맛이 그지없이 좋았다. 모두들 그렇게 하나씩 집어먹자 몇 개 남지 않게 되었다.

"이제 다들 하나씩 먹었으니까 나머지는 미선이가 집에서 애인 생각할 때마다 먹으라고 하자."

진우가 초콜릿 통을 미선에게 넘기려 하자 경실이 얼른 그것을 빼앗아 홍섭에게 넘겼다.

"혼자 추운 데 일하러 가는 불쌍한 남자한테 주자구. 미선아, 괜찮지?"

역시 경실이었다. 경실은 진우보다 더 깊이 미선을 챙긴 것이다.

"그럼……"

미선의 말 속에는 숨길 수 없는 기쁨과 고마움이 묻어 있었다. 경실이 홍섭에게 초콜릿 상자를 내밀었다. 거기 있는 사람들이 직접 접어 만든 상자였지만, 그 상자는 자기들이 만든 것이라곤 믿을 수 없을 만큼 아름다웠다. 그리스 신화 속에 나오는 아름다운 사랑의 여신 아프로디테가 온몸이 하늘하늘 비치는 드레스만 걸친 채 나른하게 누워있는 그림. 홍섭은 상자를 봉투 속에 담았다. 그답지 않게 고개를 숙여 진우는 그의 표정을 읽을 수 없었다.

모두들 집 앞까지 나가 홍섭을 배웅했다. 시간이 별로 없어 버스를 타야 했다. 정석이 정류장까지 배웅하고 오겠다고 하자 미선이 저도 같이 가겠다고 말해 모두를 놀라게 했다. 그러나 미선은 아무렇지도 않게 덧붙여 말했다.

"정석씨도 따라 가버리면 어떡해? 잡아와야지."

모두들, 맞아, 맞아, 하고 맞장구를 쳐주었다. 다들 방안에 들어가 앉자 민자가 먼저 말을 꺼냈다.

"미선이 조 계집애, 홍섭씨 좋아하는 거 아냐?"

"왜 너도 홍섭씨 맘에 뒀어?"

재경이 또 민자를 툭, 건드렸다.

"아야, 누가 오함마 아니랠까봐 어지간히 때려 쌓네. 홍섭씰 내가 왜 맘에 둬? 난 공장 다니는 사람한테 시집갈려면 차라리 독신으로 살겠다."

"어쭈, 그럼 뭐 하는 사람한테 시집갈 건데?"

"선생님! 난 선생님 하는 남자가 젤 좋더라. 그럼 진짜 사모님 되잖아."

"어느 선생이 널 데려가냐?"

"꼬셔야지. 돈 벌어서. 교양도 쌓고. 그래서 우리, 책 읽고 공부하기로 한 거잖아?"

"아이구, 속셈은 멀쩡하네."

테이프는 어느새 다시 '화이트 크리스마스'로 돌아가 있었다. 벌써 세 번째 돌아가는 중이었다.

"아유, 이거밖에 테이프 없어? 지겹다, 이제."

민자가 카세트를 꺼버렸다. 진우는 비닐옷장 위에서 김수희와 심수

봉, 조용필의 테이프를 꺼냈다.

"아, 좋다! 수희언니 거 듣자. 난 그게 젤 좋더라."

민자가 박수를 치며 좋아했다.

"언니는 무슨, 김수희가 니네 언니냐?"

또 재경이 민자에게 면박을 주었다.

"그럼 언니지, 동생이냐?"

경실이 테이프를 꽂자 김수희의 '고독한 여인'이 흘러나오기 시작했다.

고개 들어 나를 봐요 슬퍼하지 말아요 무슨 말을 하려는지 난 벌써 알고 있어요

오늘만은 정말이지 날 울리지 말아요 예전처럼 한 번 더 나를 꼬옥 안아주세요

아무리 몸부림쳐도 헤어져야 하는데 어차피 떠날 사람을 붙잡을 수 있나

아무런 말도 하지 말아요 책임질 수 없다면 사랑의 슬픔도 사랑의 아픔도 모르는 사람들처럼

모두들 금세 김수희의 애조 띤 음성에 젖어 들었다. 캐롤을 들을 때 모두들 행복한 추억만 떠올렸다면, 김수희의 노래는 슬픈 상처만을 떠오르게 했다. 아무도 입을 열지 않았다. 그녀의 음성은 막 남자를 떠나 보내고 온, 아니 지금 바짓가랑이를 붙들고 우는 여자처럼 노골적이도록 생생했다. 그것은 말 그대로 현장의 노래였다. 걸러지지 않고 삭혀지지 않은, 세련됨과는 거리가 먼 현장의 노래.

공장에 들어오기 전에 진우는 그런 원색적인 노래를 좋아하지 않았다. 술자리에서나 가끔 분위기를 돋우기 위해 젓가락 장단에 맞춰 부르긴 했어도 그런 노래들은 약간 우습게 여겨졌지 심금을 울려오지는 않았다. 그런데 공장에 들어오니 사람들이 김수희나 심수봉의 노래를 너무 좋아했다. 그래서 진우도 사다놓고 듣게 된 건데, 그런 노래들은 들을수록 마음 깊숙한 곳을 찌르는 데가 있었다. 코맹맹이 소리로 떨어대는 그 목소리를 듣고 있으면 정말로 애간장이 끊어지는 기분이 되곤 했다. 그녀의 노래는 귓속으로 들어오는 게 아니라 심장으로 촉촉히 젖어 들어왔다. 정말 처음 깨닫는 느낌이었다. 왜 똑같은 노래가 예전에는 우스꽝스럽게만 들렸던 걸까. 그녀가 속한 문화가 그런 원색적인 감정들을, 원시성과 야만성을, 그 거친 도발성과 노골성을 눈살 찌푸리며 싫어했기 때문일까. 그녀가 속한 문화가 원색을 싫어하고 거기에 무언가 덧칠을 하거나 긁어내거나 해서 기어코 세련되게 만들어야 직성이 풀리는 탓이었을까,

…아무리 몸부림쳐도 헤어져야 하는데 어차피 떠날 사람을 붙잡을 수 있나 아무런 말도 하지 말아요 책임질 수 없다면 사랑의 슬픔도 사랑의 아픔도 모르는 사람들처럼……

김수희는 온몸을 비틀듯 몸부림치는 목소리로 후렴구를 반복하고 있었다. 어느새 진우도 입속으로 그 귀절을 따라하고 있었다. 촛불만이 일렁대는 어둠 속에서 모두들 벽에 등을 기댄 채 저마다 자신의 추억에 잠겨 말이 없었다.

그때 구석에서 그만 참지 못해 넘친 물처럼, 흑, 하는 소리가 들려왔다. 경실이었다. 그녀가 기어코 울음을 터뜨렸다. 그러나 흘낏 바라볼 뿐 아무도 입을 열지 않았다. 그 애를 달래겠다는 생각조차 안 들 만큼

모두들 제 슬픔에 젖어 있었다. 그녀의 울음소리가 격해졌다. 아직도 많이 아픈 아이, 진우는 그녀를 가만히 바라보았다. 저렇게 정 많은 아이가 오죽 속이 쓰라릴까.

그러면서 진우는 문득 경실이 부럽다는 생각이 들었다. 누굴 저렇게 좋아하고, 헤어지면 저렇게 쓰라려하고 그럴 수 있는 걸까. 어쩐지 진우에게는 그런 감정이 낯설었다. 언제나 그녀의 감정이 채 무르익기도 전에 그녀는 사랑을 먼저 받았다. 그게 꼭 남자가 아니더라도 그랬다. 친구든, 환경이든 그녀가 애끓게 갈망하기 전에 먼저 다가와 주는 갈망의 대상. 그런 것을 남들은 복이라고 불렀다. 진우 역시 자신을 복 많은 사람이라고 생각했다. 너무 불공평하게 복을 많이 받아서 죄의식을 느꼈다. 채무감까지 느꼈다. 나만 가져서 미안하다는 생각, 그걸 갚고, 나눠야 한다는 생각, 그 생각이 오늘 이 자리까지 그녀를 끌고 온 힘이라면 힘이었다. 그러나 그건 과연 행복일까, 이전에도 가끔 그런 의문이 들 때가 있었지만 그런 생각을 떠올리는 것만으로도 그녀는 가책을 느꼈다. 그렇지 못한 사람들, 그녀의 그런 복에 갈증 내는 사람들이 너무 많았기 때문에 그녀는 차마 의식 속에서라도 그런 생각을 할 수가 없었다. 그러나 지금 이 순간, 그녀는 문득 자기야말로 불행한 사람일지도 모른다는 생각이 들었다. 그녀는 명수를 사랑했지만 그건 이성적인 감정이랄까, 노래로 치면 박인희나 ‘해바라기’의 노래처럼 조용하고 잔잔한 감정이었다. 만나면 좋고 헤어질 땐 쓸쓸하지만 설혹 그가 그녀를 버린다 한들 저렇게 울고불고 할 만큼 애간장이 끊어지는 슬픔을 주진 않을 것이다.

진우의 친구들이라고 다 진우 같지는 않았다. 남자가 떠나서 동맥을 끊고 죽으려 했던 친구도 있었다. 그러나 진우는 그런 애들을 조금도 동정하지 않았다. 흘러가는 감정에 충실한 것이 진정한 사랑이라고 생각했기 때문에 그런 행동은 소유욕이나 의존성으로만 비쳐졌다. 그래서 그런 지독한 감정은 때론 추악한 욕심처럼 여겨지기도 했다. 그렇지 않은 자신이 마음에 들었다. 하지만 지금 이 순간, 이상하게도 지금 경실의 눈물은 진우의 가슴을 때리고, 자신이 형편없이 건조하고 빈약한 인간이라는 부끄러움을 주었다. 자신의 인생이야말로 복을 받은 게 아니라 신의 무관심 속에 버려진 인생은 아닐까. 내가 확실히 애네들을 좋아하는구나, 좋아하니까 그냥 모든 게 좋게 보이나봐, 아니면, 저 여자, 김수희의 저 무장해제시키는 목소리 때문인지도. 어느새 노래는 바뀌고 있었다. 이즈음 현장의 사람들이 일하면서 가장 많이 흥얼거리는 노래였다.

마지막 한마디 그 말은 나를 사랑한다고 돌아올 당신은 아니지만 진실을 말해줘요

떠날 땐 말없이 떠나가세요 날 울리지 말아요 너무합니다 너무합니다 당신은 너무합니다

그때 홍섭을 배웅하고 돌아오는 정석과 미선이 문을 열고 들어왔다. 그들은 눈을 둥그렇게 떴다.

"왜들 그래?"

미선이 그 작은 목소리로 물었다. 모두들 눈을 감고 노래를 듣고 있는데다 구석에서 경실은 울고 있으니 놀라는 것도 무리는 아니었다.

"어, 왔어?"

진우가 먼저 자세를 고쳐 잡으며 그들을 맞자 다른 아이들도 그제야

갑자기 와글거리며 부산을 떨었다. 경실도 금세 눈물을 닦고 무안한 듯 웃었다.

"난 김수희 노래만 들으면 눈물이 나."

그러나 다행히도 노래는 이제 '남행 열차'로 넘어가고 있었다.

비 내리는 호남선 남행열차에……

"저 노래 들어도 눈물 나냐?"

재경이 경실을 또 그 주먹으로 툭 때렸다.

"아야, 또 때린다! 누가 널 데려갈지 오래 못 살 거야. 멍투성이가 돼 갖고…… 잃어버린 첫사랑도 흐르네 깜빡 깜빡이는…… 와, 눈물 나네!"

경실이 몸을 흔들며 장난스럽게 노래를 따라 불러서 모두들 웃음을 터뜨렸다. 삶이란 어쩌면 저런 것이리라. 따지고 입히고 벗겨내고 치장하는 게 아닌, 노골적이고 원색적인 것, 그런 게 삶의 진실이리라. 수세식 변소가 아닌 재래식 변소, 돈까스가 아닌 돈까시.

진우는 문득 그런 생각을 하고 있었다. 똥은 똑같이 더러운 것이다. 그걸 눈앞에서 노골적으로 보고 냄새 맡느냐, 깨끗이 흔적도 없이 물로 숨겨버리느냐의 문제일 뿐. 더럽다는 말 때문이었을까, 불현듯 용식의 편지 귀절들이 떠올랐다.

…명수형, 진우의 몸에서 나온 붉은 피를 보고 느낀 희열만은 죽었다 깨도 형이 갖지 못할 몫이지. 나는 그 애의 첫 남자였어……

진우는 자기도 모르게 몸서리를 쳤다. 나야말로 이 세상에서 가장 더러운 인간일지도 몰라.

…만날 순 없어도 잊지는 말아요 당신을 사랑했어요……

김수희의 목울대를 진동시키는 노래가 여전히 방안을 가득 채웠다.

밤이 늦어 다들 버스를 태워 보내고 돌아오면서 정석은 진우에게 말했다.

"고마워요, 영애씨, 불러줘서."

"아니, 와주셔서 고맙죠, 제가."

묵묵히 허연 연탄재를 밟으며 걷던 그가 다시 말했다.

"그런 자리, 얼마만인지 몰라요. 사람들을 피하기만 했는데…… 즐거웠어요."

정석이 허공을 보면서, 진우가 아닌 자기 자신에게 말하듯 나직하게 말했다. 그녀는 그런 그의 모습을 올려 보았다. 툭 튀어나온 광대뼈가 그를 더 쓸쓸한 사람처럼 보이게 했다.

12. 퍼붓는 눈

허벅지가 다 드러나도록 짧은 스커트를 입은 레지가 컵을 놓고 갔다. 하얀 사기로 된 컵에는 분홍빛 립스틱 자국이 묻어 있다. 한번 닦지도 않고 그대로 물만 따라 가지고 온 것이 분명했다. 기희는 왈칵 눈물이 솟는 것을 간신히 억눌렀다. 그 더러운 컵은 그저 이 더러운 다방의 관례일 뿐이었다. 그녀에 대한 무시에서 나온 처사가 결코 아니었다. 그런데도 그것에 서러움을 느끼는 자신의 비굴한 초라함이야말로 견딜 수 없는 것이었다. 그녀는 입술을 깨물며 다방을 둘러보았다. 중년 남성들을 대상으로 하는 전형적인 소도시의 분위기 없는 다방이었다. 예의 그 레지는 어느새 웬 남자들의 자리에 합석하고 있었다. 빨리 떠나고 싶은 곳이었다.

　아까 만나 본 진우의 생생한 표정이 떠올랐다. 근로자 회관의 화장실 앞에서 공장 친구들과 줄 서 있는 진우를 찾아냈을 때의 반가움이 가시자마자 기희는 그녀가 부러워 가슴이 쓰라렸다. 스물 두 셋밖에 보이지 않는 그 어린 친구들 옆에 서있는 진우 역시 그 나이 또래로 보였다. 기희의 눈에 그런 진우의 모습은 세상의 변화를 위해 온 힘을 바쳐 살아갈 수 있는 그녀의 자유와 보람의 힘으로만 여겨졌다.

　학창 시절, 활발한 활동을 벌였던 기희는 많은 친구들이 있었지만 속을 털어놓지 못해 남들처럼 단짝 친구가 없었다. 그런 그녀에게 진우는 그래도 가장 가까운 친구였다. 서로 일이 다르고 바쁘다 보니 자주 보거나 연락하진 못해도 몇 달 만에 봐도 늘 엊그제 본 것처럼 편한 사이였다.

　진우와 기희, 기희의 남편 병욱은 모두 같은 대학 친구였다. 서로 활동한 써클은 달랐어도 한 길을 가는 동지로서의 친밀감이 있었다. 병욱은 지금 뛰어난 활동가로 노동 단체에서 중요한 역할을 하고 있었고, 기희는 그를 뒷바라지하기 위해 무역회사에 다니고 있었다. 아이까지 있는 기희는 시댁 옆으로 이사가 시어머니에게 매일 아이를 맡겼다 찾았다 하면서 정신없이 살고 있었다. 직장생활, 육아, 가사, 시댁 문제, 운동만 뺀 모든 것이 그녀의 어깨에 지워져 있었다.

　그러나 출발로 본다면 기희야말로 가장 절실하게 운동에 뛰어든 사람이었다. 기준이…… 기준이만 생각하면 목이 메었다. 그 피비린내 나는 5월, 집안의 외아들이었던 동생 기준은 그때 고등학생이었다. 집에서는 당연히 이불보에 싸놓듯이 그 애를 꼼짝 못하게 했지만, 그 애는 몰래 빠져나갔다. 그리고 골목길 막다른 집의 재래식 변소 안에서 시체로 발견되었다. 쫓기다 그리 숨었지만 살해당한 것이다.

기희는 그때까지 도서관학파였다. 학과 수석으로 들어온 그녀는, 그 때 외무고시 공부에 여념이 없었다. 그러나 그 일이 그녀의 인생을 뒤 바꾸었다. 아무것도 눈에 들어오지 않았다. 도무지 믿을 수가 없었다. 백주 대낮에, 전쟁도 아닌 평화시에, 고향에서 자기 나라 군인한테 맞 아죽은 동생의 시신은 아무리 눈을 부릅뜨고 봐도 믿어지지 않는 현실 이었다. 그녀는 흥분했다기보다 납득이 가지 않았다. 과연 그런 일이 있을 수 있는가. 어떻게 해서 그런 일이 있을 수 있는지 그것을 캐내고 싶었다.

기희는 죽은 기준도 꼭 그러리라 싶었다. 더군다나 어린 고등학생이 었던 그 아이, 자신이 왜 죽어야 하는지, 어떻게 해서 죽임을 당해야 했 는지도 모른 채 그 아이는 숨이 끊어졌다. 죽어서도 그 아이는 납득을 못 할 것만 같았다. 그런 동생을 위해서도 그 모든 원인과 과정을 알아 내야만 했다. 그녀는 대학 입시를 공부하던 그 열정으로, 외무고시를 공부하던 그 부지런함으로 운동권의 이론을 섭렵해 갔다. 그리고 그녀 는 가장 과격하고 똑똑하고 철저한 여성 전사가 되었고, 꼭 저처럼 과 격하고 똑똑하고 철저한 병욱과 결혼했다.

그때만 해도 그 결합은 누구의 눈에도 이상적으로만 비쳐졌다. 그러 다 병욱이 조직사건에 걸려 옥에 갇히자 기희는 취직을 해서 옥바라지 를 했다. 그가 옥에서 나오면 함께 현장 활동을 하려 했지만, 그녀는 덜 커덕 임신을 하게 되었고, 자연스레 그들은 역할 분담을 하게 되었다. 그래도 워낙 철저했던 그녀는 아이만 조금 더 크면 자신도 다시 일을 할 수 있도록 그 바쁜 와중에도 잠을 줄여 문건들을 읽었고, 집회에 참 석했으며, 끊임없이 제 자신을 벼리며 살았다. 하지만 그녀는 조금씩 지쳐갔다. 그녀는 결코 초인이 아니었다. 자신에게 있는 젊음을 모두 가불하듯 당겨써야만 그 생활을 버틸 수 있었다. 어쩌다 진우를 만날 때면 자존심 강한 기희는 늘 얼굴에 미소를 떠올렸지만, 눈 밑에서 점점 짙어지는 검은 그늘을 숨길 수는 없었다.

"컵 안에 뭐가 들었니?"

물 컵만 뚫어지게 내려다보고 있는 기희에게 진우가 농을 던졌다.

"아, 왔구나!"

기희는 진우를 보자 저도 모르게 또 눈물이 솟구쳐 가까스로 억눌렀다. 반가웠다. 오늘 얼마나 진우를 만나고 싶었던가. 기희는 진우의 손을 꼭 잡았다.

"미안해. 바쁠 텐데……"

기희는 힘없이 웃으며 그렇게 말했다. 진우는 기희의 손을 소리 나게 탁, 때렸다.

"계집애, 입에 발린 소리는……"

기희가 웃었다.

"술 한 잔 하러갈까? 모처럼 안양까지 행차하셨는데, 내가 대접할게."

기희는 어린아이같이 천진하게 웃으며 고개를 끄떡였다.

진우는 안양 시장 안에 있는 곱창 골목으로 기희를 데려갔다. 한쪽으로 쭉 늘어져 있는 가게들이 모두 곱창볶음을 하는 곳이었다. 그곳에는 천장 밑에 한 칸을 더 만들어 간이 2층을 만들어 놓은 집이 많았다. 진우가 기희를 끌고 간 곳도 그런 곳이었다. 앉으면 머리가 천장에 닿을 듯한 그곳이 그래도 사람이 북적대는 아래쪽보다는 나았다. 커다란 검은 철판 위에 곱창과 깻잎, 고추, 양배추 등 온갖 야채들이 양념장과 함께 섞여 나왔다.

진우는 숟가락으로 그것들을 볶으며 말했다.

"애들하고 첫 월급 받고 여기 왔었는데, 너무 맛있더라. 난 곱창볶음이란 걸 처음 먹어봤기도 했지만. 다른 데 곱창볶음하고도 다르다는데?"

"그래, 야채가 많아서 그런가? 들깨도 듬뿍 넣고, 꼬소하네."

두 여자는 소주잔을 건네며 한참 동안 시시한 얘기나 건넸다.

"힘들지?"

기희는 안쓰러움과 부러움을 반쯤 섞어 물었다.

"괜찮아. 나야 뭐 그냥 내 재미로 일하는 걸. 우리 엄마 말대로, 내 양심이나 편하게 하려고……"

"사람들이 전부 제 양심 하나만 챙겨도 세상이 이 모양은 안됐겠지."

"아니, 내 능력은 별로 운동에 보탬이 안 돼. 순전히 참가에 의의를 둘 뿐이야."

"민혁이랑 명수 형이랑 많이 보고 싶지?"

"민혁이는…… 말할 것도 없지, 뭐. 하지만 이상하게 명수 형은 하나도 안 보고 싶다. 물론 만나면 좋지. 그렇지만 안 보면 또 아무렇잖아."

"그러니, 너두?"

기희는 자기도 모르게 '너두?'란 말이 새어나와 당황하고 말았다. 그래서 얼른 "아니, 내 말은……" 하고 덧붙였다.

"됐어. 왜 그래, 그 정도 말 갖고? 니가 정말 힘든 모양이다. 자기 신념하고 다르게 산다는 거…… 너 보면 예전의 내 생각 나. 너무 잘 알겠어.”

　기희는 갑자기 수저를 놓고 고개를 숙였다. 눈병이라도 걸린 노파처럼 왜 이렇게 눈물이 자꾸 나는지 미칠 것만 같았다.

　진우가 제 술잔을 비우고 기희에게 술을 따라주었다.

　“잔 받아! 너답지 않게! 네가 그 유명한 권기희 맞아?”

　기희는 눈물을 닦고 술잔을 받았다.

　“기준이 생각이…… 많이 나. 걔한테 미안해.”

　“기준이도 이해할 거야. 니가 얼마나 힘들게 버티고 있는데……”

　기희는 눈을 들어 진우를 바라보았다. 진우는 그 눈을 보며 생각했다. 저토록 여린 아이, 너무 여린 살 때문에 딱딱한 껍질로 싸야만 하는, 자신을 언제나 강한 갑옷으로 무장해야만 하는 아이. 진우는 다시 기희의 잔에 술을 따른다.

　“진우야, 나, 병욱이가 혐오스러워. 사람을 잘못 봤어.”

　진우는 쥐고 있던 술병을 하마터면 놓칠 뻔했다. 기희는 자존심이 대죽처럼 시퍼런 아이였고, 제 삶의 원칙에 추호도 타협을 용납치 않는 아이였다. 누구보다 진우는 그 사실을 잘 알고 있었다. 지금 그렇게 살고 있는 모습조차 기희의 삶의 원칙에 위배되는 것이 아니었다. 그녀는 보다 큰 대의를 위해, 제 개인의 권리까지도 유보하고 있는 것에 불과했다. 실제로 병욱은 철저하게 제 자신을 헌신해 뛰어난 능력을 발휘하고 있었다. 어쩌면 그녀가 이루었을 몫보다 더 많이.

　그렇게 능력을 발휘하는 병욱이었지만 다른 모든 몫은 기희에게 넘기고 있기에 병욱도 비난을 면할 수는 없었다. 그러나 기희는 행여 그렇게 말하는 친구들에 대해 오히려 콧방귀를 뀌었다. 그런 기희가 저렇게 말한다, 저만큼을 말하려면 저 애는 엄청난 시간을 고민했을 터였고,

갈등했을 터였고, 그리고 이미 돌이킬 수 없는 일일 터였다. 진우는 아무 말도 할 수 없었다. 그저 묵묵히 제 잔을 따를 뿐이었다.

"이제는 내 자신을 속일 수가 없어. 내내 나를 속이면서 살아왔어. 오늘 아침 일이야. 나, 어제 밤 샜거든. 시댁에 일이 있어서 밤늦게까지 일하고 집에 와서 집안일 하고 자려는데 아이가 열이 펄펄 났어. 밤새 물수건 바꿔 갈아주느라 꼬박 밤을 샜지. 새벽녘에야 겨우 열이 내렸어. 그 사람 밤늦게 들어왔는데, 내가 언제나 어련히 알아서 잘 하니까 그냥 믿고 잠들더라. 바쁘게 뛰다 온 사람이니까. 그건 아무렇지도 않았어. 오히려 그 사람 숙면이라도 방해할까봐 소릴 죽이며 들락거렸지. 새벽녘에 그러고 한 시간이나 잤을까, 그 사람 아침에 약속 있단 말이 생각나서 벌떡 깼어. 밥 안 먹고 나가면 돈이 있니, 제대로 못 먹고 다닐 게 뻔한데, 납덩이 같은 몸을 이끌고 겨우 아침 준비를 하고 상 차려 들고 들어가 깨웠지. 그때만 해도 오늘 행사, 와볼 생각도 안 했어. 애도 아프지. 아마 내가 상을 내려놓고 힘든 표정을 지었던가봐. 털썩, 주저앉았겠지. 그 사람이 그런 나를 보더니 뭐랬는 줄 아니?"

기희는 대답을 기다리지 않았다.

"흥분도 안 해. 아주 차분히, 침착하게…… 넌 열심히 일하고, 혼자 바쁘면서도 성과라곤 없다는 거야. 생활이 비조직화되어 있어서 그렇다나."

기희는 얼른 제 잔의 소주를 삼켰다. 진우가 다시 잔을 채웠다.

"그 말을 듣는 순간, 나도 모르겠어. 왜 핀이 간다는 말 있지? 뭔가 확 도는 느낌이었어. 그냥 상을 뒤엎고 그대로 나와 버렸어. 무덤에서 기어 나오는 것처럼 힘들게 차린 그 상을, 그 하얀 쌀밥을 그냥 엎어버렸다니까. 그놈이 얼굴이 하얗게 질려서 나를 쳐다보는데, 그냥 핑하니 나와 버렸어. 오늘 중요한 약속 있다고 했는데…… 몰라, 나도 이젠."

"기희야……"

불렀지만 진우는 여전히 무슨 말을 해줘야 할지 몰랐다.

"곰곰히 씹어보면 그 말, 아무 것도 아니야. 종일 생각했어. 하지만 그 말에 내가 그렇게 반응한 건 우리 사이에 문제가 있다는 증거야. 적어도 그가 인간이라면, 내가 믿고 존경해온 정의로운 인간이라면, 그런 말은 할 수 없어. 그 말 한 마디가 중요한 게 아니라, 우리가 쌓아온 시간이, 우리가 쌓아온 생활이 그에게 그런 말을 할 자격을 주진 못해. 무얼 했는데? 도대체 그 작자가 무얼 했기에 나한테 그런 말을 할 수 있어? 수명을 줄이며 살아온 나한테? 어떤 인간도, 아무리 위대한 일을 하는 인간이라도 그렇게 할 순 없어. 그 남자, 혐오스러워. 이미 오래 전에 혐오스러웠어. 단지 그걸 인정할 수 없었을 뿐이야. 그럼 내가 무너지니까. 지금까지 내 삶을 다 부정해야 하니까. 그냥 오늘 일은 마지막 비등점이었어. 아무도 이해 못할 거야, 너밖에는. 행사 보러 온 게 아냐. 널 보고 싶어서 왔어. 미칠 것같이 보고 싶어서. 여기 오면 니가 있을 것 같아서."

기희는 기어코 술상에 엎드린 채 참았던 울음을 터뜨렸다. 무슨 일인가 아래층에서 주모가 올라왔다. 진우는 손짓으로 그녀를 내려 보내고, 기희의 옆으로 가서 그녀를 품에 안았다. 사람들의 호기심 어린 시선에서 벗어나야 했다. 지금 자신을 놓아버렸지만, 기희의 자존심은 그것을 견디기에는 너무도 섬세했다. 진우는 기희를 일으켰다.

"기희야, 나가자. 나가서 우리 어디 여관방에라도 들어가서 밤새 마시는 거야. 집에 들어가지 마."

밤새 술을 마시고 쓰러져 잠든 새벽녘에 진우는 전화벨 소리에 눈을 떴다.

"나야, 기희."

"응?"

그제야 진우는 그 방에 기희가 없다는 걸 알았다.

"더 자게 둘까 하다가 혹시 출근해야 되는 거 아닌가 싶어서 깨웠어. 괜찮니? 어떻게 하지? 결근하면 안 되니?"

기희의 목소리는 어느 새 단정한 평소의 어조를 찾고 있었다.

"너, 어디야? 언제 간 거야?"

"여기 집 앞이야. 새벽이라 빨리 왔어. 희은이가 눈에 밟혀서, 걔, 열이 많이 났거든."

"계집애, 그 하룻밤을 못 참아서! 어련히들 알아서 하겠니? 병욱씬 뭐 손이 없니, 발이 없니?"

그러면서도 진우는 기희의 마음을 짐작하고도 남았다.

"진우야, 어제, 너무 고마웠어. 그냥 어떤 모습을 보여도 창피하지 않은 친구가 있다는 게 너무 좋아. 나, 그것 하나만으로도 헛되게 산 것 같지 않아. 출근해야 하는 너를 힘들게 했지만. 그래, 너한텐 나, 미안해하지 않아도 되지?"

"야, 너 이름이 뭐야?"

진우가 소리를 높였다.

"이름이 뭐냐니까?"

"왜 그래? 기희잖아?"

"똑똑히 대봐. 성까지."

"권. 기. 희."

기희는 영문을 모른 듯 시키는 대로 대답을 했다.

"잘 아네. 그럼 제발 그 이름값만 하고 살아. 약해빠진 소리 하지 말고."

"알겠어, 진우야, 어떻게 될지 모르겠지만, 타협은 안 할게. 그럼 더 자. 끊을게."

그새 힘없고 자신 없어진 기희의 목소리, 전화는 끊겼다.

다시 잠들었다 깼을 때는 이미 출근하기엔 늦은 시간이었다. 입에서 술 냄새를 풍기며 회사에 나갈 수도 없었다. 진우는 회사에 전화해 최 반장을 찾았다.

"어떻게 하죠? 몸살이 심하게 나서……"

"어디, 많이 아파요? 어쩌나, 푹 쉬고 내일은 나와요. 내가 월차로 잘 처리해 놓을게요."

최 반장은 시원스레 대답했다. 그는 가능하면 관리자보다는 직원들의 입장에서 일을 처리하려고 애쓰는 사람이었다. 파업이라도 일어나면 분명히 관리자 쪽에 설 사람이었지만 마음만은 곧고 정 많은 좋은 청년이었다. 진우는 그에게 고마움을 느끼며 다시 이불 속으로 기어 들어갔다. 방에는 소주병만 네 병이 놓여있었다. 그것도 기희 혼자 세 병은 마셨을 것이다. 진우는 오직 기희를 덜 마시게 하기 위해 억지로 들이부었지만 중간에 다 토하곤 널부러져 버렸다.

기희의 힘없는 목소리가 떠올랐다. 어제는 어제였다. 오늘은 벌써 진우 앞에서 자신을 쏟아놓은 행동을 부끄러워하는 기희. 말로는 무어라고 하든 진우는 그녀가 수치스러워한다는 것을 알 수 있었다. 자아만 턱없이 강해 자기를 잘 털어놓지도, 던지지도 못하는 사람들의 불쌍한 비애, 진우는 잘 알 수 있었다. 기희가 가여웠다. 그 생각 외에는 아무 생각도 들지 않았다.

병욱에 대해서도 아무런 감정이 없었다. 그냥 기희의 심정만이 고스란히 전해져 올 뿐이었다. 병욱은 병욱대로 제 입장이 있을 터였다. 어쩌면 병욱이 그렇게까지 둔감해진 건 기희의 탓도 컸으리라. 집안일이나 절반씩 갈라서 하는 것을 지상 최대의 과제처럼 말하는 기계적 페미니즘에 대한 기희의 경멸과 강박관념이 오히려 병욱에게 기희를 이해할 기회를 빼앗아 갔을지도 몰랐다. 그러나 또렷한 이성적 비판은 그냥 머리속의 것이었다. 마음의 고통은 누를 수가 없었다. 병욱의 말에 격분한 게 진우 자신인 것처럼, 밥상을 엎고 뛰쳐나온 게 바로 자신인 것처럼.

점심때가 되어서야 겨우 여관을 빠져 나오는데, 여관 골목에 쏟아지는 햇살에 간밤의 토사물들이 벌겋게 드러나 있는 게 눈에 들어왔다. 그러나 이상하게도 그것은 역겨움을 불러일으키지 않았다.

진우는 걸음을 멈추고 얼어붙은 그 토사물을 내려다보았다. 마음 깊숙한 데서 측은함 같은 것이 올라왔다. 자기를 포함해서 모두의 삶이 하나같이 측은했다. 세상을 뒤집어엎는 꿈을 지녔든, 저 한 몸 호사하려고 눈이 뒤집혀 있든 그 모두의 삶은 결국 저런 끝을 지니고 있다. 뜨물 같은 액체에서 생겨나 결국은 그 비슷한 진물이 되어 사라질 인간이라는 존재, 무엇이 다를까, 거기서 거기로 가는 동안의 과정이 다르다고 해서. 그런데도 우리는 괴로워하고 번뇌하고 몸부림치며 구더기가 끓는 진물이 될 자신을 들볶고 있다.

진우는 눈길을 돌리고 골목길을 빠져나갔다. 문득 기희와 함께 이와나미 문고에서 나온 베베르의 일어판 '부인론'을 같이 읽어내던 기억이 떠올랐다. 그때 그녀들은 세상의 여자들을 이해할 수 없었다, 자기들은 결코 그렇게 되지 않으리라 믿었다. 세상이란 자신들이 가장 비난한 것을 겪게 만든다. 그렇게 해서 하나씩 자신이 비난했던 존재를 이해하고 용서해 가는 것, 어쩌면 삶이란 그것뿐인지도 몰랐다.

방으로 돌아와 보니 아직 퇴근 시간이 되지 않은 탓인지 빈 집처럼 조용했다. 아이들도 어디 놀러갔는지 보이지 않았고, 종태 엄마도 시장에 갔는지 방에 자물쇠가 채워져 있었다. 진우는 방문을 열고 들어갔다. 공장에 들어온 뒤 처음으로 결근을 했다. 아무리 몸이 아파도 그녀는 출근을 했다. 자기와의 싸움이라고 생각했다. 처리야 월차휴가로 된다지만 내용으로 보면 오늘은 첫 결근이었다. 이제 두통은 가셨지만 몸이 영 개운치 않았다. 목욕이나 갔다 와서 푹 쉴까, 했지만 모처럼의 이런 한적한 시간이 너무 좋아 그렇게 시간을 보내버리기가 아까웠다. 옷을 갈아입고 창을 열었다. 오랜만에 걸레질도 구석구석 했다. 그러자 불현듯 일기를 쓰고 싶다는 생각이 간절히 솟아올랐다. 하지만 무엇을 적을 수 있으랴. 사람 이름이든 날짜든 보안이 문제가 되는 일들을 전혀 적을 수 없는 거야 그렇다 치더라도 감정이나 생각에 대한 것조차 지금의 그녀는 적을 수 없었다. 지금 진우는 윤진우라는 자신의 이름, 존재까지도 부정하고 있었으니까.

연탄불은 잘 타오르고 있었다. 정석이 말하지 않아도 갈아준 것이다.

그때 무언가 낯익은 노랫소리가 들려왔다. 몸에 익은 경계심으로 진우는 벽에 귀를 기울였다.

"비가 새는 판자집에 새우잠을 잔대도 고운님 곁이라면 즐거웁지 않더—냐 오손도손 속삭이는 밤이 있는 한 한숨일랑 쉬지말고 가슴을 쫙 펴라 내일은 해가 뜬다 내일은 해가 뜬다……"

설거지를 하는지 달그락 거리는 소리와 함께 나는 그 노래는 '사노라면'이란 노래의 2절이었다. 진우는 가슴이 철렁했다. 노래는 끝방의 그 쨍쨍한 목소리를 가진 여자가 부르는 게 분명했다. 그 노래는 구전민요이긴 했지만 운동권에서 널리 애창되는 노래였지 사람들이 잘 아는 노래가 아니었다. 어제 집회에서도 아이들이 모두 좋아했던 노래였다. 가사 하나가 다 자기들의 현실이었으니 마음에 와 닿았을 것이다. 하지만 그런 자리 아니고는 배우기 힘든 노래였다.

이미 진우는 한참 전부터 그 방 사람들이 아무래도 학생 같다고 의심을 품고 있었다. 학생들이 꼼짝 않고 그렇게 이상한 구성원으로 갇혀 있다면 그것은 수배자임이 분명했는데, 하는 짓이 하나에서 열까지 덜 떨어지고 철이 없었다. 그들을 보고 있으면 여러 가지로 화가 솟구쳤다. 하지만 심증이 갈 뿐 정확한 계기를 못 잡고 있어 주의를 줄 수도 없었는데, 이제 거의 분명하다고 보아야 했다. 그래도 저 노래는 구전민요이니 우연한 경로로 배울 수도 있다. 함부로 주의를 주다 진우의 신분이 의심받으면 큰일이었다.

그러나 그 덜 떨어진 여자는 진우의 그런 생각을 눈치라도 챈 듯 보다 더 확실한 친절을 베풀어 주었다.

"왜 쏘았니 왜 찔렀니 트럭에 싣고 어딜 갔니, 망월동의 부릅뜬 눈 수천의 핏발 서려있네……"

세상에, 진우는 그만 대야를 쾅, 내리쳤다. 그러자 저쪽도 놀랐는지 소리가 툭, 끊겼다. 미친년이 따로 없지, 아니면 둔해빠졌던가. 이 집이 얼마나 소리가 잘 들리는지도 모른단 말인가. 지금 자신이 학교의 써클룸에라도 있다고 생각하는 걸까. 저런 행동은 자살 행동이었다. 까딱하면 자기만이 아니라 다른 사람들까지 몰살시키는 행동이었다.

진우는 너무도 화가 치밀어 손이 다 떨렸다. 이 골목 입구에 있는 집이 통장집, 주민신고의 집이었다. 그리고 이 골목 사람들은 자기들끼리 아주 잘 통했다. 가뜩이나 전두환 정권은 지금 운동권에 대해 발악을 하고 있었다. 저 사람들이 이사 오기 직전에도 일제 조사가 있었다. 자취하는 사람들도 하나하나 주민등록증을 검사했고, 서류를 작성했다. 통장은 진우와는 얼굴을 익힌 사이였는데도 주민등록증을 뜯어보는 그의 눈길은 날카로웠다. 사람들의 신뢰를 받고, 직업이 확실해도 위험은 도사리고 있다. 까딱 수상하게 여겨지면 당장에 신고가 들어갔다. 그런데 저 사람들은 도대체 뭘 믿고 저러는 걸까. 아냐, 어쩌면 아무것도 모르는 평범한 젊은이들인지도 몰라. 어쩌다 행사 같은 데 쫓아가서 노래만 몇 개 배워온 건 아닐까, 적어도 단련된 자기훈련을 거친 운동권 학생들이, 더구나 위험한 신분이라면 절대 저럴 수가 없었다.

마침 걸레를 빨러 수돗가로 나가니, 바로 그 여자가 나와서 옷을 빨고 있었다. 진우가 다가가 옆에 앉자 그녀는 얼른 고개를 숙이며 공손하게 인사를 했다. 이 방 사람들이 오직 잘 대해주는 사람이라고는 정석과 진우뿐이었다. 그 두 사람의 공통점은 공장 노동자, 그들의 말로 레이버, 미래의 사회를 만들 주역이었다.

그녀는 진우에게 아주 살갑게 굴었다.

"발렌타인 공장에 다니세요?"

어떻게 알았나 싶었지만 진우는 고개를 끄떡였다.

"참, 얼마나 힘드세요? 야간에도 일을 하시죠?"

살살 녹을 것같이 부드러운 말투였다.

"한 주씩 교대로 해요."

"생리휴가는 있나요?"

“그럼요.”

진우는 피식 웃었다. 아마도 이들이 학생이라면 분명히 1학년이리라. 제대로 공부한 것도, 무엇을 겪을 새도 없이 그냥 밀려나온 그들은 관념 속에만 있는 고통 받고 무지하지만 미래의 주역인 노동자에 대해 터무니없이 신성한 경외감을 품고 있으리라. 마치 흠모하던 배우를 만난 청소년처럼 그녀의 눈은 빛나고 있었다. 잘 알고 있었다. 저 기대는 그렇게 환상적인 거라 또 믿을 수 없을 만큼 삽시에 무너진다는 것을.

이전에 야학을 할 때만 해도, 노동자가 이렇게 야비하고 비굴한 줄 몰랐다고 한 달도 안 돼 때려치우고 간 강학이 있었다. 진우는 문득 그녀가 안타깝게 생각되었다. 아까까지 그 철딱서니 없는 행동에 노여움이 치밀었던 마음이 다 사라졌다. 좋은 세상이라면 저 나이에는 그저 청춘의 즐거움에 젖고, 배움에 젖으면 된다. 그런데 이 여자는 저 모양이고, 진우의 공장 친구들은 초콜릿 속에 청춘을 묻고 있다. 하지만 그렇게 생각해도 그 철부지 냄새는 무언가 녹슨 철에서 나는 쇳내나 썩은 생선에서 나는 비린내처럼 거슬렸다. 지극히 단순한 사고방식, 그녀의 앙칼지면서도 한없이 순진한 눈망울에 씌워져 있는 백내장 막 같은 관념의 껍질을 당장에 터뜨려 주고 싶었다. 우둔하고 어리석은 것, 진우는 자신을 달래기 위해 그 죄 없이 빛나는 눈에서 눈길을 떼었다. 걸레를 다 빨았다.

진우는 다시 그녀에게 눈길을 돌리고 말했다.

“이 집은 소리가 한방처럼 들려요. 신경 쓰셔야 될 거예요.”

그녀의 얼굴이 하얘졌다. 진우는 그런 그녀를 남겨두고 방으로 들어왔다. 아무것도 확실치 않으니 실제적인 충고 외엔 할 수 없었다. 다행히 그들은 이제 연탄불 도둑질이라도 멈추었다.

방에 들어오니 피곤이 밀물처럼 몰려왔다. 시간 있을 때 다음 모임을 위해 준비를 해둬야 했다. 진우는 아까 사온 노동조합에 대한 책을 펴 들었다. 오늘 친구들을 몰고 간 '새해맞이 안양 지역 노동자 잔치'는 나름대로 성과가 있었다. 지역 노동 단체들에서 개최한 합법적인 공개 행사였던 만큼 주로 나온 이야기들은 노동자들의 권익 쟁취에 대한 것이었다. 흥겨운 자리였던 탓일까. 아이들은 임금 인상이나 권익 투쟁보다는 각 공장의 노조에서 나온 사물놀이 패나 촌극 공연, 노래 공연 등에 더 관심을 보였다. 매일 공장과 자취방만을 왔다 갔다 하는 것으로 청춘을 다 보내고 있는 그들로서는 당연한 반응이었다. 우리도 저런 서클이 있으면 회사 다니기가 훨씬 재미날 거야, 맞아, 노조가 있으면 저런 것도 다 만들 수 있나 봐, 그런 얘기 끝에 진우가 다음 모임에서 노동조합에 대해 조사해 오기로 했던 것이다.

저녁때가 되어 진우가 밥을 차려 먹으려고 부엌으로 내려서는데, 술렁이는 소리가 들리더니 문이 활짝 열렸다.

"어머, 니네들이!"

경실이와 미선이었다.

"어떠니, 좀 낫니? 누워 있지 왜 나왔어?"

"괜찮아. 근데 잔업 어떻게 뺐어?"

방으로 그들을 이끌며 진우가 말했다.

"최 반장한테 부탁하니까 우리 둘만 살짝 빼줬어."

"나, 괜찮은데……"

"니가 괜찮으면 빠질 애냐? 어디 봐, 열은 없는 것 같은데 얼굴색이 말이 아니다. 약은 먹었니?"

경실이 진우의 머리를 짚으며 호들갑을 떨었다.

"아침엔 힘들었는데, 이젠 다 나았어. 정말 괜찮아."

"그럼 어디 가서 뜨끈한 우동이라도 먹을래? 우리가 사줄게."

미선이 들릴 듯 말듯 낮은 목소리로 말했다. 쟨 홍섭씨랑 잘 되고 있나, 진우는 미선을 쳐다보며 그런 생각을 했지만 묻지 않았다. 미선은 하도 수줍음이 많아서 그런 얘기를 차마 꺼내지 못했다. 그러나 일할 때 가끔 그녀의 하얀 얼굴이 이유 없이 발갛게 물들 때가 있는 걸 보면 잘 진행되고 있는지도 몰랐다. 그럴 때, 미선아, 하고 불러보면 영락없이 그 애의 눈빛은 꿈이라도 꾼 애처럼 몽롱해져 있었다.

"그래, 그러자. 안 그래도 국물이 먹고 싶었어."

진우가 일어서자 모두들 따라 일어섰다.

"단단히 입어. 밖에 추워. 아픈 애가."

경실이 입으로 챙긴다면 미선은 마음 씀이었다. 슬며시 진우의 손을 잡는 미선의 손을 진우는 꼭 쥐어주었다.

골목에 들어서자 웬 흐느낌 소리가 들려왔다. 깜짝 놀라 진우가 바라보니 박씨가 어떤 여자에게 매달려 애원을 하고 있었다.

"여보, 제발…… 내 다시는 술 안 마신다니까. 일만 열심히 할 거라구. 우리 호철이가 보고 싶어 미치겠어. 제발……"

박씨의 아내인 듯한 그 여자는 너무 작아서 얼핏 보면 아이처럼 보였다. 그녀도 울고 있었다. 진우는 박씨가 무안할까봐 재빨리 외면한 채 친구들 손을 끌고 골목을 빠져 나갔다. 어둠 속이라 그는 진우를 못 알아본 것 같았다. 평소에 그렇게도 명랑하고 껄렁껄렁해 보이던 박씨의 그런 모습은 전혀 다른 사람처럼 보였다.

저녁을 먹고 아이들과 헤어져 돌아올 때 골목의 어둠 속에 박씨는 없었다. 어떻게 됐을까, 그 여자는 돌아왔을까. 집에 들어가 박씨의 방을 보았지만 그 방은 창이 없는 나무문으로 되어 있어서 불이 켜져 있는지 어떤지 알 수가 없었다. 댓돌 위에 신발이 없는 걸 보니 결국 박씨는 아내를 데려오는 데 실패한 모양이었다. 어디 가서 화해주라도 마시고 있는 중이라면 좋을 텐데, 그러나 어쩐지 그럴 것 같지는 않아 보였다.

진우는 방에 들어가자마자 얼른 주머니에서 편지를 꺼내 보았다. 경실이 아까 집에 가면서 살짝 집어넣은 편지였다.

"우체통에 부치려다가…… 전에 눈 오던 날 밤에 니 생각이 나서 썼어."

진우는 가슴이 두근거렸다. 이즈음 진우는 그 친구들에게도, 자신은 비밀이 많은 사람이라는 얘기를 몇 번 하곤 했다. 정해진 것들에 대한 대답은 하지만 어쩐지 제 속을 털어놓지 않는 것 같은 진우에 대해 아이들이 불평할 때면 너무 미안했던 것이다. 언젠가는 말해주게 될 거야, 미안해, 그렇게라도 말하지 않고는 자기를 점점 더 사랑해주는 친구들 앞에 얼굴을 들 수가 없었다. 진우는 편지를 뜯었다.

새로 시작한 새해를 축복하듯이 거리엔 하얀 눈이 펄펄 내리는구나. 빨리 겨울이 가고 따뜻한 봄이 왔으면 좋겠어.

영애야!

난 마음이 못됐나 봐. 난 남자를 이미 사귀었으면서도 영애, 니가 남자를 사귀게 되면 막 질투할 것 같으니 걱정된다, 그치?

영애야!

내가 일하면서 생각한 게 뭔지 아니?

너하고 나 둘이서 조그마하고 아담하고 예쁜 아파트 하나 얻어서 같이 살 걸 생각한단다. 이런 말 다른 사람에게 말하면 날 때려준다고 쫓아다닐 거야. 너처럼 예쁘고 착한 여잘 탐내는 남자가 많으니까 말야. 여자인 나도 반했으니까 남자들은 반해도 홀딱 반할 거야. 그래서 난 너 좋아하는 우리 회사 남자들(좀 있겠지?) 이해할 수 있을 것 같아.

그치만 영애야! 나보단 좋아하지 마, 알았지?

만약에 나보다 다른 사람을 더 좋아하면 이를 거야. 누구한테 이를 거냐구?

아 참, 그게 고민이구나. 그래도 말 안 들으면 난 울어버릴 거야. 이 만큼 난 널 좋아한단다.

나의 사랑하는 친구야!

난 너한테 내 고민을 다 털어놓았는데, 넌 나에게 베일에 싸인 신비의 친구 같다는 생각만 드는 건 웬일일까. 넌 나에게 아주 좋은 친구라는 것 이외엔 사소한 것밖에 모르고 있으니, 어떻게 내가 너의 진정한 친구라 할 수 있겠니.

영애야!

난 너의 소중하고 진정한 친구가 되고 싶단다. 난 너의 어떤 과거라도 이해하고 용서할 수 있단다. 네가 살인자라 할지라도 난 널 사랑하고 좋아할 거야. 그러니 영애야, 너 혼자 괴로워하지 마. 괴롭고 슬픈 일은 서로 나누어 가지고 기쁜 일은 같이 기뻐해 주는 친구가 진정한 친구가 아니겠니?

너의 아픔이 곧 나의 아픔이란다. 우리 서로의 마음을 털어 놓을 수 있는 날이 빨리 왔으면 해.

영애야!

우리 서로 사랑하고 모든 일을 용서하며 격려해주는 그런 진정한 우정을 나누며 살자. 그럼 언제나 건강 조심하고! 아프면 안 돼!
밝고 해맑은 웃음을 잃지 말고 예쁘게 예쁘게 살아가자.

너를 사랑하고 사랑하는 경실이가

진우는 편지를 접었다. 네가 살인자라 할지라도 난 널 사랑하고 좋아할 거야. 누군가 뒤에서 등이라도 친 것처럼 숨이 막혀왔다. 그러자 예전에 경실이 한 말도 따라 떠올랐다. 난 널 보면 내가 중학교만 나온 게 안 부끄러워, 중학교만 나와도 너처럼 교양 있고 멋있을 수 있으니까. 자신이 하는 일이 너무도 아득하고 두렵게 여겨졌다. 그 눈부시게 따뜻하고 아름다운 사랑은 그녀를 오히려 괴롭혔다. 자신이 그들에게 끔찍하게 무서운 상처를 주게 될지도 모른다는 불안이 그녀를 휘감았다.
집안은 점점 소란해졌다. 진우는 일찍 자리를 깔고 누웠다. 몸도 힘들었고, 마음도 힘들었다.

밤이 깊었을 때 누군가가 문을 마구 흔들면서 두드리는 바람에 진우는 잠에서 깼다.
"아가씨, 아가씨, 문 좀 열어 보드라고! 문 좀 열어 보드라고!"
그것은 술에 곤드레가 된 박씨의 목소리였다. 깜짝 놀란 진우가 부엌으로 나가 문은 열지 않은 채 물었다.
"왜 그러세요, 아저씨?"
"그라지 말고 문 좀 열어 보랑께! 난 아가씨가 좋아, 제발 문 좀 열어 보드라고, 잉!"
"아저씨, 취하셨어요. 방에 들어가서 주무세요."

　박씨의 아내는 그를 버리고 다시 떠난 모양이었다. 마음이 약해 보였던 그 작은 여자, 그녀는 아마도 두고 간 이 불쌍한 남자가 궁금해 들르기는 했지만 머무를 생각은 아니었나 보다.

　"아가씨, 제발 한 번만 문 좀 열어 보랑께, 제발! 난 아가씨가 좋단 말이여, 꺼억, 빌어먹을 시상, 나, 아가씰 안고 자고 싶당께. 하룻밤만, 적선하는 심치고 하룻밤만 딱, 꺼억! 딱 하룻밤만! 부탁이랑께, 아가씨 이!"

　박씨의 목소리는 이제 완전히 통곡으로 바뀌어 온 집으로 퍼져 나갔다. 다른 방들의 문 여는 소리가 여기저기서 들려오더니 종태 아빠의 살기 도는 목소리가 쨍하고 뒤를 이었다.

　"이 새끼가 미쳤나? 지 여편네도 간수 못한 게 넘볼 게 따로 있지, 야, 새꺄, 빨리 니 방에 처박히지 못해?"

　박씨의 방문이 열리는 소리와 닫히는 소리가 거의 동시에 들려왔다. 분명히 종태 아빠가 들어다 던져 넣었을 것이다.

　닫힌 부엌문 안으로 종태 아빠의 목소리가 넘어왔다.

　"많이 놀랬겠네. 걱정 말고 얼른 자요."

　곧이어 그의 부엌문이 드르륵, 닫히는 소리가 들려왔다. 다른 부엌문들이 닫히는 소리도 이어서 들려왔다. 그러자 다시 집안은 괴괴해졌다. 박씨는 그대로 잠이 들었는지 아무런 기척이 없었다. 문득 진우는 귀를 기울여 정석의 기척을 들어보려고 했다. 그러나 그 방에서는 어떤 기척도 들려오지 않았다. 아직 그는 돌아오지 않은 모양이었다. 시계를 보니 2시가 넘어 있었다. 어쩌나, 불을 갈아줘야 하나. 그런 생각을 하며 다시 자리에 드는데, 문 밖으로 낯익은 발자국 소리가 저벅저벅 들려왔다. 주위가 조용하니까 골목 입구에서부터 연탄재 밟는 소리가 고스란히 들려왔다. 그 발자국 소리처럼 그녀의 가슴이 갑자기 저벅거렸다. 정석씬가, 야근이 늦어졌나 보구나. 그 발자국 소리는 그녀의 방 앞에서 잠시 멈춰졌다.

진우의 가슴이 뛰기 시작했다. 잠시 후 그 발자국 소리는 다시 이어져서 정석의 방 앞으로 갔다. 부엌문에 뭐가 끼였는지, 덜커덕거리며 잘 열리지 않는 듯했으나 곧 수습이 되었다.

이윽고 주위는 또 다시 괴괴해졌다. 연탄 갈기가 귀찮았는데, 잘 됐네, 진우는 누가 옆에 있다가 제 가슴의 동요를 듣기라도 한 것처럼 일부러 나른한 목소리로 중얼거렸다. 어쨌든 그녀의 가슴은 더 이상은 두근거리지 않았다.

13. 우리들의 아름다운 변소

출근 준비를 하는데 갑자기 배가 아프기 시작했다. 정석은 얼른 회사에 가서 화장실을 쓰려고 서둘러 골목으로 나섰다. 하지만 더 이상 참을 수가 없었다. 할 수 없이 그는 도로 돌아가 주인 방 앞에 걸린 열쇠를 찾았다. 그러나 열쇠가 없었다. 사람이 들어가 있다는 말이었다. 자기 앞의 배설물이 누구 것인지를 알지 않기 위해서라도 보통은 방에 들어가 기다리는 게 예의였지만, 그는 너무 급해 변소 앞으로 달려갔다. 그리고 염치 불구하고 문을 두드렸다. 그러자 곧 부스럭거리는 소리가 나더니 문이 열렸다. 문을 열고 나오는 사람은 바로 영애였다.

정석은 그만 당황하고 말았다. 영애 역시 그를 보더니 얼굴이 새하얗게 질린 채 자기 방으로 달려가 버렸다. 차마 그곳으로 들어갈 수가 없었다. 하지만 그에게 갈등할 여유라곤 없었다. 그는 문을 잡아당겼다. 그러나 들이밀던 한 발을 그는 도로 뺐다.

정석은 이를 악물고 골목 밖으로 뛰어나갔다. 아이를 낳을 때도 이렇게 고통스럽지는 않을 것만 같았다. 그는 손톱으로 다른 손을 마구 꾹꾹 눌러댔다. 손등 위에 손톱자국이 여기저기 찍혔다. 다른 데를 아프게 해서라도 그 고통을 잊고 싶었다. 골목 옆 슈퍼는 문을 열지 않았다. 거의 숨이 막혔다. 이마에 식은땀이 맺혔다. 저 밑으로 다방이 하나 보였지만 역시 열지 않았을 것이다. 그의 입에서 하느님, 소리가 절로 나왔다. 손에서 진땀이 흘렀다. 그래도 차마 돌아갈 수는 없었다.

다급한 정석은 골목길 옆에 있는 대문을 두드렸다. 파란 양철대문의 집, 전혀 모르는 집이었다. 마당에서 사람 소리가 들렸다. 늙수그레한 아주머니가 다행히 문부터 연 다음에 물었다.

"누구시오?"

"저, 아침부터 죄송하지만…… 갑자기 배가 너무 아파서…… 죄송하지만 화장실을 좀……"

정석의 얼굴이 사색이 되어 있었던 탓인지, 아주머니는 마당 안에 있는 변소를 가리켰다. 그는 그곳으로 달려갔다.

정석이 변소에서 나와 머리를 긁적이자 마당에 앉아 김치를 절이고 있던 아주머니는 웃으면서 수돗가를 비워주었다.

"와서 손 씻으시오. 총각이 엔간히도 급했나 보요."

정석은 손을 씻고 고개를 숙여 인사를 했다.

"정말 감사합니다!"

아주머니는 고무장갑 낀 손으로 입을 가리면서 웃더니 말했다.

"아, 사람 탈을 쓰고 그만 일을 못 허겄소. 나가던 길인가 본데 후딱 가보시요."

"예. 그럼…… 안녕히 계세요."

정석은 멋쩍고 부끄러워 얼른 양철대문을 닫고 나섰다.

회사를 향해 걸어가던 정석은 잠시 선 채로 망설이다 다시 골목길을 거슬러 집으로 돌아갔다.

영애의 방에서 불빛이 흘러나오고 있었다. 아직 출근하지 않은 모양이었다. 그는 결심한 듯 뒤란으로 돌아들었다. 영애 방의 창호지 창문은 잘 닫혀 있었다. 그는 발소리를 죽이고 다가가 창문을 두드렸다.

"누구세요?"

놀란 영애의 목소리가 들려오고, 창문을 열려고 일어선 그녀의 그림자가 창호지 문에 어른거렸다.

"열지 말아요!"

오히려 정석이 놀라 소리쳤다. 그러고는 얼굴이 안 보이는 그 상태에서 재빨리 작은 목소리로 말했다.

"나요, 거기 안 들어갔어요. 다른 변소에 갔다 왔어요."

정석은 영애의 대답도 기다리지 않고 얼른 자리를 떴다.

다행히도 오늘 정석은 자재과에서 일하게 되었다. 자재과 창고는 별도 건물이라 다른 과의 직원들과 만날 일이 없었다. 연말이라 자재정리 점검 때문에 남자직원들이 총동원되었다. 아무래도 오늘 하루쯤은 영애와 부딪히지 않는 쪽이 좋았다. 아침의 일 때문에 서로 바라보기가 쑥스러울 것이다.

　그러나 잔업을 마치고 정석이 늘 그랬듯이 서쪽 현관을 피해 동쪽 현관으로 돌아서 수위실에 이르렀을 때, 그곳에선 뜻밖에도 영애와 경실이 막 카드를 찍고 나가는 중이었다. 여공들은 이미 다 빠져나가고 없었다. 두 사람만 좀 늦게 나온 모양이었다.

　"정석씨도 이제 나오세요?"

　경실이 정석을 보고 반갑게 인사했다. 그날의 파티 이후로 거기 모였던 사람들과는 제법 가까워진 느낌이 들었다. 하지만 영애는 말을 못하고 눈길을 피했다. 목에 두른 빨간 목도리처럼 불빛에도 얼굴이 발그레했다.

　"잘됐네. 둘이 같이 가면 좋겠다. 나도 같이 회사 다니는 남자가 한 집 살면 얼마나 좋을까!"

　그러면서 경실은 빨리 카드 찍고 나오라고 정석을 독촉했다.

　"그럼 잘 가! 정석씨도 잘 가요!"

　경실이 반대 방향의 어둠 속으로 사라지자 두 사람만 남았다. 그들은 말없이 걸음을 떼었다. 그러나 곧 영애가 침묵을 깼다.

　"아침에…… 힘드셨죠?"

　너무도 조심스러운 어조였다. 그 지나치게 조심스러운 어조의 말이 뜻하는 내용에 생각이 미치자 정석은 갑자기 웃음을 터뜨렸다. 그는 걸음까지 멈추고, 푸하하하, 큰소리로 웃었다. 그가 웃자 영애도 웃음을 터뜨리고 말았다.

　"하하하……"

　두 사람의 눈길이 마주치자 다시 웃음이 터졌다. 그러자 두 사람 사이에 있던 쑥스러움은 깨끗이 사라졌다.

　"후후…… 아침엔 정말 고마웠어요."

영애가 말했다.

"똥 때문에요?"

정석이 짓궂게 되물었다.

"예! 똥 때문에요!"

영애도 장난스럽게 대꾸했다.

그러자 정석은 아침의 그 고통스럽던 과정을 무용담처럼 신나게 말해 주었다.

"정말 고마워요… 사실… 난… 창피해서 죽고 싶었거든요."

영애가 눈을 내리깔며 말했다. 어딘가 고상해 보이고, 자존심이 강해 보이는 그녀에게 그런 상황은 정말 못 견딜 노릇이었을 것이다.

"만약…… 그때 나온 게 영애씨가 아니고 인주네나 포항댁이었다면 코를 박고 엊저녁에 뭘 먹었나 요리조리 관찰도 했을 겁니다."

"아유, 정석씨!"

영애는 정석의 짓궂음에 나무라듯 말하면서도 다른 때와 전혀 달라진 그의 모습에 놀라는 눈치였다. 정석 스스로도 자신의 그런 모습이 신기했다. 내가 왜 이러지, 하지만 기분이 정말 좋았다. 이것도 다 그놈의 똥 때문인가, 하하, 마음속에서도 웃음이 나왔다. 그는 이제 영애가 허물없게 느껴졌다. 목덜미에 칼날처럼 달려와 박히는 찬바람조차 상쾌하게 여겨졌다.

교도소 앞의 사거리까지 왔을 때 정석은 영애를 보고 말했다.

"술 한 잔 살래요? 은혜를 갚는 의미에서."

영애는 시원스레 대답했다.

"아, 좋아요! 나, 술 잘 마시는데……"

"그래요? 그럼 소주도 괜찮아요?"

“그럼요. 한 잔을 마셔도 독한 게 좋죠!”

“큰소리치는 거 보니까 불안하지만 뭐, 같은 집 사니까 따로 데려다 줄 것도 없고……”

정석은 앞장서서 군포시장 쪽으로 길을 건넜다.

“아는 데가 있나 봐요?”

“예. 잘 아는 누님이 있어요.”

“뜻밖이네요. 난 세상천지 외톨인 줄 알았는데……”

“외톨이는요. 이렇게 영애씨 같이 예쁜 술친구도 있는데……”

정석은 자기 입에서 그런 말들이 술술 나오는 게 신기했다. 그런데 제가 말을 뱉고도 그렇게 말하고 나니 가슴속이 훈훈해졌다.

정석은 영애를 데리고 황해도 집으로 갔다. 간판을 보고 그녀가 물었다.

“누님이 황해도분?”

“아뇨. 먼저 사람이 붙여 논 간판이래요. 황해도는 우리 부모님 고향이에요.”

“어머, 장길산처럼?”

“누구요?”

“아, 아니에요. 황해도 분이라니 멋지네요.”

두 사람이 문을 밀고 들어서자 고구마줄기를 볶고 있던 박순애가 돌아보았다. 오늘따라 유난히 피곤해 보이는 얼굴이었다. 박순애는 정석에게서 영애에게로 눈길을 옮겨갔지만 그 표정에는 아무런 변화가 없었다.

“왔니?”

그 말 한 마디만 던지고 박순애는 다시 볶던 프라이팬으로 고개를 돌리는데, 정석이 그 눈길을 낚아채듯 재빨리 말했다.

"같은 집에 세든 친구예요. 회사도 같고……"

영애는 고개를 숙이며 인사를 했다. 그제야 박순애는 영애의 얼굴을 유심히 보았다. 하지만 그 표정이나 말투에는 어떤 호기심도 깃들지 않았다.

"아, 그래요?"

그리고 곧 박순애는 돌아서 버렸다. 정석은 영애를 데리고 구석자리로 가서 앉았다.

"원래 저러니까 마음 상해하지 말아요. 저래도 속정은 깊어요."

"괜찮아요."

그러나 영애는 눈치가 보이는 듯 편치 않아 하는 표정이었다. 전에도 정석은 한두 번, 여자를 데리고 온 적이 있었다. 예전의 여자들이 몇 번 정석을 찾아왔을 때였다. 그때는 일부러 그러는 마음도 있었다. 자신이 다른 여자를 만난다는 사실을 박순애가 은희에게 알려주기를 바랐다. 그렇게라도 은희를 자극하고 싶었는지도 몰랐다. 하지만 박순애는 도무지 그런 일에는 관심이 없어 보였다. 은희를 그렇게 친동생처럼 아끼고 사랑하면서도, 그리고 정석과 은희가 애인 사이란 것을 알면서도 마치 그가 데리고 오는 여자들이 투명인간이라도 되는 양 박순애의 시선은 여자들을 무심히 통과했다.

어쨌든 예전의 여자들이 가끔씩 찾아올 때면 정석은 갈 곳이 없었다. 그는 단 한 번도 제 방에 여자를 데려간 적은 없었다. 자기 방에 가자고 졸라본 사람도 은희가 유일했다. 그러나 은희한테는 그가 거부당했다. 어쨌든 그랬으니 갈 곳은 여자의 방이든가, 여인숙뿐이었다. 그것 말고는 함께 영화를 보거나 술집에 가는 것이 유일한 오락이었다. 하지만 그는 영화를 좋아하지 않았다. 아무리 집중해 보려 하여도 몰입이 되지 않았다. 원래 얘기 자체가 지어내서 배우들이 연기하는 가짜인 데다, 배우들조차 직접 나오지 않고 사진으로 찍은 걸 빨리 돌려, 실제로 움직이는 것처럼 속임수를 쓰는 그런 수법이 그에게는 도무지 마음에 들지 않았다. 다른 사람들은 스크린에 비친 내용 속으로 빠져들어 제 일처럼 여기고 울고 웃고 하는데도, 그에게는 그 순간 영사실에서 필름을 돌려서 환등기로 비추면 벽면 위에 사진이 재빨리 돌아가는 그 지극히 실제적인 장면이 앞서 떠올랐다. 중국 무술영화는 아예 황당하니까 재밌었다. 그런 게 아니라면 차라리 대한뉴스가 좋았다. 어떤 때는 가볍게 스쳐 가는 뉴스의 기사 하나에도 눈물이 나올 때가 있었다.

 그건 책도 마찬가지였다. 그는 홍섭이 표현한 대로 다른 남자들보다는 책을 좋아하는 편이긴 했지만, 텔레비전이 없으니까 시간을 보내기 위해 이것저것 집어서 읽는 것에 불과했다. 아무 생각 없이 있으면 자꾸 잡념이 들었고, 그의 잡념이라는 것이 마지막에 도달하는 지점은 언제나 누이였기 때문에 거기서 도망가고 싶을 뿐이었다. 그래서 도망가기 위해 그가 골라잡는 책은 아예 황당한 게 분명한 무협지나 만화든가 그렇지 않으면 수기나 전기나 실용서였다. 정석이 가장 싫어하는 책은 소설책이었다. 그것은 영화를 싫어하는 것과 똑같은 이유에서였다. 그는 남이 지어낸 얘기 따위에는 관심이 없었다. 언젠가 사귀었던 어떤 여자가 너무너무 재밌다며 빌려준 김홍신의 『인간시장』도 그는 열 장을 넘기지 못했다. 거기 나오는 장총찬인가 하는 주인공 역시 마음에 들지 않았다. 그는 대단한 능력을 가진 해결사였지만, 무협지의 검객들처럼 하늘 위로 날아다니고, 둔갑술을 부리는 능력은 갖고 있지는 않았다. 그런 소설을 읽느니 그는 차라리 『2차 대전사』나 『건강 요리책』

을 읽었다.

취향이 그 모양이니 갈 데가 없었다. 간혹 여자를 위해 영화관에도 갔지만 그는 영화를 보면서도 혼자 내내 딴 생각에만 잠겨 있었고, 어떤 때는 아예 소주병을 꿰차고 들어가 옆의 여자가 영화에 빠져 울고 웃을 동안 자기는 혼자 병나발 불어가며 소주를 마시곤 하였다. 그러니 같이 잠잘 때를 빼고 그가 여자와 같이 즐길 수 있는 건 술밖에 없었다. 또한 정석은 이미 지난 사랑과 다시 몸을 섞는 피곤한 일은 가능한 피했다. 그러니 갈 곳은 술집뿐이었고, 또 술집은 황해도집밖에 아는 데가 없으니 늘 이리로 데리고 오곤 했다.

그러나 여자가 아무리 바뀌어도 박순애는 관심을 보이지 않았다. 그녀에게 정석의 여자란 건 서은희와 서은희가 아닌 여자들로만 나뉘어졌다. 김영애도 서은희가 아닌 여자에 불과했다. 그러나 같은 집, 같은 회사라는 말 때문이었는가. 아까 김영애를 바라보는 박순애의 눈빛 속에는 다른 때와는 다른 유심함이 들어 있었다.

"여기 안주는 뭐가 맛있어요?"

진우가 물었다.

"다 괜찮아요. 누님이 손맛이 있어서…… 오늘 같은 날은 뭘 먹나? 닭똥집을 먹을까요, 하하?"

정석이 농담을 던지자 영애가 손을 내저었다.

"똥은 이제 충분해요."

"하하, 그럼 뭘 먹나? 내가 가서 오늘 뭐가 제일 맛있게 되는지 알아서 시켜오죠. 가리는 거 있어요?"

"똥자만 안 들어가는 걸로요!"

"좋아요!"

정석은 일어나 주방 앞으로 갔다. 여자와 함께 올 때면 그는 자기가 직접 시중을 들었다. 혼자일 땐 그런 생각이 안 드는데, 서은희가 아닌 여자와 같이 와서 박순애에게 시중을 들게 하기는 왜 그런지 미안했다. 그가 다가가자 박순애는 벌써 한 쟁반을 챙기고 있었다.

"오징어가 하도 좋아 보여서 무쳤어. 맨날 하는 게 아니니까 먹어 봐. 술은 소주하고?"

박순애가 턱 끝으로 영애 쪽을 가리켰다. 무슨 술을 더 놓아야 하는지 묻는 것이었다.

"소주면 돼요."

박순애가 쟁반 위에 오징어무침과 밑반찬, 수저와 물, 소주를 챙겨 올리면서 나직한 목소리로 속삭이듯 물었다.

"결혼한 여자야?"

"예? 아, 아니예요."

정석이 깜짝 놀라 대답하며 무심결에 영애 쪽을 돌아보았다. 그녀는 벽에 붙어있는 메뉴판을 올려다보고 있었다. 점퍼를 벗고, 회색과 빨간색이 어우러진 털 스웨터를 입고 있는 화장기 없이 해사한 그녀의 모습은 여느 때처럼 앳되게 보였다. 그의 눈에는 오히려 스무 살 밖에 안 되어 보였지만, 아무리 많이 본다 해도 스물 둘을 넘게 보이지는 않았다.

정석은 다시 순애를 돌아보며 말했다.

"왜 그렇게 보여요? 나이도 어린데……"

"나인 안 많아 보여. 하지만 어딘가 결혼한 여자 같애. 모르지. 내가 잘못 봤을 수도……"

"누님도 참…… 아무리 내가 유부녀를 데리고 오겠어요?"

박순애는 눈길을 들어 정석의 눈을 똑바로 바라보더니 물었다.

"사귀는…… 사이야?"

"아유, 누님도…… 나야 은희 말고 있나요! 그냥 집에 같이 오다 술 생각나서 들린 거예요."

정석은 평소 때의 그답지 않게 영애와의 관계를 강력하게 부정했다. 거짓말은 아니었다. 평소 때와 다른 걸 말한다면, 박순애야말로 그랬다. 한 번도 정석이 데려오는 여자에 대해 가타부타 관심도, 평가도 없었던 그녀였다. 그녀는 마지막으로 소주잔 두 개를 쟁반 위에 올려놓으면서 마침표를 찍듯 단호하게 아퀴를 지었다.

"절대로 마음 주지 마. 내가 언제 이런 말 하든? 알았지?"

평소와 다른 박순애의 태도에, 그렇게 말하는 그녀의 우려 섞인 눈빛 앞에 정석은 당황했지만, 쟁반을 받아들며 아무렇게나 해석될 수 있는 웃음으로 그 말에 대꾸했다. 누님이 왜 저러지, 혹시 은희 마음이 요즘 흔들리고 있나.

"어머, 맛있겠다! 군침이 넘어가네요."

쟁반 채로 식탁 위에 올려놓자 영애는 탄성을 질렀다. 정석이 먼저 술을 따라주자 그녀도 그의 잔에 술을 따라주었다.

"우리의 변소를 위해서!"

술잔을 부딪히면서 영애가 작은 소리로 말했다. 정석은 웃었지만 아까 같은 유쾌한 감정은 이미 사라지고 없었다. 난 비밀이 많아요, 언젠가 그녀가 했던 말이 불쑥 떠올랐다. 그때 제 머릿속을 섬광같이 스쳐 지나간, 한 번 결혼한 여자일지 모른다는 생각도. 누님이 그것을 알아본 것일까.

소주 두 병을 둘이 나눠 마시고야 그들은 일어섰다. 그는 얼굴 근육이 조금씩 당기기 시작하고, 그래서 주위의 사물이 갑자기 낯설어지는,

그러나 아직은 제 취기를 제가 조절할 수 있는 이 상태의 취기를 가장 사랑했다. 가라앉았던 기분이 다시 좋아졌다.

"갈게요, 누님."

"안녕히 계세요."

정석과 영애의 인사에, 박순애는 여전히 그 무표정하고 지친 눈빛으로 그들을 배웅했다. 다른 날과 달리 그녀는 문 앞까지 나와 그들이 시장을 벗어나는 걸 바라보고 서있었다.

"쓸쓸하고 힘들어 보여요, 저 분."

그렇게 서있는 순애를 돌아보며 영애가 말했다.

"그래요. 남편이 바로 우리 집 앞에 있는 안양교도소에 들어있지요."

"네? 왜요?"

영애가 놀란 목소리로 물었다.

"폭력사건에 물렸나 봐요, 나도 더는 몰라요, 은희하곤 친하지만……"

정석은 얼른 입을 다물었다. 취했구나, 내가.

"은희가 누군데요?"

영애가 무심하게 물었다.

"아, 은희요? 몰랐어요? 우리 애인이에요. 우리 회사에 다니는데……"

자기도 모르게 정석은 호기를 부리고 있었다. 하지만 한번 쏟아져 나온 말은 거둘 수 없었다. 은희의 무게가 오히려 그에게 반발을 불러일으키고 있었다.

"어머, 그랬어요? 몰랐어요. 애인도 있고 부자네요. 정석씬."

영애가 웃으며 말했다.

"영애씬 심각한 부자죠. 심각한 사이인 애인도 있고."

"호호, 그래요. 정말 심각한 부자예요. 이렇게 좋은 술친구도 있으니."

그 말에 정석은 자기도 모르게 영애의 손을 덥석 잡았다. 이렇게 좋은 술친구, 그 말 때문이었다. 아무것도 아닌 그 말이 그 순간 너무도 정다웠다. 그녀는 놀란 것 같았으나 그대로 있었다. 하지만 나오면서 꼈는지 그 손에는 털장갑이 끼어져 있었다. 정석은 그녀의 손에서 장갑을 벗겼다. 그러자 비로소 작고 부드러운 손이 기분 좋게 그의 손 안에 잡혀왔다. 그녀는 가만히 있었지만 체온은 느껴지지 않는 손이었다. 그래도 그는 오기처럼 그 손을 더 힘주어 잡고 걸어 나갔다.

"은희씨 얘기 해봐요."

영애가 말했다.

"은희 그년이요? 아주 못된 년이에요."

정석은 이미 꼬부라진 혀로 말했다.

"어떻게 못된 년인데요?"

영애의 목소리 역시 평소 때의 단아함은 풀어져 있었다.

"어떻게 못된 년인가 하면…… 죄일 년이지요."

"왜요?"

"죄일 년이 나를 사랑하지 않거든요."

"저런!"

영애가 진지한 어조로 딱하다는 듯이 말하자 정석은 속으로 웃음이 났다. 취기가 올라 나오는 대로 아무렇게나 지껄이고 있는데 이 순진한 여자는 곧이곧대로 받아들이고 있다. 그는 재미가 났다.

"다른 남자를 사랑하고 있어요. 아주 마음속에다 칼로 새겨 놨더라고요."

장난처럼 말했지만 정석은 말하고 보니 자신의 가장 큰 번민은 그것이 아닌가 하는 생각이 들었다. 그랬다. 은희는 자기가 버린 그 남자에게서 벗어나지 못하고 있었다. 아무리 몸을 섞고 마음을 나누어도 은희는 정석에게 조금도 집착하지 않았다. 그런데 지금 그는, 여태껏 그렇게 자신에게 집착하는 여자들에게나 시달려오고, 자신은 결코 그 중 누구에게도 집착하지 않고 살아온 그는, 그렇게도 마음 닫고 무심하게 살아온 그는, 은희를 만나 처음으로 무섭게 빨려들고 있었던 것이다.

영애가 취중에도 놀란 눈으로 걸음을 멈추고 그를 바라보았다. 그는 그런 그녀를 흘낏 바라보고는 잡은 손을 낚아채듯 앞으로 걸어 나갔다.

"하지만 뭐, 괜찮습니다. 영애씨처럼 예쁜 술친구가 있으니까, 꺼억……"

영애는 말이 없었다. 그들은 말없이 시장을 빠져 나와 걸어 올라갔다. 한참 걸어 올라가니 안양 교도소가 나왔다. 이 밤에 희미한 불빛 아래 키가 껑충한 나무들은 감시자처럼 아래를 굽어보고 있었다.

어느새 정석과 진우는 그들의 골목으로 들어서고 있었다. 골목은 발 딛을 데를 가늠할 수 없을 정도로 깜깜했다. 이미 밤이 깊어 방들마다 불이 꺼진 탓이었다. 발밑에서 나는 연탄재 밟히는 바스락 소리만이 그 골목이 자기들의 골목이란 걸 말해주고 있었다.

정석이 어둠 속에서 불쑥 말했다.

"씨팔, 당신이 뭘 알아. 바보 같은 여자가, 히히."

정석은 히죽거리며 웃었다. 그의 마음속 버팀목 같은 것이 무너지고 있었다. 그렇다. 은희에 대한 설명할 수 없는 불안감이 그것을 무너뜨리고 있었다. 이 불안감의 정체는 무엇일까, 그 모호한 불안감, 그것 때문에 그는 영애를 찾았고, 지금 영애를 만나는 것이다. 아무것도 모르는 이 바보 같은 여자.

그는 다시금 그 검은 강이 자기를 둘러싸는 걸 느꼈다. 등골이 시려오고 온몸으로 찬 기운이 퍼져나갔다. 은희를 사랑한다는 것은, 살아 있더라도 그 여자 같은 눈빛을 갖는다는 의미였다. 그나마 이미 사는 것이 아니라 살아지고만 있던 그에게. 이제 겨우, 운명이 자신에 대해 무관심해졌나, 눈치 보며, 삶 쪽의 색깔, 그 연하고 푸른 새순 같은 것, 요 밑으로 넣어보는 발바닥에 닿는 온기처럼 훈훈한 것에 저도 모르게 기대를 품었나보다, 바보같이.

당황하고 있는 영애의 떨림이 손끝에 느껴졌다. 겁이 난 걸까. 영애는 살며시 자기의 손을 정석의 손에서 빼낸다. 그러자 그는 그 손을 더 세게 움켜쥐었다.

"아아!"

영애가 낮은 비명을 질렀지만 정석은 힘을 풀지 않았다. 그는 그 손을 잡아 올려 손바닥에 자신의 입술을 댔다. 은희에게 했듯이. 영애의 손이 떨렸다. 그는 그녀를 잡아당겨 품에 안았다. 그의 입술이 그녀의 입술을 찾았다. 바람찬 길을 걸어와 마르고 갈라진 그녀의 입술은 단호하게 닫혀 있었다. 그녀는 결코 그를 밀어내지는 않았다. 그녀는 그의 품에 저항 없이 안겨 있었다. 그 몸은 겁에 질린 듯 떨고 있었다. 그러나 그녀의 몸은 뜨겁고, 그녀의 심장 박동은 강하고, 그녀의 온몸에서는 그의 몸을 받아들이려는 무서운 전류가 흘러나와 그에게로 스며들고 있었다. 그러나 그녀는 결코 입술을 열지 않았다. 그는 그 마르고 갈라진 입술 위에 역시 마르고 갈라진 자신의 입술을 마구 비벼댈 뿐이었다. 결국 힘없이 그가 떨어져 나갔다.

"제기랄, 먼저 들어가요."

정석이 말했다.

깜깜한 어둠 속, 달도 없는 밤, 멀리서 흘러오는 불빛으로 겨우 어슴푸레한 윤곽만이 보일 뿐 아무것도 보이지 않는 그 어둠 속이 고마웠다. 영애의 표정을 보기 싫었다. 뺨이라도 갈길 것만 같았다. 그는 빈말로도 미안하다는 말은 하지 않았다. 그녀는 잠시 그대로 서있었다. 그는 돌아보지 않았다. 그렇게 가만히 서있던 그녀는 잠시 후 어둠 속으로 걸어 들어갔다. 그녀의 발자국 소리가 집안으로 들어갔다고 생각될 쯤에야 그는 주머니 속에서 담배를 꺼냈다. 라이터를 켜자 회색 담벼락이 눈앞에 들어왔다. 그는 다가가 그곳을 어루만졌다. 어쩐지 온기가 느껴지는 듯했다. 그는 팔을 벌려 온몸을 벽에 밀착시켰다.

"은희 이년아, 미친년, 죽일 년, 은희야……"

그 벽이 은희인 것처럼 그는 그녀를 불렀다. 그녀를 마구 부르고, 마구 그리워하고 싶었다. 그는 그 차가운 벽에다 입을 맞추었다. 그러나 그 차가운 벽 역시 입술을 열지 않았다. 그의 손에서 담배가 떨어졌다.

며칠이 흘러갔다. 정석은 내내 자재과 근무를 자원했다. 생산과 정석의 자리는 자재과에서 일하던 박성호가 대신 근무했다. 여자직원이라곤 눈을 씻고 찾아도 없던 곳에서 근무하던 그는 수많은 여자들에게 둘러싸이자 흥분하여 어쩔 줄 몰라 했다.

"미스 리, 나하고 딱 6개월만 살아보지 않겠어?"

"최아줌마, 아저씨 버리고 나한테 시집오면 어때요?"

"미스 김, 저녁에 시간 있어?"

석도 사흘간의 유치장 신세를 졌다. 그러나 그 모든 것들이 그에겐 무의미했다.

그리고 그해 여름, 6.29 선언으로 시민들은 가라앉았는데, 전국의 공장들이 들고 일어났다. 안양에서도 수많은 공장들이 파업을 했다. 어느 유인물에선가 그것을 '7, 8월 노동자 대투쟁'이라고 쓴 것을 그도 읽은 적이 있었다.

발렌타인 제과도 파업을 했다. 처절했다. 물건을 빼 가는 차를 막기 위해 여공들은 차 앞에 벌러덩 누워버렸다. 정석은 자신의 눈을 의심했다. 하지만 그때도 그에겐 아무 생각이 없었다. 그저 홍섭이 열심히 하니까 같이 참가해줄 뿐이었다. 정석의 그런 성향을 아는 회사 측에서 그를 구사대쪽으로 넣으려 했지만, 그것 역시 말도 안 되는 소리였다. 그는 어느 쪽에도 속해 있지 않았다. 그는 그저 사람들의 열정을, 분노를 가만히 바라볼 뿐이었다. 그에게는 남아있는 열정도, 분노도 없었다. 그럼에도 정석은 기물파손죄라는 죄명으로 한 달간 구류를 살아야 했고, 회사에선 잘리고 말았다. 한 번도 옮기지 않고 11년을 다닌 회사였다. 그는 미련이 없었다.

한 달간 구류를 살 동안 종태 엄마가 면회를 왔다. 종태 엄마의 치마꼬리에 매달리듯이 쫓아온 복숭아빛 뺨을 가진 그 여자는 결국 회사도 그만 두고 매일 면회를 왔다. 그녀의 뺨은 행복으로 더 발그레해졌다. 정석은 그녀의 모습에서 은희를 보았다. 갇혀있는 애인에게 매일 면회를 가는 여자를 부러워하던 은희.

출소하던 날, 정석은 그녀의 방에서 잤다. 둘은 방을 합쳤다. 그는 화물차 회사에 취직했고, 그녀는 고만고만한 공장들을 전전했다. 돈이 모였을 때, 그들은 작은 전세방을 얻었다. 그 방에 들어가기에 앞서 구민

회관을 빌려 조촐한 결혼식도 올렸다. 그의 나이 서른일 때였다. 그 사이 그 집의 식구들은 많이 갈려서 그의 결혼식에 와 준 사람은 종태 엄마와 박씨 아저씨뿐이었다. 박씨 아저씨는 도망친 부인 생각에 결혼식 내내 울었다.

그 세월 중에 홍섭은 복직하여 노조위원장이 되었다. 정석도 복직이 되었다. 하지만 그는 돌아가지 않았다. 그는 한밤에 고속도로 위를 달리는 이 일이 더 좋았다. 그녀는 어떻게 되었을까, 그날로부터 치면 벌써 12년, 영애라면 서른넷이 되었을 것이고, 진우라면 서른아홉이 되었을 세월.

결혼을 하면서 그 방을 떠날 때, 정석은 비로소 울었다. 그 울음은 은희에 대한 것이었고, 영애에 대한 것이었다. 은희가 죽었을 때, 정석은 눈물을 흘리지 않았다. 영애가 떠났을 때도 그는 울지 않았다. 그때까지 고여 있던 눈물이 한꺼번에 흘러 나왔다. 그는 그 여자들을 마음속에서 깨끗이 베어냈다. 방 값 남은 걸 줘야 하는데, 생전 연락을 안 해, 모질기도 하지, 내가 그리 정을 쏟았는데, 가끔 수돗가에서 종태 엄마가 그를 보면 푸념을 하곤 했다. 정석은 누구 얘긴가 싶어 한참을 어리둥절해하기도 했다.

이제 정석은 누이의 꿈도 꾸지 않았다. 어쩌다 꿈을 꾸어도 누이와의 어린 시절 행복했던 꿈만을 꾸었다. 누이도 이제 편히 잠든 모양이었다. 은희의 꿈은 이상하게 단 한 번도 꾸지 않았다. 오늘 처음으로 꾼 것이다. 그것도 영애와 겹쳐져서. 나는 누구의 꿈을 꾼 것일까.

정석은 문득 자신이 정말로 은희를 만난 적이 있던가 의심스러웠다. 푸른 원피스를 입고 있던 퉁퉁 부어오른 그녀의 모습도 어느 영화의 한 장면처럼 실감이 나지 않았다. 또한 영애의 곁에서 남매처럼 잠들었던 그 밤의 추억도 어쩐지 믿어지지 않았다. 하지만 그것이 사실이 아니라면 자신이 윤진우 따위의 이상한 이름을 기억할 리 없었다.

　핸드폰 소리가 요란하게 울린다. 시계는 4시를 넘어서고 있다. 복숭아빛 뺨을 가진 여자임이 분명했다. 아내는 정석 없이 혼자 잠드는 밤이면 언제나 한 번씩 잠에서 깼다. 그럴 때마다 아내는 그에게 전화를 걸었다. 졸리지는 않는지, 배고프지는 않은지, 다감한 아내는 세세하게 물을 것이다. 그리고 딸아이의 새로운 재롱에 대해 종알종알 얘기할 것이다.
　정석은 천천히 핸드폰을 귀로 가져갔다.
　"당신이죠? 안 졸려요?"
　아내의 귀여운 음성이 핸드폰에서 새어나왔다.
　잠들어 있던 다른 차들도 서서히 떠날 준비를 하기 시작했다. 이제 그들은 저 어둠 속으로 하나씩 스며들 것이다. 시간 속으로 스며들어 사라지는 인간들처럼.
　정석 역시 곧 차를 출발시킬 것이다.

소설 은상

이 춘 실

당선소감.

만해마을에서 당선 소식을 들었다.

깊은 새벽녘 문득 잠이 깰 때가 있다. 맞은편 숲이 흐릿한 어둠 속에 누워 있는 게 보였다. 그 골골에 안개자락이 막막한 그리움처럼 스며들어 있었다. 햇살이 퍼지면 스러져 버릴 테지만 그때까지의 시간은 아주 먼 것만 같아 슬그머니 돌아눕곤 했다.

이제 동이 터 온다. 막막한 그리움 같던 안개는 차츰 걷혀 간다.

● 이춘실은 1961년 강원도 거진군에서 태어났다. 강원대학교 대학원 국어국문학과를 졸업했다. 2006년 문학마당 신인상에 소설 『해당화 피고 지는』이 당선되어 등단했다. 2007년 진주신문 가을문예에 소설 『동행』이 당선되었다.

빨간눈이새

1

바다는 초겨울답지 않게 이상히도 봄기운이 가득해 보인다.

올해 날씨는 좀 이상하다. 얼마 전 가을에도 특유의 투명한 햇살을 보기가 드물었다. 봄날처럼 질금거리며 자주 비가 내렸고 축축한 안개 때문에 흐릿한 날이 많았다. 그래서인가. 나무나 풀들이 곧 파란 움을 틔우거나 꽃잎을 피워낼 것만 같았다. 마치 삼월이나 사월 속에 있는 듯해서 계절을 거꾸로 돌려놓은 건 아닌가 싶은 착각이 들기도 했다.

연후는 한산한 부두를 휘이, 둘러본다. 항구 안에는 정박해 있는 배들이 꽤 많다. 날이 흐릿해도 출항을 못할 날씨는 아닌 것 같은데 어쩐 일인가 싶다. 그런데 아까부터 꽹꽹 꽤꽹갱, 거리는 징소리가 끊어졌다 이어졌다 하면서 나른히 들려온다. 뭔가 싶어 소리를 따라 무심히 걸음을 옮긴다. 어촌계 건물을 지나 옆으로 돌자 넓은 공터가 나온다. 거기에 규모가 꽤 큰 천막이 쳐 있고 주변으로 강한 냄새가 퍼지고 있다. 부둣가의 비릿함에 섞인 그 냄새는 향내 같았는데 맡고 있기가 다소 거북

했다.

천막 꼭대기엔 굿당을 표식하는 대나무가 걸려 있다. 같이 매달린 지등과 울긋불긋한 만장의 황·적·남색 술이 바람결을 타고 공중에서 나부낀다. 그 정경은 먼 시원을 거슬러 온 것처럼 아스라해 보이기도 하고 부연 막이 눈앞을 가리는 것처럼 막막한 기분도 들게 한다. 그때 두런거리는 말소리가 들렸다. 돌아보니 나이가 지긋한 아주머니 둘이 천막 쪽으로 걸어오고 있다.

"뭔 굿이래? 정월 보름도 아닌데."

"고기가 하도 안 잡히니 어촌계랑 선주들이 경비를 추렴해서 별신굿 한 판 한다고 하더만."

"요번 굿판 무당은 누군가? 옛날 돼지 어멈이 굿 하나는 늘어지게 잘 했지. 한풀이 굿판에서 공수 내릴 땐 눈물 한 바가지 안 쏟고는 못 배겼는데. 이젠 죽고 없으니 아쉽네."

굿 구경을 가는 모양이었다. 마침 정해진 시간까지 공백이 생겨 어쩔까 하던 연후는 잠시 망설이다 그들 뒤를 따라간다.

꽃밭일레 꽃밭일레 사월 보름날 꽃밭일레
지화자 지화자 영산홍
영산홍로 봄바람에 가지가지가 꽃 피었네
지화자 지화자 영산홍

굿당 안에선 무녀의 구성진 소리가 한창이었다.

무녀의 모습은 제단의 풍성하고 화려한 종이꽃만큼이나 곱다. 추임새를 넣느라 한들거리는 오색 무지개 소매 자락이 나비의 날갯짓 같다.

그 손에서 태워지는 소지 불길이 괄하다. 잔흔이 너울대며 허공으로 가볍게 날아오른다. 곧 천막이 들썩할 정도로 징·꽹과리·장구 소리가 요란해진다. 남자 무당인 양중들의 푸너리와 함께 무녀의 빠른 춤사위가 펼쳐진다. 나붓나붓하던 조금 전과는 달리 신칼을 휘두르며 포춤을 추는 쾌자 자락에 세찬 바람이 인다. 굿당 안은 열기가 더해 간다.

한참 만에 무녀는 동작을 멈추곤 제단에 술을 따른다. 그리고 가쁜 호흡을 고르면서 모인 사람들을 빙 둘러보며 사설을 풀어낸다. 인간사의 고달픔과 건강 장수와 복을 두루 기원해 준다. 앞에 앉은 사람들에게는 제단에 바쳤던 술을 조금씩 따라주는 의식도 행한다. 술을 받은 사람들은 음복 값으로 무녀의 쾌자띠에 지전을 찌르며 각자의 소망을 기원한다. 그렇게 한 사람, 한 사람 차례가 지날 때다.

"아이구, 당님네, 당님네! 제발일랑 지 자식 어데 아픈 데 없이 하는 일마다 만사형통하게 해주이소! 비나이다! 비나이다!"

유난히 탁하게 갈라지는 걸진 목소리가 호들갑스럽게 들려온다. 연후는 얼핏, 그 목소리가 귀에 익다는 생각이 든다. 소리 나는 쪽에 시선이 머문다. 한눈에도 이곳 아낙들과는 다른 행색의 여자가 눈에 들어왔다. 생경스러운 이물처럼 툭, 비어져 나온 이질감이다. 화려한 옷차림이었지만 싸구려의 조악함이 물씬하다. 진한 화장 때문인지 경극이나 가부끼에 나오는 배우를 보는 것 같다. 그러나 자식의 복을 기원하는 비손은 그 무엇보다 간절해 보인다.

"어라, 저 여자 혹시 그 여자 아닌가? 모색이 맞는 것 같은데……."

연후 옆 자리의 아주머니가 그런 여자를 보곤 목소리를 낮춰 일행에게 수군거린다.

“누군데? 아는 사람이야?”

“긴가민가하긴 한데……. 아마 내 눈썰미가 맞을걸. 예전에 내가 점
방을 했잖아. 그 때 저 여자가 꽤 들락거렸거든. 맞다면 여긴 어쩐 일로
다시 나타났을까? 소리 소문도 없이 종적을 감추더니. 그나저나 이젠
많이 늙었네. 그런 데 있을 여자 같지 않게 음전하니 고왔는데. 소리는
또 얼마나 잘 했누. 지나다가 소리 한 자락 들을 때면 가슴이 다 저릿했
구만.”

그 말에 연후는 여자 쪽을 다시 보았다. 그러면…… 전화 속 그 여
자? 목소리가 낯설지 않았던 게 그 때문이었던가. 그런 생각이 들자 갑
자기 파도 너울 속에 갇힌 것처럼 속이 울렁거린다. 그 때 여자와 눈이
마주쳤다. 여자는 잠시 고개를 갸웃거리더니 이내 상대가 누구라는 걸
확신했는지 입꼬리가 함박처럼 벌어진다. 연후는 못 볼 걸 본 듯 얼결
에 고개를 돌리고 만다. 더 이상 앉아 있을 수가 없다. 튕겨지듯 밖으로
나오는 등 뒤로 푸너리 소리가 채찍처럼 감겨든다.

　　술베 술베 진장사 쇠줄을 끊어 받아들이자 업이야
　　아~ 업이야 청청 업이로구나

오랫동안 기억 저 밑에서 켜켜이 덮여 있었던 존재였다. 연후의 입에
서 낮은 소리가 흘러나온다.
아, 쇠줄 같은 업이다!

2

49재가 끝났다.

연후의 아버지는 노환을 앓다 얼마 전 세상을 달리 했다. 마음의 준비를 했는데도 막상 돌아가시고 나자 영 허전했다. 그러나 한편으론 서글픈 위안이 들기도 했다. 아버지가 짊어졌던 삶의 무게를 비로소 훌훌 털어 낼 수 있을 거라는 생각 때문이었다. 그 부분에서는 연후도 마찬가지였다. 시뻘건 잉걸불을 뒤집어쓴 것 같은 아픔은 피와 살을 주고받은 부모 자식 간이기에 더욱 힘겨웠다.

연후와 여자는 일주문을 지나 저수지가 보이도록 한참을 말없이 터벅터벅 걸었다. 연후의 기억대로라면 여자는 예순을 넘겼을 것이다. 그런 나이에 비해 외양은 화려했지만 어쩐지 삭아져 내린 먼지 같다는 생각이 언뜻, 든다. 아니면 햇빛이 잘 들지 않는 고방 문을 열었을 때, 훅하니 끼치던 서늘함 같기도 하다.

"겨울치곤 푸근하기도 하누마. 삼동 날이 이래 따땃해도 안 좋을 낀데. 더불 땐 덥고 추불 땐 춥고 그래야제. 없는 사람한테야 날이 따시믄 좋기야 하겠지만서도 그것도 옛말이제. 요즘에사 못 먹고 못 사는 사람이 어디 있드노. 입성 좋제, 먹을 것 풍족하제. 아이구, 옛날엔 내 남적 없이 와 글케 못 살았든고."

여자의 말투는 늘 만나는 사람처럼 스스럼없다. 그런 태도가 왠지 달라붙는 것 같아 연후는 싫다. 그저께 난데없는 전화부터 그랬다.

야야, 이 무심한 가시나야! 그동안 우찌 살았드노?

전화기에선 다짜고짜 남도 쪽 억양이 탁하게 터져 나왔다. 더구나 알지 못하는 상대에게서 댓바람에 듣는 반말은 당혹스러웠다.

누구신가요? 혹시 전화를 잘못 거신 거……

연후의 말이 채 끝나기도 전에 전화기 저편에선 호들갑스러운 웃음이 쏟아졌다.

하기사 세월이 좀 흘렀어야 말이제. 연후야, 내다! 내!

연후의 이름까지 대는 걸 보면 아는 사람이긴 한 것 같은데 금방 기억이 떠오르지 않았다. 혹시 어머니 친구 분인가? 그러나 대부분 세상을 뜬데다 남도 말을 쓰는 사람은 없었다.

야 좀 보래? 참말로 모르는 기가, 우짠 기가? 내 청화 아이가! 청화! 뭐꼬, 나가 늘 니 머리 빗겨 주지 않았드나? 느 집에 가서 밥도 해 주고 빨래도 해 주고. 니가 날 엄청시리 따랐구마. 와? 그래두 생각이 안 나노? 하이고, 참말로 후딱 생각 좀 해봐라.

여자는 다그치듯 속사포처럼 말을 쏟아냈다. 그 기세에 청…화…라는 이름이 연후의 입 속에서 뜨악하니 궁굴려졌다. 화한 박하 향 같은 서늘함이 설핏, 묻어났다. 그와 함께 아주 오래 전 편린들이 기억 저 밑에서 굼뜨게 움직였다. 무겁게 닫혔던 문이 삐이걱, 마지못해 열렸다. 오래도록 봉쇄되어 녹이 슨 문에선 붉은 녹가루가 푸르르, 날렸다.

여자는 아버지의 죽음을 알고는 알음알음으로 어렵사리 연후의 전화번호를 알아냈다고 했다. 통화 중에 아버지의 49재 얘기도 묻기에 무심히 대꾸해 주었다. 그리고 연후는 49재를 치르기 위해 고향을 찾았다. 도착하고 보니 시간이 어중간했다. 남는 시간을 보내려고 바다를 보러 왔는데 굿당에서 생각지도 않게 여자를 맞닥뜨리게 됐다. 이십 여 년만의 해후는 그렇게 기습적으로 이루어졌다.

"담배나 한 대 피고 가자. 부처님 앞이라 참았더니 소증이 날라고 안 하나."

여자는 편편한 돌 위에 앉았다. 그 옆 조금 떨어진 곳에 연후도 자리를 잡았다. 담배를 꺼내드는 여자가 눈에 들어온다. 예전 모습이 남아 있긴 해도 흐르는 세월은 어쩔 수 없어 주름지고 탄력 잃은 피부는 짙은 파운데이션이 밀려 있다. 흑단같이 검고 풍성하던 머리는 정수리 쪽에 숱이 빠져 듬성하다. 꼬불한 퍼머넨트로도 그 휑한 부분을 다 가리지는 못했다. 연후는 고개를 돌렸다. 세월의 흔적이 쓸쓸해지면서 떠올리고 싶지 않은 기억들이 다족류 벌레처럼 스멀댔다.

……콜록 콜록……

급하게 담배를 빨던 여자가 바튼 기침을 해댔다.

"괜찮으세요?"

"오이야, 괘않타. 그나저나 일찌감치 움직였으니 고단하겠다. 내는 엊저녁에 와서 공원 옆에 있는 여관에 짐 풀었다. 근데 참말로 이상치? 태 실은 고향두, 깨복쟁이 동무들이 있는 곳두, 그렇다구 귀밑머리 푼 신랑 따라 온 것두 아이고 산전수전 겪어 가매 흘러들어 온 긴데 뭔 애틋함이 있어 내사 마 여게가 사뭇 그리웠나 모르겠다."

주저리주저리 말하는 여자의 표정이 아까와는 달리 처연하다.

"하이고, 물빛도 좋다. 야야, 쩌그 물 위에 비친 산 그림자 좀 봐라. 살랑거리는 기이 참말로 환장하겠다."

여자가 저수지를 가리켰다. 날이 흐려서 그런지 물빛이 푸르스름하면서 잿빛을 띠고 있다. 그 위로 주변 산 그림자가 환영처럼 되비쳐서 수묵화를 바라보는 것 같은 풍경이다. 바람도 없건만 수면 위로 잔잔한 물결이 인다. 물 위에 되비친 능선들이 설핏, 흔들린다.

"그나저나 야야, 세월 이기는 장사 없다드만 꽃 같던 니가 어느새……. 하기사 세월이 을매나 흘렀는데. 풍문에 시집갔다는 소린 들었구마. 아덜두 꽤 컸제? 몇이나 뒀……”

“없어요!”

말이 채 끝나기도 전에 내뱉는 연후의 말에 여자가 움찔한다. 결혼을 했다고 하니 당연히 자식도 있겠거니 해서 물어 본 건데 괜히 불편하게 했는가 싶은 모양이다. 연후는 연후대로 여자의 그런 기미에 미안해졌다. 묻는데 대답을 안 할 수는 없고 해서 무심한 척 대꾸한다는 게 그만 난처하게 한 것 같아서다. 둘 사이에 잠시 정적이 흐른다. 나무들 사이를 포르르 날던 새들이 발밑까지 내려와 종종거린다. 그걸 보자니 연후는 오래전이 생각났고 어색함을 무마하기 위해 먼저 말을 꺼냈다.

“예전에 저한테 빨간눈이새 얘기 해 주신 거 기억나세요?”

“잉? 그걸 안즉까지 기억하고 있었드나?”

“그럼요. 자주 해 주셨는데요. 그 때마다 눈이 벌게지셨잖아요.”

“하이구, 남사스럽다.”

여자는 볼이 발개지면서 무구한 웃음을 지었다.

옛날에, 옛날에 어느 마실에 이쁘고 착한 새악시가 있었더란다. 신랑은 이미 한 번 장개를 가서 아가 하나 있었제. 워낙에 심성이 착하고 정이 많은 새악시는 지 친자식 맨치로 정성을 들이며 키웠단다. 그란데 말이다. 새악시는 몇 해가 지나도 아를 갖지 못했다 아니가. 그러지 않아도 새악시가 마땅치 않던 시엄씨는 심통을 부리며 우찌 그리도 못 살게 구는지, 계모가 돼서 아를 구박한다구, 밥 많이 먹는다구, 잠 많이 잔다구, 벨 트집을 다 잡아서 들들 볶았더란다. 새악시는 매일 매일 울어싸서 늘 눈이 뻘겠다 안 카나. 그래두 신랑이랑 자식 생각하며 살았는데…… 어느 날 시엄씨가 결국 내쫓지 않았겠나. 불쌍한 새악씨는 추운 겨울 집을 나와 갈 데가 없어 떠돌다가 그만 길에서 얼어 죽었더란다. 그런데 신기하게도 그 자리에 눈이 뻘건 새 한 마리가 떠나지 않고 있더란 다. 꼭 예전 새악시 펑펑 울어 눈이 뻘겠을 때처럼 말이다. 사람들 은 그랬단다. 신랑 보구시퍼서, 제 속으로 난 새끼는 아니지만 아 가 보구시퍼 매일 우는 새악시가 빈한 기라구. 슬프쟈?

그 때, 젊었던 여자는 얘기를 해 주며 금방이라도 눈물을 떨굴 것처 럼 울먹거렸다. 하지만 ㅉ연후는 전혀 슬프지 않았다. 그건 누가 들어 도 만들어 낸 이야기였다. 어린 자신도 다 아는 뻔한 걸 어른이 슬퍼한 다는 게 의아하기만 했다.

"어릴 때 들은 이바군 기라. 그땐 와 그리도 슬펐든고 모리겠다. 나 가 어릴 적 살던 곳에 봄이믄 그 새가 날아들었제. 손으로 쥐믄 한 웅큼 도 안 되게 작았고 눈이 뻘건 구슬 박아 논 것 같았제. 그래 이름도 뻘 건눈이새라 카더라. 어느 날 나무에 둥지를 튼 그 새를 보질 않았겠나. 살금살금 다가가 손에 잡았는데 시상에, 조금만 힘을 쥐도 으스러질 것 같은 뼈랑 말랑하고 따뜻한 살 속에서 할딱할딱 뛰는 심장소리가 고대 로 전해지더구마. 지금도 이 손바닥에 생생하다 카이. 그란데 와 그런 슬픈 이바구가 생겼으까?"

새 한 마리가 여자의 발끝에다 콕콕 제 부리를 찧는다. 머루알 같은 눈동자에 갈색 털이 덮인 몸집이 아주 작다.

"그 새는 말이다. 다른 놈이 낳고 간 알을 지 새끼처럼 지극 정성으 로 키운다 안 카나. 지보다 큰 남의 새끼 멕일라고 고 쪼맨한 몸뚱이가 먹을 걸 물어 나르는 걸 보믄 안쓰러웠제. 먹이를 줄 땐 머리통이 그대로 들어가는데 고마 새끼가 콱 물어버리믄 우짤꼬 싶어 맴이 조마조마했다 카이."

　말을 하면서 여자는 가방을 뒤진다. 먹다 남은 빵을 꺼내더니 잘게 뜯어 바닥에 흩뿌린다. 빵조각 위로 나무 위의 새들까지 오구구, 모여든다. 바라보는 여자의 얼굴에 따뜻함이 일렁인다. 연후가 오래전에 보았던 익숙한 모습이다.

　"언제 가실 거예요?"

　"나? 오늘 가게 되면 가고 내일 가도 상관은 없인께. 니는 우짤랑고?"

　"오늘 가야지요."

　여자의 얼굴에 일순 서운함이 스친다.

　"그으래?……. 니 아배야 이젠 돌아가셨으니 우짤 수 없다만 이래 니라두 보니 내는 좋구마. 이렇게라도 만나지 않으믄 니나 내나 어데 살아서 볼 일이 있었겠나. 그래 말인데 연후야…… 내 부탁 하나 하자. 이왕 온 거 내일 가면 안 되겠나? 하룻밤 같이 지냈으믄 싶은데. 주변이 정 급하지 않음 그리하자 어잉? 내 니한테 하고 싶은 이바구도 있고 이래 가면 언제 또 볼란가 모르니께."

　여자는 말을 해 놓곤 저수지 끝닿는 곳으로 무연히 시선을 옮긴다. 초조함과 체념 같은 달관이 함께 묻어 나온다. 전화나 굿당에서와는 사뭇 다르다. 깊고 오래 된 우물을 들여다보는 느낌이다.

　여자의 말에 연후는 대답하지 않았다. 아버지가 돌아가시고 처분하려던 가게도 잔금까지 받고 넘겼다. 걸릴 것도 없고 다시 뭔가를 시작할 때까진 시간 여유가 있다. 하루쯤 눌러앉는다고 일상이 구애 받을 건 아니지만 여자와 함께 있는 건 내키지 않는다.

"처음, 널 봤던 그 때가 삼월이었든고, 사월이었든고? 느 집 언덕배
기를 올라가는데 혼자 몸에도 땀이 삐질삐질 나더마. 그란데 앞에 쪼맨
한 가시나 하나가 무거운 그물대야를 이구 가는 기라. 뒤에서 보니 우
찌나 안쓰럽든지."

3

연후가 열두 살 때였다.

막 사월의 턱을 넘어가던 일요일이었다. 어부였던 아버지가 바다에
서 조업한 그물을 손질하기 위해 머리에 이고 집으로 가져가던 중이었
다. 언덕길을 낑낑대며 오르는데 갑자기 몸이 쑤욱, 앞으로 밀렸다. 누
군가 뒤를 밀고 있었다. 덕분에 수월히 집까지 왔다. 마당에 그물대야
를 내려놓고서야 뒤를 민 사람을 볼 수 있었다. 여자였다. 스물은 훨씬
넘었을 외양인데도 열아홉 어린 처녀처럼 여리한 느낌이었다.

어머야라! 이게 뭐꼬?

여자가 터질 듯 탄성을 질렀다. 오전에 불었던 바람으로 마당엔 눈처
럼 하얗게 산벚꽃이 떨어져 있었던 것이다. 봄이면 자주 보는 정경이었
다. 연후의 집은 항구가 내려다보이는 언덕배기에 있었다. 뒤란과 뒷동
산이 연해 있어 봄이면 생강나무와 산벚나무가 지천이었다. 먼저 노란
생강꽃이 봄을 시작하면 그 다음에 연분홍 산벚꽃이 봄빛을 더욱 완연
하게 만들었다. 활짝 벙그러진 산벚꽃은 구름처럼 무리지어 뒷산을 뒤
덮었는데 바람이라도 불면 꽃잎들이 눈처럼 휘날렸다.

꽃잎 무더기에 호들갑스럽던 여자는 아예 쭈그리고 앉아 꽃잎들을 쥐
었다 놓았다를 반복했다. 가끔, 설렁대는 바람에 산벚꽃이 후르르, 날

려 여자의 머리와 어깨 위에 조붓이 내려앉았다. 그 모습은 애잔한 봄날의 풍경이 되어 후에도 오래도록 연후에게 남았다.

이후부터 여자는 자주 연후네 집을 들락거렸다. 연후의 어머니는 몇 년째 시름시름 앓으며 자리보전을 하고 있었다. 어쩔 수 없이 대부분의 집안일을 어린 연후가 대충 해 냈지만 한계가 있었다. 그런 연후를 위해 여자는 큰 이불 빨래며 집안일을 수시로 해 놓았다. 그날도 여자는 짜하게 내리는 햇살 아래 풀 먹인 이불 호청과 베갯잇을 탁탁 털어 빨랫줄에 널었다. 땀이 송글송글 맺혀 있는 이마에 흘러내린 잔 머리칼을 오월 바람결이 설렁 흔들었다. 빨래를 다 널고 가느스름한 눈으로 잠시 바다를 바라보던 여자는 부엌으로 들어갔다. 미숫가루를 타서 안방으로 들어갔을 때, 어머니는 여자에게 조용히 명토를 박았다.

색시가 이렇게 와서 일을 해 주는 건 고맙수. 내 알지. 우리 연후 안쓰럽기두 하구 정이 들어 그런 건. 하지만 애들 아버지가 아직 젊은데 사람들 입초사가 뻔하지 않겠수. 그러니 앞으론 집에는 오지 말아요.

여자는 고개를 푹 숙이고 손가락에 힘을 주어 애먼 방바닥만 밀어댔다. 힘없이 끄덕이는 머리의 가르마가 소롯길처럼 희었다. 방을 나와선 아무 일 없었던 듯 평소처럼 참빗으로 연후의 머리를 빗겨 쫑쫑 땋아 주었다.

귀찮아두 머리는 자주 감어야 한데이. 냄새두 나구 까딱하면 이가 낀게. 알았쟈?

여자는 그 어느 날보다 집 안팎을 더욱 꼼꼼히 쓸고 닦았다. 돌아갈 때엔 지폐 한 장을 연후에게 주었는데 건네는 흰 손등에 파란 핏줄이 안타깝게 내비쳤었다. 대문턱을 넘는 맵출한 종아리도 흔들려 보였다.

여자는 낮 동안 화장기 없는 얼굴에 검은 생머리를 찰랑 늘어뜨렸다.

흰 블라우스에 무릎을 살짝 덮는 검은색 플레어 치마를 즐겨 입었다. 발목을 감싼 흰색 양말은 깨끗해서 밝은 햇살 아래 양산을 쓰고 걸어 갈 때면 여염집 처자처럼 조신하고 정숙했다. 그러나 해만 지면 머리칼은 고데기로 부풀려져 사자머리가 되었고 얼굴엔 두꺼운 분이 덧씌워졌다. 붙인 눈썹은 커튼 자락같이 길어 부러질 듯 위태로웠고 한 잔, 두 잔 받아 마셔야 하는 술 때문에 밤이 깊어 갈수록 얼굴빛은 불콰해졌다. 여자는 읍내 선술집인 서울옥의 유녀였다.

여자가 오지 않자 연후는 뭘 잃어버린 듯 한동안 마음이 휑했다. 아무도 뭐라는 사람이 없건만 괜히 여자를 못 오게 한 어머니가 밉기도 했다. 아버지도 어딘지 모르게 힘이 없어 보였다. 일을 하다가도 먼 바다를 한참을 바라보곤 했는데 뭔지 모를 싸함이 느껴졌다.

그렇게 봄이 가고 여름이 한창일 때였다. 연후가 부두에서 일을 하는 아버지에게 점심을 갖다 주고 올 때였다. 서울옥 앞을 지나는데 갑자기 유리문이 벌컥 열리며 머리채를 끄들린 여자가 질질 끌려 나오고 있었다. 연후는 기겁을 해서 얼른 전봇대 뒤로 숨었다. 머리채를 움켜잡은 사람은 진성호 선주의 아내였다. 성정 드세기로 읍내에 짜해서 여차했다 하면 아무도 대거리를 못하는 사람이었다.

이년! 어디다 대구 꼬리를 치구 지랄이야. 니 년이 술을 팔건, 씹을 팔건 내 알 바 아니다만 왜 내 서방을 꼬드겨, 꼬드기길! 내 이년, 오늘 아주 물고를 낼 테다!

선주 아내는 입에 허연 거품을 물고 고래고래 악을 썼다. 거리를 지나던 사람들이 우하니 몰려들었다. 함께 지내는 다른 유녀 하나가 뭘 살판나는 구경이냐며 모인 사람들을 향해 가라고 소리를 쳤다. 선주 아내가 거칠게 여자의 멱살을 잡아 흔들자 옷이 찢어지며 속살이 보였다.

그 정도라면 어떤 반응이라도 있어야 하건만 여자는 맞서지 않았다. 상대가 때리고 치는 대로 이리저리 휘둘리고만 있었다. 연후는 안타깝고 속상했다. 사람들이 겨우 둘을 갈라놓았다. 몸을 추스린 여자가 쑥대머리처럼 헝클어진 머리를 쓸어 넘겼다. 드러난 얼굴이 코피로 범벅이었다. 싸움을 말리던 유녀가 얼른 여자를 부축해서 안으로 데리고 들어갔다. 화풀이 할 상대가 없어진 선주 아내는 잠시 무추룸히 서 있더니 서울옥을 향해 퉤, 침을 뱉고는 궁시렁거리며 자리를 떴다. 구경거리가 끝나자 모여 있던 사람들도 곧 흩어졌다.

고기가 많이 잡혀 항구가 흥청거리면서 타지에서 흘러든 유녀들이 많았다. 그러자니 술집을 찾아드는 남정네와 유녀의 춘사가 심심찮게 읍내를 돌았다. 바람 핀 남정네의 마누라 강짜가 터지면 상대 유녀와 함께 드난이질을 하며 도로 한복판에서 뒹구는 걸 볼 때가 종종 있었다. 나중에 들은 얘기로는 진성호 선주가 여자에게 마음이 있어 서울옥을 자주 드나들었다는 것이다.

그 일이 있고 난 후 연후는 길에서 여자를 다시 보게 됐다. 여자는 아무 일 없었던 듯 여전히 반겼고 과자며 공책을 사 주었다. 하지만 연후는 여자의 얼굴을 똑바로 보기가 힘들었다. 그날 무지막지하게 당하던 게 안쓰럽긴 했어도 좋지 않은 염문의 장본인이라는 사실에는 경멸이 일었다.

다음 해 봄이었다. 분홍구름이 무리 진 것처럼 산벚꽃이 뒷산을 화려하게 다시 수놓았다. 그러나 새벽부터 불어대는 거친 바람에 꽃잎들은 속절없이 떨어져 쌓이지도 못한 채 쓸렸다. 임검소 게양대에 걸린 태풍경보 깃발이 거칠게 펄럭거렸다. 항구에 발이 묶인 배들도 함께 흔들렸다.

저녁때가 돼 가는데도 아버지가 보이지 않자 어머니는 연후더러 찾아보라고 했다. 힘든 뱃일에 지친 어부들은 고단함을 술로 달래곤 했는데 태풍주의보가 내리면 삼삼오오 모여서 술을 마실 때가 많았다. 아버지는 어쩌다 어울리긴 해도 술은 서너 잔으로 끝냈다. 가는 곳은 대개 서울옥이었다.

서울옥에서 풍겨 나오는 생선 굽는 냄새가 구수했다. 연후는 유리 분합문 앞에서 까치발을 하고 안을 들여다보았다. 술꾼들이 들기엔 이른 시간인지 한산했다. 한 쪽에 자리 잡은 아버지 일행은 어느새 불콰해 있었다. 여자도 함께 있었다. 연후는 문을 열고 고개를 빼꼼히 들이밀었다.

아고야, 이게 누꼬? 연후 아이가? 퍼뜩 들어온나.

여자가 튕기듯이 자리에서 일어났다. 얼굴 가득 햇살처럼 환한 웃음을 피워 올리면서 연후의 손을 잡아끌어 옆자리에 앉혔다. 아버지는 연후가 술집에 온 걸 달가워하지 않는 표정이었다.

선술집 안은 술과 담배 댓진에 찌들어 역한 냄새가 났다. 군데군데 도배지가 벗겨진 벽은 초배한 신문지가 그대로 드러났다. 쥐 오줌 자국이 누렇게 얼룩진 천장 반자 사이에서 이따금 후다닥대는 쥐 소리가 났다. 드럼통을 잘라 만든 화덕 위에선 생선이 지글대며 구워졌다. 여자는 포실하게 김이 나는 생선살을 발라 연신 연후 앞에 놓아 주었다. 한 점이라도 더 먹이려는 손길에 따스함이 물씬했다.

이젠 바람이 좀 잦아들었나 보네. 조용한 걸 보니.

지두 염치가 있어야지. 죙일 그 지랄하고 불어 제꼈으면 됐지. 하루 벌어 하루 먹구 사는 사람들 홀라당 공치게 만들었는데 뭐.

이 사람아, 잘 먹으나 못 먹으나 삼시 세 끼 먹구 사는 건 매 한가지

네. 이왕 공친 건 공친 거구. 어이, 청화야. 소리나 한 자락 뽑아 봐라.

알았소. 한 자락 뽑아 볼 텐께 들어 보소.

여자가 앞에 놓인 탁주잔을 들어 한 모금 마시더니 흠흠, 목청을 가다듬었다. 연탄불과 술기운으로 얼굴이 발그레했다. 박자를 맞추기 위해서인 듯 손수건을 꺼내선 사분사분 너울거렸다. 분홍 갑사 저고리 속에서 팔 윤곽이 어릿거리며 비쳤다.

사람이 살면은 몇 백 년이나 살더란 말이냐
죽음에 들어서 남녀노소 있느냐

여자의 목소리는 가늘한 몸피에 비해 의외로 탁하고 굵었다. 거문고의 현을 술대로 강하게 내리치는 것처럼 우묵하고 묵직했다.

밤 적적 삼경인데 궂은 비 오동에 흩날렸네
적막한 빈 방안에 앉으나 누우나 두루 생각하다가 생각이 겨워
수심이로구나
수심이 진하여 심중에 붙는 불은 올 같은 억수장마라도 막무가내
로구나

여자의 소리에 어린 연후의 눈앞으로 수심에 찬 깊은 밤 정경과 어둡고 고적한 방안이 나타났다. 키 큰 오동나무 위로 추연한 빗자락이 흩날렸다. 깊은 밤, 달빛 쏟아져 내리는 푸른 대숲을 대금소리가 휘돌았다. 청아하면서도 튕겨지듯 꺽꺽대는 파열음은 온몸 가닥을 움쭐거리게 했다. 고음이 터져 나올 땐 목의 힘줄이 팽팽하게 불거졌다. 어느 순

간엔 차르락, 흘러내리는 천 자락이 눈앞을 가리는 듯했다. 거센 포말을 일으키며 내리 꽂히는 폭포수이기도 했다. 그러다가도 아슬하니 가락을 타고 미망 같은 봄날 바람결이 되어 넘어가곤 했다.

한참 만에 소리가 끝났다. 여전히 굵으면서도 애조 띤 가락이 귓가에 맴돌았다. 더 듣고 싶었다. 하지만 아버지가 자리에서 일어나는 바람에 연후는 어쩔 수 없이 따라나서야 했다. 여자의 얼굴에 서운함이 출렁거렸다.

연후 아배요, 더 있다 가소. 인자 초저녁이구마.

해가 지는데 이젠 가야지. 오늘 자네 소리두 듣구 잘 놀았네.

아버지의 말에 그늘이 내려앉은 듯 여자의 표정이 다시 쓸쓸해졌다.

허이, 사람 참. 집에 꿀단지라도 파묻었나? 할 수 없지. 갈 사람 가고 남아 있는 사람은 더 놀자구. 자, 청화야, 한 자락 더 해 봐라.

일행들의 가벼운 지청구를 뒤로 하고 아버지는 연후를 데리고 나왔다. 그러나 곧장 가지 않고 서울옥 바람벽에 기대어 담배를 꺼내 물었다. 연후도 아버지 곁에 쭈그려 앉았다. 바람이 잦아든 거리엔 수런대며 불빛이 밝혀질 뿐 적막했다.

꽃과 같이 고운님을 열매 같이 맺어 두고
가지 같이 많은 정에 뿌리 같이 깊었건만
언제나 그립고……

서울옥에서 흘러나오는 여자의 노래가 애잔했다. 듣고 있자니 어쩐지 훌쩍거리는 여자의 모습을 보는 것 같았다. 연후는 괜히 콧등이 시큰해서 집이 있는 등성이를 바라보았다. 일몰이 내려앉는 어둠속에 뒷

산의 산벚꽃 무리가 흐린 등처럼 아스라했다. 서운해 하던 여자의 표정
이 그 꽃무리와 겹치며 이내 슬픔으로 뭉텅 들어찼다. 아버지의 얼굴에
도 어둠 때문만은 아닌 어둠이 내려앉아 있었다. 아버지는 아직 다 타
지 않은 담뱃불을 서둘러 바닥에 비벼 끄곤 연후의 손을 잡아 일으켰
다. 연후는 뒤따라가며 자꾸만 서울옥이 뒤돌아 봐졌다. 그런데 이상했
다. 분명 바람은 멈추었는데 산벚꽃이 화르르, 화르르 서울옥 문 앞으
로 하얗게 날아들고 있었다. 마치 겨울날 눈보라처럼 휘돌고 있었다.

그리고 가을이 끝날 무렵이었다. 병치레를 하던 연후의 어머니는 결
국 죽고 말았다. 마흔이 채 안 된 나이였다. 장례를 치르고 얼마 후에
학교에서 돌아오던 길이었다. 우연히 마주친 여자는 부리나케 연후를
빵집으로 데리고 들어갔다.

아가, 불쌍해서 우야노? 우짜꼬, 우짜꼬. 이 어린 걸……

여자는 숨이 막히게 연후를 껴안으며 소리 죽여 서럽게 오래도록 울
었다. 울음은 연후를 향한 안쓰러움에다 또 다른 슬픔도 함께 얹혀 있었
다. 남의 초상집에서 기가 막힌 제 설움도 같이 묻혀내는 그런 거였다.

4

떠도는 사람들이 그렇듯 유녀들도 한 곳에 오래 머물지 않았다. 개중
에는 토박이 총각이나 홀아비들과 결혼해서 눌러앉기도 했지만 대부분
한두 해 지나면 다른 곳으로 떠났다. 하지만 여자는 결혼도 하지 않으
면서 오래도록 읍을 떠나지 않았다.

"이런 말씀 드리기 뭐하지만 저희 아버지를 마음에 두셨었나요?"

"……아니라곤 말 몬하겠다. 하지만서도 그라믄 뭐 하겠노. 우리 같

344　| 제2회 김만중문학상 수상작품집

은 팔자는 노리개 아이가. 노류장화 팔자가 마음에 둔 남정네가 있다 해도 제대로 먹힛겄나. 총각놈들이야 배필감으루 여기지두 않구, 처자식 거느린 놈들이야 지 울타리 챙겨야제.”

“그래도 아버지를 욕심내셨을 것 같은데……”

“야가 시방 먼 세 빼무는 소리를 시부리고 있노? 마누라가 눈 시퍼렇게 뜨고 있는데 어딜 넘보노, 넘보길. 내 하늘에 맹세코 그건 아이다.”

여자는 얼굴까지 벌게지며 극구 손사래를 쳤다. 별 생각 없이 말을 꺼냈던 연후는 좀 민망해졌다.

“아니, 그런 뜻이 아니라, 나쁘다는 게 아니라……”

“그 뭐꼬? 니 아배나 내나 정신적으루다 하는, 잉, 그런기였구마. 남들 생각하는 것 맨키로 그런 기이 아이었다 카이!”

여자의 태도가 어찌나 진지한지 연후는 그만 웃음이 삐져나오려는 걸 간신히 눌렀다.

“하기사 그라믄 우짤 끼고 이러믄 우짤 끼고. 다 지난 세월인데. 사실 이제사 하는 말이다만 니 들으믄 언짢을랑가 몰라도 느 어매 죽고 기대를 아예 안 한 건 아이었제. 그란데 외려 느 아배가 예전 같지 않드마. 전엔 길에서 만나면 빈말 한마디라두 건네더만 눈길두 제대루 주지 않구 데면데면했으니께. 가슴팍이 많ㄹ이 시렸네라. 하지만서도 세월이 가다 보인께 알 것 같드마. 자식 딸리고 없이 사는 홀아비 만나 고생하지 말고 좋은 짝 만나 잘 살기를 바랐던 마음을. 그래 내 마 고것을 느 아배가 나를 생각한 것으루다 여게 뿌릿다. 시답잖은 나 혼자 생각이었어두.”

말은 그리 하고 있지만 여자는 채워지지 않아 휑했을 마음과 시린 울

음을 쓸어냈을 거라 연후는 생각한다. 아버지나 여자가 서로에 대한 감
정을 대놓고 드러낸 적은 없었지만 어린 깜냥에도 알 수 있었다. 이만
큼 세월이 지나서도 여전히 아버지에 대한 그 마음이 느껴지자 고마우
면서도 짠하다. 아무래도 여자와 하룻밤을 지내야 하지 않을까 싶기도
하다. 간곡하던 청을 거절한다는 게 사실 야멸치다 싶었다. 그리고 여
자의 말대로 이러고 헤어지면 언제 또 만날지 알 수 없는 일이긴 하다.
연후 자신이 일부러 여자를 다시 찾을 일이 있지 않는 한.

　저녁을 먹기에는 시간이 일러 둘은 잠시 산책이나 하기로 했다. 여자
가 묶는다는 숙소 옆 공원으로 들어서자 겨울 바다를 보러 온 관광객들
이 꽤 눈에 띄었다. 지역민이나 관광객의 쉼터 역할도 하는 공원은 일
반 공원과는 또 다른 취지를 지니고 있기도 했다. 휴전선에 근접해 있
고 바다를 끼고 있는 지역 특성에 맞게 테마공원으로 조성되어 있었다.

　공원의 야트막한 돌담을 따라 둘은 천천히 걸었다. 잔디밭에는 여러
석조물과 조형물이 세워져 있었다. 어부들의 생활과 배와 어구, 분단을
상징하는 조각상들이었다. 둥근 돔형 지붕ㄸ을 한 기념관으로 들어섰
다. 내부엔 분단접경지역인 읍의 연혁과 어부들의 삶이 전시 설명되어
있고, 전쟁으로 인한 분단과 이산에 대한 자료들도 색 바랜 상흔으로
자리하고 있었다.

　내부를 둘러보고 밖으로 나오자 기념관 취지를 설명하는 안내문 앞에
가족인 젊은 부모와 어린 아이 둘이 서 있다. 한 아이가 눈을 반짝이며
묻는다.

　"아빠, 분단이 뭐야? 이산은 또 뭐야?"

　전쟁을 겪어보지 않은 젊은 아버지가 반세기도 훨씬 전의 분단과 이
산에 대해 제대로 설명해 줄 수 있을까 싶다. 국토가 두 동강이 나고,

부모형제가 생사도 모른 채 헤어져 살아갈 수밖에 없는 현실을. 설명을 해 준대도 어린 아이들이 이해할 수는 있을까. 젊은 아버지는 책에서 배운 대로 진지하게 설명하긴 했다. 역시 아이들은 뜨악한 표정이다.

그들 가족을 지나쳐 둘은 다시 해안도로가 난 쪽으로 왔다. 군데군데 긴 의자가 놓여 있어 편하게 앉아 바다를 바라볼 수 있었다. 늦은 오후 햇살이 바다 위에 나른히 퍼졌다. 연후의 오래된 기억들이 물이 담긴 두레박처럼 묵직하니 끌어올려졌다.

겨울이면 어린 연후는 엄마 대신 매서운 바람 몰아치는 부두에서 곱은 손을 불어가며 그물을 추렸다. 저녁엔 마당 수돗가에서 진저리가 날 만큼 차가운 물에 맨손을 담그고 생선을 손질해야 했다. 엄마가 해 준 밥을 먹고 따뜻한 아랫목에서 배를 깔고 책을 보거나 라디오를 듣는 친구들이 부러웠다. 더운 여름이면 친구들은 시원한 바다에서 수영을 하며 즐겼지만 땡볕 아래에서 얼굴을 벌겋게 익히며 아버지 일을 도와야만 했다. 휴일이나 방학을 즐기는 건 꿈같은 일이었다. 친구들 손은 마디 없이 가늘고 깨끗했지만 연후의 손가락은 굵었으며 손등은 여기저기 생선 가시에 긁혀 흠집 투성이었다. 게다가 추위에 얼었다 터져 나무 등걸처럼 거칠었고 손바닥에는 제법 옹이까지 박혔다.

어린 마음에 그런 처지가 꽤 속상했었던 것 같다. 그럴 때면 연후는 여자를 찾아가곤 했다. 아마도 엄마에게 하듯 무람없이 응석 부리고 싶은 마음에서였을 것이다. 여자는 등을 토닥여 주거나 흘러내린 머리칼을 측은히 넘겨주었다. 거친 손을 안쓰러워하며 크림이나 약을 발라 조물조물 만져주기도 했다. 젖멍울이 생기자 브래지어를 사주었고, 초경이 시작되자 이것저것 필요한 것을 챙겨주었다. 엄마의 손길을 받을 수 없었던 사춘기 연후에겐 엄마 같은 보살핌이었다. 그런 것들에 어린 연후의 결핍과 그리움이 잠시라도 위안 받았다는 생각이 들자 가슴으로 따스한 한 자락 바람이 들어찬다.

어느새 저녁 어스름이 내리고 있었다. 둘은 자리를 털고 일어났다. 공원을 나오자 저만치 모래사장에 사람들이 죽 둘러서 있는 게 보였다. 가까이 가보니 죽은 사람의 넋을 진혼하는 수망굿 중이었다. 주무가 주발과 살아 있는 닭을 흰 천으로 묶어서 조심스레 물에 띄웠다. 옅은 잉크를 풀어 놓은 듯 푸르스름함 속에 닭은 뭉쳐 놓은 안개 덩어리처럼 비현실적이다. 그 사이 양중이 흰 종이를 매단 골매기 서낭대를 바다에 던지며 구슬프게 초혼을 한다.

초혼 의식이 끝나고 주무는 닭을 다시 끌어내 가슴에 안고 굿청 쪽으로 걸음을 옮겼다. 사람들이 줄래줄래 그 뒤를 따라간다.

"정말 저렇게 하면 혼이 오는 건가요?"

"그거야 알 수 없지만서도 그렇게 믿을라치믄 그런 거 아이겠나. 제발이사 그런 기라믄 좀 좋겠노. 느 아배 혼도 그렇게 실려 오믄 좋을 끼구만. 여기 이렇게 당신 딸두 와 있구 또……"

연후는 말을 맺지 못한 여자의 마음을 짐작할 수 있다. 금방이라도 울음 한 자락 꺼이, 꺼이 풀어낼 듯한 여자를 보지 않으려 맞은 편 방파제 쪽으로 슬그머니 눈길을 돌린다. 대신 그간 애써 묻어 두었던 얼굴들이 스산하게 살아나고 있다.

많은 날들이 흘렀다. 연후는 오랜 시간 여자가 어떤 삶을 살아왔는지 알 수 없다. 그런데도 여자를 대하면서 문득, 문득 삭아 내린 먼지거나 빛을 쬐지 못한 서늘함 같은 걸 막연히 느껴야만 했다. 뭐지? 곧 알 수 있었다. 그 그늘짐이 자신에게서도 퍼져 나오기 때문이라는 걸. 오히려 여자가 풍기는 것보다 더 짙을 거라는 사실은 쓸쓸한 서글픔이었다.

연후는 결혼해서 아들을 하나 두었다.

아이가 네 살 되던 해였다. 아들은 놀이터에서 그네를 타며 놀았다. 연후는 베란다에서 빨래를 널었다. 아들은 가끔 이층 제 집 베란다를 올려다보며 연후를 향해 손을 흔들었다. 일요일이라 아이와 놀아 주기 위해 같이 나갔던 남편은 담배를 사러 잠깐 가게에 갔다. 다른 아이들이 아들이 탄 그네 옆으로 모여들었다. 어떤 아이는 밀었고, 어떤 아이는 당겼다. 그 바람에 그네가 앞으로 차고 나가지 못하고 팽그르르 돌았다. 순식간에 고리 모양의 쇠줄이 꽈배기처럼 꽈지며 아들의 목을 조였다. 몸은 그네 판에서 밀려 모래땅에 닿지 못하고 허공에서 흔들렸다. 뽀얗던 얼굴이 금방 검푸러졌다. 병원으로 옮겼지만 아들은 끝내 깨어나지 못했다.

연후는 여전히 아들과 함께 살았다. 아들이 엄마! 하고 품에 안기면 수밀도 같이 보드라운 속살을 손으로 쓸었다. 목욕을 시키고 나서 통통한 엉덩이에 입을 맞추면 비누방울 같은 웃음을 함박꽃처럼 터뜨렸다. 끼니마다 밥 한 숟갈이라도 더 먹이려고 도망 다니는 아들을 따라 다녔다. 아들의 옷은 날마다 세탁되어 건조대에 널렸고 가지고 놀았던 장난감도 매일 소독이 됐다. 오후에는 함께 아동용 비디오를 보다 낮잠을 자기도 했다. 저녁이면 양치질을 시켜 잠자리에 눕히고 동화책을 읽어 주었다. 눈에 잔뜩 졸음이 덮인 아들이 하품을 하면 이불깃을 당겨 토닥거려 재웠다. 세상에 존재하지 않는 네 살배기 아들과 보내는 연후의 하루 하루는 여느 엄마들처럼 바빴다. 그럴수록 몰골은 하얗게 사위어 가는 재가 되었다. 남편이 그런 연후의 뺨을 세차게 후려치며 울부짖었다.

여보, 왜 이러는 거야? 정신 차려!

아들이 사라진 집은 추운 겨울만 있는 동화 속 거인의 정원이었다. 연후는 물속을 부유하듯 늘 멍했다. 그러나 남편은 여전히 출근을 하고, 주말이면 어김없이 산행을 하고, 직장과 집안 대소사에 꼬박꼬박 참석을 하는 일상을 꼼꼼히 살아갔다. 연후는 남편을 이해할 수 없었다. 알 수 없는 원망이 일었다. 둘 사이는 곪아 가는 상처처럼 황폐해지며 점점 서로를 외면했다.

다음 해 어느 봄날의 깊은 밤이었다. 뭔가가 거칠게 들썩거렸다. 연후는 잠결에, 심하게 불어대는 바람으로 창문이 흔들리는 줄 알았다. 아, 어쩌나! 애써 피어 난 꽃들이 속절없이 지겠구나, 라는 안타까운 생각을 하면서도 다시 까무룩히, 잠에 빠져 들었다. 그러나 들썩거림은 점점 더 했다. 겨우 정신을 가다듬고 눈을 떴을 때 남편이 모로 누워 소리 내어 울고 있는 걸 보았다. 갈고리로 내장을 긁어 올리듯 고통스러운 울음이었다. 연후는 모른 척 돌아누웠다. 밤 내내 살을 에는 겨울바람이 휘몰아쳤다. 매정하리 만큼 냉정하게 일상을 살던 남편의 모습은 겉으로 보이려는 거였다. 보이고 싶지 않은 또 다른 모습은 삭풍 몰아치는 겨울 강처럼 추웠던 것이다.

얼마 후, 연후는 이혼했다. 같은 아픔을 서로 바라보고 살아야 하는 건 고통이었다. 아버지와 같은 또 다른 거울을 보고 싶지 않았다.

5

우우웅, 우우웅.

씻느라 욕실에 있는 여자의 휴대전화가 진동했다. 얼핏, 화면에 뜬 사진이 보였다. 젊은 남자인 것 같았다. 한참 울리던 전화는 받지 않자 끊어졌다. 잠시 후에 여자가 욕실에서 나왔다. 아침나절 요란스럽던 굿당에서의 모습과는 달랐다. 씻느라 겉옷을 벗어서 내복차림이었는데 목둘레와 소맷부리가 금방이라도 올이 풀릴 것처럼 날깃하게 낡아 있었다. 연후는 요즘처럼 물자가 흔한 세상에 아직도 저러고 사는 사람이 있나 싶은 생각이 들었다. 더구나 지금 여자 나이쯤이라면 경제적으로도 어느 정도 안정됐을 터인데도 말이다.

"전화 왔었어요."

"우리 아들인갑네."

여자는 얼굴에 금방 화색을 피우며 서둘러 전화기를 연다.

"아들! 잘 지냈드나? 그래. 내는 걱정하지 말그라. 알았구마. 내일 갈 텐께 걱정하지 말라카이."

통화를 끝낸 여자의 입꼬리에 채 거두지 못한 웃음이 벙싯거린다. 연후는 포만한 웃음 속 대상이 슬며시 궁금해진다.

"자제는 몇이나 두셨어요?"

"아들 하나. 그나저나 요즘은 대학 졸업을 해두 직장 구하기가 쉽지 않다드만. 우리 아들은 군대도 갔다 왔고 대학도 거지반 가르쳐 놨는데 우찌 될랑가 모르겠네. 어매가 넉넉해서 한 재산 뚝 떼 줄 처지두 못 되는데 큰 회사 아니라두 취직이나 후딱 되믄 좋을 끼구만."

말엔 걱정이 담겼는데 얼굴엔 여전히 웃음기가 돌고 있다. 자식을 가진 이 세상 어미들이 내보일 수 있는 안정된 뿌듯함이다. 연후의 가슴으로 싸한 바람이 스며든다. 자식, 아이, 아들, 딸…… 그런 말들이 스산하게 와 감긴다. 그 마음을 떨치기 위해 연후는 화제를 돌린다.

"여쭤봐도 되는지 모르겠는데…… 남편 분께선 뭘 하세요?"

"영감? 그런 거 없네라. 내사 한 남자 만나 안존하게 그 그늘 밑에서 살 팔자가 아인데 뭐."

"그러면 쭉 혼자 지내셨어요?"

되묻는 연후의 눈이 화들짝, 놀란다.

"그랬지러. 가진 거 없구 배운 거 없이 새끼 키우매 벌어 먹구 살라니 몸이 고달팠제. 화장품 외판이며, 식당 설거지며, 파출부며, 술집 것들 빨래 빨아가며 도둑질하구 몸 파는 것 빼군 안 해 본 게 없인께. 그래두 새끼 크는 것 보믄서 고생이 고생 같지 않았구마."

연후는 혼자 몸으로 자식을 키웠을 여자의 고달픔에 마음이 가 닿는다. 낡은 내복을 입고 있던 게 비로소 이해된다. 짠함이 밀려오며 괜한 걸 물었다는 미안함이 든다. 숙소에서 조금 떨어진 굿당에서 간간히 푸너리가 들려온다. 어제 시작했던 굿이라면 오늘밤을 지새고 내일에야 끝날 것이다. 초저녁에 보았던 넋을 건지는 장면이 여자에 대한 짠함과 함께 연후의 가슴에 얹힌다.

"야야, 우리 굿 구경이나 가 보까?"

젖은 머리를 말리던 여자가 재미있는 걸 발견한 아이처럼 눈빛을 반짝이며 말한다.

연후가 어렸던 시절에는 크고 작은 굿판이 흔히 벌어져 굿 소리가 읍내를 자주 휘돌았다. 굿은 작게는 일신과 가정의 평안에서부터 크게는 먹고 사는 발판인 바다의 안녕과 풍어를 기원하는 마을 행사이기도 했다. 고기잡이를 업으로 살다보니 바다에서의 죽음도 많았다. 자연 죽은 자에 대한 산 자의 안타까움은 굿이라는 매개로 발현됐고, 삶과 죽음이라는 두 세계의 경계를 추상적이나마 이어 주는 다리이기도 했다.

갈 날은 있건마는 올 날은 막연하고

젖은 옷 벗고 마른 옷 개복하고 혼이라도 넋이라도 오소

　연후와 여자가 다시 들어선 굿당은 낮보다 더 많은 사람들로 차 있었다. 그런데도 물기 머금은 처연한 무녀의 사설만 들릴 뿐 숙연하리만치 조용했다.

　낮에 하는 별신굿은 마을의 안녕과 풍어를 위한 것이기에 축제처럼 흥청거린다. 그러나 밤을 새워 하는 지노귀굿은 죽은 자의 넋을 천도하는 의식이기에 아무래도 엄숙하고 슬플 수밖에 없다. 지노귀굿은 망자가 죽은 지 사십구일 안에 행하며 칠칠재(七七齋)와 병행하기도 한다.

　오늘 밤의 지노귀굿은 얼마 전에 고기를 잡다 바다에 빠져 죽은 남자를 위해서다. 망자는 마흔이 넘도록 장가도 못 가고 홀어머니와 살았다고 했다. 종이꽃, 등, 용선이 장식된 제단에는 그의 넋이 담긴 신태집과 시신을 대신하는 넋자리가 놓였다. 망자를 부르기 위한 춤사위가 본격적으로 시작됐다.

　무녀의 몸이 널을 뛰듯 자유로이 허공을 뛰어오른다. 질풍에 휘날리듯 세차게 쾌자자락을 너울대는 얼굴엔 땀이 번들거린다. 덩달아 긴장하고 있는 사람들의 한숨 소리가 간간이 터져 나온다. 박수, 양중들은 아이고, 아이고 곡을 하며 화급한 추임새를 더한다. 접신 행위는 점점 정점으로 치닫는다. 무녀가 쥐고 있는 부채와 방울이 혼돈처럼 흔들린다. 추상적 존재의 재현을 불안하게 암시한다.

　어느 순간 무녀가 못 박힌 듯 멈춰 선다. 드디어 넋이 실린 것 같다. 표정이 무섭도록 딱딱하게 굳어졌다. 온 몸을 사시나무처럼 떨어댄다. 얼굴 근육은 푸들거리고 핏기 없이 창백하다. 두 눈을 질끈 감고선 깊고 긴 휘파람을 내뱉는다. 후이이! 후이이! 가는 대롱에서 나오는 듯한

소리가 굿당 안을 음산히 휘돈다. 무녀가 다시 한 번 더 세차게 몸을 떤다. 그리고 입을 연다. 굵고 낮은 남자의 목소리가 처연히 흘러나온다.

피를 받고 살을 받은 부모형제 두고 나는 가오. 만난 사람 헤지고 헤진 사람 또 만나도 다시는 못 올 곳으로 가오. 아이고 어머니, 불쌍한 우리 어머니 두고 내 어찌 발걸음이 떨어지겠소. 어머니…….

공수를 내리는 무녀는 죽은 아들처럼 어미인 늙은 여인을 끌어안고 울먹거린다. 아들을 잃은 어미는 그예 철철 울고 만다. 토해내는 슬픔으로 창자가 끊어지는 것 같다. 들고 있는 신장대가 푸르르, 푸르르 걷잡을 수 없이 흔들린다. 모여 있는 사람들의 눈빛도 두렵고 슬프게 흔들린다. 연후의 눈과 가슴도 에이게 젖어든다. 자신도 모르게 눈물이 흘러내린다. 눈가를 문지르느라 깜빡 눈을 감았다 뜬다. 그 순간이다. 눈앞으로 젖빛처럼 뽀얀 네 살짜리 아이가 환하게 웃으며 다가든다. 그러나 이내 검푸르게 변하며 흐늘한 불덩어리로 휘돌고 만다. 뒤이어 또 하나의 존재가 아른거린다. 갓난아이인지, 어른인지 분간할 수 없는 형체가 사무치게 다가온다. 마치 날카로운 것에 후벼 파이는 것 같다. 뭘까. 이 찢어지는 저릿함은. 그 속절없음은 형체 없는 아들을 향한 늙은 어미의 통곡과 함께 더해 간다.

한바탕 격정 같은 무거리가 지났다. 무녀는 진이 빠진 듯 허청대며 뒷 사설을 토해낸다. 넋두리 같은 소리가 구슬프다. 사람들의 훌쩍거리는 소리가 간간이 들린다. 여자의 눈시울도 벌게져 있다. 연후의 가슴도 헤집어 놓은 듯 먹먹하다.

우리 같은 초로인생 아차 한 번 죽어지면 죽진장포 일곱매 상하로 질끈 묶어

　　소방산 대뜰 우에 덩시렇게 올려 매고 북망산을 행할 적에 산토로 집을 짓고

　　송죽으로 문을 삼어 두견 쩍궁 우실 때야 산은 첩첩 밤 깊은데

　　처량한 건 넋이더라…….

사설까지 마치고 나서야 초망자 굿이 끝났다. 다음 굿은 이른 아침에 다시 시작한다고 했다. 간혹 자리를 뜨기도 했지만 굿당에는 여전히 많은 사람들이 남아 있다. 그들은 비스듬히 눕기도 하고 편히 발을 뻗으며 서로 두런두런 얘기를 나누었다. 연후는 매캐한 향내가 답답하다. 잠시 바람을 쐬고 싶다. 여자를 보니 일어설 기미가 없어 보인다. 혼자 굿당을 나선다. 와 닿는 밤바람이 선뜻하다. 천천히 걸음을 옮긴다.

"누구유?"

굿당을 돌아 뒤로 왔을 때다. 목이 심하게 잠긴 듯한 목소리가 들려왔다. 누군가 싶어 보니 어둠 속에 머리에 두른 흰 띠가 선명하다. 조금 전 굿을 주관했던 무녀가 쭈그리고 앉아 담배를 피우던 중이었다. 무녀의 눈길이 빠르게 연후를 훑어 내린다.

"여기 사는 사람이우?"

"고향이예요."

"응, 그랬구랴. 나는 담배나 한 대 필려구 나왔수. 산 사람이구, 죽은 혼이구 죄다 목을 매구 달라붙어 한을 들어 달라구 하니 굿 한 번씩 하구 나면 속이 너덜너덜 하다우. 길지두 않은 인생살이 어째 그리 한들이 많은지."

무녀의 말은 누구에게랄 것 없이 주절대는 넋두리 같다. 겅중겅중 뛰며 공중을 날아오를 듯 넘치던 힘은 느껴지지 않는다. 사람의 애간장을 쓸어내리며 사설을 풀어내던 신들린 숙무의 모습도 없다. 후줄그레, 땀에 절은 무명천 같이 축 처져 보이기만 한다.

"난 이 옷을 벗을 때마다 작정을 하우. 내 다시는 이걸 입나 봐라. 허유, 그러면 뭘 하우. 죽으나 사나 또 상사병 난 것처럼 맘이 먼저 달려 나가는 걸. 그러니 어떡하겠수. 한 세상 사는 게 다 그런 겁디다. 태어나는 것두 죽는 것두 내 맘대로 안 되듯이 나한테 들어온 한이라면 그대로 안고 뒹굴밖에. 그러다 보면 또 저절로 풀어질 날두 있지 않겠수? 그렇게 한 세상 살아가는 거지 뭐."

연후가 듣건 말건 쳐다보지도 않고 말을 하던 무녀는 바닥에 담배를 눌러 끄며 일어섰다. 엉덩이를 툭툭 털곤 굿당으로 향하는 뒷모습이 흐릿한 불빛처럼 가없어 보인다.

무녀가 가 버리고 나자 모든 걸 빨아들일 듯한 검은 어둠만이 상기되듯 주변에 가득하다. 연후는 갑자기 짙은 피로가 밀려온다. 널브러지듯 몸을 누이고 싶어진다. 그리고…… 축항 쪽 방파제가, 산등성이의 등대가, 나고 자란 집이 휘몰아치듯 다가든다. 그 주위를 산벚꽃이 후루룩, 후루룩 떨어져 내리며 부옇게 가린다. 당황스럽다. 허둥지둥 손을 뻗어 막을 걷어내듯 휘저어 보지만 꽃잎들은 여전히 앞을 가린다. 순식간에 모든 기억의 회로들이 꽉 막혀 버리며 방향감각을 잃은 것처럼 허청, 하다. 아침에 떠 저녁에 지는 해처럼 당연하게 익숙한 것들이었건만 분간이 되질 않는다. 길 설은 밤거리에 서 있듯 막막해서 한 발짝도 움직일 수 없다. 누군가 손 뻗어 잡아 주었으면 싶은 마음이 간절하다. 그때, 굿당에서 나온 여자가 연후를 찾는지 이리저리 두리번거리는 게 보인다. 왈칵, 서러운 울음자락이 목까지 차오른다. 길을 잃고 헤매다 간신히 엄마 품을 찾은 심정이다.

"야야, 니 어둔디서 뭐하노? 처량스럽구로. 난 들어갈 기라. 더 있으면 뭐 하겠노. 가슴만 애리지. 닌 우짤랑고?"

여자가 어둠 속에 우두커니 서 있는 연후를 보고는 가까이 다가온다. 말하는 품새가 들떠 보이던 초저녁과는 달리 힘이 없다.

"어째 밍숭밍숭한데 우리 술 한 잔 할란가? 참, 니 술은 할 줄 아나?"

6

"느 아배 참말로 무뚝뚝했다 카이. 재미라군 눈곱재기 만큼도 없었제. 하기사, 사는 기 뭘 흥이 났겠노. 허이구……."

그 시절 많은 사람들이 그랬듯 연후의 아버지도 역사의 격동기 속에서 원하지 않은 이데올로기의 희생자였다. 더구나 부모로서는 죽음이나 마찬가지인 참척을 겪기도 했다.

아버지는 육이오 전쟁에 부모를 잃었다. 한동안 큰 집에 얹혀살았지만 모두 다 살아내기 힘든 시절이었다. 제 자식도 짐이 되는 판에 핏줄이라 해도 조카들을 언제까지 거두긴 힘들었다. 형제들은 보육원이나 남의집살이로 흩어질 수밖에 없게 됐다. 그러자 맏이였던 아버지는 동생들 때문에 다니던 학교도 그만 두고 남의집살이며 배를 타게 됐다. 덕분에 형제들은 헤어지지 않아도 됐지만 어린 가장이 짊어진 짐은 무거웠다.

연후의 고향은 분단접경지역이다. 분단 경계선이 가로 놓인 육상처럼 해상에서도 남 · 북 이 대치했다. 양쪽이 발을 들여놓지 못하는 경계구역은 고기가 많이 잡히는 황금어장이었다. 그러나 예측할 수 없는 기상 상황과 남북 간 대치라는 위험으로 아무 때나 조업할 수 있는 건 아니었다. 북측의 나포 위험과 자칫, 경계선을 넘을 수도 있기 때문이었다.

　아버지는 연후가 다섯 살 때 바다에서 고기를 잡다 납북되었다. 그날도 기상 예보는 날씨가 좋을 거라고 했고 출항할 때도 쾌청했다. 많은 배들이 고기를 조금이라도 더 잡으려고 경계구역 최근접 거리에서 조업을 했다. 근해어장과는 다른 풍성한 어량에 모두들 정신없이 그물을 끌어올리기에 바빴다. 그러느라 아버지가 탄 배는 옅은 안개 자락이 실 같이 흐르기 시작하는 걸 미처 감지하지 못했다. 이내 앞을 분간하기 힘들 만큼 안개가 퍼졌다. 바닷물의 유속도 급격히 빨라졌다. 한참이 지나서야 주변을 둘러보았을 땐 함께 출항했던 다른 배들은 이미 보이지 않았다. 보호구역 반경을 벗어난 건 아닌가 하는 불길함이 섬뜩했다. 선원들이 우왕좌왕할 때 배 옆을 부딪치는 둔탁한 기척이 들렸다. 어느새 북한 경비정이 다가와 있었다. 분계선을 넘었던 것이다. 북한 경비병이 찌르는 총신의 감촉은 극한의 공포였다. 북측 배에 옮겨 타며 아버지는 끔찍한 육이오를 떠올렸다.

　정부의 협상이 있었음에도 아버지는 일 년이 지난 후에야 북측 억류에서 겨우 풀려날 수 있었다. 그러나 거기서 끝나지 않았다. 반공이 국시였던 남쪽 체제는 그간의 억류동안 선원들이 북한 체제에 세뇌되었을 거라는 의심을 풀지 않았다. '반공법 위반'과 함께 '간첩용공대상자' 일 가능성이 농후할 것이라 치부했다. 남쪽에서의 옥살이가 다시 시작됐다.

양쪽 이데올로기에 만신창이가 돼 버린 아버지가 가족에게 돌아오기까지는 꼬박 삼 년이 걸렸다. 이후, 아버지는 자물쇠로 채운 듯 거의 말을 하지 않았다. 보이지 않은 감시의 눈 때문에 사람들을 만나는 것도 조심스러워 했다. 정기적으로 하루나 이틀씩 집을 비우기도 했는데 관계기관의 조사에 응한 출행 때문이었다. 기관의 승인 없인 집에서 몇 키로 미터 구역을 벗어날 수도 없었다. 일상은 울타리 없는 감옥이었다. 이데올로기가 뭔지도 모른 채 단지, 먹고 살아야 했던 이유 말곤 도무지 성립될 수 없는 민초의 억울한 죄목이었다.

마신 술 때문에 열이 오르는지 여자가 창문을 열었다. 알싸한 바람에 향내가 섞인 비릿함이 흘러든다. 아침나절엔 다소 거북하더니 그새 익숙해졌는지 그럭저럭 괜찮다. 묵고 있는 사층 방에서 공원 안이 내려다보인다. 고적한 가등 불빛 사이로 가지만 남은 나무들이 정령처럼 희끄무레하게 무리지어 있다.

"느 아배 불쌍한 양반인기라. 조실부모도 기막힌데 자식까지 앞세웠으니 팔자도 참말로 얄궂다 아니가. 부모한테 있어 그것 맨치로 절창할 일이 어디 있겠노. 하나두 아니구 자식 둘을. 아이구 육실할 눔의 팔자들. 전생에 뭔 죄 갚음할 기이 그래 많아가."

여자의 말에 연후의 가슴은 소금물에 닿은 상처처럼 아리다. 화인처럼 찍힌 아픔이다.

연후의 아홉 살 봄이었다.

봄볕이 짜한 방파제에선 아이들이 이리 저리 뛰었다. 부잡스러운 남자 아이들은 축항 끝의 무인 등대를 낑낑대며 기어오르기도 했다. 어른들이 알면 꾸중을 들을 판이었다. 방파제가 널찍해도 자칫해서 발이라도 헛디디면 빠질 수 있었다. 항구 안쪽 바다는 잔잔해도 꽤 수심이 깊었고 바깥쪽은 파도가 철썩거리며 파랑이 심했다. 그런데도 아이들은 어른들 몰래 자주 방파제 끝을 찾아들었다.

남자 아이들이 겅중겅중 뛰는 동안 연후는 파도를 막기 위해 설치된 커다란 콘크리트 구조물을 냉큼 냉큼 건너뛰었다. 구조물 표면에 붙어 있는 홍합이며 고둥을 따기 위해서였다. 방파제에서 두 살 터울의 오빠가 올라오라며 소리를 질렀으나 아랑곳하지 않았다. 하지만 시퍼런 파도가 철썩이며 발밑까지 쳐 올라오자 무서워졌다. 그만 올라가려고 할 때 구석에 탐스런 미역 다발이 눈에 보였다. 그냥 두고 가자니 아까웠다. 저것만 얼른 뜯어서 올라가야지. 밑으로 한 발을 옮겼다. 순식간에 파도가 구조물 사이를 뚫고 허리까지 차올랐다. 연후는 겁에 질려 새된 비명을 질렀다. 오빠가 허둥지둥 밑으로 내려와 연후를 겨우 방파제로 올려 보냈지만 정작 자신은 올라오지 못하고 버둥거렸다. 동생을 끌어 올리느라 힘이 빠진데다 수시로 파도가 들고 나니 표면이 미끄러워 발이 자꾸 헛디뎌졌다. 열한 살 어린 오빠의 얼굴이 공포에 질렸다. 아이 하나가 화급히 부두에서 일하고 있는 연후의 부모를 부르러 갔다. 그 사이 키를 넘는 큰 파도가 용솟음치듯 다시 한 번 구조물 사이를 덮쳤다. 숨을 헐떡이며 아버지가 도착했을 땐 오빠는 이미 사라지고 없었다.

맏아들을 잃은 충격으로 어머니는 정신을 잃더니 맥을 놓고는 시난고난 앓기 시작했다. 아버지도 한동안 뱃일을 하지 못하고 흔들리긴 했지만 곧 추스르고 일어났다. 다른 자식들 때문에라도 주저앉아 있을 수만은 없었다. 그러나 맏아들의 죽음은 가슴에 묻혀 더욱 안으로 침잠하게 했다. 연후의 죄의식은 많은 세월이 흘러도 씻어지지 않았다. 아버지의 참척은 거기서 끝나지 않았다. 또 하나의 고통이 어이없게 덮쳤던 것이다.

1981년 유월이 시작되었다. 횡횡한 소문들이 떠돌았다. 방송이나 신문에는 보도되지 않은 입에서 입으로 전해지는 쉬쉬거림이었다.

지난 오월에 저 아래지방에선 난리가 났다던데. 군인들이 양민들을 막 죽였다는구만!

뭔 소리여? 전쟁이 일어난 것두 아닌데?

남도 쪽에서 행해졌던 도륙의 참상은 바람결에 묻혀 연후의 고향인 북쪽까지 전해졌다. 비상계엄이 선포되면서 각 대학마다 휴교령이 내려졌고 긴급 수배령이 발포됐다. 서울에서 대학을 다니던 연후의 이란성 쌍둥이인 남동생 연철도 집에 와 있었다. 그리고 얼마 후 집에 한 사람이 찾아들었다. 연철의 학교 선배이면서 같은 하숙집에 있는 사람이었다. 군 입대를 하기 전에 잠시 다니러 왔다곤 하는데 워낙에 시국이 그런지라 아버지는 찜찜해 했다. 하지만 내색하진 못하고 지난 겨울방학에 놀러 왔던 것처럼 별 탈 없이 지내다 가기만 바랐다.

기상청에선 예년보다 여름 장마가 일찍 왔다고 했다. 비도 오지 않으면서 후텁지근하게 흐릿하던 어느 날, 아침부터 굵은 빗줄기가 내리기 시작했다. 집에 와 있는 연철의 선배 친구가 피검됐다는 소식이 전해졌다. 연철의 선배는 친구로 몇 번 어울린 적이 있었지만 함께 활동한 일은 없었다고 했다. 그러나 일단 검거된 친구 입에서 이름이 불거졌다는 건 위험한 정황이었다. 그런 상황에 집으로 갈 수도 없었다. 아버지는 난감했다. 궁지에 몰린 사람을 내몰 수도 없고 성가실 줄 뻔히 알면서 끼고돌 수도 없었으나 결국 자식 키우는 부모로서 내치는 건 아니라고 판단했다. 예상대로 갈 만한 곳을 추적해서 찾아온 형사에게 이미 떠났다고 둘러대고 선배를 고방에 있게 했다. 직접 가담하지도 않았으니 며

칠 몸을 사리고 있다 보면 잠잠해질 테고 그런 후에 떠나면 되지 않을
까 싶은 단순한 생각이었다.

저녁이 되자 빗줄기는 더욱 강해졌다. 사위가 어둑해지기 시작했다.
연철은 축축하고 무더운 고방에 종일 갇혔을 선배가 걱정되었다. 해도
졌는데 뭐, 별일이야 있을려구 싶어 고방 문을 열 때였다. 두툼한 손이
연철보다 먼저 우왁스럽게 문을 열어제꼈다. 형사였다. 놀란 선배가 순
식간에 튕기듯 뛰쳐나와 도망쳤다. 얼결에 연철도 뒤따랐고 형사가 쫓
아 나갔다. 장대처럼 쏟아지는 빗줄기 속에서 그들의 모습은 이내 가물
해졌다. 아버지와 연후는 뜬눈으로 밤을 지새우며 마음을 졸였다.

다음날 아침, 연철과 선배는 등대 밑의 외진 바닷가에서 죽은 채 발
견됐다. 머리가 처참히 으깨진 연철 옆엔 날카로운 돌덩이들이 많았다.
조금 떨어진 곳에 엎드려 죽은 선배에게서 흘러나온 피가 주변 조약돌
을 검붉게 물들였다. 경찰은 비 내리는 어두운 밤, 가파른 벼랑길에서
발을 헛디뎌 떨어진 것 같다고만 간단히 사인을 추정했다. 원치 않았던
시대의 아픔은 또 다시 아버지를 짓밟고 무화시켰다. 아버지는 더욱 깊
게 가라앉은 물밑이 되었다.

"마, 잊어뿌리라. 생각하면 뭔 소용이 있을 끼고. 속을 끓인다고 죽
은 사람이 다시 살아올 것두 아잉께 그저 잊어뿌리는 기이 상책 아이겠
나. 연후야, 다른 사람 인생두 겉으루 볼 땐 나보담 잘 사는 것 같어두
조금만 들어가 보믄 다 마찬가지네라. 아픔 없는 인생 없는 기다. 무슨
말인지 알쟈?"

7

늦은 시간인데도 모텔에 사람들이 드는지 종종 기척이 들린다. 복도를 지나다니는 발자국 소리와 열쇠로 문을 여는 경미한 금속성 소리가 찰칵, 조용한 적막을 파고든다.

"연후야. 마, 내 살아온 인생 굽이굽이 한 번 들어 보래이. 전쟁 나던 해 나가 일곱 살이었제. 한 동네에서도 우익 좌익이 갈리며 사람들이 파리 목심처럼 죽어 나자빠질 때였구마. 아배, 어매는 무지랭이 농사꾼이었으이 이념이고 뭐시고 알 턱이 있었겠나. 그저 등허리가 휘도록 일하고 배 곯지 않음사 제일인 줄 알았겄제. 그런데 어느 날 한밤중에 정체 모를 남정네들이 들이닥친 기라. 어매는 잽싸게 이불을 뒤집어 씌워 나를 윗목으로 밀며 귓전에다 말했제. 아뭇 소리두 내지 말라 카믄서. 어두우니 사내들두 어매 짓거릴 미처 못 봤제. 하지만 어매 젖을 물고 있던 동생은 어쩌지 못해 같이 개 끌리듯 마당으루 끌려가지 않았드나. 곧 탕탕탕, 귀를 찢는 총소리가 들리구…… 하이구, 아직두 이렇게 맴이 따갑다."

여자의 눈이 붉어졌다. 눈 속이 그렁하며 술을 따르는 손길이 흔들린다.

"밤새도록 부들부들 떨다 부옇게 동이 터 오기에 마당에 나와 보니 아배는 총을 맞은 얼굴이 반은 뭉그러졌구, 어매도 옆구리가 터져 창시가 다 삐져 나왔더마. 동생도 어매 품에서 피범벅이 되어 죽었고 바닥엔 시뻘건 피가 벌창인기라. 우찌나 무서분지 고꾸라지듯 그대로 대문을 나서지 않았겠드나. 어린 기 어디루 가야 할지도 모름서."

이산가족의 염원을 담은 공원 조형물이 불빛에 서름하다. 어두운 바다에 점점이 떠 있는 채낚기 어선 불빛이 가뭇없이 흔들린다.

"부모형제 죽은 걸 보구선 집을 나와 하염없이 걸었네라. 쥐방울만 한 걸음으로 걷노라니 좀 힘들었겠나. 그 때, 날 열세 살까지 키워 준 양어매를 만났는데 그때 내 꼬라지가 말이 아니드라네. 눈물 콧물에 먼지를 뒤집어써 새까마니 땟국이 흐르고, 어디서 신발 한 짝은 벗겨졌는지 발 한 쪽 껍데기가 홀랑 벗겨져 피가 시뻘겋드란다. 집이 어디냐 물어두 모른다 하니 우선 아부터 살려야겠다 싶어 데리구 왔다 카드라. 그 때는 전쟁통이라 부모 잃은 아덜이 숱했는 기라."

"그 후엔 집으로 가셨어요?"

"어데? 다시는 못 갔제. 일곱 살이믄 기억이 꽤 솔찬했을 낀데 거짓말처럼 싹 지워져 버렸든가배. 원체 험한 꼴을 봐서 그런가 그땐 암 것두 생각이 안 나드마. 그리고 다시 집을 찾아간들 누가 있어 나를 반겼을 끼고. 다 죽구 없는 전쟁통에."

무자비한 전쟁은 사람들에게 치유할 수 없는 깊은 상흔을 주고 말았다. 전쟁으로 고아가 됐던 아버지와 여자가 살아온 불행한 시대가 연후의 가슴에 먹먹하니 똬리를 튼다.

"양어매는 소리하는 사람이었제. 사실 말이 좋아 소리지, 먹구 살자니 술두 팔구 몸뚱어리두 파는 논다나나 진배 없었구마. 지금서야 소리하는 사람들 대접 받지만 그때야 소리하는 지집들 어디 대접해 줬어야 말이제. 그때 들은 풍월루다 나가 소리 흉내를 좀 냈다만 줏워 들은 기이 돼서 같짢치."

"왜요? 얼마나 듣기 좋았는데요."

"그래? 그럼 다행이구마. 어쨌거나 내는 양어매하고 살던 그때가 사무치게 그립다. 제 속으루 난 새끼두 아닌데 날 그저 물구 빨구 안했드나. 양어매랑 몇 년 터 잡고 살던 곳에 산벚나무가 많았는 기라. 봄이면 온 천지에 산벚꽃이 날려 눈이나 꽃비 속에 있는 것 같았제. 나풀나풀 내려앉던 꽃 이파리가 지금도 눈앞에 선하고만."

말을 하는 여자의 표정이 발그레 화사하다. 눈빛은 꿈을 꾸듯 아련히 어딘가로 향하고 있는 것 같다.

"그런 날에 햇살 따신 마루에서 양어매 처연한 소리가락 듣고 있을라치면, 가슴팍이루다가 써늘한 늦가을 바람이 뭉텅 들어차는 것 같았으니께. 빨간눈이새 이바구도 그때 들은 기라. 참말로 맴이 쓰려 훌짝거리면 양 어매는 그래 안했나. 아이구, 이 가시나야 뭔 설움이 그리두 많노. 아서라, 일장춘몽 같은 짧은 세상 그리 설워 살면 억울해서 우짤라꼬. 우짜든동 널랑은 설워 말고 한 세상 해낙낙거리며 살아야 한데이. 그래 내사 사는 기 고달프면 양 어매랑 그때 산벚꽃이 간절히도 생각났다 아이가. 처음, 느집 마당에서 산벚꽃을 보는데 똑 양어매 살아온 것 맨치로 반가우면서도 우찌 그리 짠하든고."

"그러셨겠어요."

"양어매 팔자가 뿌리박고 살 팔자가 아니어서 이 곳 저 곳, 먹고 살 건덕지만 있으믄 흘러 다녔제. 그란데 산벚꽃 많던 그곳에선 아홉 살부터 열두 살까지 삼 년이나 안 살았나. 양어매도 처음부터 눌러앉을 생각은 없었다 카더라. 읍내 부잣집에 소리 해주러 왔다가 고마 돈 좀 넉넉하게 얹어 준다는 장터 술집 주인 이바구에 술도 치고 소리도 함서 붙박이로 있었다데. 그것도 그거지만 백날 떠돌아 봐야 내를 사람답게 키우기 글를 것 같더란다. 아무리 소리꾼이라고 고개 빳빳이 쳐들어도 싸잡아 노류장화 대접 받을 끼라면, 차라리 눈 질끈 감고 후딱 돈 좀 모카서 안존하게 터 잡고 날 공부 시킬라 했다 하더라. 그래 내 졸업은 못했어도 핵교 물은 먹어 봤다 아이가. 글치만 박복한 내 팔자엔 그마저도 과분했던 갑다. 막판에 장터에서 만난 양어매 서방인지 오방인지만 아님사 오래 살았을 낀데 망할 작자가 등골 빼 먹니라꼬 여기저기 끌고 다니지 안했나. 우야든 간에 양어매랑 살던 그곳 삼 년이 내 인생에선 젤루다 행복한 시절이었네라. 태 실은 곳도 아인데 부모형제 뿌리 내린 고향 같더라 말이다. 당장이라도 달리가믄 삽짝까지 나온 식구들이 따신 웃음으로 맞아 줄 것 같은 기라."

"나중엔 가보셨어요?"

"어데? 아직도 못 가보고 이래 안 있나. 꽃소식이 들리는 봄이면 생병 앓는 것 맨치로 다 집어치우고 달리가고 싶지만 사는 기이 어데 맘 먹은 대로 돼야 말이제. 그렇게 한 해 한 해 세월만 보내고 이젠 백발만 허옇다 아이가. 그래도 예전 느 아배랑 니 만나 살던 그 사절이 양어매랑 살던 그때 맨치로 여겨져 참말 좋았구마. 식구들 따신 웃음 같았으니께."

어둠 속에서 반짝, 켜지는 성냥불처럼 여자의 얼굴에 따스함이 피어나는가 싶더니 이내 사그라진다. 채워지지 않은 그 시절의 그리움 때문인지 표정이 쓸쓸해진다.

"양어매 서방이라는 작자가 보통 건달이 아이드라고. 허구헌날 술 처먹구 노름질 하는 것두 모자라 사람을 패대니…… 그래 그런가 어쩐가 양어매는 골골하더니 결국 돌아가셨다. 졸지에 내 신세 끈 떨어진 뒤웅박이 돼 버린 기야 당연지사구. 어매 죽고 망할 작자가 나를 식모로 보냈는데 가보이 술집 아니든가배. 돈을 받구 내를 팔았든기라. 말이 좋아 식모지 그 속에 있다 보믄 술집 년 되는 기제. 몇 해 있다 보니 주인눔이 내를 또 팔아 버리지 않았겠나."

연후는 가슴이 답답하다. 열린 창으로 아까보다 더욱 짙은 향내가 흘러든다.

"시상에, 시상에 다시 팔려 간 곳이 깡촌두 깡촌두 그런 깡촌이 어디 있겠노. 차를 세 번이나 갈아타구 골짝을 반나절이나 걸어 들어갔더니 공사판이 나오드마. 니미, 지집년이라군 찾아볼 수 없구 왼통 텁석부리 사내들만 벅시글거리는 기라. 낮엔 죽어라 일 시키구 매일 밤마다 순번을 정해서 하나씩 돌아가며 잠자리를 하는데…… 허이구, 내 팔자야."

사위에 내린 검은 어둠처럼 여자의 삶에 깃든 어둠도 깊기만 하다.

"아이구, 내 그 때 생각하믄 몸띵이루 지네가 기어 다니는 것 맨치로 소름끼치구마. 그렇게 여섯 달을 지내다 일꾼 하나를 꼬드기지 않았드나. 그리고 어느 날 나들이 가자구 해서 간신히 토꼈제. 그라이 또 뭐 할 끼고. 도망쳐 보니 배운 게 있길 허나, 돈이 있길 허나, 그렇다구 돌아갈 부모 형제가 있길 허나. 보구 배운 거라군 술 팔구 웃음 파는 긴데. 우짜겠노. 다시 그 바닥으로 끼 들어 갔제. 그렇게 떠돈 내 인생이었구마."

여자의 입가에 쓸쓸한 웃음이 공허히 흐른다.

"누구든동 사는 기이 신나서 살 것나? 다들 죽지 못하니 사는 기제. 그라이 우짜겠노. 하루 세 끼 밥 먹을 수 있구 큰 걱정 없으믄 장땡이라고 생각하고 살아야제. 그러니까나 니도 가슴팍에 묻어 두지 말고 풀어 뿌리라 카는 기다. 인생살이 니만 깝깝한 거 아이다."

여자는 술기운에 조금은 흐트러진 어조였지만 어루만지듯 자분자분 말한다. 닫힌 한 쪽 유리창에 그런 여자의 모습이 되비친다. 먹빛 어둠을 배경으로 돌올하게 붙박힌 모습은 물기가 다 빠져 꾸둑꾸둑 말라비

틀어진 나무 등걸 같다.

8

연후의 코에 매움한 냄새가 감겼다. 어섯눈을 떠 보니 여자가 창가 의자에서 담배를 피우고 있다. 실내는 아직 어둑하다. 사물들이 흐릿하게 눈에 잡힐 뿐이다. 채 밝지 않은 바깥도 선명하게 제 모습을 드러내진 않고 옅은 안개까지 깔렸다. 시계를 보니 오전 여섯시를 막 넘어 가고 있다.

"일어났나배? 나 때문에 잠 깼드나?"

"아니예요. 깰 시간이예요. 그나저나 잠을 잘 못 주무시는 것 같던데……"

"으응…… 늙어서 그런가 잠자리가 바뀌어 그런가 잠이 잘 안 오데."

말을 하면서 여자는 냉장고에서 물병을 꺼내더니 심하게 조갈 난 것처럼 병 채로 벌컥대며 마신다. 그리고는 다시 긴하게 할 말이 있는 것처럼 다급하게 야야, 라며 연후를 부른다. 연후는 대답 대신 여자를 마주 쳐다본다. 눈자위가 충혈되어 있다. 전날 밤에 마신 술 때문만은 아닌 것 같다. 표정에 설핏, 망설이는 기색이 어린다. 하지만 곧 다부진 기세로 말을 꺼낸다.

"니도 이제 꽤 살았제? 그만큼 살았으믄 이젠 웬만한 일들은 새발에 피 같지 않겠나? 그쟈?"

"글쎄요……. 사는 게 어디 말처럼 그런가요. 힘든 일들은 겪을 때마다 여전히 고통스럽긴 매한가지잖아요."

뜬금없는 물음이 좀 의아했지만 연후는 무심히 대꾸하며 자고 난 잠자리를 정리하기 위해 침대를 내려섰다. 그런데 순간 이유를 알 수 없는 긴장감이 등줄기를 훑는 느낌이 들었다. 그와 함께 어젯밤부터 석연치 않게 와 닿던 여자의 행동도 스치듯 짚어졌다.

어린 시절의 십 년이라는 결코 짧지 않은 기간, 여자를 알고 지냈지만 연후가 확실히 아는 것이란 사실 많지 않다. 오랜 세월이 흐른 어제서야 미처 몰랐던 이런저런 얘기를 여자가 말하는 대로 들었을 뿐이다. 그것도 흔히 주고받을 수 있는 잡다한 말들이었지 속내는 아니었다. 그래서였는지 속까지 홀랑 뒤집어 탈탈 털어 보이지 못한 뭔지 모를 미진함이 들긴 했다.

"그때가 82년 사월이었을 끼다. 바람이 미친년 널뛰듯 불어제껴네라. 서울옥 유리 분합문이 우찌나 덜컹거리는지…… 그날 사색이 된 니 아배가 날 찾아오지 않았겠나."

아버지라는 말에 이불깃을 매만지던 연후의 손이 움찔한다. 아울러 몇 십 년 전의 일이 여자의 입에서 들먹여지는 것에 슬그머니 언짢아진다. 무슨 말을 하려는지 짐작이 되어서다. 끝까지 매몰찼어야 했는데…… 인정 때문에 묶인 것이 후회가 든다. 오래전의 음울한 풍경은 기억하고 싶지 않은 아픔이다.

"느 아배 말에 생각하고 자시고 할 것도 없었제. 구만리 같은 앞날이 달린 문젠데. 그라고 봉투를 건네주는데 솔찬은 돈이 들어 있는 기라. 나 몫으로도 따로 챙겨 넣었더마."

그 무렵 아버지는 여학교 뒤에 있는 꽤 큰 밭뙈기를 팔았다. 토질도 좋았고 경작도 실한 밭을 급하게 처분하느라 제값도 받지 못하고 파는 걸 주변 사람들은 의아해 했다. 그렇게 처분한 돈을 여자에게 건넸던 것이다.

이십여 년 전, 젊었던 여자와 그보다 더 젊었던 연후가 아직 첫차도 운행하지 않은 터미널에 있었다. 하루를 시작하기 위해 주변 가게들의 덧문이 걷어지기 시작했다. 둘만 있는 우중충한 대합실은 새벽 기운 때문만은 아닌 오소소한 한기가 가득했다. 시선을 애써 다른 곳으로 두는 여자의 얼굴에 그늘이 짙었다.

"질러대는 소리에 오장육부가 다 쏟아지는 것 맨치로 소름이 끼치드마. 참말로 기구절창스럽구 불쌍스러 못 보겠드라. 내가 언제 새끼를 나 봤드나. 그란데도 와, 그리 아프드노. 꼭 내 살 찢듯이 말이다."

오월이었다. 대지에 내리는 햇살은 싱그러웠고 세상은 온통 환했다. 푸르고, 붉고 노란 갖가지 색채가 풍요롭고 화려했으나 대낮에도 불을 켜야만 하는 무허가 조산원의 실내는 어둑했다. 그 안의 두 여자는 숨 넘어 가는 처절한 소리를 지르고 들어야만 했다. 그날은 어버이날이었다. 세상의 자식들은 낳고 키워 준 은공에 감사하며 부모들 가슴에 붉은 카네이션을 달았다. 그러나 조산원 안의 딸은 아버지의 가슴에 꽃 대신 들어 낼 수 없는 무거운 돌을 얹어야 했다.

"이제사 하는 말이다만 그때 느 아배가 연철이 선배 이바구를 하면서 대성통곡을 하는데 창시가 쏟아질 것 같더마. 내도 기함했다 카이!"

여자의 입에서 연철의 선배라는 말이 나왔다. 연후는 불시에 뒤통수를 맞은 것처럼 휘청거리는 기분이다. 아버지는 물론이고 더구나 여자가 알 수 있는 일이 아니다. 그런데 어떻게? 그는 이미 오래전에 사라진 존재다.

"그게… 그게 무슨 말씀이세요?"

"니는 아무도 모르는 줄 알았제? 아이다! 어쨌거나 우짤 끼고. 이미 죽구 없는 눔을 살려 낼 수도 없고. 느 아배 속이 푹푹 썩는 기야 당연지사 아이었겠나."

연후는 아버지의 부담을 덜기 위해 대학 진학을 포기했었다. 넉넉지 못한 형편에 쌍둥이인 남매의 대학 공부가 쉽지 않을 것 같아서였다. 대신 작은 수예점을 하나 차려 일을 시작했다. 수예점은 연철의 학비도 조금이나마 보탤 수 있을 만큼 그럭저럭 유지되었다.

81년의 유월이 다가들었다. 연철의 선배가 집에 온 지도 며칠이 지났다. 아버지와 연철은 친척 제사에 가고 없었다. 밤이 이슥한 시각이었다. 연후가 가게 문을 닫으려고 셔터를 내릴 때였다.

제가 해 드릴게요.

연철의 선배였다. 혼자 있기 무료해서 산책 삼아 나왔다고 했다. 평소에도 연후가 일 마칠 때쯤 데리러 오던 연철을 따라오기도 하던 터였다. 연철이 대학에 입학한 해부터 알았어도 거의 가게에 있는 연후로선 가까이 할 기회가 많지 않았지만 건네지는 느낌이 좋았다. 평소 이렇다 저렇다 주변에 대해 별로 말이 없던 아버지도 좋게 보았다.

함께 가게 문을 닫고 나선 거리는 한산했다. 드문드문 몇 사람이 지나다닐 뿐이었다. 아직 문을 닫지 않은 가게들이 밝힌 불빛마저 졸음이 내려앉은 눈꺼풀처럼 무거웠다. 적막한 밤거리에 발자국 소리가 조용히 울렸다. 가로등 불빛이 둘의 그림자를 앞으로 길쭉하니 늘여 놓았다. 어쩔 수 없이 제 그림자들을 밟아야만 했다.

아버지와 연철이 제사를 마치고 오려면 아무래도 자정은 넘을 듯했다. 연철의 선배는 연철이 올 때까지 기다리겠다며 툇마루에 걸터앉았다. 혼자 들어가기가 뭐했던 연후는 부엌에서 마실 걸 가지고 나왔다.

막상 집안에 둘만 있게 되니 괜스레 어색해서 서로 말없이 밤바다만 바라보게 됐다. 연철의 선배가 먼저 입을 뗐다. 장마가 시작됐는데도 비는 오지 않고 후덥지근하다고 하자 그러게요, 라면서 연후가 대꾸를 했다. 둘은 이런저런 심상한 말들을 몇 마디 더 나누었지만 이내 또 말이 끊겼다. 연철의 선배가 먼저 말문을 열었다. 조금 전과는 다른 자신의 속내인 것 같았다. 감정의 진폭이 별반 느껴지지 않는 담담한 어조였지만 그 안에 녹아든 침울함은 어쩔 수 없었다.

저는…… 저는 지금 혼란스럽습니다. 와 닿는 이 현실에 갈피를 제대로 잡을 수가 없습니다. 권력을 쥔 부류든, 그 주변부에서 그 틀을 깨고자 하는 부류든 각자 지향하는 것들이 정말로 명분이 있는 것인가……. 무엇보다 저부터도 신념이라 여기는 것들이 어쩌면 치기 어린 관념은 아닌가. 민중, 민중 하지만 정작 그들을 올바르게 직시하는지도 알 수 없다는 겁니다. 그런 거 있잖습니까? 머리가 원하는 이상과 이론은 관통할 듯 훤한데 정작 실천에선 젬병인. 자신도 주체를 못하면서 가당치도 않게 무슨… 더욱이 일선에서 투쟁하는 사람들과 함께 할 용기도 없이 뒷전에서만 어물거리는 제 자신이 부끄럽기도 합니다. 입대를 하려는 것도 결국 몸을 사리는 보신책 같아 사실 심한 자괴감이 듭니다.

그가 지니고 있는 회의와 번민, 불안이 연후에게 우울히 전해졌다. 방향을 잡기 힘든 모호한 갈래 길 앞에서 주저해야 하고, 예측하기 힘든 불투명한 미래에 대한 막막한 옥죄임이었다. 그는 초등교육도 제대로 받지 못한, 아버지나 마찬가지인 맏형에 대한 미안함이 많다고 했다. 형은 집안의 유일한 대학생인 동생을 가보로까지 여긴다고 했다. 넉넉지 못한 형편에도 기꺼이 비싼 학비와 하숙비를 대는 무거운 수고로움에 제대로 보답하지 못하는 자신이 한심하고 안타깝다고 했다. 더

불어 식구들의 맹목적인 기대가 버겁다는 그에게서 복잡한 심경이 뭉클 배어 나왔다. 어두운 바다에 시선을 두고 있는 모습이 쓸쓸해 보였다. 짠한 연민이 연후의 가슴을 밀고 올라왔다. 그 기색을 느꼈는지 그가 얼른 화제를 바꾸었다.

미안합니다. 괜한 얘기를 주절거렸네요. 그러고 보니 밤바다가 좋습니다.

등대 불빛이 바다 위로 퍼졌다. 그 때마다 사위의 형체들이 잠깐잠깐 보이다 사라졌다. 제대로 눈에 담지도 못했는데 어느새 불빛은 거두어지고 어둠만 남아버렸다. 둘 사이에 다시 정적이 흘렀다. 어색해진 연후의 시선이 힐끗, 마루에 걸린 시계에 가 닿았다. 시간이 꽤 지나 있었다. 다음 날 이른 시각부터 일을 하는 아버지 아침밥을 지으려면 빨리 자야 했다. 연후는 먼저 들어갈게요, 라며 몸을 일으켰다. 앞을 보고 있던 그가 그 자세 그대로 연후의 팔을 지그시 잡아당겼다. 와 닿는 손길에 미미한 떨림이 일고 있었다. 연후는 얼결에 다시 주저앉았다. 그가 연후 쪽으로 몸을 돌렸다. 스친 그의 눈길에 짧은 망설임이 배어 나왔다. 그러나 곧 조심스럽게 연후를 끌어당겨 안았다. 그의 가슴에서 쿵쾅거리며 심장 뛰는 소리가 그대로 들렸다. 연후의 이마에 닿는 입술이 뜨거웠다. 달큰하면서도 비릿한 단내가 났다. 그의 어깨 너머로 바닷가 휘어진 긴 모래톱을 따라 난 어둑한 길이 보였다. 그곳으로 희미한 후미등을 밝힌 차 한 대가 신산히 달리고 있었다. 하지만 그마저도 어두운 길 저편으로 사그라지듯 섞여버렸다. 연후의 정수리에서 그의 숨결이 다시 한 번 후둑, 떨렸다.

유월의 바람결이 이내 모든 것을 덮었다.

9

연철과 선배가 어이없게 죽고 난 후 가을이 다가왔다.

연후는 평소 무난히 해 오던 수예점 일이 점점 부치기 시작했다. 그와 함께 원치 않은 징후들이 나타나고 있었다. 임신이었다. 두려웠다. 그러나 선택의 여지를 갖지 않기로 했다. 아이를 낳기로 작정했다. 미혼모로 살아야 한다는 현실은 만만한 일이 아닐 테지만, 찰나처럼 짧았던 시간이 가슴 저리도록 안타깝다는 마음에 밀어낼 수 없었다. 그것만이 최선이라고 여겼다.

아버지는 여전히 눈치채지 못한 채 겨울이 가고 다시 봄이 왔다. 아버지를 생각하면 죄책감이 들었다. 사실을 알게 되면 필시, 나락으로 떨어지는 고통일 거였다. 그 우려는 생각보다 일찍 다가왔다. 그날은 연후가 가게로 나가는 시간이 여느 때보다 늦었다. 몸이 더욱 무거워져 꿈지럭거리며 옷을 갈아입고 있을 때였다. 점점 불러오는 배에 복대를 조이는데 드르륵, 급작스럽게 방문이 열렸다. 문 밖엔 아버지가 있었다. 연후가 이미 가게로 나간 줄 알고 뭘 좀 꺼내기 위해 기척도 안하고 문을 열었던 것이다. 방 안의 딸도, 방 밖의 아버지도 못 박힌 듯 멍하니 서 있을 뿐이었다. 곧 사태를 파악한 아버지는 아무 말 없이 문을 닫았다. 어떤 내색도, 질책도 하지 않았다. 단지, 배부른 지가 얼마나 됐냐고만 물었다. 아버지의 가슴으로 두껍게 언 강이 갈라질 때처럼 쩡쩡대는 소리가 휘돌았다.

"내사 눈에 흙 들어가는 날까지 입을 봉한다구 맹서했는데 시방 이렇게 떠들고 있구마. 약조두 못 지킨다구 느 아배가 날 아주 몹쓸 년이라구 하겠제. 그라도 우짤 수 없다. 연후야, 지금부터 내 말 잘 들으래

374 | 제2회 김만중문학상 수상작품집

이. 그리고 마음 단단히 묵어야 한데이. 니 말이다. 니 아들이 시방 눈앞에 나타난다믄 우짤끼고?"

다그치듯 묻는 여자의 말에 연후는 당황스럽다.

"예?"

"니 아 말이다? 가가 살아 있다믄 우짤랑가 말이다?"

여자가 연후의 손을 꼭 쥔다. 표정도 아까보다 더 굳었고 입술까지 떨리고 있다. 마치 시비를 걸자고 작정한 사람처럼 눈까지 부릅뜬다.

"왜 그러세요? 이미 죽은 자식이 어떻게 살아 돌아올 수 있겠어요. 말이 안 되잖아요."

"아니, 아니, 그 아 말고."

여자의 입에서 나온 말에 연후는 순간 머릿속이 하얘진다. 예리한 칼날에 살을 베이는 것 같은 섬뜩함이 스친다. 이어 걷잡을 수 없는 화가 부글거린다. 대체 여자의 의중이 무엇이기에 불현듯 나타나서 이처럼 들쑤시는 건가. 며칠 전의 기습적인 전화 통화와 만나서의 치근덕거림이 혐오스럽게 휘감는다. 연후는 여자에게 잡힌 손을 매몰차게 뺀다.

"도대체 왜 그러는 거예요? 이미 뱃속에서 죽었다면서요? 분명 아주머니 입으로 말했잖아요. 저의가 뭐예요? 몇 십 년 만에 뜬금없이 나타나서 이렇게 헤집어 놓는 이유가. 돈인가요? 돈이라면 그때 아버지한테 충분히 받았을 텐데요. 왜요? 살기가 고단한가요? 그래서 나를 찔러보고 싶었나요? 그런 거라면 일찌감치 거두세요. 그리고 잘 들으세요. 나는요, 그런 사실을 알게 될 가족 아무도 없고 있다고 해도 그따위 협박에 전전긍긍할 이유도 없어요. 아셨어요? 그러니 아버지와 약속한 것처럼 그 일은 더 이상 헤뜨리지 마세요."

근본이라는 게 그렇지. 별 수 있겠어. 가당치도 않은 몸뚱어리로 남자들 등골이나 빼먹던 팔자였는데…… 잠시나마 그걸 잊은 게 한심하지. 연후는 화가 치밀어 올라 그런 말들을 마구 쏟아내고 싶은 걸 간신히 누른다. 격한 흥분으로 가슴까지 벌렁거린다.

"안다. 니가 지금 엄청시리 당황스러븐 거를. 와, 아니겄나? 하지만 알아야 한다. 이 대명천지에 엄연히 니 속으루 난 새끼가 숨 쉬구 있는데 어매가 몰라서야 쓰겄나. 죽지 않았다. 느 아배랑 나랑 그 때 니를 속였구마. 앞날이 구만린데, 겨우 스물 둘인데. 시집두 안 간 처녀가 애비두 죽구 없는 아를 낳아서 우짤 끼고? 아예 죽었더라고 해야 니가 속 편하게 갈 길 가지 않을까 싶어서 그랬는 기라."

해는 어느새 수평선을 훌쩍 넘어있다. 바깥 풍경들이 분명해졌다. 수면 위로 햇살 구름이 자분히 흔들린다. 전마선 몇 척이 항구를 벗어나고 있다. 공원 관리소 굴뚝에서 피어오른 연기가 형체도 없이 공중으로 흩어진다.

"이보래. 죽었다던 아가 어느새 이렇게 크지 않았드나. 씨 도둑질 못한다더니 지 아배, 어매 닮아 인물이 훤하다."

여자가 연후 앞으로 불쑥, 자신의 휴대전화를 내민다. 액정 화면엔 서글한 젊은 남자가 흰 이를 드러내며 환하게 웃고 있다. 그 웃음 뒤로 섬광 같은 무언가가 격하게 터진다. 먼 곳을 돌아 아련히 다가선, 이제는 기억도 가물한 이십 여 년 전 연철의 선배 모습이 박히듯 겹쳐진다. 아, 아! 연후의 무릎이 그만 꺾이고 만다. 몽둥이로 무지막지하게 두드려 맞는 충격이다.

"어제 말했쟈? 아들이 하나 있다꼬. 야가 바로 니 아다. 니가 낳은 아를 그동안 나가 키웠든 기라. 원래 느 아배는 이도저도 돌아보지 말고 나가 낳은 걸루다 해서 고아원에 갖다 주라 안했나. 첨엔 그럴라 했제. 그란데 참말로 뭔 조화속인지. 어매 젖꼭지두 한 번 물어보지 못한 핏덩이가 우찌 그리도 가슴 아프든고. 아배는 고사하구 영영 제 어매를 떨어져야 하는 어린 것이 너무 안쓰러버서 똑 죽겠드라. 그래 내 고아원 앞까지 갔다가 도저히 두고 올 수 없어 다시 안고 나왔구마.”

“…….”

“그리구…… 한편으론 내사 욕심도 있었다. 양어매가 나를 키웠던 것처럼, 모녀가 오롯이 행복했던 그때처럼 그렇게 살아보고 싶었든 기라. 또 가가 느 아배한텐 외손주 아닌가배. 핏줄 아이드나. 그래 내사 마 안 되는 줄 알면서도 느 아배 생각하믄서 키우고 싶었다. 미안타. 내 입이 열이라도 할 말 없구마. 남의 자식 빼돌린 년이 무신 할 말이 있겠노. 니가 조치하는 대로 달게 받을 기라. 그래두 내 이것만은 변함이 없다. 내한텐 느 아배나, 니나, 니 자식이나 품에서 보듬어 줘야 할 여리구 불쌍한 새 같았는 기라.”

굿당 쪽에서 꽹꽹꽹! 징 울리는 소리와 수런대는 기척이 들려온다. 굿이 다시 시작되는 모양이다. 연후는 창틀을 꽉 짚고서 가쁜 숨을 몰아쉰다. 정신을 차려야 한다고 굳게 마음을 먹는다. 하지만 다리가 대책 없이 후둘거린다. 금방이라도 쓰러질 것 같아 입을 앙다문다. 그래, 굿판의 마지막 날이다. 잠시 후면 굿은 끝난다는 생각이 머릿속에서 와글와글 들끓는다.

“내사 홀엄씨 살림이라 물색 있게 호강은 못 시켰지만 잘 키울라구 애는 썼다. 직싸게 고달파도 훤하게 커 가는 아를 보믄 왼갖 고생이 눈 녹듯 했제. 밥 안 먹어도 밥 먹은 것 맨치로 뿌듯했으니께. 그럴 때마다 내 니한테 아주 큰 죄를 진 것 같은 기라. 열 달 동안 힘들게 배불러 안아서 죽을 고생을 다해 낳은 어매는 지 새끼가 어디서 커가는 줄두 모

르는데 내는 힘 하나 안 들이구 남의 보화를 도적질한 미안함이 자꾸
들지 않든 가배. 하지만 막상 사실을 알린다구 생각하니…… 그리믄 영
영 새끼를 잃어 뿔 텐데 싶어 많이 망설였네라. 그래두 우짤 끼고. 천륜
아니가? 내 그만큼 새끼로 인해 행복을 가졌구, 느 아배 보듯 살았으믄
됐지 여기서 더 바라면 쥑일 년이다 싶어서 마음 오지게 묵었다. 니가
새끼 만나겠다믄 아한테두 얘기할 참이다. 하모, 만나야제. 어매하고
새낀데.”

웅, 웅. 귀 울음이 울리면서 연후의 눈앞이 흐릿하다. 여자의 얼굴이
제대로 보이지 않는다. 뭐라 달싹거리는 입모양만 보인다. 굿당에서 들
리는 마지막 굿 소리가 요란하다. 꽹꽹 꽤갱꽹…… 연후의 골머리 구석
구석을 후벼 파고 든다. 심장이 꽉 조였다 갑자기 풀어지는 것처럼 헉,
소리가 나온다. 짐승이 내뱉는 듯한 울부짖음이 연후의 입에서 무지막
지하게 튀어나온다.

끄억! 끄억!

10

연후의 차가 읍이 끝나는 다리를 돌자 사이드 미러에 휘돌아진 읍내
가 보인다. 지나간 시간의 모든 것이 포태되었던 곳이다. 그러나 잠깐
이다. 달리는 속도에 이내 다른 풍경이 들어차고 만다.

여자는 지금 어디쯤 가고 있을까.

방을 나서며 안타깝게 돌아보던 여자의 눈이 붉었다. 처음, 연분홍
산벚꽃 무더기 앞에 쭈그리고 있던 갸날픈 뒷모습이, 빨간눈이새 얘기
를 하며 울먹이던 모습이, 서울옥 문 앞에 눈보라처럼 휘돌던 산벚꽃이

378

그 눈에 몽환처럼 가물하게 담겨 있었다. 그리고 꽃잎이 눈처럼 날리는 곳에서 양어미와 함께 행복해 하던 어린 여자가 보였다. 그곳을 떠나 살며 뿌리내리지 못한 설움과 그리움으로 내내 돌아가고 싶었던 여자도 보였다.

연후는 차를 멈추었다. 저만치 보이는 바다가 가물하다. 하늘과 수평선이 맞닿아 하늘인지 바다인지 구분이 되지 않는다. 비릿한 냄새가 맡아진다. 굿판의 향냄새가 섞였던 어제의 냄새와는 다르다. 찝찔하고 비릿한 갯내가 오롯하다. 냄새는 온몸을 감싸 돌며 머리칼과 얼굴을, 어깨와 가슴을, 배와 다리를 핥는다. 연후는 손으로 몸 전체를 꼼꼼히 쓸어내린다. 흔적을 떨치듯이. 그리곤 중얼거린다.

여자는 잠시 동안의 환영이었다고. 공중으로 흩어지는 냄새일 뿐이라고. 해원의 한 마당은 이제 끝났다고. 열 두 살의 사월 전처럼 여자에 대해 아무 것도 보지 않고 듣지 않았다고.

연후는 다시 차를 움직인다.

십이월을 달리는 차창 가득 화사한 사월이 와와, 거리며 다가든다. 뒷산의 연분홍 산벚꽃이 화르르, 화르르 쏟아져 내린다. 겨울날 눈송이처럼 흩날려 앞을 가린다. 그 꽃무리 속을 벗어나기 위해 엑셀레이터를 힘껏 밟는 연후의 눈이 붉고도 붉다.

* 본문에 삽입된 사설은 남도민요와 강릉 단오굿, 동해 용왕 별신굿에서 참조했다.

평론

제2회 김만중문학상

평론 부문
심사평

제재에 대한 강박 관념과 장르 인식의 한계

선자에게 넘어온 평론들을 꼼꼼히 읽어 보았다. 한마디로 전체의 글들이 기대에 미치지 못하였다. 우선 지적할 것은 평론이란 것이 어떤 문학 장르의 글이냐에 대한 인식 부족이다. 원론적인 얘기이지만 평론의 기본적인 요건은 그 어원에서도 드러나듯 가치의 혼란에 대한 정확한 판단 내지 식별이다. 그러나 많은 글들이 이와는 거리가 멀었다. 몇몇은 평론이 아닌 다른 장르의 글이었다. 김만중의 전기문과 같은 글이 있었는가 하면, 역사적인 한 인물의 스토리를 소개하는 설명문과도 같은 글이 있었다. 유배문학이 어떤 것이냐는 것을 규명하고자 한 학술 논문 같은 글도 눈에 띄었다. 이 모든 결점들은 투고자들이 너무 글의 제재가 유배문학이어야 한다는 강박 관념을 지니고 있었기 때문이 아닌가 한다.

위에 지적한 문제점을 지닌 작품들을 다 제외하고 보니 남은 글이 「이탈한 자의 길 찾기」였다. 이 글은 우선 평론의 형식을 제대로 갖추고 있었고, 김만중의 「사씨남정기」를 읽는 방법을 글쓴이 나름대로 설득력 있게 모색하고 있는 점이 돋보였다. 논거의 보완을 위한 참고 자료의 제시도 충실히 행해졌으며, 그에 따른 논리 전개도 정연했다고 생각한다. 그러나 이 작품을 여성의 정체성 및 악의 연속성이라는 측면에서 보고자 한 것은 평자만의 독창적인 것은 아니다. 「사씨남정기」가 그만큼 많은 이들의 연구 대상이 되어 세세한 것들까지 다 지적이 되었다는 얘기이다. 이 글을 당선작으로 선정하지 못하고 아쉽게도 가작으로 뽑은 이유이다. 앞으로의 정진을 바란다.

심사위원 박호영, 전영태

평론

손 정 란

당선소감.

지난 9월 24일 토요일 저녁밥이 뜸들 무렵, 뜻밖의 전화를 받았다. 콩닥콩닥 뛰는 가슴과 지독한 허리 통증이 지나갔다. 지금도 내 허리에 「사씨남정기」를 논하는 글을 쓰던 6월 한 달의 시간들이 얹혀 있다. 홀로 사시는 어머니에게 당선 소식을 먼저 알렸더니 상금 받으면 다른 데 쓰지 말고 허리앓이에 낫는 약을 지어 먹으라고 하신다. 새 이름표 하나를 달게 해 주신 심사위원 선생님에게 고마움을 전한다.

● 손정란은 1951년 경상남도 진주시에서 태어났다. 마산 창신대학 문예창작과를 졸업하고 진주 경상대학 대학원에서 국어국문학과 석사과정을 수료했다. 2001년 경남신문 신춘문예에 「무슨작품」이 당선되어 등단했다. 수필집으로 「유리조각 액자」(2004)가 있으며 공동번역한 저서 「정목일 수필 문학 연구」(2008)가 있다. 글쓰기 지도강사로 현재 경남과학기술대학교 평생교육원과 합천 삼가중학교에 출강하고 있다.

이탈(離脫)한 자의 길 찾기
– 『사씨남정기』를 읽는 방법

1. 프롤로그, 그 뜨거운 상징

나는 우리 시대 고전 문학의 한 정점으로 기록될 만한 논의의 대상인 『사씨남정기』를 나의 시선으로 읽기 시작한다.

오랫동안 많은 사람들에게 널리 읽히고 모범이 될 만한 문학이나 예술 작품을 쓴 작가의 삶의 공간은, 그가 태어나고 자란 곳에서 시작하여 정치와 사회 활동을 겪고 죽어서 묻힌 다북쑥 우거진 무덤까지를 포함한다. 탄생지는 삶의 시작이며 무덤은 마지막으로 도착하여 편히 쉬는 곳이다.

많은 세월이 흘러 탄생지는 정확히 알 수 없을 때가 있으나 대개 무덤은 남아 있다. 그래서 우리는 한 작가의 영혼이 머무른 무덤 앞에서 그의 삶과 죽음을 생각하게 된다. 그 밖에 작가의 곧은 성품과 비바람을 피할 수 없을 만큼 낡은 초가, 귀양살이 하던 곳, 또는 정자나 누각, 계곡과 산과 들, 고향의 글방도 소중한 공간으로 헤아리고 판단한다.

고전 소설은 있을 만한 가치가 있는 사실을 작가의 상상력으로 풀어서 쓴 이야기이다. 그 시대의 역사 현실을 배경으로 쓰되 긴장과 감동을 불러일으키기 위해 현실과 거리가 먼 내용이 보태져서 완성되기도 한다. 민중들 사이에서 전해지거나 글로 써서 남겨진 조선 시대의 소설도 마찬가지이다.

'지금 우리나라의 시문은 자기 말을 버려두고 다른 나라 말을 배워서 표현한 것이니 설사 아주 비슷하다 하더라도 이는 단지 앵무새가 사람의 말을 하는 것이다. 여염집 골목길에서 나무꾼이나 물 긷는 아낙네들이 에야디야 하며 서로 주고받는 노래가 비록 저속하다 해도 그 진가를 따진다면 결코 학사(學士), 대부(大夫)들의 이른바 시부(詩賦)라고 하는 것과 같은 입장에서 논할 수는 없다'[1]는 따끔한 충고와 함께 우리말과 우리글의 중요성을 주장했던 서포 김만중(金萬重, 1637∼1692). 그는 국문학에서 평판 높은 이름만큼 서인 가문의 중요한 정치가이자 학자였다.

조선 후기 일반 백성들 사이에 유행하던 한글 소설 대부분이 이름을 알 수 없는 작가가 쓴 것임을 생각한다면 높은 지위의 관직에 있던 김만중이 한글로 소설을 쓴 것은 보기 드문 일이다.

세 번의 환국으로 숙종 시대의 기세와 세력이 불길처럼 맹렬한 정치 싸움 과정에서 평안북도 선천(숙종 13∼14)과 경상남도 남해(숙종 15∼18)에서 귀양살이를 하였다. 거기에다 선천으로 가기 13년 전인 1674년(현종 15)에 강원도 금성으로 귀양 갔다가 이듬해 풀려나기도 하였다.

---

1. 김만중 著, 전규태 譯, 『사씨남정기 · 서포만필』, 범우사, 1990, 265쪽. ─여기서 이 책을 기준으로 하여 논함을 밝혀둔다.

『사씨남정기』[2]는, 김만중이 귀양지인 경상남도 남해에서 지은 한글 소설이다. 이 국문체 소설에는 일상의 언어가 감추고 있는 의미들, 다시 말하면 어떤 사건과 의미, 이념과 감정이 암시하는 모든 것들을 세밀한 담론의 형태로 계산하여 드러내고 있다. 김만중은 사정옥과 유연수, 교채란이라는 인물을 매개로 하여 그 인물들이 지니고 있는 개성과 이력에 대한 묘사와 분석을 하면서 자기 자신을 다시 확인한다.

『남정기(南征記)』라는 제목은 소설 속 사씨가 남편에게서 내쫓김을 당한 뒤, 정한 곳 없이 이리저리 남쪽으로 헤매던 기록이라는 뜻이다. 여기서 주목해야 할 것은 '남정(南征)'의 의미가 무엇인가 하는 문제이다. '남녘 남(南)'과 '칠 정(征)' 자를 풀이하면 무력으로 남쪽을 친다는 뜻이 된다. 하지만 소설에서는 집 밖으로 내몰려 시부모 묘소 아래 작은 초가집을 얻어 살던 사씨의 꿈에 나타난 시아버지 유현(劉炫)이 위험을 피해 떠나라고 한 방향이 '남쪽(남방)'이다. 이 남쪽은 김만중이 자신의 귀양지인 남해도와 연장선상에 두었음을 의미한다.

용문산 위에 있는 같은 뿌리의 소나무
가지는 꺾이고 시들어 죽었는지 살았는지.
산 가지는 풍상이 너그럽게 보아 주지 않고
죽은 가지도 오히려 날마다 도끼가 찍어대네.

---

2. 『남정기(南征記)』라고도 한다. 확실한 창작 연대는 분명하지 않으나, 숙종이 계비 인현왕후(仁顯王后)를 폐위시키고 희빈 장씨를 왕비로 맞아들이는 데 반대하다가 남해도(南海島)로 귀양. 임금이 잘못을 깨닫기 바라는 마음에서 이 작품을 썼다고 하므로, 1689년(숙종 15)에서 작자가 세상을 뜬 1692년(숙종 18) 사이에 썼을 것으로 본다.

생각하노니 우리 형제 탈 없던 날

색동옷 입고 재롱부리면 어머니 기뻐하셨지.

어머니 나이가 여든인데 돌볼 사람 없으니

이승과 저승이 머금은 한 어느 때나 그칠까.

북풍이 쏴아 하고 대숲에 불어

오늘 아침 두 조카 생각나게 하네.

내 남쪽으로 쫓겨오며부터 너희 마음 괴롭더니

어찌 알았으랴 너희마저 해천의 남쪽인 것을.

바람과 물결 하늘에 넘쳐 넘을 수가 없는지

여섯 달 동안 지금까지 편지 한 장 없네.

나 이제 풍토병 앓아 날로 어질어질해지니

죽어서 떠나면 누가 강변의 뼈를 거두어 주나.

　이 시는 김만중이 귀양살이하던 집이 남해의 어디쯤이었는가를 암시하고 있다. 오래된 나무를 제재로 한 것이 첫 번째 시이고, 대나무 숲을 제재로 한 것이 두 번째 시다. 그런데 귀양살이하는 집 오래된 나무를 첫 번째 시에서는 용문산 위에 있는 같은 뿌리 나무라고 묘사하고 있다. 오래된 나무가 있는 집, 즉 김만중이 귀양살이하는 집은 용문산 위 부근 어딘가에 있다. 지금의 남해에는 용문산은 없고 용문사(龍門寺)라는 오래된 절이 있다.

　그러니까 위 시에서 용문산 위라고 한 곳은 아마도 용문사가 있는 원산(猿山) 기슭 어디일 것이다. 두 번째 시를 보면, '나 이제 풍토병 앓아 날로 어질어질해지니, 죽어서 떠나면 누가 강변의 뼈를 거두어 주나'한 것으로 보아서 바다가 보이는 언덕 고목(古木)과 죽림(竹林)이 있는 곳 어디일 것이다. 그래서 김만중이 귀양살이하던 집이 아무래도 용문사가 있는 원산의 남쪽 기슭 앵강(鶯江) 바다를 내려다보는 곳[3]이었다고 짐작할 수 있다.

『사씨남정기』의 시대 배경은 명나라 가정 연간(嘉靖年間)[4]의 금릉 순천부라는 곳이다. 사건이나 환경, 인물을 둘러싼 주위 모습을 중국 명나라를 빌려 쓴 이 소설에서 먼저 읽을 수 있는 것은 아내와 첩 사이의 문제이고, 그것은 주변 환경에서 내놓아진 도덕의 규범에 맞는 물음으로 향해 있다.

그러므로 등장인물에게 다가가기 위해서는 인물의 환경과 그 시대의 문화, 윤리에 대해 살펴볼 필요가 있다. 왜냐하면, 주변 환경은 소설에서 인물의 삶에 작용의 대상이 되는 요소이기 때문이다. 그것은 시공간 개념이나 배경과는 구분되는 것으로 인물에게 운동성을 주는 다른 대상이면서 인물이 그 속에 살아가야 하는 하나의 그물망이다.

어느 시대이든 소설은 사람의 이야기이다. 무슨 이야기를 썼든 사람답게 사는 삶은 어떤 것인가에 관심이 가게 되어 있다. 소설의 중요한 이야기만을 짤막하게 정리하면, 아내와 첩 사이의 갈등이 중심 내용이며 착한 일은 권장하고 악한 일은 잘못을 뉘우치도록 나무라며 경계하고, 생활에서 충분한 만족과 기쁨을 느끼어 흐뭇함으로 마무리되는 작품으로 이해할 수 있다. 작가는 교씨와 동청, 냉진이 사실과 다르게 꾸미거나 속임수를 써서 해롭게 해도 그 괴로움과 어려움을 참고 견디는

---

3. 김병국, 『서포 김만중의 생애와 문학』, 서울대학교출판부, 2001, 186~188쪽

4. 1522~1567년까지의 45년간. 가정은 명(明)나라 세종(世宗)의 연호(年號)임

사씨와, 시비(侍婢) 설매의 움직임을 사실대로 묘사하였다.

『사씨남정기』가 아무리 훌륭한 소설이라 할지라도, 그것이 봉건제도 특유의 성격을 가지고 있는 가족 관계에 대해 형상화하는 것에만 그쳤다면 지금 시대를 사는 우리에게 아끼며 읽어야 하는 작품이 될 수 없었을 것이다. 가족 관계에서 고민과 갈등이야 늘 있는 것이기는 하지만 그 성격과 대상이 오늘날과 비교 대상의 성질이나 상태가 아주 다르기 때문이다. 그렇더라도 분명히 말하지만 오늘날 우리가 읽어도 『사씨남정기』는 감동과 묘한 여운을 남긴다.

그러나 이 소설은 정치의 어떤 형편 때문에 귀양지에서 쓴 작품으로 가정 소설[5]의 형식을 차용한 목적 소설이다. 다시 말하면, 겉으로 드러나지 않는 부분에서 남인과 서인의 권력 다툼이라는 정치와 관련된 변수가 숨겨져 있다.

김만중 자신의 정치 이권과 서인들 정권 교체에 목적이 있는 것이다. 성품이 착하고 어진 사람이 간사하고 악독한 사람과 서로 마주 대하는 이야기로 『인현왕후전』과 짜임새가 비슷하다. 칡과 등나무가 서로 얽히는 것과 같은 유연수의 아내 사씨와 교씨 사이를, 숙종의 계비 인현

---

5. 가정을 배경으로 하여 가정문제나 가족생활, 또는 가족관계를 소재로 삼는 소설을 말하는데, 여기서 가정 소설이란 유교 이념인 가족주의 전통에 따라 가정의 유지와 번영에 초점이 맞춰져 있는 소설을 말한다. 이재선은 가족사 소설을 다음과 같이 적고 있다. 가족사 소설은, ①여러 세대를 통한 한 가족의 진화를 사실적으로 다루며, ②가족의 제의가 중요한 역할을 하고 가족적 공동체적 맥락으로 성실하게 재창조되고, ③소설의 근원적인 주제로서 항상 가족의 쇠퇴에 초점이 두어지며, 가족 상호 관계가 수평적으로, 시간을 통한 연대기적 관계가 수직적으로 짜여지는 특수한 서사 형태이다. 이재선, 『한국소설사. — 근·현대편 1』, 민음사, 2000, 419쪽

왕후와 장희빈을 견주어 쓴 소설이라고 전해지는 것이 의미심장하다. 두 소설 내용을 맞대어 비교하면 다음과 같다.

『사씨남정기』	『인현왕후전』
①사씨가 첩을 들이라고 권함	인현왕후가 후궁 간택 권함.
②교씨 들어옴	장씨를 후궁으로 맞이함.
③교씨 아들을 낳은 후 오만방자함	장씨 아들을 낳은 후 오만방자함.
④교씨가 사씨를 모함	장씨의 인현왕후 모함.
⑤사씨가 집을 떠난 후	인현왕후가 내쳐지고
교씨가 처가 됨ㅇ.	장씨가 왕비가 됨.
⑥사씨 남쪽으로 감	인현왕후 안국방에서 근신함.
⑦사씨 돌아오고 교씨 타살됨	인현왕후 복위되고
	장씨 사약을 받음.

①～⑥까지는 인현왕후 자리를 내놓게 한 일에 대해 김만중이 직접 체험한 사실을 바탕으로 지은 것이지만, ⑦은 그의 사망이 형상화된 것[6]이라고 생각할 수 있다. 인현왕후의 복위는 김만중이 숙종 18년(1692)에 사망하고 나서 2년이 지난 뒤 숙종 20년(1694)에 이루어졌기 때문이다.

우리가 『사씨남정기』에서 정치성을 논의할 때 기사환국, 갑술환국과 같은 국가나 사회에 관계되는 목적만을 문제로 삼는다거나, 유연수의

---

6. 김병국, 앞의 책, 204쪽

집안이 흥하고 망하는 것에서 권력을 억지로 빼앗음과 되찾는 것에 대한 우월한 관계만을 보려 한다면, 옛 문헌의 부정확함이나 해석의 평면성을 탓할 수도 있을 것이다.

진정한 역사는 거의 구실에 지나지 않고 이 거대한 지표들 밑에 숨겨져 있는 방식으로 드러난다. 이를테면, 유연수와 혼인하여 금슬은 좋으나 10년이 지나도 자녀가 없던 사씨는 교씨를 첩으로 맞아들였다가, 기대와는 전혀 다르게 자신이 내쫓김을 당하는 과정에서 인현왕후를 폐하고 장희빈을 왕비로 삼는다는 환국이 숨어 있었다.

역사 숨기기는 역사를 모호하게 만들기이며 그 자체가 역사와의 싸움이다. 국가나 사회에서 인정한 역사가 권력을 합리화한다거나 그렇게 할 수밖에 없는 과정으로 서술하여 자신의 정당성을 입증한다는 이야기이다.

2. 사회 규범, 그리고 여성의 정체성

우암 송시열이 지은 「계녀서(戒女書)」[7]를 보면 부모 섬기는 도리, 남편 섬기는 도리, 시부모 섬기는 도리, 제사 받드는 도리, 노비 부리는 도리와 여러 가지 예나 사실을 낱낱이 적고 있다. 이 땅의 여성들이면 어머니로, 아내로, 또한 며느리로서 갖추어야 할 덕목들이다. 사씨가 효도를 다하여 존구를 받들고, 공순함으로 군자를 섬기고 정성으로 제사를 받들고, 은혜로써 비복을 부렸다(29쪽)면 거기에는 사씨의 인품과

---

7. 이훈석 엮음, 『韓國의 女訓』, 대원사, 1990, 참조

너그러움이 큰 비중을 차지한다.

왜냐하면, 그 인품과 너그러움은 수준이 뛰어난 위치에서 나온 것이기 때문이다. 그런데 그 자리가 도전받게 되었을 때, 사씨의 너그러움과 여유는 기대할 수 없게 된다. 아내의 뛰어난 위치란 남편의 사랑을 놓고 다툰 승자의 위치는 아니다. 다시 말하면, 아내는 남편의 정치나 가정 활동을 함께 하는 사람이다. 이런 의미에서 교씨는 사씨에게 사랑의 경쟁자가 아니라 서로 어긋나고 맞지 않는 사람들이다. 그리고 첩은 당시 사회에서 주변부 여성이면서도 가정에서 간혹 중심에 서 있기도 하는 이중성을 갖는다.

한 사람에 대한 다른 사람의 존중은 자신의 존엄에 버금가는 중요한 미덕이다. 만약 그것이 거짓으로 꾸밈에 지나지 않을 때, 눈앞에 드러난 형상만을 가지고 무엇이 선하고 그렇지 못한 것인지 판단하기 어렵다. 오히려 진정한 사랑의 보살핌은 적으로 여기는 감정을 통과한 다음에야 얻을 수 있다.

이러한 기준에 비추어 볼 때 교씨는 사회관습과 제도, 윤리를 알지 못한 채 자신의 욕망과 이익만을 꾀하는 인물로 표현된다. 끈질기고 지나치게 탐하는 욕심은 소설 전편에서 얄밉게 묻어난다. 또한 사씨는 일이 되어 가는 과정이나 형편과 특수한 조건 사이의 갈등으로 마땅히 그렇게 하거나 되어야 할 성질의 모순을 깨닫고 끊임없이 이겨 내려고 노력하는 인물이다. 그 밑바탕에는 작가의 사상을 줄인 의지가 묻혀 있다.

『사씨남정기』의 주제를 파악하기 위해서는 자기 외의 사람들이 어떻게 서로의 삶 속에 끼어들고 어떻게 생을 다하는지, 여러 요소들에 대한 세밀한 관찰과 분석이 필요하다. 각 인물들의 의미와 그들 사이가 아주 가깝게 맞닿아 있는 것에 대해서도 예사롭게 할 수 없다. 이를 테면, 인물들 사이를 오가며 관계를 넓히고 이야기를 전달하는 인물들, 바람직한 인물과 그렇지 못한 인물이 서로 달라서 대비가 되는 문제에 대해 살펴볼 필요가 있다.

여기서 잠깐 주목해야 할 것은 김만중은 인물을 등장시킬 때 머리 모양이나 눈빛, 입 모양, 웃음, 목소리에 대한 묘사는 거의 하지 않는다. 다만, 아름다운 용모와 덕행만을 중요하게 서술한다. 매개자인 사정옥, 교채란, 유연수에 대하여 용모와 덕행이 일세에 드물고 요조현철하며, 얼굴이 아름답고 행동이 산뜻하고 가뿐하여 해당화 한 송이가 아침 이슬을 머금고 바람에 나부끼듯 하고, 덕행과 풍채가 뛰어나다고 묘사하고 있다.

사씨는, 사간원과 사헌부에 속하여 임금의 잘못을 간(諫)하고 백관(百官)의 비행을 규탄하던 벼슬아치들의 모함을 받아 귀양 가서 세상을 떠난 사후영의 딸로, 조선 시대의 완전하다고 여겨지는 여성상이다. 덕행과 용모가 뛰어나고 학식을 갖춘 현명한 부인으로 말과 행동이 품위가 있으며 얌전하고 정숙한 인격을 갖추었으나 교씨의 간사한 꾀로 쫓겨나게 된다. 그런데도 친정으로 돌아가지 않고 시부모의 산소 아래서 지내며 끝까지 유교의 덕을 잃지 않는다.

공동체가 개인에게 최소한의 복지 혜택마저 제공하지 않는 상황에서 가장인 남편은 가족 공동체의 운명을 송두리째 짊어지고 살아야 하는 불쌍하고도 중요한 존재였다. 적어도 농업 경제 사회에서 가부장제는 나름대로 정당한 근거가 있었다.

남성의 혈통에 순수성을 보장하고 소수 집단의 기득권을 유지하기 위하여 조선 사회에서 가부장제는 여성과 자녀들에게 권력을 행사하게

된다. 『홍길동전』에서 정실인 아내가 낳은 아들과 서자 차별, 『장화홍
련전』에서 전처 자식에게 후처가 모질고 악하게 대함은 모두 남성 가장
의 권위와 관련된 문제였다.

　그러므로 여성에게 가르치고 싶은 것은 충(忠), 효(孝), 인(仁), 의(義)
에 따른 순종이 아니다. 남편에게 그릇된 일이 있으면 올바르게 고치도
록 말로 거들거나 깨우쳐 주어서 도와주는 역할을 할 수 있는 자질이었
다. 그렇기 때문에 「계녀서」에서 가려 기록해 둔 옛이야기에서는 어질
고 슬기로워 사리에 밝은 여성들의 조언을 칭찬하고 있는 것이다. 여성
들에게만 강요되었던 부부(夫婦)의 도리는, 행동이나 의사를 제한하여
권리의 행사를 자유로이 하지 못하도록 얽어매어 불행하게 했다.

　다시 말하면 조선 시대 여성들은 정절이데올로기와 순종과 인내의 미
덕에 시달렸고, 엄격한 가르침과 제도 속에서 살았다. 남편에게 순종
하고 대(代)를 이으며 자식을 훌륭하게 키우고 가정을 돌보는 것이 최
대의 의무였고, 남편이 죽거나 아들을 못 낳는 것에 대해서도 평생 책
임지고 살아야 했다. 여성들이 죽을 때까지 남정네들이 남겨 놓은 일
의 뒤치다꺼리를 해가며 지키려고 한 것은 남성 위주의 가계 보존과 유
지, 아들 중심의 혈통 잇기이다. 여성들이 일생 동안 지키려고 했던 것
은 얄궂게도 남성의 세계였다. 남성들의 가문 유지를 위해 여성들이 한
과 원을 쌓고 풀면서 그 과정이 작품의 결과 올을 이루어 짜낸 것이다.

　『사씨남정기』에서 혼례가 끝난 뒤 유현은 사씨의 마음이 어질고 정
숙한지 다시 확인하려고 여인이 시(詩)를 짓는 것과 독서에 대해서 묻
는다. 사씨는, "입으로 풍월을 읊조리고 손으로 한묵(翰墨)을 희롱하는
것은 여인이 본래 할 바가 아니며 고인(古人)의 글을 읽는 것은 착한 것
을 본받고 악한 것을 경계하기 위래서"라고 대답한다. 유현이 또 앞으

로 남편을 어떻게 섬기겠느냐고 물을 때도 사씨는, "남편을 공경하여 그 뜻을 어기지 않으며 잘못이 있으면 간하되 남자가 부인의 말만 들으면 조금도 유익함이 없고 도리어 해가 되는 것이니 그 도를 넘지 않겠다"[8]고 대답한다.

유현은 "맑기가 거울 같고 덕이 옥 같으므로 이로써 나의 정을 표하노라"(29쪽)며 옥지환 한 쌍을 사씨에게 내어준다. 사씨는 어린 시절부터 여자가 마땅히 하여야 할 본분을 배우고 성현의 말씀을 익혀 세상을 살아가는 데 가져야 할 몸가짐이나 행동을 잘 알고 있었다고 작가는 묘사하고 있다.

또한 너그러운 품격이나 됨됨이를 강조하기 위해 사씨가 첩을 보아 자손을 얻을 것을 적극 권한다. 사실 사씨가 다른 여자들이기를 권하는 것은 선택의 문제가 아니었다. 그것은 그녀의 의지와 상관없이 일어나는 일이었다. 다만 여기에서 짚고 넘어가야 할 것은, 간절히 원했다고 할 만큼 사씨 스스로도 부담을 안고 있었다는 사실이다. 여자들이기를 권한 사씨의 속마음을 자세히 들여다보자.

조선 시대 칠거지악(七去之惡)의 유교 도덕에서 아내를 내쫓을 수 있었던 7가지 이유 중에 '시부모에게 순종하지 않으면 내쫓고, 아들이 없으면 내쫓고, 음탕하면 내쫓고, 질투하면 내쫓고, 나쁜 병이 있으면 내쫓고, 말이 많으면 내쫓으며, 도둑질을 하면 내쫓는다. 또 3가지 내쫓지 못할 경우가 있으니 보내도 돌아가 의지할 곳이 없으면 내쫓지 못하고, 함께 부모의 3년 상을 치렀으면 내쫓지 못하며, 전에 가난하였다

---

8. 유현과 사씨가 묻고 답하는 장면은 한문본에는 들어 있으나 경판본에는 보이지 않는다. —이승복, 『고전소설과 가문의식』, 월인, 2000, 50쪽

가 뒤에 부자가 되었으면 내쫓지 못한다'고 되어 있다. 그러면 사씨는 무자(無子) 즉, 아들이 없으면 내쫓는다는 항목을 모를 리 없었을 것인데도 가문에서 내쫓김을 당하는 것보다 강샘을 참는 편이 낫다고 판단하였을 것으로 생각된다.

> 첩이라는 것은 크게 집안을 어지럽히는 근본이니 진실로 불행이 되는 것이 심한 것이다. 그러나 또한 하늘이 정한 운수가 있으면 그를 어찌하겠는가? 자기가 만일 자식이 없으면 진실로 막고 끊지 못할 것이다. 타인의 대를 잇는 것은 다만 마땅히 스스로 그 몸을 보존하고 그 행실을 전수(專修)하므로 공부를 삼는 것이다. 이미 자식이 있으면 허물이 나에게 있지 않으나 또한 다시 어찌하겠는가?[9]

인용문은 아내에게 자식이 없어 대를 잇기 위한 목적으로 집안에 들어온 첩과 이미 자식이 있는데도 받아들였을 경우를 나누어서 설명하고 있다. 앞의 말은 어쩔 수 없어 현실을 받아들이되 스스로 몸을 보존하여 덕을 닦으라는 뜻이고, 뒤의 말은 만일 자식이 있는데도 받아들였다면 이것은 죄가 남편에게 있다는 것이다.

호연재가 말하는 축첩은 순전히 대를 잇기 위한 목적에서 허용되어야 한다는 것이다. 호연재가 첩을 적국으로 보면서 어떤 경우에도 절대로 서로 가까이 할 수 없는 존재라 규정한 것은 당연하다고 할 수 있다. 첩을 가까이 하여 스스로 그 단점을 알게 되면 위엄이 없고 위엄이 없으

---

9. 김호연재(金浩然齋, 1681~1722) 지음, 〈자경편〉 계투장의 한 부분, —이혜순, 『조선조 후기 여성 지성사』, 이화여자대학교출판부, 2007, 61쪽

면 자못 공손하지 못한 일이 있고, 공손하지 못하면 분노가 있고 분노가 있으면 원망이 깊고 위험한 일이 일어나기 때문이다. 처음부터 양쪽 다 멀리하고 서로 간섭하지 않아야 된다는 것이다. 결국 호연재는 소견이 좁고 성질이 급한 마음, 분함 때문에 정작 잘못한 사람은 따로 있는데 그 허물을 억울하게 뒤집어쓰게 되는 여성들의 한계를 인식하고 있는 것이다.

대를 잇고 유지해야 했던 조선 시대 가장은, 아내와 장자의 존재란 앞으로 가문을 이끌기 위해서 무엇보다도 중요한 토대였다. 특정한 집안에서 아내를 맞아들이고 대를 잇는 일은 정치권력을 넓히는 방책과 긴밀한 연관성이 있다. 그러므로 특정한 집안의 혼인은 정치와 관련 있는 거래라고 할 수 있다. 『사씨남정기』에서 매파가 며느릿감으로 사씨를 소개하였을 때, 유현은 사후영의 성품과 행실이 높고 맑으며 탐욕이 없고 마음이 꼿꼿하고 곧은 것은 알지만 사씨의 착함과 착하지 않음을 모른다며 쉽게 결정을 내리지 않는다.

그는 사씨의 재주와 덕행을 확인하기 위해 여승 묘혜를 보내어 사씨가 지은 관음찬을 받아 보고 나서야 청혼을 한다. 마음이 어질고 정숙한 며느리를 맞아들이기 위해 몹시 애를 쓰고, 그 기대에 어긋나지 않고 부덕을 갖춘 며느리라는 사실을 강조하고 있는 것은 사씨가 한 가문을 이끌어갈 수 있는 인물이라는 것을 나타내어 보인 것이다.

남이 시키거나 요청하지 아니하여도 자기 스스로 행하고 움직이는 태도가 사씨의 부덕을 돋보이게 하는 요건이다. 그러나 사씨는 자신이 스스로 구하고 권했던 첩 때문에 괴롭고 어려운 일을 겪는다. 『사씨남정기』는 처음부터 끝까지 작품 가운데를 흐르는 두 개의 선으로 전개된다. 하나의 중심선은 가부장 가족 질서를 튼튼하게 하려 했던 사람들이 있는 힘을 다하여 싸우려고 노력하는 것이라면, 다른 중심선은 이런 규범을 뒤흔드는 모험을 끊임없이 실행하려 했던 자들의 집요함이다.

사람은 누구나 힘을 원한다. 그것은 욕망으로 목적한 바를 이루는 전제이기 때문이다. 그 힘은 지식일 수도 있고 물질일 수도 있고, 사회 제도에 뒷받침되는 지배 권력일 수도 있다. 한 사람의 존재 근거가 힘이 될 수 없다면, 다른 사람과 결속하여 새로운 집단을 만들거나 힘있는 집단에 소속되어 욕망을 이루는 힘을 얻는다.

그 집단의 이념이 자신이 이미 소속되어 있는 집단의 이익과 배치될 때, 또 한 사람의 인격에 잘못을 저지르고 해를 끼칠 때, 사람은 도덕의 물음을 제기한다. 사람들의 공동 행위로 구성되는 사회 관계는 한 사람의 인격 정체성을 훼손할 수 있는 부정의 잠재력을 만들어내는데, 이것에서 한 사람의 인격을 보호하는 것이 바로 도덕이기 때문이다.

그러나 힘에 대한 절실한 욕망은 때로 주관이나 원칙이 없이 덮어놓고 행동하게 되고, 자신의 사회를 근거부터 무너뜨리기도 한다. 집단 속의 주관이나 원칙이 없이 덮어놓고 행동하는 한 사람이 도덕의 성찰에 이르는 것은 남다른 용기와 자유의지를 전제로 할 때만 가능하다.

3. 악의 연속성

다른 사람과 어울린 삶을 생각하지 않은 채 자기 자신의 이익만을 꾀하려고 욕망에만 매달려 남에게 고통을 주는 사람을 우리는 흔히 '악하다'고 말한다. 악(惡)이라는 글자는 옳지 않음, 추함, 불쾌함, 거칠음의 의미를 가지고 있으며 고통은 그 악행이 끌어 일으키는 주관적 체험이다. 악(惡)은 아(亞)와 심(心)이라는 두 개의 글자가 합하여 이루어졌

는데 아(亞)는 사람의 구부린 등 모습이므로 악이라는 글자는 추한 마음을 뜻한다.[10]

『사씨남정기』의 갈등은 개인의 욕망에서 시작하여 중반 이후 관계망 속의 악행으로 이어진다. 사람은 전쟁이나 자연재해로 어떤 형세가 마음을 놓을 수 없을 만큼 생명이 위험한 상태일 때 가장 진실한 모습을 드러내게 된다. 김만중이 겪은 귀양살이의 체험은 소설의 나무랄 데 없는 배경이 되었다. 그는 『사씨남정기』에서 같은 목적에 대하여 이기거나 앞서려고 서로 겨루는 경험에서 가장 나쁘게 될 수 있는 삶을 교씨에게 그려 넣었다.

교씨에 대해 밝혀 정하는 성격은 아름다움과 건강함, 헛ㅇ된 욕망과 행실이 좋지 못함이다. 자신의 목적을 이루기 위해서는 아들까지 죽이는 간사하고 교활하게 표현된다. 존재에 대한 집착과 욕망으로 다른 사람에게 대한 배려와 관계를 하찮게 여기고 자신의 욕망 실현을 위해서만 노력한다.

교씨는, 밑바닥까지 빈틈없이 자신의 욕망을 추구하는 인물이다. 본대 벼슬하는 집 딸이었으나 일찍 부모를 여의고 그 형의 집에 의탁해 있는데 제 스스로 말하기를 '가난한 선비의 아내가 되느니보다 중요한 벼슬자리에 있는 사람의 첩이 되는 것이 좋다'고도 하였다. 재산이 많고 지위가 높으며 귀하게 되어서 세상에 드러나 온갖 영광을 누리고 싶은 강한 욕구를 지녔다. 또한 "상공이 나를 취하심은 한갓 색을 취하심이 아니라 아들을 낳기 위하심이거늘, 내 만일 딸을 낳으면 아니 낳음

---

10. 곽신환, 「악에 대한 유가철학적 이해」, 한국정신문화연구원 철학 · 종교 연구실 편, 『惡이란 무엇인가』, 도서출판 창, 1992, 163쪽

만 같지 못하다"(37쪽)라는 말에서 알 수 있듯 자신이 아들을 낳지 못
하면 아무런 존재 가치가 없게 된다는 사실을 잘 알고 있었다.

그렇기 때문에 아들을 낳지 못한 상태에서는 유연수의 뜻을 잘 맞추
고 사씨를 지극하게 섬기면서 한편으로는 아들을 낳기 위해 애를 쓴다.
그러다가 아들을 낳게 되자 사씨에 대한 태도가 바뀌게 되고 교씨는 충
동으로 일어나는 욕망을 채우기 위해 자신의 전부를 바친다. 이야기가
여기에 이르면, 이 소설을 추동하고 있는 서사 동력이 서서히 드러나기
시작한다.

교씨의 욕망을 부추기는 사람은 동청과 냉진이다. 주변인물들인 이
두 사람은 자신들의 욕망을 자유롭게 드러내지만 이중의 가치 체계 속
에 있는 인물이다. 교씨 역시 자기의 견해나 관점을 기초로 하는 열망
에 휩싸여 타고 난 직관력과 정실부인으로 버젓이 행세하고 싶은 강한
욕망 때문에 사씨의 행동 하나하나를 놓치지 않는다. 그 집념이 아무
꺼릴 것 없는 그들 자신의 신분상의 특징으로 그들은 무엇이든지 이룰
수 있다는 욕망으로 치닫는다.

탐하는 욕심이 많고 옳지 못한 인물들은 생명에 대한 애정이 모자란
다. 그들은 가족과 주변인들을 돌보지 않고 해를 끼치고 생명을 무너뜨
리며 나머지 것을 가지기 위해 다른 사람을 불행하게 만든다. 생명은
제 것만을 가지며 살아야 하는 것이 생태계의 원리이다. 나머지 것을
가지면 다른 사람은 몸을 가누지 못하고 비틀거리게 된다. 그래서 나머
지의 가치를 추구하기 위해 남의 생명을 훼손하는 악행은 한(恨)을 만
들게 되고 생활 예법과 도덕의 체계를 이탈하게 된다.

동양화를 그리는 방법에서 '홍운탁월법(烘雲托月法)'[11]이란 것이 있다. 수묵으로 달을 그리려 할 때 달은 희므로 색칠할 수 없다. 달을 그리기 위해 화가는 달만 남겨둔 채 나머지 부분을 채색한다. 이것을 드러내기 위해 저것을 그리는 방법이다. 나타내려는 본질을 감춰두거나 비워두어 오히려 더 그 본질을 설명할 수 있다는 것이다. 「흥부전」을 보면 흥부보다는 놀부의 성격이 훨씬 더 세밀하게 드러나 있다.

다시 말하면 악의 묘사는 올바르고 좋은 길로 이끌거나 스스로 움직이는 대신, 선의 묘사는 어떤 일이나 사태에 맞추어 행동을 취하고 그때의 형편에 따르고 스스로 앞으로 나아가거나 상황을 개선하려는 기백이 부족하다는 것이다. 그것은 동양화의 여백의 원리, 그리지 않음으로 그리는 것이다. 『사씨남정기』에서도 잘못을 뉘우치도록 나무라며 경계해야 할 악인을 분명히 드러내서 선으로 유도하는 방법이다. 보통 '권선징악'이라고 하여 선을 알아듣도록 권하고 격려하여 힘쓰게 하고 악을 징치하는 것이 병렬로 설명된다.

이를 테면, 옳지 못한 일을 드러내어 착한 일을 하도록 권장함을 암시한다. 악의 응징이 아니라 악행을 있는 그대로 다 드러내어 보이면서 스스로 파멸하게 만드는 방식이다. 선한 인물일 경우 다른 인물과 대결하여 삶을 드러내기보다 내적 갈등에 초점이 모아진다. 위에서 말한 그리지 않음으로 그린다는 것은 바로 이런 형상화 방식을 말한다.

사람은 어떤 일을 바라는 소망이 팽배해 있기 때문에 소망은 먼 곳에 있고 탐욕은 가까운 곳에 있다. 탐욕은 손에 넣기 쉬워도 진실은 잡기

---

11. 정민, 『한시 미학 산책』, 솔, 2004, 29쪽

어렵다. 그래서 진실을 외면하고 맑은 물줄기에서 탈락한다.

사씨의 이미지는, 어떠한 부당함을 당해도 그저 희생과 덕으로 조용히 어려움을 참고 버티어 이겨 내면 모두가 더할 나위 없이 순함을 알아준다는, 우리식으로 강요된 착한 여성상이다. 이 여성상에 대해 공정하지 못하고 한쪽으로 치우친 생각에는 처첩제도를 인정하면서도 둘 사이의 엄격한 구분을 강조해 사회 질서를 유지하려는 가부장제의 논리도 반영되어 있는 것이다. 아내를 소외시키거나 사실이 아닌 일을 거짓으로 꾸미어 그 자리를 넘보는 첩을 용서할 수 없다는 사회 규범은 오늘날까지 이어지고 있다.

김만중은 작품을 통해서 드러내려는 의식이 크고 강해서 소설의 담론이 가지고 있는 독자의 상상력 공간을 차단한다. 『사씨남정기』의 서사 구조는 작가의식에 지배된다. 다시 말하면 어떤 작품인들 작가의식이 드러나지 않는 작품이 있을까마는, 작가가 자신의 세계관을 작품으로 인식시키려는 서사 의도가 두드러짐을 말한다.

작가는 가부장 의식에 작가와 독자의 관계를 상호 소통의 관계보다는 독자를 가르치고 이끌어서 좋은 방향으로 나아가게 하려는 대상으로 보기 때문에 독자의 상상력에 의지한 담론형식보다는 작가의 서술 개입 형식도 함께 병행하고 있다. 또 작가의 가부장 의식은 현실세계를 이겨내려는 의지보다는 인내와 고통으로 참으면 언젠가는 하늘이 도울 것이라는 운명의 세계관에서도 찾아볼 수 있다.

앞에서 말했듯 『사씨남정기』가 읽는 사람에게 감동을 주고 묘한 여운을 남기는 것은 가족이라는 울타리 안에서는 손에 잡히지 않는 그 무엇이 있기 때문이다. 그 무엇의 정체를 찾는 실마리는 일을 감당하거나 해결할 만한 능력이 모자라는 유연수에게 있다. 일을 감당해 낼 수 있는 힘이 모자라는 유연수 때문에 못살게 괴롭힘을 당해서 해를 입는 사씨의 처지는 사실 봉건제도 사회뿐만 아니라 어느 시대 사회에서든 일어날 수 있는 모순의 표현이다.

첩은 아내가 할 수 없는 문제를 해결하기 위해 남편의 의지에 따라 받아들이는 인물이기 때문에 무엇보다도 다른 가족의 관심과 이해가 필요하다. 더욱 받아들이는 남편의 역할이 가장 중요하다. 그런데 『사씨남정기』에서 가장인 유연수는 남편의 역할을 제대로 하지 못하는 인물로 설정되어 있다. 기백이 부족하고 활동적이지 못한 성격 때문에 사씨와 교씨의 갈등을 일으키는 매개자 역할을 하게 된다.

사씨를 쫓아내려고 그토록 끈질기게 악한 일을 꾸미는 까닭은 교씨가 정실이 된다면 자신의 아들을 적장자로 세울 수 있기 때문이다. 나쁜 꾀로 사씨를 어려운 처지에 빠지게 하는 것은 유씨 가문의 권리를 마음대로 휘어잡기 위한 싸움이었던 것이다. 사씨와 교씨의 싸움이 인현왕후와 장희빈의 싸움으로 빗대어 나타낸 것으로 볼 수 있다. 갈등의 긴장은 바로 여기에 있다.

교씨가 거문고와 노래를 즐기자, 여자가 음률을 행하고 노래로 소일하면 집안에서 마땅히 지켜야 할 도덕의 규범이 자연 어지러워진다고 사씨가 나무라는 것에서 시작된다. 사씨의 나무람을 교씨는 유연수에게 심심하여 노래를 불렀더니 부인이 듣고 책망하더라고 하는데 이 나무람에 사씨의 진솔한 마음이 포함되었을 것이다.

그러하더라도 "내 낭자를 사랑하므로 심곡(心曲)을 기이지 않고 다 일렀으니 명심하고, 후에 내가 허물이 있거든 낭자도 또한 일러 깨닫게 하라"(41~42쪽)고 작가가 참견하지만 그 진실은 드러나지 않는다.

4. 에필로그, 그리고 종두득두(種豆得豆)

사람이 사는 세상에는 여러 가지 형태의 대화가 있다. 대화는 사람의 삶을 가능하게 하는 방편이면서, 사람으로 하여금 관계 속에서 자기 정체성을 확인하게 만드는 존재론의 형식이다. 보통 대화는 말하는 자와 듣는 자를 전제로 하며 그들의 소통 속에 그 생명이 유지된다. 우리가 일상에서 떠올릴 수 있는 대화 형태로는 천주교의 고해성사가 있다.

누구나 알고 있듯 고해성사란 자신의 밝히지 못할 부끄러움이나 양심에 걸리는 일을 신부와 둘만의 공간에서 고백하여 마음의 평안을 찾는 행위이다. 소설이 복잡하여 수많은 사람들의 은밀한 소통 형태인 고해성사와는 다르다고 할 수도 있겠으나, 본질로는 두루 통하고 관계된다. 독자가 소설을 읽는 행위도 결국 말하는 자와 듣는 자, 인식을 드러내는 자와 그것을 보는 자의 깨달은 소통으로 이루어지는 대화 형태이다.

작가는 독자에게 자신의 세계 인식을 고백할 때 고해성사의 고백하는 자와 같이 단순하지 않다. 왜냐하면 고백을 업으로 삼는 사람으로 쉽사리 밑천을 드러내지 않으면서 독자의 주의를 계속 끌 수 있는, 곧바로 가지 않고 멀리 돌아서 가는 방법을 생각해내려고 애쓰기 때문이다. 또한 작가는 고백을 통해 평안을 얻으려 하지도 않으므로, 앞으로 고해할 만한 일을 하지 않겠다는 다짐도 하지 않는다. 독자도 신부의 역할과는 다른 성격의 역을 맡는다.

고백을 들어서 말하는 사람의 무거운 짐을 나누어진다는 것은 동일하지만, 짐을 나누어지는 속셈과 이야기를 들은 후에 나타나는 반응은 신부와 큰 차이를 갖는다. 독자는 지루한 시간 사이의 틈을 메우고 어떤 실마리까지 찾으려 한다. 작가는 중대한 사실을 고백하면서도 낱낱이 자백하지 않고 여기저기 숨겨 놓는다. 이 말에는 『사씨남정기』에 대한 독법의 단서가 들어 있다. 상황을 제대로 이해하기 위해서는 "음부(淫婦), 네 죄를 아는가?"라는 유연수의 질문을 따라가야 한다.

유연수가 교씨를 향해 던지는 이 질문의 시선을 의심하면서 따라가야 하는 것이다. 왜냐하면, 소설의 대부분은 작가의 시선을 통해 드러나는 치밀한 감춤이 존재하기 때문이다. 이 소설에서 겉으로 눈에 띄는 것은 생활의 예법과 도덕의 체계를 이탈한 자의 경험기다. 김만중은 『사씨남정기』라는 소설로 좀처럼 사라지지 않는 이 질문에 대한 답을 준비하려고 오른쪽 어깨가 묵지근하도록 글을 썼을 것이다. 김만중의 글쓰기는 '나는 지금 왜 여기에 와 있는가?'라는 정체감을 느끼는 것보다 자신의 삶의 진정한 주인이 되기를 꿈꾸지 않았을까.

소설에서 인물의 속마음을 두드러지게 나타내는 것은 집의 은유법이다. '집'은 생존과 자기보호의 욕망을 실현시키는 작은 우주의 의미를 지니고 있다. 사람이 사는 집의 묘사는 그대로 그 사람의 성격과 삶의 다른 표현으로 사랑과 가정 이루기, 대대로 이어 내려온 한 집안의 계통 잇기, 가문 지키기의 은유이다. 『사씨남정기』에서 집에 대한 묘사는 전혀 없다. 사씨가 책상 앞에ㅇ서 옛글을 보고 있는데 시녀 춘방이가 "화원 정자에 모란꽃이 만발하였으니 한 번 구경하시라"(38쪽)고 여쭙는 구절이 있다. 그러니까 화원 즉, 꽃밭 풍경의 묘사만 있다. 왜 그럴까. 영리한 독자라면 여기에서 김만중의 본뜻이 무엇인지 낌새를 챌 것으로 생각된다.

김만중은 작품이 마무리되는 부분에서 사씨와 유연수에게 몸을 드러내지 아니한 채 온갖 방법으로 악독한 행위를 저지르던 교씨를 징치하는 장면을 그렸다. 그리고 숙종 27년 10월 8일. 조선 왕조 역사에서 가장 큰 긴장감을 불러일으키며 여러 가지 곡절과 시련과 변화가 심했던 한 여인 장희빈도 삶을 끝냈다.

소통이란 자신에게로 이르는 길고 좁은 오솔길이다. 우리는 늘 다른 사람과의 소통을 간절히 바라지만 거짓과 진실을 구분하기 힘든 말의 홍수 속에서 쉽게 피로해지고 종종 그 길을 벗어난다. 이야기의 창구가 많아질수록 교감의 깊이와 시간은 얕아지는 것이다. 교감에 필요한 그 마법 같은 찰나의 시간조차 지루해하는 지금, 그래서 이탈한 자는 문득 자유롭다.

제2회
김만중문학상 수상작품집

1판 1쇄 인쇄 2011년 10월 20일
1판 1쇄 발행 2011년 10월 25일

저작권자   남해군 · 김만중문학상 운영위원회
발행인   박현숙
펴낸곳   도서출판 깊은샘

디자인   파피루스
인 쇄   임창P&D

등 록   1980년 2월 6일 제2-69
주 소   서울시 종로구 낙원동 58-1 종로오피스텔 606호 우편번호 110-320
전 화   02-764-3019
팩 스   02-704-3011

ISBN978-89-7416-230-6